Het geheime wapen

Van Sam Eastland verscheen eveneens bij uitgeverij Anthos

Het oog van de rode tsaar

Sam Eastland

Het geheime wapen

Vertaald door
Marijke Koch
en Ineke Lenting

Anthos|Amsterdam

ISBN 978 90 414 1672 8
© 2011 Sam Eastland
© 2012 Nederlandse vertaling Ambo|Anthos *uitgevers*,
Amsterdam, Marijke Koch en Ineke Lenting
Oorspronkelijke titel *The Red Coffin*
Oorspronkelijke uitgever Faber & Faber
Omslagontwerp Studio Jan de Boer
Omslagillustratie © Leonard McCombe/Stringer/Picture Post/
Getty Images (motorrijder); Chris Friel (bos)

Verspreiding voor België:
Veen Bosch & Keuning uitgevers n.v., Antwerpen

Zonlicht flikkerde in de bril van de motorrijder toen hij de top van de heuvel had bereikt. Hij droeg een leren jas met twee rijen knopen en had een leren vliegeniersmuts onder zijn kin gegespt tegen de vroege voorjaarskou.

Hij was al drie dagen onderweg en was in die tijd alleen af en toe even gestopt om te tanken. Zijn zijtassen zaten vol met blikken eten die hij van huis had meegenomen. Hij sliep 's nachts niet in een of ander stadje, maar liep met zijn motor naar een plek tussen de bomen. Het was een nieuwe motor, een Zundapp K500, met een stalen frame en girdervoorvork. Normaal gesproken zou hij zich die nooit hebben kunnen veroorloven, maar alleen al met deze tocht verdiende hij genoeg om alles te betalen, en dan hield hij nog over. Daar dacht hij aan toen hij in zijn eentje in het bos koude soep uit een blik zat te eten.

Voordat hij de motor camoufleerde met afgebroken takken, veegde hij het stof van het verende leren zadel en de grote ovale benzinetank. Hij spuugde op elke kras die hij ontdekte en wreef er met zijn mouw over.

De man sliep op de grond, gewikkeld in een stuk zeildoek, zonder de warmte van een vuurtje of zelfs een sigaret. De geur van sigarettenrook zou zijn schuilplaats kunnen verraden en hij durfde dat risico niet te nemen.

Soms werd hij wakker van het gedreun van Poolse legertrucks die over de weg voorbijreden. Er stopte er nooit een. Op een keer hoorde hij gekraak tussen de bomen. Hij haalde zijn revolver uit zijn jas en ging rechtop zitten, maar op hetzelfde moment liep een paar passen bij hem vandaan een hert voorbij, hij kon het nauwelijks zien, alsof de schaduwen zelf tot leven waren gekomen. De rest van de nacht sliep de man niet meer. Gekweld door nachtmerries uit zijn kindertijd over menselijke gestalten met geweien die aan hun hoofd ontsproten, wilde hij alleen nog maar weg uit dit land. Vanaf het moment dat hij de grens tussen Duitsland en Polen was overgestoken was hij bang geweest, maar als iemand hem had gezien zou die dat nooit beseft hebben. Het was niet de eerste keer dat de man een dergelijke tocht ondernam en hij wist uit ervaring dat hij die angst pas zou kwijtraken als hij weer onder zijn eigen mensen was.

Op de derde dag stak hij de grens naar de Sovjet-Unie over bij een eenzame grenspost, bemand door een Poolse en een Russische soldaat, die elkaars taal niet spraken. Ze kwamen hun hokje uit om de motor te bewonderen. 'Zundapp,' neurieden ze zachtjes, alsof ze de naam van een geliefde uitspraken, en de man knarsetandde toen ze met hun handen het chroom streelden.

Een paar minuten nadat hij de grenspost had verlaten, hield hij stil langs de kant van de weg. Hij duwde de motorbril op zijn voorhoofd, zodat twee bleke halvemanen tevoorschijn kwamen waar zijn huid niet met stof was bedekt. Met een hand boven zijn ogen keek hij uit over het glooiende landschap. De velden waren omgeploegd en modderig, de rogge- en gerstzaden lagen nog te slapen in de grond. Uit de schoorstenen van de spaarzame boerderijen stegen dunne rookslierten op en de leien daken waren hier en daar bedekt met glanzend groen mos.

De man vroeg zich af wat de bewoners van deze huizen zouden doen als ze wisten dat er spoedig een einde zou komen aan hun manier van leven. Zelfs als ze het wisten, dacht hij bij zichzelf, zouden ze waarschijnlijk op dezelfde voet verdergaan en op een wonder vertrouwen. En dat, dacht hij, is nou precies waarom ze het verdienen uitgeroeid te worden. De taak die hij hier kwam vervullen zou dat ogenblik dichterbij brengen. Na vandaag zouden ze niets kunnen doen om het tegen te houden. Hij veegde de vingerafdrukken van de grenswachters van zijn handvatten en vervolgde zijn reis.

Hij was nu dicht bij de afgesproken plek en reed snel over de verlaten wegen door flarden mist die in de kuilen bleven hangen als inkt dat in water vervloeide. Aan zijn lippen ontsnapten de woorden van halfvergeten liedjes. Hij sprak verder niet, alsof hij alleen op de wereld was. Rijdend door dat verlaten landschap voelde hij zich ook zo.

Ten slotte arriveerde hij bij de plek waarnaar hij op zoek was. Er stond een verlaten boerderij, het dak ingezakt als de rug van een oud paard. Hij verliet de weg en reed door een opening in de stenen muur die om het erf liep. Rondom de boerderij stonden verwilderde bomen, hun dikke stammen bedekt met klimop. Een zwerm kraaien vloog van de takken, hun spookachtige vormen weerspiegeld in de regenplassen op het erf.

Toen hij de motor had afgezet, daalde de stilte op hem neer. Hij trok zijn handschoenen uit en krabde aan de droge modder die op zijn kin was gespat. Onder de modderkorstjes kwam een baard van een week tevoorschijn.

Vermolmde luiken hingen los in hun scharnieren voor de ramen van de boerderij. De deur was ingetrapt en lag op de vloer van het huis. Tussen de vloerplanken groeiden paardenbloemen.

Hij zette de Zundapp op de standaard, trok zijn revolver en ging behoedzaam het huis binnen. Met het wapen omlaag gericht liep hij over de krakende planken. Door de kieren in de luiken sijpelde grijs licht naar binnen. In de haard grijnsden een paar drakenkoppen op haardijzers hem aan toen hij langsliep.

'Daar ben je dan,' zei een stem. De Zundapprijder deinsde achteruit, maar hief zijn wapen niet. Hij bleef staan en tastte met zijn ogen het duister af. Opeens zag hij een man zitten aan de tafel in het aangrenzende vertrek, dat vroeger een keuken was geweest. De vreemdeling glimlachte, stak een hand op en bewoog hem langzaam heen en weer. 'Mooie motor,' zei hij.

De motorrijder stak zijn revolver weer bij zich en liep de keuken in.

'Precies op tijd,' zei de man. Voor hem op tafel lag een Tokarev automatisch pistool en er stonden twee metalen kopjes, niet groter dan een eierschaal. Naast de kopjes stond een ongeopende fles

Georgische Ustashiwodka, blauwgroen gekleurd door het steppegras waarmee hij gekruid was. De man had aan de andere kant van de tafel nog een stoel neergezet, zodat de rijder kon zitten. 'Hoe was de tocht?' vroeg de man.

'Heb je het?' vroeg de motorrijder.

'Natuurlijk.' De man stak zijn hand in zijn zak en haalde er een bundeltje papieren uit die als een krant waren opgerold. Toen hij ze met een klap op tafel liet vallen, steeg er een stofwolkje op van het vuile houten tafelblad.

'Is dat alles?' vroeg de motorrijder.

De man klopte geruststellend op de bundel. 'Volledig gebruiksklare diagrammen voor het hele Konstantinproject.'

De Zundapprijder zette zijn voet op de stoel en rolde zijn broekspijp op. Tegen zijn kuit was een leren envelop geplakt. Hij verwijderde het plakband en vloekte zachtjes toen hij de haren van zijn been trok. Vervolgens haalde hij een stapel bankbiljetten uit de envelop en legde ze op tafel. 'Tel ze,' zei hij.

De man telde gewillig het geld door met zijn vingertoppen een voor een de punten van de bankbiljetten om te slaan.

Ergens tussen de balken boven hun hoofd kwetterden mussen en klakten met hun snavels.

Toen de man het geld had geteld, schonk hij de twee kopjes vol met wodka en hief er een. 'Uit naam van het Witte Gilde wil ik u bedanken. Een toost op het Gilde en op de val van het communisme!'

De ander tilde zijn kopje niet op. 'Zijn we hier klaar?' vroeg hij.

'Ja!' De man sloeg zijn wodka achterover, pakte het andere kopje, hief het bij wijze van toost en dronk ook dat leeg. 'Ik denk dat we klaar zijn.'

De motorrijder reikte naar de documenten en pakte ze van tafel. Terwijl hij de bundel in de binnenzak van zijn jas stopte, nam hij even de tijd om de kamer rond te kijken. Aandachtig bestudeerde hij het baldakijn van spinnenwebben, het gerimpelde behang en de barsten die over het plafond liepen als de groeilijnen op een schedel. Je zult nu gauw thuis zijn, dacht hij bij zichzelf. Dan kun je vergeten dat dit ooit is gebeurd.

'Heb je trek in een sigaret?' vroeg de man. Hij legde een sigarettendoosje op tafel en plaatste er een koperen aansteker bovenop.

De motorrijder staarde hem aan, bijna alsof hij deze man ergens van kende maar zich niet meer wist te herinneren waarvan. 'Ik moet ervandoor,' zei hij.

'Misschien de volgende keer.' De man glimlachte.

De motorrijder draaide zich om en liep in de richting van zijn motor.

Hij had nog maar drie stappen gezet toen de man zijn Tokarev-pistool pakte, langs zijn gestrekte arm tuurde en zonder van tafel op te staan de rijder in het achterhoofd schoot. De kogel scheurde door zijn schedel en een stukje voorhoofd stuiterde over de vloer. Hij viel op de grond als een marionet waarvan de touwtjes zijn doorgeknipt.

De ander stond op. Hij kwam achter de tafel vandaan en duwde met zijn laars het lichaam om. De man bukte en haalde de documenten uit de zak van de motorrijder.

'Nu drink je wel, fascistische klootzak,' zei hij. Daarop pakte hij de fles wodka en goot hem leeg boven de motorrijder, zodat diens hoofd en schouders drijfnat werden, waarna hij de rest van de wodka over de benen liet stromen. Toen de fles leeg was, smeet hij hem dwars door de kamer. Het zware glas sloeg tegen een verzakte muur maar brak niet.

De man stopte het geld en de documenten in zijn zak. Vervolgens pakte hij zijn pistool, de kopjes en zijn sigarettendoos. Het huis uit lopend, draaide hij het wieltje van zijn aansteker rond en toen het vlammetje omhoogschoot, liet hij de aansteker op de dode man vallen. De alcohol vatte vlam met een geluid als van een gordijn dat opbolt in de wind.

De man liep het erf op en hield stil bij de motor. Met zijn vingers beroerde hij de letters van de naam Zundapp op de benzinetank. Hij nam schrijlings plaats op de motor en trok de helm en de motorbril van de handvatten af. Hij zette de helm op en plaatste de bril voor zijn ogen. De leren oogbeschermers waren nog warm van het lichaam van de dode man. Hij trapte de motor aan en reed de weg op; de Zundapp gromde toen hij schakelde.

Achter hem steeg een paddenstoelwolk van rook op van de branddende ruïne van de boerderij.

Officieel was restaurant Bordino, dat gelegen was in een rustige straat vlak bij het Bolotniaplein in Moskou, open voor het publiek. Onofficieel nam Chicherin – een man met een grimmig gezicht die zowel de eigenaar als de gerant was – iedereen aandachtig op die via de voordeur met de matglazen panelen en een patroon van klimopbladeren binnenkwam. Daarop bood hij de gasten óf een tafel aan, óf hij verwees ze naar een smalle, onverlichte gang die naar zij veronderstelden leidde naar een tweede eetzaal aan de andere kant van de deur. Via deze deur kwamen zij echter rechtstreeks in een steegje opzij van het restaurant terecht. Tegen de tijd dat ze beseften wat er was gebeurd, was achter hen de deur al in het slot gevallen. Als de gasten bleven weigeren deze waarschuwing serieus te nemen kregen ze te maken met de barman Niarchos, een voormalige Griekse worstelaar, die hen naar buiten werkte.

Op een sombere middag in maart, toen er nog hoopjes sneeuw op de zonloze plekken in de stad lagen, kwam een jongeman in militair uniform het restaurant binnen. Hij was lang, had een smal gezicht, rode wangen en een blik waaruit een permanente nieuwsgierigheid sprak. Zijn fraai op maat gemaakte gymnastiorkatuniek zat strak om zijn schouders en taille. Hij droeg een blauwe galapantalon met een rode bies opzij en kniehoge zwarte laarzen die glansden na een recente poetsbeurt.

Chicherin monsterde het uniform van top tot teen, op zoek naar tekens die op een hoge rang duidden. Alles beneden de rang van kapitein kwam in aanmerking voor een wandelingetje door de gang naar wat Chicherin 'De Betoverde Grot' noemde. Niet alleen bezat deze jongeman geen rang, hij droeg zelfs geen enkel teken waaruit bleek van welke tak van dienst hij deel uitmaakte.

Ondanks zijn weerzin zei Chicherin glimlachend: 'goedendag', waarbij hij zijn hoofd lichtelijk neeg zonder zijn ogen van de jongeman af te houden.

'Ook goedendag,' was het antwoord. De man keek rond naar de volle tafels, vol bewondering voor de schotels met eten. 'Ach,' verzuchtte hij. 'Sjasliek.' Hij gebaarde naar een bord vol luchtige witte rijst waar een ober stukjes geroosterd lamsvlees, uien en groene paprika's op legde, die hij voorzichtig van de pen schoof waaraan ze gegrild waren. 'Is het lamsvlees in rode wijn gemarineerd,' hij snoof de damp op die langs zijn gezicht dreef, 'of in granaatappelsap?'

Chicherin kneep zijn ogen tot spleetjes. 'Zoekt u een tafel?'

De jongeman leek hem niet te horen. 'En daar,' zei hij, wijzend. 'Zalm met dille en mierikswortelsaus.'

'Ja, dat klopt.' Chicherin nam hem zachtjes bij de arm en duwde hem in de richting van de gang. 'Deze kant op, alstublieft.'

'Daarheen?' De jongeman tuurde met toegeknepen ogen naar de donkere tunnel van de gang.

'Ja, ja,' verzekerde Chicherin hem weer. 'De Betoverde Grot.'

Gehoorzaam verdween de jongeman naar het steegje.

Even later hoorde Chicherin de geruststellende klik van de metalen deur die op slot ging. Daarop klonk het machteloze gerammel aan de deurknop toen de jongeman probeerde weer binnen te komen.

De meeste mensen begrepen wel wat de waarschuwing betekende en Chicherin zag hen nooit terug. Maar deze keer verscheen de jongeman nog geen minuut later opnieuw en Chicherin, die nog steeds onschuldig glimlachte, knikte naar Niarchos.

Niarchos stond met een vuile doek de binnenkant af te vegen van de glazen waarin thee werd geserveerd. Toen Niarchos Chicherins blik opving hief hij eventjes abrupt zijn hoofd, als een paard dat zijn hoofdstel probeert af te schudden. Daarna zette hij heel voorzichtig het glas neer dat hij aan het oppoetsen was en kwam achter de bar vandaan.

'Er is blijkbaar een of ander misverstand,' zei de jongeman. 'Ik heet Kirov en…'

'Je moet vertrekken,' onderbrak Niarchos hem. Hij had er een hekel aan om achter de bar vandaan te moeten komen en de plezierige stroom dagdromen onder het gedachteloos poetsen van de glazen te onderbreken.

'Ik vermoed…' probeerde Kirov het opnieuw uit te leggen.

'Ja, ja,' siste Chicherin, die opeens naast hem opdook, maar zijn glimlach was deze keer verdampt. 'Een of ander misverstand, zeg je. Maar er is maar één misverstand, en dat is dat je hier bent gekomen. Kun je niet zien dat dit geen restaurant voor jou is?' Hij wierp een blik op de tafels, waaraan voor het merendeel mannen zaten met dubbele kinnen, rode gezichten en grauwgrijs haar. Sommigen droegen het olijfbruine gabardine jasje van een hogere volkscommissaris. Anderen waren in burgerkleding van Europese snit en gemaakt van kwaliteitswol, zo fijn geweven dat die leek te glanzen onder de orchideevormige lampen. Tussen de officieren en politici zaten mooie maar verveeld kijkende vrouwen, die kleine trekjes namen van sigaretten met een kurken mondstuk. 'Luister,' zei Chicherin, 'zelfs al kreeg je een tafel, dan betwijfel ik of jij je een maaltijd hier kunt veroorloven.'

'Maar ik kom hier niet eten,' protesteerde Kirov. 'Bovendien kook ik altijd zelf en ik kan zien dat uw kok zich te veel verlaat op zijn sauzen.'

Op Chicherins voorhoofd verschenen rimpels van verwarring. 'Dus je zoekt werk?'

'Nee,' antwoordde de jongeman. 'Ik zoek kolonel Nagorski.'

Chicherin sperde zijn ogen wijd open. Hij wierp een blik op een tafel in de hoek waaraan twee mannen het middagmaal gebruikten. Ze waren beiden in pak. Een van hen had een geschoren hoofd, een grote kale knikker die deed denken aan een roze granieten kegel die op het gesteven witte voetstuk van de kraag van zijn overhemd rustte. De andere man had dik, zwart, steil achterovergekamd haar. De scherpe hoek van zijn jukbeenderen werd verzacht door een enigszins puntige baard die dicht bij de kin was afgeschoren. Hierdoor leek het alsof zijn gezicht zo strak over een omgekeerde driehoek was getrokken dat zelfs bij de geringste gelaatsuitdrukking de huid van de botten los zou scheuren.

'Je zoekt kolonel Nagorski?' vroeg Chicherin. Hij knikte naar de man met het dikke zwarte haar. 'Hij zit daarginds, maar…'

'Dank u wel.' Kirov deed een stap in de richting van de tafel.

Chicherin greep hem bij zijn arm. 'Hoor eens, beste vriend, wees verstandig en ga naar huis. Degene die jou om deze boodschap heeft gestuurd is er gewoon op uit dat je wordt gedood. Heb je enig idee wat je aan het doen bent? Of met wie je te maken hebt?'

Geduldig stak Kirov zijn hand in zijn jasje en haalde er een telegram uit. Boven aan het dunne gele papier liep een rode streep, wat erop duidde dat het telegram afkomstig was van een overheidsinstantie. 'Dan moet u even hiernaar kijken.'

Chicherin griste het telegram uit zijn hand.

Al die tijd was barman Niarchos dreigend en met zijn donkere ogen half dichtgeknepen naast de jongeman blijven staan. Maar bij het zien van het telegram dat in zijn ogen zo fragiel was dat het zomaar in rook zou kunnen opgaan, begon Niarchos zenuwachtig te worden.

Chicherin had het telegram nu helemaal gelezen.

'Ik moet het terug hebben,' zei de jongeman.

Chicherin gaf geen antwoord. Hij bleef naar het telegram staren alsof hij verwachtte dat er nog meer woorden zouden verschijnen.

Kirov trok het dunne papier uit Chicherins vingers en liep de eetzaal in.

Deze keer ondernam Chicherin geen poging om hem tegen te houden.

Niarchos deed een stap opzij, en zijn enorme lijf zwaaide naar een kant alsof hij aan een scharnier vastzat.

Onderweg naar de tafel van kolonel Nagorski bleef Kirov af en toe staan om naar de verschillende gerechten te kijken en hij snoof de geuren op, waarna hij tevreden zuchtte of zachtjes gromde van afkeuring over het overdadige gebruik van room en peterselie. Toen hij ten slotte bij Nagorski's tafel was, kuchte hij even.

Nagorski keek op. De strakgespannen huid over zijn jukbeenderen deed aan boenwas denken. 'Meer blini's voor bij de kaviaar!' Hij liet zijn hand met een klap op de tafel neerkomen.

'Kameraad Nagorski,' zei Kirov.

Nagorski ging weer verder met zijn maal, maar bij het horen van zijn naam verstrakte hij. 'Hoe weet jij hoe ik heet?' vroeg hij zachtjes.

'Uw aanwezigheid wordt verlangd, kameraad Nagorski.'

Nagorski keek in de richting van de bar in de hoop Niarchos' blik op te vangen. Maar zo te zien had Niarchos al zijn aandacht nodig voor het wrijven van de theeglazen. Nagorski keek om zich heen of hij Chicherin zag, maar de manager was nergens te bekennen. Ten slotte wendde hij zich tot de jongeman. 'Waar precies wordt mijn aanwezigheid verlangd?' vroeg hij.

'Dat wordt onderweg uitgelegd,' zei Kirov.

Nagorski's tafelgenoot zat met zijn armen over elkaar geslagen strak voor zich uit te kijken; zijn gedachten waren onpeilbaar.

Het ontging Kirov niet dat Nagorski's bord hoog opgetast was met eten, terwijl de kale reus alleen een eenvoudige salade van kool en bieten in het zuur voor zich had staan.

'Waarom denk jij,' begon Nagorski, 'dat ik zomaar opsta en met jou meega?'

'Als u niet vrijwillig meegaat, kameraad Nagorski, heb ik orders u te arresteren.' Kirov stak het telegram naar hem uit.

Nagorski duwde het papiertje weg. 'Mij arresteren?' schreeuwde hij.

Plotseling daalde er een stilte neer in het restaurant.

Nagorski bette zijn dunne lippen met een servet. Daarna gooide hij het op zijn volle bord met eten en stond op.

Intussen waren alle ogen op de tafel in de hoek gericht.

Nagorski glimlachte breed, maar zijn ogen bleven kil en vijandig. Hij stak een hand in zijn jaszak en haalde er een klein automatisch pistool uit.

Aan de dichtstbijzijnde tafels hielden de mensen hun adem in. Messen en vorken kletterden op de borden.

Kirov knipperde met zijn ogen bij het zien van het pistool.

'Je lijkt een beetje zenuwachtig,' zei Nagorski glimlachend. Daarna draaide hij het wapen in zijn handpalm om zodat het handvat naar buiten wees en overhandigde het aan de andere man aan tafel.

Zijn tafelgenoot pakte het van hem aan.

'Zorg er goed voor,' zei Nagorski. 'Ik zal het spoedig terug willen hebben.'

'Ja, kolonel,' zei de man. Hij legde het wapen naast zijn bord alsof het deel uitmaakte van het bestek.

Hierop sloeg Nagorski de jongeman op zijn rug. 'Zullen we dan maar eens gaan kijken waar dit allemaal om te doen is?'

Kirov verloor bijna zijn evenwicht door de kracht waarmee Nagorski's handpalm hem had geraakt. 'Er staat een auto te wachten.'

'Mooi!' verkondigde Nagorski luidkeels. 'Waarom zouden we lopen als we kunnen rijden?' zei hij, lachend rondkijkend.

Om de lippen van de overige gasten speelde een flauwe glimlach.

De twee mannen gingen naar buiten.

Toen Nagorski langs de keuken liep, zag hij Chicherins gezicht in de omlijsting van een van de ronde raampjes van de dubbele klapdeuren.

Buiten lag de natte sneeuw als kikkerdril op de stoep voor Borodino.

Zodra de deur achter hen was dichtgevallen, greep Nagorski de jongeman bij de kraag en smeet hem tegen de stenen muur van het restaurant.

De jongeman verzette zich niet. Hij leek dit verwacht te hebben.

'Niemand stoort mij terwijl ik zit te eten!' gromde Nagorski en hij tilde de jongeman op tot die op zijn tenen stond. 'Niemand overleeft zo'n stommiteit!'

Kirov knikte naar een zwarte auto die met stationair draaiende motor langs de stoeprand stond. 'Hij wacht, kameraad Nagorski.'

Nagorski wierp een blik over zijn schouder. Hij zag de omtrekken van iemand achter in de auto. Hij kon geen gezicht onderscheiden. Daarna richtte hij zich weer tot de jongeman. 'Wie ben jij?' vroeg hij.

'Ik heet Kirov. Majoor Kirov.'

'Majoor?' Nagorski liet hem plotseling los. 'Waarom heb je dat niet eerder gezegd?' Hij deed een stap naar achteren en veegde over Kirovs verkreukelde revers. 'We hadden dit onaangename voorval misschien kunnen vermijden.' Hij schreed naar de auto en stapte achterin.

Majoor Kirov nam achter het stuur plaats.

Nagorski leunde achterover. Toen pas keek hij naar degene die naast hem zat. 'U!' riep hij uit.

'Goedemiddag,' zei Pekkala.

'O, verrek,' zei Nagorski.

Inspecteur Pekkala was een lange, imposante man met brede schouders en ietwat toegeknepen kastanjebruine ogen. Hij was geboren in Lappeenranta, Finland, in de tijd dat het nog een Russische kolonie was. Zijn moeder was een Laplandse uit Rovaniemi, in het noorden.

Op zijn achttiende was Pekkala, naar de wens van zijn vader, naar Petrograd gereisd om in dienst te gaan bij het Finse Garderegiment van de tsaar. Daar werd hij in het begin van zijn opleiding door de tsaar uitgekozen als zijn onderzoeksambtenaar in speciale dienst. Het was een positie die nooit eerder had bestaan en die Pekkala op een dag een macht zou verlenen die ondenkbaar was geweest voordat de tsaar die in het leven had geroepen.

Om hem hierop voor te bereiden was hij eerst aan de politie toevertrouwd, vervolgens aan de staatspolitie – de gendarmerie – en daarna aan de geheime politie van de tsaar, die bekendstond onder de naam Ochrana. In die lange maanden gingen er deuren voor hem open waarvan maar weinigen überhaupt het bestaan kenden. Toen Pekkala zijn opleiding had voltooid, gaf de tsaar hem het enige kenmerk van zijn functie dat hij ooit zou dragen: een zware gouden schijf, zo breed als zijn pink lang was. Dwars over het midden liep een baan van wit ingelegd email die in een punt begon, breder werd tot hij de helft van de schijf besloeg, en aan het andere eind weer in een punt uitliep. In het midden van het witte email was een grote, ronde smaragd gezet. Samen vormden deze componenten onmiskenbaar een oog. Pekkala zou nooit meer de eerste keer vergeten dat hij de schijf in zijn hand hield, hoe hij toen met zijn vingertop het oog en de gladde bult van het sieraad had betast als een blinde die braille leest.

Het was vanwege dit insigne dat Pekkala bekendstond als het Smaragden Oog. Het publiek wist verder maar weinig van hem. Zijn foto mocht niet gepubliceerd of zelfs genomen worden. Door het ontbreken van feiten ontstonden er legendes over Pekkala, waaronder geruchten dat hij niet eens menselijk was; meer een soort duivel die tot leven was gewekt door middel van de zwarte kunsten van een Arctische sjamaan.

In al de jaren dat hij in dienst was, legde Pekkala alleen verantwoording af aan de tsaar. In die tijd leerde hij de geheimen van een keizerrijk kennen en toen dat keizerrijk viel en degenen die bekend waren met die geheimen ze in hun graf hadden meegenomen, kwam Pekkala tot zijn verrassing tot de ontdekking dat hij nog steeds in leven was.

Hij werd gevangengenomen tijdens de Revolutie en naar het Siberische werkkamp in Borodok gestuurd, waar hij probeerde de wereld die hij had achtergelaten te vergeten.

Maar de wereld die hij had achtergelaten, was hem niet vergeten.

Na zeven eenzame jaren in het Krasnagolyanawoud, waar hij meer als een wild beest dan als een mens had geleefd, werd Pekkala op persoonlijk bevel van Stalin naar Moskou teruggebracht.

Sindsdien had Pekkala, terwijl hij een ongemakkelijk bestand met zijn voormalige vijanden onderhield, zijn taak als onderzoeksambtenaar in speciale dienst voortgezet.

Diep onder de straten van Moskou zat kolonel Rolan Nagorski op een metalen stoel in een kleine cel van de Loebjankagevangenis. De muren waren wit geverfd. Het vertrek werd verlicht door een enkel peertje, beschermd door een stoffige metalen koker.

Nagorski had zijn jasje uitgetrokken en over de rug van zijn stoel gehangen. Zijn bretels spanden over zijn schouders. Onder het praten stroopte hij zijn mouwen op alsof hij zich voorbereidde op een knokpartij. 'Voor u begint vragen op me af te vuren, inspecteur Pekkala, laat mij u er een stellen.'

'Ga uw gang,' zei Pekkala. Hij zat recht tegenover de man op net zo'n metalen stoel. Het vertrek was zo klein dat hun knieën elkaar bijna raakten.

Hoewel het smoorheet was in de kamer, had Pekkala zijn jas niet uitgetrokken. Die was nog in de oude stijl gemaakt: tot op zijn knieën, zwart, met een kleine kraag en verborgen knopen die op de linkerhelft van zijn borst waren dichtgeknoopt. Hij zat onnatuurlijk rechtop, als een man met een geblesseerde rug. In werkelijkheid kwam het door het wapen dat hij dwars over zijn borst droeg.

Het wapen was een Webley .455-revolver, met een handvat van solide koper en een gaatje ter grootte van een speld in de loop geboord, vlak achter het vizier, zodat het wapen niet terugsloeg als het werd afgeschoten. Die aanpassing was er niet voor Pekkala op aangebracht maar voor de tsaar, die hem cadeau had gekregen van zijn neef, de Engelse koning George V. De tsaar had de revolver aan Pekkala gegeven. 'Ik heb niets aan zo'n wapen,' had de tsaar tegen hem gezegd. 'Mochten mijn vijanden zo dichtbij komen dat ik het zou moeten gebruiken, dan is het al te laat om er nog iets aan te hebben.'

'De vraag die ik u wilde stellen,' zei Nagorski, 'is waarom u denkt dat ik het geheim van mijn uitvinding zou verklappen aan dezelfde mensen tegen wie we het misschien moeten gebruiken.'

Pekkala opende zijn mond om daarop antwoord te geven, maar hij kreeg de kans niet.

'Ziet u, ik weet waarom ik hier ben,' ging Nagorski verder. 'U denkt dat ik verantwoordelijk ben voor de schending van de veiligheidsmaatregelen van het Konstantinproject. Ik ben noch zo naïef, noch zo onwetend dat ik niet op de hoogte ben van wat er rondom mij gebeurt. Dat is de reden waarom iedere stap van de ontwikkeling plaatsvond in een beveiligde installatie. De hele basis is permanent vergrendeld en staat onder mijn persoonlijk gezag. Iedereen die er werkt is door mij persoonlijk op betrouwbaarheid gecontroleerd. Er gebeurt op de basis niets buiten mij om.'

'Wat ons weer brengt op de reden waarom u hier vandaag bent.'

Nagorski leunde naar voren. 'Ja, inspecteur Pekkala. Ja, dat is zo, en ik had u veel tijd en mijzelf een peperdure maaltijd kunnen besparen als ik simpelweg uw boodschappenjongen had mogen vertellen…'

'Die "boodschappenjongen", zoals u hem noemt, is een majoor van de Binnenlandse Veiligheidsdienst.'

'Zelfs de officieren van het Hoofddirectoraat voor Staatsveiligheid kunnen boodschappenjongens zijn, inspecteur, als hun bazen het land besturen. Ik had uw majoor hetzelfde kunnen vertellen als ik u nu ga vertellen, namelijk dat er geen schending van de veiligheidsmaatregelen heeft plaatsgevonden.'

'Onze vijanden kennen het wapen dat u de T-34 noemt,' zei Pekkala. 'Ik ben bang dat dat een feit is dat u niet kunt ontkennen.'

'Het bestaan ervan is natuurlijk bekend. Je kunt niet een tank van dertig ton ontwerpen, bouwen en testen en verwachten dat hij onzichtbaar blijft. Maar ik heb het niet over het bestaan ervan. Het geheim zit in wat hij kan. Ik geef toe dat sommige leden van mijn team van ontwerpers stukjes van deze puzzel kunnen onthullen, maar slechts één persoon weet waar de tank werkelijk toe in staat is.' Nagorski leunde achterover en sloeg zijn armen over elkaar. Het zweet stroomde langs zijn glimmende gezicht. 'Vanzelfsprekend ben ik dat, inspecteur Pekkala.'

'Eén ding begrijp ik niet,' zei Pekkala. 'Wat is er zo bijzonder aan uw uitvinding? We hebben toch al tanks?'

Nagorski stootte een lachje uit. 'Jazeker! Er is de T-26.' Hij opende zijn hand alsof er een miniatuurtank in zijn handpalm stond. 'Maar die is te langzaam.' De hand balde zich tot een vuist. 'Dan heb je nog de BT-serie.' De andere hand ging open. 'Maar die heeft niet genoeg bepantsering. U zou me evengoed kunnen vragen waarom we überhaupt wapens maken als er overal stenen liggen om naar onze vijanden te gooien als we worden aangevallen.'

'U klinkt bijzonder zelfverzekerd, kameraad Nagorski.'

'Ik ben niet alleen zelfverzekerd!' blafte Nagorski in zijn gezicht. 'Ik ben er zeker van. En niet alleen omdat ik de T-34 heb ontworpen. Het komt omdat ik tijdens gevechten tegenover tanks heb gestaan. Alleen als je ze op je af hebt zien komen terwijl je wist dat het volslagen onmogelijk was om ze tegen te houden, begrijp je waarom tanks niet alleen een veldslag, maar een hele oorlog kunnen winnen.'

'Wanneer kwam u tegenover tanks te staan?' vroeg Pekkala.

'In de oorlog tegen Duitsland, en God sta ons bij als we er ooit weer een moeten vechten. Toen de oorlog in de zomer van 1914 uitbrak, was ik in Lyon, waar ik aan de Grand Prix van Frankrijk deelnam. Mijn leven draaide in die tijd uitsluitend om autoraces. Ik heb die wedstrijd gewonnen, weet u, de enige autorace die ooit door ons land is gewonnen. Het was de gelukkigste dag van mijn leven en hij zou volmaakt zijn geweest als mijn hoofdmonteur niet was geraakt door een van de andere raceauto's die van de baan schoof.'

'Werd hij gedood?' vroeg Pekkala.

'Nee,' zei Nagorski, 'maar hij raakte zwaargewond. Autoracen is een gevaarlijke sport, inspecteur Pekkala, zelfs als je niet achter het stuur zit.'

'Wanneer raakte u voor het eerst in die tanks geïnteresseerd?'

Nu het gesprek over motoren ging begon Nagorski te ontspannen. 'In 1907 heb ik voor het eerst een auto gezien. Het was een Rolls-Royce Silver Ghost die door groothertog Michaël naar Rusland was geïmporteerd. Mijn vader en hij gingen ieder jaar samen op zaagbekeenden jagen in de Pripetmoerassen. Op een keer toen de groothertog met zijn auto bij ons langskwam, vroeg mijn vader of hij het binnenwerk van de motor mocht zien.' Nagorski lachte. 'Zo noemde hij dat. Het binnenwerk. Alsof het een soort pendule was. Mijn leven veranderde op het moment dat de groothertog de kap omhoog deed. Mijn vader keek er alleen maar naar; voor hem was het niet meer dan een onbegrijpelijke verzameling metalen buizen en moeren. Maar voor mij betekende die motor heel veel. Het was net alsof ik hem al eerder had gezien. Ik heb dat nooit goed kunnen verklaren. Het enige wat ik wist, was dat mijn toekomst in die motoren lag. Niet lang daarna bouwde ik er een voor mezelf. Gedurende de daaropvolgende tien jaar won ik meer dan twintig autoraces. Als de oorlog niet was uitgebroken, zou ik dat nog steeds doen. Maar iedereen heeft een verhaal dat zo begint, nietwaar, inspecteur? Als de oorlog niet was uitgebroken…'

'Wat is er in de oorlog met u gebeurd?' onderbrak Pekkala hem.

'Omdat ik niet meer terug kon naar Rusland, ben ik bij het Vreemdelingenlegioen gegaan. Daar waren mannen uit de hele wereld die bij het uitbreken van de oorlog in het verkeerde land vastzaten en niet meer naar huis konden. Ik was al bijna twee jaar bij het legioen toen we in het Franse dorp Flers tegenover tanks kwamen te staan. Iedereen had over die machines gehoord. De Britten gebruikten ze voor het eerst tegen de Duitsers in 1917 bij de slag om Cambrai. Het jaar erop hadden de Duitsers er zelf een ontworpen. Ik had er zelfs nog nooit een gezien tot we ertegen moesten vechten. Mijn eerste gedachte was dat ze zo langzaam vooruitkwamen. Zes kilometer per uur. Dat is stapvoets. En ze waren volstrekt onaantrekkelijk. Het was alsof je door reusachtige metalen kakkerlakken werd aangevallen. Drie van de vijf raakten defect voor ze ons hadden bereikt, een werd er door de artillerie onklaar gemaakt en de laatste slaagde erin te ontsnappen, maar die vonden we twee dagen later uitgebrand langs de weg, door een defect in de motor blijkbaar.'

'Dat lijkt me geen indrukwekkende introductie.'

'Nee, maar toen ik die ijzeren gevaartes vernietigd zag worden, of uit zichzelf tot stilstand zag komen, realiseerde ik me dat de toekomst van oorlogsvoering in deze machines zat. Tanks zijn niet zomaar een voorbijgaande manier van bloedvergieten, zoals de kruisboog of de blijde. Ik zag onmiddellijk op welke manier het ontwerp verbeterd kon worden. Ik ving een glimp op van de technologie die nog niet was uitgevonden maar die ik in de daaropvolgende maanden ontwierp in mijn hoofd of op elk papiertje dat ik kon vinden. Toen de oorlog voorbij was, bracht ik die snippers papier mee terug naar dit land.'

Pekkala kende de rest van het verhaal, hoe Nagorski op een dag het pas opgerichte Sovjet Patentenbureau was binnengelopen met meer dan twintig verschillende ontwerpen die hem uiteindelijk het directeurschap van het T-34-project opleverden. Tot die tijd had hij een armoedig bestaan geleid in de straten van Moskou, waar hij de schoenen poetste van mannen die later onder zijn bevel zouden staan.

'Weet u wat de limiet is van mijn ontwikkelingsbudget?' vroeg Nagorski.

'Nee,' zei Pekkala.

'Die is er namelijk niet,' zei Nagorski. 'Kameraad Stalin weet precies hoe belangrijk deze machine is voor de veiligheid van ons land. Daarom kan ik zoveel uitgeven als ik wil, zoveel eisen als ik wil, kan ik willekeurig wie bevelen om alles te doen wat ik beslis. U beschuldigt mij ervan dat ik risico's neem met de veiligheid van dit land, maar de schuld daarvan ligt bij de man die u hierheen heeft gestuurd. U kunt kameraad Stalin namens mij vertellen dat als hij ermee doorgaat leden van de Sovjetkrijgsmacht te arresteren in het tempo waarin dat nu gebeurt, er niemand meer over zal zijn om mijn tanks te besturen, zelfs als hij me mijn werk laat voltooien!'

Pekkala wist dat Nagorski's macht niet zozeer afgemeten kon worden aan het geld dat hij mocht uitgeven, maar aan het feit dat hij kon zeggen wat hij zojuist had gezegd zonder angst voor een kogel door zijn kop. Pekkala gaf geen antwoord – niet omdat hij bang was voor Nagorski, maar omdat hij wist dat Nagorski gelijk had.

Uit angst dat hij het gezag over de regering kwijt zou raken, had Stalin massa-arrestaties bevolen. Gedurende de afgelopen anderhalf jaar waren meer dan een miljoen mensen gearresteerd. Onder hen waren de meeste hoge officieren van het Sovjetleger, die vervolgens óf doodgeschoten waren, óf naar de Goelag gestuurd.

'Misschien,' zei Pekkala, 'bent u van gedachten veranderd wat die tank van u betreft. Iemand in die situatie zou op het idee kunnen komen om dat wat hij gedaan heeft weer ongedaan te maken.'

'Bedoelt u door de geheimen aan de vijand door te geven?'

Pekkala knikte bedachtzaam. 'Dat is een van de mogelijkheden.'

'Weet u waarom het het Konstantinproject heet?'

'Nee, kameraad Nagorski.'

'Konstantin is de naam van mijn zoon, mijn enig kind. Begrijpt u wel, inspecteur, dit project is me even heilig als mijn gezin. Ik zou nooit iets doen om hun schade te berokkenen. Er zijn mensen die dat niet kunnen begrijpen. Zij zien in mij een soort dokter Frankenstein wiens obsessie het is om een monster in het leven te roepen. Zij begrijpen niet welke prijs ik moet betalen voor mijn succes. Succes kan even schadelijk zijn als falen als je gewoon probeert in leven te blijven. Mijn vrouw en zoon hebben veel geleden.'

'Ik begrijp het,' zei Pekkala.

'Echt waar?' zei Nagorski bijna smekend. 'Begrijpt u dat echt?'

'Wij hebben beiden moeilijke keuzes gemaakt,' zei Pekkala.

Nagorski knikte en staarde in gedachten verzonken naar de hoek van de kamer. Opeens keek hij Pekkala rechtstreeks aan. 'Dan weet u ook dat alles wat ik heb verteld, waar is.'

'Excuseert u me, kolonel Nagorski,' zei Pekkala. Hij stond op, liep het vertrek uit en de gang door die geflankeerd werd door metalen deuren. Zijn voetstappen maakten geen geluid op de grijze industriële vloerbedekking. Alle geluiden waren geëlimineerd, alsof de lucht was weggezogen. Alleen aan het eind van de gang stond een deur op een kier. Pekkala klopte eenmaal en ging toen een kamer binnen die zo vol rook was dat hij bij het inademen het gevoel kreeg alsof zijn mond gevuld was met as.

'En, Pekkala?' zei een stem. Op een stoel in de hoek van het vertrek zat in zijn eentje een man van gemiddelde lengte, stevig gebouwd, met een pokdalig gezicht en een verschrompelde linkerhand. Zijn haar was dik, donker en steil achterovergekamd. Onder zijn neus zat een dikke snor met wat grijze slierten erdoorheen. Hij rookte een sigaret waar zo weinig van over was dat bij het volgende trekje de as zijn huid zou raken.

'Het gaat goed, kameraad Stalin,' zei Pekkala.

De man drukte zijn sigaret uit tegen zijn schoenzool en blies de laatste grijze stromen uit zijn neus. 'Wat denk je van onze kolonel Nagorski?' vroeg hij.

'Ik denk dat hij de waarheid spreekt,' antwoordde Pekkala.

'Dat geloof ik niet,' zei Stalin. 'Misschien moet je assistent hem ondervragen.'

'Majoor Kirov,' zei Pekkala.

Stalin verhief woedend zijn stem: 'Ik weet hoe hij heet!'

Pekkala begreep wel waarom. Het horen van Kirovs naam bracht Stalin van zijn stuk, omdat Kirov eveneens de naam was van het voormalige partijhoofd in Leningrad dat vijf jaar eerder was vermoord. Stalin was zwaar getroffen door de dood van Kirov, niet omdat hij een diepe genegenheid voor de man had gekoesterd, maar omdat hiermee werd aangetoond dat wanneer mensen als Kirov vermoord konden worden, Stalin zelf de volgende kon zijn. Na Kirovs dood had Stalin zich nooit meer op straat begeven, onder de mensen over wie hij heerste maar die hij niet vertrouwde.

Stalin kneedde zijn handen en liet zijn knokkels een voor een knakken. 'Het Konstantinproject is in gevaar gebracht en ik geloof dat Nagorski daar verantwoordelijk voor is.'

'Daar heb ik nog geen bewijs voor gezien,' zei Pekkala. 'Is er iets wat u me niet vertelt, kameraad Stalin? Kunt u mij een bewijs geven? Of is dit gewoon de zoveelste arrestatie? In dat geval beschikt u over meer dan genoeg rechercheurs op wie u een beroep kunt doen.'

Stalin rolde het stompje van zijn sigaret tussen zijn vingers. 'Weet je wel hoeveel mensen ik toesta zo tegen mij te spreken?'

'Niet veel, vermoed ik,' zei Pekkala. Iedere keer als hij Stalin zag, werd hij zich bewust van een emotionele leegte die om de man heen leek te hangen. Het kwam door Stalins ogen. De uitdrukking op zijn gezicht veranderde, maar de blik in zijn ogen nooit. Wanneer Stalin lachte, grappen maakte of – als dat niet werkte – dreigde, leek het Pekkala alsof hij naar een wisseling van maskers keek in een Japanse kabukivoorstelling. Er waren ogenblikken, wanneer het ene masker overging in het andere, dat Pekkala meende een glimp op te vangen van wat erachter lag. En wat hij daar zag, vervulde hem met angst. Zijn enige verweer was om te doen alsof hij het niet zag.

Stalin glimlachte en opeens was er weer een ander masker. 'Inderdaad, niet veel. Of eigenlijk: niemand. Je hebt gelijk dat ik over andere rechercheurs beschik, maar deze zaak is te belangrijk.' Daarop stopte hij de sigarettenpeuk in zijn zak.

Pekkala had hem dat wel vaker zien doen. Het was een vreemde gewoonte op een plaats waar zelfs de armste mensen hun peukjes op de grond gooiden en daar lieten liggen. Ook vreemd voor een man die het nooit hoefde te stellen zonder de veertig sigaretten die hij elke dag rookte. Misschien zat er een verhaal achter, misschien dateerde het uit zijn dagen als bankrover in Tbilisi. Pekkala vroeg zich af of Stalin, net als een bedelaar op straat, het restje tabak uit de peuken haalde om er weer sigaretten van te rollen. Welke reden hij ook had, hij hield die voor zich.

'Ik bewonder je vrijmoedigheid, Pekkala. Ik houd ervan als iemand niet bang is om te zeggen wat hij denkt. Dat is een van de redenen waarom ik je vertrouw.'

'Het enige wat ik vraag is dat u me mijn werk laat doen,' zei Pekkala. 'Dat was onze afspraak.'

Stalin liet van ongeduld zijn handen met een klets op zijn knieën vallen. 'Weet je, Pekkala, dat mijn pen ooit op het papier met je doodsvonnis stond? Ik was er zó dichtbij.' Hij kneep twee vingers samen in de lucht alsof hij nog steeds die pen vasthield en beschreef de schim van zijn eigen handtekening. 'Ik heb nooit spijt gehad van mijn keus. En hoeveel jaren werken we nu al samen?'

'Zes. Bijna zeven.'

'Heb ik me in al die tijd ooit met je onderzoek bemoeid?'

'Nee,' gaf Pekkala toe.

'En heb ik je ooit gedreigd alleen omdat je het niet met me eens was?'

'Nee, kameraad Stalin.'

'En dat,' Stalin wees met een vinger naar Pekkala alsof hij de loop van een geweer op hem richtte, 'is meer dan je van je vorige baas of zijn bemoeizieke echtgenote Alexandra kunt zeggen.'

Op dat ogenblik werd Pekkala teruggeworpen in de tijd.

Als een man die plotseling uit een trance ontwaakt bevond hij zich opeens in het Alexanderpaleis, waar hij zijn hand al geheven had om op de deur van de studeerkamer van de tsaar te kloppen.

Het was de dag waarop hij eindelijk de moordenaar, Grodek, had opgespoord.

Grodek en zijn verloofde, Maria Balka, waren ontdekt in een appartement dicht bij het Moikakanaal, waar ze zich schuilhielden. Toen de agenten van de geheime dienst van de tsaar, de Ochrana, het gebouw bestormden, bracht Grodek explosieven tot ontploffing. Het huis werd vernield en alle mensen die zich erin bevonden werden gedood, ook de agenten die het huis binnen waren gegaan om hem te arresteren. Intussen vluchtten Grodek en Balka via de achterkant naar buiten, waar Pekkala stond te wachten voor het geval ze probeerden te ontsnappen. Pekkala achtervolgde hen over de bevroren keien totdat Grodek probeerde via de Potsulejevbrug de rivier over te steken. Agenten van de Ochrana hadden echter aan de overzijde van de brug postgevat en de twee misdadigers konden geen kant meer op. Op dat moment schoot Grodek zijn verloofde neer om haar uit handen van de politie te houden. Balka's lichaam viel in het kanaal en verdween tussen de ijsschotsen die naar zee dreven, als met diamanten beladen vlotten. Grodek durfde niet te springen en probeerde zichzelf te doden, maar kwam toen tot de ontdekking dat zijn pistool leeg was. Hij werd onmiddellijk gearresteerd.

De tsaar had Pekkala bevolen om die dag uiterlijk om vier uur 's middags naar hem toe te komen om rapport uit te brengen. De tsaar hield er niet van te moeten wachten. Pekkala was vanaf Petrograd aan komen racen en arriveerde een paar minuten voor vieren. Hij rende de trap van het paleis op en liep meteen door naar de werkkamer van de tsaar.

Omdat er geen antwoord kwam, klopte Pekkala nog een keer, maar weer hoorde hij niets. Voorzichtig opende hij de deur, maar het vertrek was leeg.

Pekkala zuchtte van ergernis.

Hoewel de tsaar er niet van hield te moeten wachten, zag hij er geen been in om anderen op hem te laten wachten.

Op hetzelfde moment hoorde Pekkala de stem van de tsaar in de kamer aan de overkant van de gang. Het was de kamer van tsarina Alexandra en werd het Mauve Boudoir genoemd. Van de honderd kamers in het Alexanderpaleis was dit de beroemdste, omdat mensen hem zo lelijk vonden. Pekkala moest bekennen dat hij het daarmee eens was. In zijn ogen had alles in deze kamer de kleur van gekookte lever.

Pekkala bleef voor de deur staan om op adem te komen nadat hij zich zo had gehaast om op tijd te zijn. Opeens hoorde hij de stem van de tsarina en het woedende antwoord van de tsaar. Toen hun woorden tot hem doordrongen, realiseerde hij zich dat ze het over hem hadden.

'Ik ben niet van plan Pekkala te ontslaan!' zei de tsaar.

Pekkala hoorde het zachte kraken van de rijlaarzen van de tsaar op de vloer. Hij wist precies welke laarzen het waren – ze waren speciaal in Engeland besteld en een week eerder aangekomen. De tsaar probeerde ze in te lopen, maar intussen leden zijn voeten eronder. Hij had Pekkala toevertrouwd dat hij zelfs zijn toevlucht had genomen tot het aloude boerentrucje om nieuwe laarzen zachter te maken door erin te urineren en ze een hele nacht te laten staan.

Nu hoorde Pekkala de tsarina zoals gewoonlijk zachtjes spreken. Hij had haar nog nooit haar stem horen verheffen. De zachte stem van de tsarina klonk hem altijd enigszins dreigend in de oren. 'Onze vriend dringt er bij ons op aan,' zei ze.

Bij de woorden 'onze vriend' klemde Pekkala zijn kaken op elkaar.

Het was de benaming die de tsaar en tsarina onder elkaar gebruikten als ze het over Raspoetin hadden, die zich voor een heilige uitgaf.

Sinds zijn eerste verschijning aan het hof van de tsaar was de greep waarin Raspoetin de keizerlijke familie hield zo krachtig geworden dat hij tegenwoordig in alle zaken werd geraadpleegd, of het nu de oorlog betrof, die in het tweede jaar was en waarin de ene ramp op de voet werd gevolgd door de volgende, aanstellingen aan het keizerlijk hof, of de ziekte van het jongste kind van de tsaar, Alexej. Hoewel het officieel werd ontkend, was de jongeman gediagnosticeerd met hemofilie. Verwondingen waar iedere gezonde jongen om zou lachen, hielden Alexej dagen achtereen aan zijn bed gekluisterd. Dikwijls moest hij waar hij ook heen ging gedragen worden door zijn persoonlijke bediende, een matroos die Derevenko heette.

De tsarina begon al spoedig te geloven dat Raspoetin in staat was Alexejs ziekte te genezen.

Verontrust over de macht die Raspoetin over de keizerlijke familie had, had de eerste minister, Peter Stolypin, een onderzoek ingesteld. Het rapport dat hij de tsaar overhandigde stond vol verhalen over orgieën in Raspoetins appartement in Petrograd en over geheime ontmoetingen tussen de tsarina en Raspoetin in het huis van haar beste vriendin, Anna Vyrubova.

De tsarina was niet geliefd bij het Russische volk. Ze noemden haar Nemka, 'de Duitse vrouw', en nu het land met Duitsland in oorlog was, vroeg men zich af aan welke kant haar loyaliteit lag.

Nadat hij het rapport had gelezen, beval de tsaar Stolypin om het nooit meer met hem over Raspoetin te hebben. Toen Stolypin in een operatheater in Kiev werd neergeschoten door Dimitri Bogrov, een huurmoordenaar, en vijf dagen later overleed, was het uitblijven van enig meeleven van de kant van de tsaar en Alexandra voldoende aanleiding voor een schandaal aan het Russische hof.

Toen Bogrov werd gearresteerd, bleek hij een betaalde informant van de Ochrana te zijn. Het was de advocaten in Bogrovs rechtszaak niet toegestaan te informeren of er een connectie was tussen Bogrov en de familie Romanov. Nog geen week na Stolypins dood werd Bogrov zelf geëxecuteerd.

Vanaf die tijd gingen de ontmoetingen tussen Raspoetin en de tsarina ongehinderd door. Geruchten over ontrouw deden de ronde. Hoewel Pekkala ze niet geloofde, wist hij dat velen dat wel deden.

Wat Pekkala wel geloofde, was dat de bezorgdheid van de tsarina over de slechte gezondheid van haar zoon haar eigen geestelijke gezondheid tot aan de rand van de afgrond had gebracht. Ondanks alle rijkdommen van de Romanovs bestond er geen genezing die met geld te koop was. Vandaar dat de tsarina haar heil had gezocht in de bijgelovigheid die haar leven nu zozeer beheerste dat ze in een wereld leefde die alleen door een lens van angst gezien kon worden. En op de een of andere manier had Raspoetin door die lens de gedaante van een god aangenomen.

De tsaar zelf was niet zo gemakkelijk overtuigd, en Raspoetins invloed zou misschien afgenomen zijn als er niet iets was voorgevallen waarmee hij zich verzekerd wist van de trouw van de complete keizerlijke familie, iets wat tevens zijn lot bezegelde.

In het sombere jachtslot van de Romanovs in Spala gleed de jonge tsarevitsj uit toen hij uit het bad stapte en hij kreeg zo'n zware bloeding dat de artsen de ouders waarschuwden dat ze voorbereidingen moesten treffen voor zijn begrafenis.

Maar toen arriveerde er een telegram van Raspoetin waarin hij de tsarina verzekerde dat haar zoon niet zou sterven.

Wat hierna gebeurde, konden zelfs de onverbiddelijkste critici van Raspoetin niet ontkennen. Na de komst van het telegram begon Alexej opeens te herstellen.

Vanaf dat moment werd Raspoetin, wat hij ook deed, bijna onaantastbaar.

Bijna.

Raspoetins excessen gingen door en Pekkala had stilletjes opgezien tegen de dag waarop de tsaar hem misschien zou opdragen onderzoek te doen naar de Siberiër. Hoe dat ook uitpakte, het zou het einde van Pekkala's carrière zijn geweest, of zelfs van zijn leven, net zoals dat voor Stolypin het geval was geweest. Misschien had de tsaar om precies die reden, of omdat hij de waarheid liever niet wilde weten, Pekkala nooit belast met het onderzoek naar een dergelijke zaak.

'Onze vriend,' beet de tsaar haar toe, 'zou er goed aan doen te onthouden dat ik Pekkala persoonlijk heb benoemd.'

'Maar lieveling,' zei de tsarina, en het ruisen van een japon was te horen terwijl ze door de kamer liep, 'niemand suggereert dat jij je hebt vergist toen je hem benoemde. Jouw loyaliteit richting Pekkala is onberispelijk. Het is Pekkala's loyaliteit richting jou die in twijfel wordt getrokken.'

Bij het horen van deze woorden kreeg Pekkala een branderig gevoel in zijn borst. Hij had nooit iets gedaan wat maar in de verste verte als een gebrek aan loyaliteit kon worden uitgelegd. Dat wist hij, en de tsaar wist het. Maar op dat moment voelde Pekkala de gal omhoogkomen in zijn keel, omdat hij wist dat de tsaar kon worden overgehaald. De tsaar zag zichzelf graag als een vastberaden man, en dat was hij in sommige opzichten ook, maar hij geloofde bijna alles als zijn vrouw had besloten hem ervan te overtuigen.

'Sunny, begrijp je het niet?' verweerde de tsaar zich. 'Pekkala's loyaliteit geldt niet mij.'

'Vind je niet dat het wel zo zou moeten zijn?'

'Pekkala's plicht is de taak die ik hem heb gegeven,' antwoordde de tsaar, 'en daar ligt zijn loyaliteit.'

'Zijn plicht...' begon de tsarina.

De tsaar onderbrak haar. 'Die bestaat eruit de waarheid te achterhalen over welke zaak dan ook die ik hem opdraag, hoe onplezierig het ook is om die aan te horen. Zo'n man jaagt iedereen angst aan die leugens verbergt. En ik vraag me af, Sunny, of onze vriend zich niet meer zorgen maakt om zichzelf dan om het welzijn van het hof.'

'Dat mag je niet zeggen, lieveling! Onze vriend wenst alleen maar het beste voor ons gezin en voor ons land. Hij heeft je zelfs een cadeau gestuurd.' Er klonk papiergeritsel.

'Wat is dat in hemelsnaam?'

'Het is een kam,' zei ze. 'Van hemzelf, en hij denkt dat die je geluk zal brengen als jij je haar ermee kamt voor je naar je dagelijkse bijeenkomst met de generaals gaat.'

Pekkala huiverde bij de gedachte aan Raspoetins vette haren.

De tsaar had dezelfde gedachte. 'Ik doe niet mee aan nog zo'n walgelijk ritueel van Raspoetin!' riep hij, waarna hij de kamer uit liep, de gang op.

Pekkala kon nergens heen. Hij had geen andere keus dan te blijven staan waar hij stond.

De tsaar schrok.

Een paar tellen lang staarden de mannen elkaar aan.

Pekkala verbrak de stilte en zei het eerste wat hem te binnen schoot. 'Hoe gaat het met uw laarzen, majesteit?'

De tsaar knipperde verbaasd met zijn ogen. Maar toen glimlachte hij. 'De Engelsen maken prachtige schoenen,' zei hij, 'alleen niet voor mensen.'

Nu verscheen de tsarina in de deuropening. Ze droeg een eenvoudige japon die tot op de grond reikte, met mouwen tot haar ellebogen en een kraag die haar hals bedekte. Om haar middel had ze een zwarte katoenen ceintuur geknoopt met kwastjes aan de uiteinden. Om haar hals droeg ze aan een gouden ketting een benen kruis dat door Raspoetin was uitgesneden. Ze was een vrouw met een streng voorkomen, dunne lippen die aan weerszijden omlaag hingen, diepliggende ogen en een breed, glad voorhoofd. Pekkala had foto's van haar gezien uit de tijd toen ze pas met de tsaar was getrouwd. Ze zag er toen veel gelukkiger uit. Wanneer haar gezicht tegenwoordig ontspannen was, vielen zorgelijke rimpels op hun plaats, als barsten in het glazuur op aardewerk. 'Wat wil je?' sprak ze op hoge toon tegen Pekkala.

'Zijne majesteit had me gevraagd om klokslag vier uur rapport bij hem uit te brengen.'

'Dan ben je te laat,' zei ze bits.

'Nee, majesteit,' zei Pekkala, 'ik was op tijd.'

De tsarina besefte dat hij elk woord had gehoord dat ze had gezegd.

'Wat voor nieuws is er over Grodek?' vroeg de tsaar, die haastig op een ander onderwerp overstapte.

'We hebben hem opgepakt, majesteit,' zei Pekkala.

Het gezicht van de tsaar klaarde op. 'Goed werk!' De tsaar gaf hem een klapje op zijn schouder, waarna hij zich omdraaide en de gang begon door te lopen. Toen hij zijn vrouw passeerde, bleef hij staan en fluisterde in haar oor: 'Vertel dat maar aan je vriend.'

Hierna waren Pekkala en de tsarina alleen.

Haar lippen waren droog, een bijwerking van het barbituraat Veronal, dat ze innam om beter te kunnen slapen. Door de Veronal raakte haar maag van streek en daarom had ze haar toevlucht genomen tot cocaïne. Het ene middel leidde tot het andere. Na een tijd had ze door de cocaïne hartproblemen gekregen en daarom ging ze kleine doses arsenicum slikken. De huid onder haar ogen was hier bruingroen door geworden en bovendien veroorzaakte het slapeloosheid, waardoor ze weer terug was bij af. 'Ik heb nachtmerries,' zei ze, 'en jij, Pekkala, komt erin voor.'

'Daar twijfel ik niet aan, majesteit,' zei hij.

De mond van de tsarina viel even half open terwijl ze de betekenis van zijn woorden probeerde te doorgronden. Daarna sloegen haar tanden met een klap op elkaar. Ze ging haar kamer in en sloot de deur.

'Je wilt het bewijs zien dat de T-34 gevaar loopt?' vroeg Stalin. 'Goed dan, Pekkala, ik zal je het bewijs leveren. Twee dagen geleden heeft een Duitse agent geprobeerd blauwdrukken van het volledige Konstantinproject te kopen.'

'Kopen?' zei Pekkala. 'Van wie?'

'Van het Witte Gilde,' antwoordde Stalin.

'Het Gilde!' Pekkala had die naam al heel lang niet meer gehoord.

Een paar jaren geleden had Stalin opdracht gegeven een geheime organisatie op te zetten die het Witte Gilde moest heten, gevormd door voormalige soldaten van de tsaar die hem tot lang na zijn dood trouw waren gebleven en wier taak het was de communisten omver te werpen. Het was zo onvoorstelbaar dat Stalin een organisatie in het leven zou roepen die als enig doel had hemzelf ten val te brengen, dat geen van de leden ooit op het idee kwam dat de hele operatie vanaf het begin onder het gezag van het Bureau Speciale Operaties van het Hoofddirectoraat voor Staatsveiligheid, de NKVD stond. Het was een truc die Stalin van de Ochrana had afgekeken: als je de vijand uit zijn schuilplaats wilde lokken, moest je hem ervan overtuigen dat hij deelnam aan acties tegen de staat, maar voordat de gewelddadigheden konden plaatsvinden, arresteerde je hem. Sinds de oprichting van het Witte Gilde waren honderden anticommunistische agenten tegen de muur van de binnenplaats van de Loebjankagevangenis door een vuurpeloton geëxecuteerd. 'Maar als ze met die lui zaken hebben gedaan,' zei Pekkala, 'hoeft u zich nergens zorgen over te maken omdat het Gilde onder uw gezag staat. U hebt het Gilde per slot van rekening zelf opgericht.'

'Je snapt niet waar het om gaat, Pekkala.' Stalin krabde met schurende nagels aan de pokdalige huid van zijn nek. 'Ik vind het verontrustend dat ze zelfs maar weten dat de T-34 bestaat. Een geheim is alleen veilig als niemand weet dat er überhaupt een geheim ís.'

'Wat is er met de Duitse agent gebeurd?' vroeg Pekkala. 'Mag ik hem ondervragen?'

'Dat zou kunnen,' zei Stalin, 'maar ik denk dat het een erg eenzijdig gesprek zou worden.'

'Oké,' zei Pekkala. 'We zijn er tenminste in geslaagd om te voorkomen dat de vijand de informatie kreeg.'

'Dat is maar tijdelijk. Ze zullen er opnieuw naar gaan zoeken.'

'Als ze zoeken,' zei Pekkala, 'moet u hen misschien laten vinden waarnaar ze op zoek denken te zijn.'

'Daar is al voor gezorgd,' zei Stalin en hij stak een verse sigaret tussen zijn lippen. 'Ga nu maar weer terug om Nagorski verder te ondervragen.'

In het Rusalkawoud, aan de grens tussen Polen en Rusland, slingerde een zandweggetje dronken tussen de dennenbomen door. Het had geregend, maar nu vielen er zonnestralen door de nevel. Aan beide kanten van de weg stonden hoge dennenbomen zo dicht op elkaar dat het daglicht er niet doorheen kon dringen. Tussen de bruine dennennaalden die de grond bedekten groeiden slechts paddenstoelen – de rood met witte vliegenzwam en het vette wit van de groene knolamaniet, die zo giftig was dat voor een mens één klein hapje al dodelijk kon zijn.

Een fazant schrok op uit zijn schuilplaats door het geluid van hoefgetrappel. Luid snerpend vloog de vogel op en verdween in de mist.

In een bocht van de weg verscheen een man op een paard. Hij droeg een uniform in dezelfde grijsbruine kleur als de wintervacht van een hert. Zijn rijlaarzen glommen van een verse laag klauwenvet en de koperen knopen van zijn jasje waren versierd met een adelaarsteken. In zijn linkerhand droeg de man een speer. Het korte zwijnenjachtlemmet glansde helder tussen de zonneschachten. Zowel het paard als zijn berijder leek een geest uit lang vervlogen tijden. Maar even later verschenen er meer mannen – een cavalerietroep – en zij droegen geweren over hun schouders. Ze reden in fraaie formatie, twee rijen breed en zeven diep.

De soldaten behoorden tot de Pomorske-cavaleriebrigade en waren op routinepatrouille. De weg waarover ze reden slingerde heen en weer over de grens tussen Polen en Rusland, maar omdat het de enige weg was en er zelden mensen in het bos kwamen behalve houthakkers en soldaten die langs de grens patrouilleerden, gebeurde het soms dat de wegen van de Sovjet- en de Poolse troepen elkaar kruisten.

Terwijl de voorste ruiter weer een bocht om reed, mijmerde hij erover dat er nooit iets gebeurde op deze patrouilles, wat een saaie plek het Rusalkawoud was en hoe onnatuurlijk rustig het hier altijd leek.

Plotseling begon zijn paard te steigeren en wierp hem bijna af. Opeens zag hij dat vlak voor hem de weg werd versperd door het enorme vierkante gevaarte van een tank die geen enkele gelijkenis vertoonde met de tanks die hij tot nog toe had gezien. De loop van het kanon was op hem gericht en de opening aan het eind van de loop leek te glinsteren als een cyclopenoog. Door de bruingroene kleur van rotte appels waarin de tank was geverfd was het alsof hij uit de grond omhoog was geschoten.

Toen de overige soldaten de hoek om kwamen, schrokken zowel de mannen als de dieren. De zuivere lijnen van hun formatie werden verbroken. De lansiers snauwden bevelen en trokken aan de teugels om hun paarden in bedwang te houden.

Ontwaakt uit zijn ijzeren slaap begon de tank opeens te brullen als een beest. De beide uitlaten braakten twee kolommen blauwachtige rook uit die als cobra's oprezen in de vochtige lucht.

Een van de Poolse paarden ging op zijn achterste benen staan en de berijder tuimelde in de modder. De officier die het commando voerde over de soldaten, wat alleen te zien was aan de revolver die hij aan zijn riem droeg, schreeuwde tegen de soldaat op de grond. De man, die aan één kant helemaal onder de modder zat, klom weer in het zadel.

De tank bewoog niet, maar de motor bleef brullen. Rondom de enorme machine trilden de lichtbruine, verzande regenplassen.

De lansiers wisselden blikken met elkaar uit, niet in staat hun angst te verbergen.

Een soldaat nam zijn geweer van zijn schouder.

Toen de officier dat zag, gaf hij zijn paard de sporen, reed naar de man toe en sloeg hem het geweer uit handen.

Net toen de lansiers op het punt leken zich in verwarring terug te trekken, begon de motor van de tank te ratelen, waarna hij weer afsloeg.

De echo stierf weg tussen de bomen. De stilte keerde terug in het bos, op het zware snuiven van de paarden na. Opeens ging er een luikje open in de geschutskoepel van de tank en klom er een man naar buiten. Hij droeg het zwarte leren jasje met een dubbele rij knopen van een Sovjettankofficier. Eerst viel niet op te maken of hij zich bewust was van de aanwezigheid van de Polen. Zodra hij de geschutskoepel uit was, zwaaide hij zijn benen zijwaarts en klauterde naar beneden. Pas toen gaf hij te kennen dat hij de ruiters had opgemerkt en stak hij ongemakkelijk zijn hand op.

De Polen keken elkaar aan. Ze zwaaiden niet terug.

'Tank kapot!' sprak de officier in gebroken Pools. Hij maakte een hulpeloos gebaar met zijn handen.

De Poolse lansiers waren onmiddellijk alle angst kwijt. Ze begonnen te lachen en met elkaar te praten.

Er kwamen nog twee soldaten uit de tank tevoorschijn, een via de koepel en een andere door een luik aan de voorkant, dat openklapte als een loom knipperend ooglid. De mannen die naar buiten klommen droegen olijfgroene overalls en gevoerde helmen. Ze wierpen een blik op de Polen, die nog steeds lachten, en liepen naar de achterkant van de tank. Een van de mannen opende het motorcompartiment en de ander keek erin.

De Sovjetbevelhebber in het zwarte jasje leek zich niets aan te trekken van het gelach van de cavaleriesoldaten. Hij haalde alleen zijn schouders op en zei nog een keer: 'Tank kapot!'

De Poolse officier gaf een scherp bevel aan zijn soldaten, die onmiddellijk weer hun oorspronkelijke formatie begonnen te vormen. Zodra ze daarmee klaar waren, maakte de officier een kort gebaar met zijn hand en zetten de soldaten zich in beweging. De twee kolommen splitsten zich zodat ze om de tank konden rijden, als stromend water om een steen die in een beek ligt.

De Polen lieten hun minachting voor de kapotte tank duidelijk blijken. De voorste ruiter wees met de punt van zijn lans omlaag en trok het lemmet over de metalen romp, zodat aan de zijkant een krul witte verf van een groot cijfer 4 werd geschraapt.

De Sovjets deden geen enkele poging hem tegen te houden. In plaats daarvan gingen ze aan het werk om de tank te repareren.

Terwijl de laatste Poolse lansier langsreed, boog hij zo ver voorover in zijn zadel dat hij de tankbevelhebber had kunnen aanraken. 'Tank kapot!' zei hij spottend.

De officier knikte grijnzend, maar zodra de paarden waren weggedraafd, verdween de glimlach op slag van zijn gezicht.

De twee soldaten die over de motor gebogen hadden gestaan, rechtten hun ruggen en keken de wiegende achtereinden van de paarden na die de volgende bocht van de weg om gingen en uit het zicht verdwenen.

'Zo is het maar net, Polak,' zei een van de soldaten op een toon die nauwelijks boven gefluister uit kwam. 'Lach jij maar lekker.'

'En wij zullen ook lachen,' zei de ander, 'wanneer we op jullie Poolse graven pissen.'

De tankbevelhebber beschreef met zijn vinger een cirkel, het teken dat de motor weer gestart moest worden.

De soldaten knikten. Ze deden de klep van de motor dicht en klommen in de tank.

De T-34 kwam weer bulderend tot leven en sprong naar voren, holde groeven uit in de weg en deed een waaier van modder opspuiten toen hij verder rolde. Bij een ongemarkeerd pad aangekomen blokkeerde de bestuurder een van de rupsbanden. De tank zwenkte zijwaarts, waarna de beide rupsbanden weer in beweging kwamen. De T-34 denderde door het kreupelhout, onderweg splinters van de bomen schavend. Hij was spoedig uit het zicht verdwenen en er klonk alleen nog het geluid van de motor, dat in de verte wegstierf.

In een donkere, smalle zijstraat, twee blokken van het Kremlin verwijderd, stak Pekkala een lange koperen sleutel in het slot van een gehavende deur. De deur was bekleed met ijzeren platen die ooit in een frisgele kleur waren geverfd, als om meer licht te lokken dan de enkele minuten die de zon ze dagelijks bescheen. De verf was goeddeels afgesleten en wat ervan over was had een kleur als van oude vernis gekregen.

Terwijl Pekkala met zware stappen de versleten houten trap naar de derde verdieping op liep, streek hij met zijn vingers over de zwarte metalen leuning. De enige verlichting kwam van een peertje waar stofwebben omheen hingen. Op een kapotte stoel in een donkere hoek lag een oude grijze kat met een doffe vacht. Een stapel lege zinken kolenkitten stond bij een deur en er glinsterde kolengruis op de loper.

Maar op de derde verdieping was alles anders. Hier waren de muren onlangs nog geverfd. Aan één kant van de gang stond een houten kapstok met een krom haakje waar een paraplu aan hing. Op de deur stond Pekkala's gesjabloneerde naam en eronder 'Inspecteur'. Daaronder, in kleinere letters: 'Kirov, assistent van inspecteur Pekkala'.

Iedere keer als hij op de derde verdieping kwam, bedankte Pekkala in stilte zijn kieskeurige assistent.

Soms als Pekkala zijn kantoor binnenging vroeg hij zich af of hij verdwaald was en in een of andere vreemde botanische tuin was beland. Overal stonden planten: de zoete, bedompte geur van tomaten, de getuite mondjes van orchideeën, de oranje en paarse snavelachtige paradijsvogelbloemen. Het stof werd dagelijks van hun bladeren geveegd, de aarde werd vochtig maar niet nat gehouden en er zaten vingerafdrukken op omdat Kirov de aarde regelmatig met zijn vingers indrukte, alsof hij een baby instopte.

De lucht was zwaar hierbinnen, bijna als in een jungle, vond Pekkala, en bij de aanblik van zijn bureau, dat half verscholen stond tussen al het groen, kreeg hij de indruk dat zijn kantoor er zo uit zou zien als alle mensen plotseling van de aardbol waren verdwenen en de planten aan de macht waren gekomen en de wereld van de mens hadden opgeslokt.

Vandaag hingen er kookluchtjes en Pekkala herinnerde zich weer dat het vrijdag was, die ene dag in de week dat Kirov voor hem kookte. Hij slaakte een zucht van tevredenheid toen hij de geur van gekookte ham, kruidnagels en jus opsnoof.

Kirov droeg nog steeds zijn uniform en stond gebogen over het fornuis dat een hoek van de kamer besloeg. Hij roerde met een pollepel in een gietijzeren pan en neuriede zachtjes voor zich heen.

Toen Pekkala de deur achter zich sloot draaide de jongeman zich om, de pollepel als een toverstaf geheven. 'Inspecteur! Precies op tijd.'

'Je weet toch dat je niet al die moeite hoeft te doen,' zei Pekkala, hopend dat het overtuigend klonk.

'Als het aan u lag,' zei Kirov, 'zouden we drie keer per dag blikken Tushonkavlees van het leger eten. Mijn smaakpapillen zouden zelfmoord plegen.'

Pekkala nam twee aardewerken kommen van het schap en zette ze in de vensterbank. Daarna haalde hij twee metalen lepels uit zijn bureaula. 'Wat heb je vandaag voor ons gemaakt?' vroeg hij, en hij tuurde over Kirovs schouder in de pan. Daar zag hij een donkere saus, een stoofschotel van ham, aardappels en gekookte kastanjes en een bundeltje dat op het eerste gezicht uit gele takjes bestond.

'*Boujenina*,' zei Kirov, terwijl hij van het puntje van de dampende pollepel proefde.

'Wat is dat?' vroeg Pekkala, naar de takjes wijzend. 'Het lijkt wel gras.'

'Geen gras,' zei Kirov. 'Hooi.'

Pekkala bracht zijn gezicht dichter bij het borrelende mengsel in de pan. 'Kunnen mensen hooi eten?'

'Het is alleen voor de smaak.' Kirov pakte een schilferige rood-met-witte emaillen soeplepel en schepte een portie van de stoofpot in Pekkala's kom.

Pekkala ging op de krakende houten stoel achter zijn bureau zitten en tuurde achterdochtig naar zijn middagmaal. 'Hooi,' zei hij nog eens, de damp opsnuivend die uit zijn kom opsteeg.

Kirov ging tussen zijn planten in de vensterbank zitten. Zijn lange bungelende benen raakten bijna de vloer.

Pekkala opende zijn mond om weer iets te vragen. Verschillende dingen zelfs. Wat voor hooi was het? Waar kwam het vandaan? Wie had dit bedacht? Wat betekende boujenina? Maar Kirov legde hem het zwijgen op voor hij de kans had om iets te zeggen.

'Niet praten, inspecteur. Eten!'

Gehoorzaam bracht Pekkala de boujenina naar zijn mond. De zilte warmte verspreidde zich door zijn lichaam. De smaak van kruidnagels vonkte als elektriciteit in zijn hersens. En nu proefde hij ook het hooi: een milde aardsheid die uit verborgen hoeken van zijn geest herinneringen aan zijn kindertijd opriep.

Ze aten in een ontspannen stilte.

Toen Pekkala een minuut later met zijn lepel over de bodem van zijn kom schraapte, kuchte Kirov luid. 'Bent u nu al klaar?'

'Ja,' zei Pekkala. 'Is er nog meer?'

'Er is nog meer, maar dat bedoel ik niet! Hoe kunt u zo snel eten?'

Pekkala haalde zijn schouders op. 'Zo eet ik nu eenmaal.'

'Ik bedoel,' zei Kirov, 'dat u moet leren om van uw eten te genieten. Eten is net als dromen, inspecteur.'

Pekkala stak hem zijn kom toe. 'Mag ik nog wat terwijl jij het uitlegt?'

Met een geërgerde zucht nam Kirov de kom van Pekkala aan, schepte hem weer vol en gaf hem terug. 'Er zijn drie soorten dromen,' begon hij. 'De eerste is alleen maar wat gekrabbel in je geest. Die stelt niets voor. Het is gewoon je brein dat zich loswindt als de veren van een klok. De tweede soort betekent wel iets. Je onbewuste probeert je iets te vertellen, maar je moet de betekenis nog duiden.'

'En de derde?' vroeg Pekkala met zijn mond vol eten.

'De derde,' zei Kirov, 'is wat de mystici "Barakka" noemen. Het is een wakende droom, een visioen, waarin je een glimp opvangt van hoe het heelal in elkaar zit.'

'Zoals de heilige Paulus,' zei Pekkala, 'op de weg naar Damascus.'

'Wat?'

'Laat maar zitten.' Pekkala zwaaide met zijn lepel. 'Ga door. Wat heeft dat met eten te maken?'

'Er is het maal dat je alleen eet om je maag te vullen.'

'Zoals vlees uit blik,' opperde Pekkala.

Kirov huiverde. 'Ja, zoals die blikken vlees die u naar binnen werkt. En dan heb je de maaltijden in het café die u 's middags gebruikt, die niet veel beter zijn, behalve dat je na afloop niet hoeft af te wassen.'

'En verder?'

'En dan zijn er de maaltijden die eten tot kunst verheffen.'

Pekkala, die al die tijd door was blijven eten, liet nu zijn lepel in de lege kom vallen.

Toen Kirov dat hoorde, schudde hij verbaasd zijn hoofd. 'U hebt geen idee waar ik het over heb, hè inspecteur?'

'Nee,' gaf Pekkala toe, 'maar ik heb prachtige dromen gehad. Ik weet niet waarom jij geen beroepskok bent geworden.'

'Ik kook omdat ik dat wil,' zei Kirov, 'niet omdat het moet.'

'Is er verschil?'

'Alle verschil van de wereld,' zei Kirov. 'Als ik de hele dag voor mannen als Nagorski zou moeten koken, zou ik er geen enkel plezier aan beleven. Weet u wat hij zat te eten toen ik dat restaurant binnenkwam? Blini's. Met Kaspische Sevrugakaviaar, elk eitje een volmaakte zwarte parel. Hij stouwde het gewoon naar binnen. De kunst van eten ontging hem volledig.'

Pekkala keek beschaamd in zijn kom, die alweer leeg was. Hij had zijn best gedaan om in een waardig tempo te eten, maar eerlijk gezegd, als Kirov er niet was geweest, zou hij zo langzamerhand de kom opzij hebben geschoven en uit de pan hebben gegeten.

'Is het nog gelukt met Nagorski?' vroeg Kirov.

'Hangt ervan af,' zei Pekkala met een zucht, 'wat je gelukt noemt.'

'Die tank die hij heeft gebouwd,' zei Kirov. 'Ik hoor dat die meer dan tien ton weegt.'

'Dertig, om precies te zijn,' zei Pekkala. 'Als je hem erover hoort praten, zou je denken dat die tank een familielid is.'

'Denkt u dat hij schuldig is?'

Pekkala schudde zijn hoofd. 'Een onaangename man, misschien, maar niet schuldig, voor zover ik weet. Ik heb hem laten gaan. Hij is nu weer op de testbasis waar aan het ontwerp van zijn tank wordt gewerkt.' Op hetzelfde moment zag hij bij de deur een grote doos staan. 'Wat is dat?'

'Tja,' begon Kirov.

'Iedere keer dat je "tja" zegt, weet ik dat het iets is waar ik niet blij mee zal zijn.'

'Helemaal niet!' Kirov begon zenuwachtig te lachen. 'Het is een cadeau voor u.'

'Ik ben vandaag niet jarig.'

'Nu ja, het is een soort cadeau. Eigenlijk is het meer een…'

'Het is dus geen echt cadeau.'

'Nee,' gaf Kirov toe. 'Het is meer een soort suggestie.'

'Een suggestie,' herhaalde Pekkala.

'Maak open!' zei Kirov, zwaaiend met zijn lepel.

Pekkala stond van zijn stoel op en liep naar de doos. Hij zette hem op het bureau en tilde het deksel op. Er lag een keurig opgevouwen jas in. Daaronder lagen nog enkele kledingstukken.

'Ik vond dat het tijd werd dat u nieuwe kleren kreeg,' zei Kirov.

'Nieuw?' Pekkala keek naar de kleren die hij aanhad. 'Maar deze zijn nieuw. Bijna, in ieder geval. Ik heb ze vorig jaar gekocht.'

Kirov kuchte even. 'Als ik nieuw zeg, bedoel ik eigenlijk modern.'

'Deze kleren zijn modern!' protesteerde Pekkala. 'Ik heb ze hier in Moskou gekocht. Ze waren duur.' Hij wilde er net over uitweiden hoeveel hij ervoor had moeten betalen toen Kirov hem onderbrak.

'Goed dan,' zei Kirov geduldig en hij probeerde er een andere draai aan te geven. 'Waar hebt u uw kleren gekocht?'

'Bij Linski, dicht bij het Bolsjojtheater. Linski maakt duurzaam spul!' zei Pekkala, en hij klopte op de voorkant van zijn jas. 'Hij zei zelf tegen me dat als je een jas bij hem koopt, het de laatste is die je ooit zult hoeven dragen. Dat is zijn persoonlijk devies, weet je.'

'Ja.' Kirov klapte geluidloos in zijn handen. 'Maar weet u hoe mensen zijn zaak noemen? Kleren voor de doden.'

'Dat lijkt me een beetje overdreven.'

'In godsnaam, inspecteur, Linski verkoopt kleren aan begrafenisondernemingen!'

'En wat dan nog?' protesteerde Pekkala. 'Directeuren van begrafenisondernemingen moeten iets dragen, weet je. Je kunt er niet naakt rondlopen. Mijn vader was begrafenisondernemer...'

Kirov verloor ten slotte zijn geduld. 'Linski verkoopt geen kleren aan de directeuren! Linski maakt de kleren die de lijken aanhebben als ze opgebaard liggen. Daarom zijn zijn kleren de laatste die men ooit zal dragen. Omdat je erin wordt begraven!'

Pekkala fronste zijn voorhoofd. Hij bekeek zijn revers. 'Maar ik heb altijd jassen in deze stijl gedragen.'

'Dat is het probleem, inspecteur,' probeerde Kirov hem te overreden. 'Er bestaat zoiets als mode, zelfs voor mensen als u. Kijkt u hier nu eens naar.' Kirov liep de kamer door en haalde de jas uit de doos. Hij vouwde hem voorzichtig open. Daarna pakte hij hem bij de schouders vast en tilde hem op zodat Pekkala hem kon bekijken. 'Kijk hier eens naar. Dit is de laatste mode. Trek hem eens aan. Dat is het enige wat ik vraag.'

Pekkala trok met tegenzin het jasje aan.

Kirov hielp hem daarbij. 'Zo!' zei hij. 'Hoe zit het?'

Pekkala stak zijn armen in de lucht en liet ze weer zakken. 'Goed, lijkt me.'

'Ziet u wel! Dat zei ik toch al! En er is ook een overhemd en een nieuwe broek. Niemand zal u nu nog een fossiel kunnen noemen.'

Pekkala fronste zijn voorhoofd. 'Ik wist niet dat ik zo werd genoemd.'

Kirov klopte hem op zijn schouder. 'Het is maar een uitdrukking. En nu heb ik nog iets anders voor u. Een echt cadeau dit keer.' Hij gebaarde met zijn arm naar de vensterbank, waar een klein plantje doorboog onder het gewicht van feloranje vruchten.

'Mandarijnen?' zei Pekkala.

'Kumquats,' corrigeerde Kirov hem. 'Het heeft me maanden gekost om zo'n plant te vinden en meer dan een jaar om er fruit aan te krijgen. Bent u zover?'

'Kumquats,' zei Pekkala, die nog aan het woord moest wennen.

Kirov pakte een vrucht tussen zijn duim, wijs- en ringvinger. Hij draaide er voorzichtig aan tot het bolletje van de steel losliet en bood het Pekkala aan.

Pekkala plukte de kumquat van Kirovs vingers en snoof eraan.

'Eet!' zei Kirov met een blos op zijn wangen. 'Dat is een bevel!'

Pekkala trok zijn wenkbrauwen op. 'Een bevel, Kirov?'

'Ik ben uw meerdere in rang.'

'Maar ik heb geen rang!'

'Precies.' Kirov wapperde met zijn hand naar Pekkala alsof hij een vlieg wegjoeg. 'Zorg er maar voor dat ik het niet nog eens hoef te vragen!'

Pekkala beet door het dunne glanzende vel van de kumquat in de gele partjes eronder. Hij kneep zijn ogen stijf dicht toen de zure smaak in zijn mond liep. 'Hij is oneetbaar!'

'Hij is perfect,' zei Kirov, waarop hij weer naar de vensterbank liep en met zijn vinger liefdevol over de donkergroene, glimmende bladeren streek.

'Je zou een vriendin moeten hebben, Kirov. Of een vrouw. Je besteedt te veel tijd aan deze kumquats. En ga nu alsjeblieft naar beneden en rijd de auto voor.'

'Waar gaan we heen?'

'We hebben een rendez-vous met dertig ton Russisch staal. Nagorski heeft aangeboden ons een rondleiding te geven op de plaats waar de tank wordt ontworpen. Hij is erop gebrand om ons te bewijzen dat de basis veilig is.'

'Goed, inspecteur.' Kirov pakte zijn sleutels en liep de deur uit.

'Heb je aan je pistool gedacht?' riep Pekkala hem achterna.

Kirov kreunde. Zijn voetstappen hielden stil.

'Je was het weer vergeten, hè?'

'Ik heb het deze keer niet nodig,' protesteerde Kirov.

'Je weet nooit wanneer je het nodig zult hebben. Daarom zijn er regels, Kirov!'

Kirov strompelde de trap weer op en ging het kantoor binnen. Daar begon hij de lades van zijn bureau te doorzoeken.

'Ben je het kwijt?' vroeg Pekkala.

'Het moet hier ergens liggen,' mompelde Kirov.

Pekkala schudde zuchtend zijn hoofd.

'O!' riep Kirov. 'Hier is hij!' Hij stak een Tokarev automatisch pistool omhoog, zoals die standaard aan legerofficieren en leden van de nationale veiligheidsdienst werd uitgereikt.

'Ga dan nu de auto halen,' beval Pekkala hem.

'Ik ben al weg!' Kirov rende langs hem heen en denderde de trap af.

Voor Pekkala het kantoor verliet trok hij het nieuwe jasje uit, legde het terug in de doos en trok zijn oude jas weer aan. Terwijl hij de knopen dichtmaakte, liep hij naar het raam en keek uit over de daken van Moskou. De late middagzon scheen flauwtjes en zilverkleurig op de leien daken. Kraaien en duiven zaten naast elkaar op de schoorstenen. Zijn blik viel weer op de planten in de vensterbank. Pekkala keek even achterom om te zien of Kirov was teruggekeerd en stak toen zijn hand uit om een kumquat te plukken. Hij stopte de hele vrucht in zijn mond en beet door. Het bittere sap explodeerde in zijn mond. Hij slikte hem door en snakte naar adem. Vervolgens liep hij de trap af naar de straat.

Er viel een lichte regen.

Kirov stond naast de auto. Het was een 1935 Emka met een rechthoekig dak en aan de voorkant een groot radiatorscherm en koplampen, die de auto iets hooghartigs gaven.

Kirov stond bij het open portier aan de passagierskant op Pekkala te wachten. De motor draaide stationair. De ruitenwissers van de Emka zwiepten hortend heen en weer, als de voelsprieten van een insect.

Toen Pekkala de gehavende gele deur achter zich dichttrok en zich omdraaide, kwam hij bijna in aanraking met twee langslopende vrouwen.

Ze waren stevig ingepakt met sjaals en dikke jassen en liepen vrolijk te babbelen terwijl de condens van hun adem een stralenkrans om hun hoofden vormde.

'Neem me niet kwalijk,' zei Pekkala, die iets achterover helde om een botsing met de vrouwen te vermijden.

De vrouwen hielden hun pas niet in. Ze wierpen alleen een vluchtige blik op hem en zetten hun gesprek weer voort.

Pekkala stond hen na te kijken en staarde naar de vrouw die aan de linkerkant liep. Hij had maar een glimp van haar opgevangen – lichte ogen en een sliert blond haar langs haar wang – maar het bloed trok weg uit zijn gezicht.

Kirov zag het. 'Pekkala,' zei hij zachtjes.

Pekkala leek hem niet te horen. Hij liep met snelle passen achter de vrouwen aan. Net voor ze de hoek om zouden slaan, stak hij zijn hand uit en raakte de schouder van de vrouw met de lichte ogen aan.

Ze draaide zich vlug om. 'Wat is er?' vroeg ze, plotseling bang geworden. 'Wat wilt u?'

Alsof hij een schok had gekregen, trok Pekkala zijn hand snel terug. 'Het spijt me,' stamelde hij. 'Ik dacht dat u iemand anders was.'

Kirov liep naar hen toe.

Pekkala slikte, kon nauwelijks een woord uitbrengen. 'Het spijt me heel erg,' zei hij tegen haar.

'Wie dacht u dat ik was?' vroeg ze.

Kirov bleef naast hen staan. 'Neemt u ons niet kwalijk, dames,' zei hij opgewekt. 'Wij wilden net de andere kant op gaan.'

'Ik hoop dat u de vrouw vindt die u zoekt,' zei de vrouw tegen Pekkala.

Ze liep weer verder met haar vriendin terwijl Kirov en Pekkala naar de auto teruggingen.

'Je hoefde me niet achterna te lopen,' zei Pekkala. 'Ik ben uitstekend in staat om mezelf uit pijnlijke situaties te redden.'

'Niet zo goed als u in staat bent erin terecht te komen,' antwoordde Kirov. 'Hoe vaak bent u van plan achter vreemde vrouwen aan te hollen?'

'Ik dacht dat het…'

'Ik weet wie u dacht dat het was, en u weet net zo goed als ik dat ze niet in Moskou is. Ze is niet eens in het land! En zelfs als ze hier wel was, vlak voor uw neus, dan zou dat nog niets uitmaken, omdat ze nu een ander leven heeft. Of bent u dat helemaal vergeten?'

'Nee,' zei Pekkala zuchtend, 'dat ben ik niet vergeten.'

'Kom op, inspecteur, laten we die tank eens gaan bekijken. Misschien mogen we er een mee naar huis nemen.'

'Dan zouden we ons geen zorgen hoeven maken of iemand onze parkeerplaats inpikt,' zei Pekkala terwijl hij op de achterbank van de Emka plaatsnam. 'We zouden er gewoon bovenop parkeren.'

Toen Kirov in de stroom auto's invoegde, zag hij niet dat Pekkala achteromkeek naar de lege straat waar hij met de vrouwen had gestaan, alsof hij probeerde tussen de schaduwen een of andere geest van zijn vroegere zelf te ontwaren.

Ze heette Ilja Simonova. Ze was onderwijzeres op de lagere school van Tsarskoje, vlak naast het buitenverblijf van de tsaar. Het merendeel van het paleispersoneel stuurde zijn kinderen naar de Tsarskojeschool en Ilja wandelde vaak met een groep leerlingen door het Catherinapark en het Alexanderpark. Zo had Pekkala haar ontmoet – op een tuinfeest om het begin van het nieuwe jaar te vieren. Hij was in feite niet op het feest geweest, maar had het onderweg van het station naar huis gezien. Hij was blijven staan bij de schoolmuur en had een blik in de tuin geworpen.

Het enige wat Pekkala zich nog van dat moment kon herinneren, was haar aanblik, zoals ze daar vlak voor een feesttent stond die er voor de gelegenheid was neergezet. Ilja had een zachtgroene jurk aan. Ze droeg geen hoed en Pekkala kon haar gezicht goed zien: hoge jukbeenderen en lichtblauwe ogen.

Eerst dacht hij dat hij haar ergens van moest kennen. Ze had iets waardoor ze hem bekend voorkwam. Maar dat was het niet. Wat dit plotselinge verlangen van zijn zintuigen naar iets wat hij niet kon verklaren ook was, het deed hem zijn pas inhouden en hij bleef staan. Voor hij wist wat er gebeurde, was er aan de andere kant van de muur een vrouw naar hem toe gekomen die had gevraagd of hij iemand zocht. Ze was lang en voornaam, met haar grijze haren in een knotje achter op haar hoofd.

'Wie is dat?' vroeg Pekkala en hij knikte naar de vrouw in de groene japon.

'Dat is de nieuwe onderwijzeres, Ilja Simonova. Ik ben de hoofdonderwijzeres, Rada Obolenskaja. En u bent de nieuwe rechercheur van de tsaar.'

'Inspecteur Pekkala.' Hij boog zijn hoofd ter begroeting.

'Wilt u dat ik u aan haar voorstel?'

'Ja!' bracht Pekkala uit. 'Ik wilde alleen… Ze lijkt op iemand die ik ken. Dat denk ik tenminste.'

'Ik begrijp het,' zei mevrouw Obolenskaja.

'Misschien vergis ik me,' zei Pekkala.

'Dat denk ik niet,' zei ze.

Precies een jaar later vroeg hij Ilja Simonova ten huwelijk.

Er werd een datum vastgesteld, maar van een huwelijk kwam het niet. Ze kregen nooit de kans. In plaats daarvan reisde Ilja vlak voor het uitbreken van de Revolutie met de laatste trein naar het westen. De eindbestemming was Parijs en Pekkala beloofde haar dat hij zich bij haar zou voegen zodra de tsaar hem toestemming verleende om het land te verlaten. Maar Pekkala verliet het land niet. Hij werd een paar maanden later door de bolsjewistische militie gearresteerd toen hij probeerde de grens met Finland over te steken. Zo begon zijn reis naar Siberië en het zou nog jaren duren eer hij opnieuw de kans kreeg om te vertrekken.

'Je bent vrij om te gaan als je wilt,' zei Stalin, 'maar één ding hoor je nog te weten voor je je besluit neemt.'

'Wat dan?' vroeg Pekkala zenuwachtig. 'Wat hoor ik te weten?'

Stalin keek hem oplettend aan, alsof ze aan het kaarten waren. Hij trok een bureaulade open waarvan het droge hout piepte. Hij pakte er een foto uit en keek er even naar. Hij legde de foto weer neer, zette zijn vinger erop en schoof hem naar Pekkala.

Het was Ilja. Hij herkende haar meteen. Ze zat aan een cafétafeltje. Pekkala las de woorden Les Deux Magots. Ze glimlachte en keek naar iets links van de camera. Hij kon haar sterke witte tanden zien. Hierna richtte Pekkala aarzelend zijn blik op de man die naast haar zat. Hij was mager en had donker, strak achterovergekamd haar. Hij droeg een colbertje en een stropdas en hield het eindje van een sigaret tussen zijn duim en wijsvinger geklemd. Hij hield hem op de Russische manier vast, met het brandende eind boven zijn palm alsof hij de as die eraf viel wilde opvangen. De man glimlachte, net als Ilja. Ze keken beiden naar iets wat zich links van de camera bevond. Aan de andere kant van het tafeltje stond iets wat Pekkala in eerste instantie bijna niet had herkend, omdat hij er in geen jaren meer een had gezien. Het was een kinderwagen, met de kap omhoog om de baby voor het zonlicht af te schermen.

Pekkala merkte dat zijn adem stokte. Hij moest zich inspannen om zijn longen te vullen.

Stalin schraapte zachtjes zijn keel. 'Je moet het haar niet kwalijk nemen. Ze heeft gewacht, Pekkala. Ze heeft heel lang gewacht. Meer dan tien jaar. Maar een mens kan toch niet eeuwig blijven wachten?'

Pekkala staarde naar de kinderwagen. Hij vroeg zich af of het kind haar ogen had.

'Zoals je ziet,' zei Stalin, wijzend naar de foto, 'is Ilja nu gelukkig. Ze heeft een gezin. Ze geeft les, Russisch, vanzelfsprekend, aan de prestigieuze École Stanislas. Ze heeft geprobeerd het verleden achter zich te laten. Iets wat wij allemaal op een bepaald moment in ons leven moeten doen.'

Langzaam richtte Pekkala zijn hoofd op, tot hij Stalin recht in de ogen keek. 'Waarom laat u me dit zien?'

Stalins lippen vertrokken. 'Zou je liever naar Parijs zijn gegaan om er een nieuw leven te beginnen, en er dan pas achter zijn gekomen dat dat opnieuw onbereikbaar is?'

'Onbereikbaar?' Pekkala voelde zich duizelig worden. Het was alsof zijn hersens van de ene naar de andere kant van zijn schedel schoten, als vissen in een net.

'Je kunt vanzelfsprekend nog steeds naar haar toe gaan.' Stalin haalde zijn schouders op. 'Maar de gemoedsrust die ze de afgelopen jaren heeft gekregen, zou in een tel verdwenen zijn. En stel nu eens dat je haar kunt overhalen om de man met wie ze getrouwd is te verlaten. Laten we veronderstellen dat ze zelfs haar kind achterlaat...'

'Houd maar op,' zei Pekkala.

'Zo'n soort man ben jij niet,' ging Stalin voort. 'Jij bent niet het monster dat je eens in de ogen van je vijanden was. Als je dat was, zou je nooit zo'n formidabele tegenstander zijn geweest voor mensen als ik. Monsters kun je makkelijk verslaan. Met dat soort lieden is het slechts een kwestie van bloed en tijd, want angst is hun enige wapen. Maar jij, Pekkala, jij hebt de harten van de mensen en het respect van je vijanden gewonnen. Ik geloof niet dat je begrijpt hoe zeldzaam dat is. Degenen die jij toen diende, zijn er nog steeds.' Stalin gebaarde naar het raam van zijn werkkamer en naar de lichtblauwe herfsthemel. 'Ze zijn je niet vergeten, Pekkala, en ik geloof niet dat jij hen vergeten bent.'

'Nee,' fluisterde Pekkala, 'ik ben ze niet vergeten.'

'Wat ik je probeer uit te leggen, Pekkala, is dat je dit land kunt verlaten als je dat wilt. Ik zal je op de volgende trein naar Parijs zetten als je dat werkelijk wenst. Of je kunt hier blijven, waar men je nog steeds nodig heeft en waar je nog een plaats hebt, als je dat wilt.'

Tot dat ogenblik was de gedachte om in Rusland te blijven niet bij hem opgekomen. Maar nu besefte Pekkala dat zijn laatste gebaar van liefde naar de vrouw van wie hij ooit dacht dat ze de zijne zou worden, eruit moest bestaan haar te doen geloven dat hij dood was.

Ze waren nu in open landschap en de motor van de Emka ronkte vergenoegd terwijl Kirov over de stoffige hoofdweg uit Moskou scheurde.

'Denk je dat ik een vergissing heb begaan?' vroeg Pekkala.

'In welk opzicht, inspecteur?' vroeg Kirov, en hij wierp een blik op Pekkala in de achteruitkijkspiegel voor hij zijn aandacht weer op de weg richtte.

'Door hier te blijven. In Rusland. Ik kreeg de kans om weg te gaan en die heb ik laten schieten.'

'U doet belangrijk werk hier,' zei Kirov. 'Waarom denkt u dat ik een verzoek heb gedaan om met u te mogen samenwerken, inspecteur?'

'Ik vond dat zoiets je eigen zaak was.'

'Ik deed dat zodat ik, als ik 's avonds naar bed ga, weet dat ik iets heb gedaan wat werkelijk waardevol is. Hoeveel mensen kunnen dat in alle oprechtheid zeggen?'

Pekkala gaf geen antwoord. Hij vroeg zich af of Kirov gelijk had, of dat hij, toen hij erin toestemde om voor Stalin te werken, ieder ideaal waar hij ooit in had geloofd had bezoedeld.

Grijze wolken hingen vlak boven de kruinen van de bomen.

Toen ze Nagorski's testbasis naderden, zag Pekkala aan één kant van de weg een hoog metalen hek. Het leek of er geen einde aan kwam. Het hek was twee keer manshoog en bovenop was een tweede hek aangebracht dat met een hoek naar voren stak en bespannen was met vier rijen prikkeldraad. Daarachter rees uit de schrale moerassige grond een wanordelijk groepje bomen op.

De eentonigheid van de omheining werd slechts hier en daar onderbroken door zwarte metalen bordjes die aan het hek waren geschroefd. Op elk bordje stonden in matgele verf een doodskop en gekruiste knekels afgebeeld.

'Ziet er tot nu toe behoorlijk beveiligd uit,' zei Kirov.

Maar Pekkala was daar niet zo zeker van. Een intimiderend bordje en een laag prikkeldraad die met een simpele nijptang doorgeknipt kon worden, vond hij niet bepaald vertrouwenwekkend.

Ten slotte kwamen ze bij een toegangspoort. Erachter stond een houten wachthuisje dat amper voldoende ruimte bood aan één persoon. Het was gaan regenen en op het teerpapieren dak van het hokje lagen druppels als zilveren muntjes.

Kirov hield stil. Hij toeterde.

Onmiddellijk kwam er een man het hokje uit gerend. Hij droeg een slecht zittend legerjasje en gespte een gladde leren riem om waar een zware leren holster aan vastzat. Haastig verschoof hij een metalen grendel zo dik als zijn pols en zwaaide de poort open.

Kirov reed een eindje door tot ze naast het wachthuisje stonden.

Pekkala rolde zijn raampje omlaag.

'Zijn jullie de dokters?' vroeg de man buiten adem. 'Ik verwachtte u nog niet.'

'Dokters?' zei Pekkala.

De doffe ogen van de man keken hem opeens scherp aan. 'Als u de dokters niet bent, wat komt u hier dan doen?'

Pekkala stak zijn hand in zijn jaszak om zijn identiteitsbewijs te pakken.

De bewaker trok zijn pistool en richtte het op Pekkala's gezicht.

Pekkala bleef roerloos zitten.

'Langzaam,' zei de bewaker.

Pekkala haalde zijn pas tevoorschijn.

'Houd hem omhoog zodat ik hem kan zien,' zei de bewaker.

Pekkala voldeed aan het bevel.

De pas was ongeveer zo groot als een gespreide mannenhand, had een dofrode kleur en een omslag van met stof overtrokken karton, zoals een oud schoolboek. Het Sovjetstaatszegel, ingeklemd tussen twee samengebonden korenschoven, versierde de voorkant. Aan de binnenkant was in de linkerbovenhoek een foto van Pekkala bevestigd met een waszegel, waardoor de emulsie van de foto was gebarsten. Eronder stonden in licht blauwgroen de letters NKVD en een tweede stempel, dat aangaf dat Pekkala in speciale opdracht van de regering werkte. De gegevens over zijn geboorte, zijn bloedgroep en zijn staatsidentificatienummer besloegen de rechterbladzijde.

De meeste overheidspassen bevatten alleen die twee bladzijden, maar aan die van Pekkala was een derde toegevoegd. Gedrukt op kanariegeel papier met rode randen stonden de volgende woorden:

DE PERSOON DIE IN DIT DOCUMENT WORDT GEÏDENTIFICEERD HANDELT ONDER HET DIRECTE GEZAG VAN KAMERAAD STALIN.

STEL HEM GEEN VRAGEN EN HOUD HEM NIET OP.

HIJ HEEFT HET RECHT OM BURGERKLEDING TE DRAGEN, WAPENS BIJ ZICH TE HEBBEN EN VERBODEN ARTIKELEN TE VERVOEREN, MET INBEGRIP VAN VERGIF, EXPLOSIEVEN EN BUITENLANDS GELD. HIJ MAG ZICH BEGEVEN OP TERREINEN DIE VERBODEN ZIJN VOOR MILITAIREN EN MAG ALLE SOORTEN BENODIGDHEDEN VORDEREN, MET INBEGRIP VAN WAPENS EN VOERTUIGEN.

ALS HIJ WORDT GEDOOD OF GEWOND MOET HET BUREAU SPECIALE OPERATIES HIER ONMIDDELLIJK VAN IN KENNIS WORDEN GESTELD.

Hoewel deze speciale toevoeging officieel bekendstond als een Geheime Operationele Vergunning, werd hij gewoonlijk een Schaduwpas genoemd. Hiermee kon een man naar willekeur verschijnen en verdwijnen in de jungle van regels waarmee het gezag in het land werd gehandhaafd. Men wist dat er nog geen tien van deze Schaduwpassen in omloop waren, en binnen de gelederen van de

NKVD hadden de meesten er nooit een gezien.

De regen sloeg neer op de pas, waardoor het papier donker werd. De bewaker kneep zijn ogen samen om de woorden te kunnen lezen. Het duurde even voor ze tot hem doordrongen. Daarna keek hij naar het pistool in zijn hand alsof hij geen idee had hoe het daar kwam. 'Neemt u mij niet kwalijk,' mompelde hij en hij stak het wapen snel weer bij zich.

'Waarom dacht je dat wij dokters waren?' vroeg Pekkala.

'Er is een ongeluk gebeurd,' zei de bewaker.

'Wat voor ongeluk?'

De bewaker haalde zijn schouders op. 'Dat kan ik u niet zeggen. Toen ik een halfuur geleden een telefoontje uit het gebouw kreeg, werd me alleen verteld dat er spoedig een dokter zou komen en dat ik hem zonder oponthoud door moest laten. Wat er ook aan de hand is, ik weet zeker dat kolonel Nagorski de situatie onder controle heeft.' De bewaker zweeg even. 'Wacht eens even, bent u echt inspecteur Pekkala?'

'Waarom zou ik dat niet zijn?' vroeg Pekkala.

'Ik bedoel…' De bewaker glimlachte opgelaten en krabde met zijn duimnagel aan zijn voorhoofd. 'Ik wist niet of u eigenlijk wel bestond.'

'Hebben we toestemming om door te rijden?' vroeg Pekkala.

'Vanzelfsprekend!' De bewaker deed een stap naar achteren en met een zwaai van zijn arm, als een man die broodkruimels van tafel veegt, gebaarde hij hun dat ze door mochten rijden.

Kirov zette de auto in de eerste versnelling en reed verder.

Een paar minuten lang reed de Emka over de lange, rechte weg, maar de basis was nog steeds nergens te bekennen.

'We zijn hier werkelijk kilometers van de bewoonde wereld,' mompelde Kirov.

Pekkala gromde instemmend. Hij keek met samengeknepen ogen omhoog naar de bomen, die zich over de auto bogen alsof ze nieuwsgierig waren naar wie erin zat.

Maar ten slotte zagen ze een eind verderop een plek waar de bomen waren omgehakt en een stuk of wat lage bakstenen gebouwen met platte daken stonden.

Zodra ze op een ongeplaveide binnenplaats stilhielden ging de deur van een van de kleinere gebouwen open en stormde een man naar buiten, recht op hen af. Hij droeg een militair uniform, net als de bewaker. Buiten adem kwam hij bij de Emka aan.

Pekkala en Kirov stapten uit.

'Ik ben kapitein Samarin,' zei de NKVD-man puffend. Hij had zwart, Aziatisch aandoend haar, dunne lippen en diepliggende ogen. 'Deze kant op, dokter,' hijgde hij. 'U zult uw dokterstas nodig hebben.'

'Wij zijn geen dokters,' zei Pekkala.

Samarin schrok. 'Ik begrijp het niet,' zei hij. 'Wat komt u hier dan doen?'

'Ik ben inspecteur Pekkala van het Bureau Speciale Operaties en dit is majoor Kirov. Kolonel Nagorski was zo vriendelijk ons een rondleiding op de basis aan te bieden.'

'Ik vrees dat er geen sprake kan zijn van een rondleiding, inspecteur,' zei Samarin, 'maar ik zal u graag laten zien waarom dat is.'

Samarin bracht hen naar de rand van wat op het eerste gezicht een enorm, half leeggepompt meer leek te zijn, dat vol stond met grote poelen vuil water. In het midden was een van Nagorski's tanks bijna tot de bovenrand van de rupsbanden in de modder gezakt. Op de zijkant stond met witte verf een grote 3 geschilderd. Naast de tank stonden twee mannen met hun schouders hoog opgetrokken vanwege de regen.

'Dus dat is de T-34,' zei Pekkala.

'Ja,' zei Samarin. 'En deze plek,' zei hij, naar de zee van modder wijzend, 'is wat we het testterrein noemen. Hier worden de tanks getest.'

De regen kwam nu met bakken uit de hemel en in het nabijgelegen bos klonk het geruis van druppels die op dorre bladeren tikten. Er hing een doordringende geur van vochtige aarde en het dichte wolkendek bedekte de hemelkoepel boven hun hoofd, als het oog van een blinde waarvan alleen nog het wit te zien is.

'Waar is Nagorski?' vroeg Pekkala.

Samarin wees naar de mannen naast de tank.

De dicht naast elkaar staande gestalten waren voor Pekkala te ver weg om in een van beiden kolonel Nagorski te herkennen.

Pekkala zei tegen Kirov: 'Blijf jij even hier.' Zonder verder nog een woord te zeggen liep hij naar voren en gleed de steile oever af. Hij belandde ruggelings onder aan de helling met zijn kleren en handen onder de smurrie. Het bruingele vocht contrasteerde scherp met zijn zwarte overjas. Toen Pekkala overeind kwam, stroomde het vuile water uit zijn mouwen. Pas toen hij een stap in de richting van de tank zette, merkte hij dat hij een schoen kwijt was. Hij trok de schoen uit de klei en op één been staand als een reiger wrong hij er zijn voet weer in, waarna hij doorliep.

Na eerst een paar minuten van de ene overstroomde krater naar de volgende te hebben gewaad, kwam Pekkala bij de tank. Naarmate hij dichterbij kwam leek de machine steeds groter, tot hij er ten slotte pal voor stond. Hoewel de T-34 half begraven lag in de modder, torende hij toch hoog boven hem uit.

Pekkala keek naar de twee verfomfaaide mannen. Ze zaten al net zo onder de modder als hijzelf. Een van hen droeg wat eens een witte laboratoriumjas was geweest. De ander had een bruine wollen jas met een bontkraag aan die ook vol modder zat. Maar geen van beiden was Nagorski.

'Bent u de dokter?' vroeg de man in de vuile labjas. Hij had een groot vierkant gezicht en een stevige bos borstelig grijs haar.

Pekkala stelde zich voor.

'Zo, inspecteur Pekkala,' zei de man met het grijze haar en hij spreidde zijn armen, 'welkom in het gekkenhuis.'

'Zo snel al een rechercheur,' sprak de ander spottend. Het was een kleine, tengere man met een gezicht dat zo bleek was dat zijn huid aan parelmoer deed denken. 'Jullie soort laat er geen gras over groeien.'

'Waar is de kolonel?' vroeg Pekkala. 'Is hij gewond?'

'Nee, inspecteur,' antwoordde de grijsharige man. 'Kolonel Nagorski is dood.'

'Dood?' riep Pekkala uit. 'Hoezo?'

De mannen keken elkaar aan. Ze leken niet bepaald tot praten bereid.

'Waar is hij?' wilde Pekkala weten. 'In de tank?'

De grijsharige man vertelde hem ten slotte wat er aan de hand was. 'Kolonel Nagorski zit niet in de tank. Kolonel Nagorski ligt onder de tank.'

Zijn metgezel wees naar de grond. 'Kijkt u zelf maar.'

Nu zag Pekkala vlak naast de T-34 een bundeltje vingertoppen, bleke kussentjes die boven het wateroppervlak uit staken. Hij moest zich inspannen om iets te zien in het modderige water, maar toen ontwaarde hij een been, dat vanaf de knie te zien was. Aan het uiteinde van dit been, dat gedeeltelijk van het lichaam leek te zijn getrokken, zag Pekkala een vervormde zwarte schoen. Het was alsof de naden gescheurd waren, alsof iemand met een veel te grote voet die schoen met veel moeite had aangetrokken. 'Is dat Nagorski?' vroeg hij.

'Wat er van hem over is,' antwoordde de man met de grijze haren.

Hoe vaak Pekkala ook doden had gezien, toch voelde hij zich altijd weer onthutst bij de eerste aanblik van een lijk. Het was alsof zijn geest de last van dat eerste moment niet aankon en het daarom elke keer weer uit zijn geheugen verwijderde. De intensiteit van de eerste schok nam daardoor nooit af.

Wat Pekkala steeds weer opviel was niet hoe verschillend de doden waren, maar hoezeer ze op elkaar leken – of het nu een man was of een vrouw, oud of jong – wanneer het leven uit het lichaam was verdwenen. Eenzelfde vreselijke stilte omringde hen, er waren dezelfde doffe ogen, en na enige tijd hing er dezelfde doordringende zoete lucht. Soms werd hij 's nachts wakker met de stank van de doden in zijn neus. Dan strompelde hij naar de wasbak om zijn gezicht te wassen en zijn handen te schrobben tot zijn knokkels bloedden, maar die lucht ging niet weg, alsof de lijken op de vloer rondom zijn bed lagen.

Pekkala ging op zijn hurken zitten. Toen hij Nagorski's vingertoppen aanraakte, leek zijn eigen hand een afspiegeling van de hand die in het troebele water lag. Hij zag Nagorski weer voor zich, aanmatigend en zwetend in de verhoorkamer van de Loebjanka-gevangenis. Hij had iets onverwoestbaars gehad. Nu voelde Pekkala de kilte van de huid van de dode man door zijn arm trekken alsof zijn eigen leven door zijn poriën wegstroomde. Hij trok zijn hand terug en stond op, met zijn gedachten al bij de taak die hem wachtte. 'Wie bent u?' vroeg hij aan de beide mannen.

'Ik ben professor Oesjinski,' verklaarde de man met het grijze haar, 'verantwoordelijk voor het ontwikkelen van wapens op de testbasis. En dit,' zei hij, wijzend op de man in de bruine jas, 'is professor Gorenko.'

'Ik ben de drijfwerkspecialist,' zei Gorenko. Hij hield zijn handen in zijn zakken. Zijn schouders beefden van de kou.

'Wat is er gebeurd?' vroeg Pekkala.

'Dat weten we niet precies.' Gorenko probeerde wat modder van zijn jas te vegen maar smeerde die daardoor juist in de wol. 'Toen wij ons vanochtend op het werk meldden, zei Nagorski dat hij aan nummer 3 wilde werken.' Met knokkels die blauw waren van de kou klopte hij op de zijkant van de tank. 'Dit is nummer 3,' zei hij.

'De kolonel zei dat hij in zijn eentje ging werken,' voegde Oesjinski eraan toe.

'Was dat ongebruikelijk?'

'Nee,' zei Oesjinski. 'De kolonel voerde vaak in zijn eentje tests uit.'

'Tests? Bedoelt u dat de tank nog niet af is?'

De mannen schudden hun hoofd. 'Er staan zeven complete tanks op de basis. Elke tank is uitgerust met iets andere mechanismen, motorsamenstellingen enzovoort. Ze worden voortdurend getest en met elkaar vergeleken. Uiteindelijk zullen we het ontwerp standaardiseren. Dan zal de T-34 in massaproductie gaan. Tot die tijd wilde de kolonel alles zoveel mogelijk geheimhouden.'

'Zelfs voor u?'

'Voor iedereen, inspecteur,' antwoordde Gorenko. 'Zonder uitzondering.'

'Op welk moment besefte u dat er iets mis was gegaan?'

'Toen ik het hoofdgebouw uit kwam.' Oesjinski knikte in de richting van het grootste gebouw. 'Wij noemen het het IJzeren Huis. Daar worden alle onderdelen van de tanks opgeslagen. Er ligt daarbinnen zoveel metaal dat het me verbaast dat het gebouw niet in de grond is gezakt. Voor ik naar buiten ging had ik aan de eindaandrijving gewerkt. De planetaire tandwielkast heeft een bepantserde ophanging aan beide zijden van de achterkant…'

Onwillekeurig kropen Gorenko's handen omhoog langs zijn jas en begon hij de modder weer weg te krabben die in de stof zat vastgekoekt.

'Wil je daar eens mee ophouden!' riep Oesjinski.

'Het is een gloednieuwe jas,' mompelde Gorenko. 'Ik heb hem gisteren gekocht.'

'De chef is dood!' Oesjinski greep Gorenko bij zijn polsen en trok zijn handen weg. 'Kun je dat nog steeds niet in je dikke kop krijgen?'

De mannen leken in shock te verkeren. Pekkala had zulk gedrag al vaak gezien. 'Wanneer drong het tot u door dat er iets mis was?' vroeg hij geduldig in een poging hen bij de les te houden.

'Ik stond buiten een sigaret te roken…' zei Oesjinski.

'In de fabriek mag niet worden gerookt,' onderbrak Gorenko hem.

'Ik kan dit zelf wel af!' riep Oesjinski en hij priemde met zijn vinger in Gorenko's borstkas.

Gorenko wankelde achteruit en verloor bijna zijn evenwicht. 'Je hoeft heus niet zo te doen, hoor!' beet hij hem toe.

'En opeens zag ik dat nummer 3 half in de modder was weggezakt,' ging Oesjinski verder. 'Ik dacht: kijk eens wat de kolonel voor elkaar heeft gebokst. Hij heeft de tank begraven. Ik nam aan dat hij het expres had gedaan, gewoon om te zien wat er zou gebeuren. Dat was echt iets voor hem. Ik wachtte af om te zien of hij hem eruit zou krijgen, maar toen kwam de gedachte bij me op dat er weleens iets kon zijn misgegaan.'

'Waarom dacht u dat?' vroeg Pekkala.

'Om te beginnen omdat de motor niet aanstond. Nagorski zou in die omstandigheid de motor niet hebben afgezet, zelfs niet voor een experiment. De tank zou helemaal in de modder kunnen wegzakken. Als er water in de motor stroomde, zou het hele raderwerk van de motor vernield worden. Zelfs Nagorski zou een dergelijk risico niet nemen.'

'Verder nog iets?'

'Ja. Het koepelluik stond open en het regende hard. Hij zou het luik hebben gesloten. En natuurlijk omdat er geen teken van kolonel Nagorski te bekennen was.'

'Wat hebt u toen gedaan?'

'Ik ben weer naar binnen gegaan en heb Gorenko erbij gehaald,' zei Oesjinski.

Gorenko zag hierin het sein dat hij eindelijk iets mocht zeggen. 'We zijn met z'n tweeën gaan kijken,' zei hij.

'We hebben eerst binnen in de tank gekeken,' zei Oesjinski. 'Daar was niemand.'

'Toen zag ik dat het lichaam onder de rupsbanden lag,' voegde Gorenko eraan toe. 'We hebben er meteen kapitein Samarin bij gehaald, het hoofd van de bewaking. We zijn met z'n drieën naar de tank teruggegaan en Samarin zei dat we hier moesten wachten.'

'En niets mochten aanraken.'

'En toen is Samarin vlug om een ambulance gaan bellen.'

'En wij staan hier nog steeds,' zei Gorenko met zijn armen stijf tegen zijn borst geklemd.

'Moeten we hem er niet onder vandaan halen?' Oesjinski staarde naar de hand van de kolonel, die leek te trillen in de door de wind gerimpelde poel aan hun voeten.

'Nog niet,' zei Pekkala. 'Er mag geen enkel bewijs worden aangeraakt tot ik de omgeving heb onderzocht.'

'Ik vind het akelig hem zo te zien,' mompelde Gorenko. 'Als bewijsmateriaal.'

Pekkala wist dat de tijd zou komen waarin Nagorski's lichaam met de eerbied zou worden behandeld waar het recht op had. Maar voorlopig maakte de dode man deel uit van een vergelijking, samen met de modder waarin hij lag en het ijzer dat zijn leven had vermorzeld. 'Aangenomen dat Nagorski hier in zijn eentje was,' zei Pekkala, 'heeft u dan enig idee hoe hij onder de tank is geraakt?'

'Dat hebben wij ons ook al afgevraagd,' zei Oesjinski.

'Het kan bijna niet,' voegde Gorenko eraan toe.

'Bent u nog in de tank geweest sinds u hier kwam?' vroeg Pekkala.

'Alleen om te constateren dat hij leeg was.'

'Kunt u mij het bestuurderscompartiment laten zien?'

'Vanzelfsprekend,' zei Gorenko.

Pekkala zette zijn voet op het wiel tegenover de kant van de tank waaronder Nagorski's lichaam bekneld lag, en probeerde zich aan de zijkant omhoog te hijsen. Hij verloor zijn evenwicht en viel kreunend van vertwijfeling ruggelings in het water. Tegen de tijd dat Pekkala weer overeind stond, was Gorenko naar de voorzijde van de tank gelopen en had zijn voet op de bumper gezet. 'Altijd aan de voorkant erop klimmen, inspecteur. Kijk, zo!' Hij klom naar de koepel, opende het luik en liet zich naar binnen zakken.

Pekkala kwam achter hem aan; zijn doornatte jas hing lood-zwaar aan zijn schouders en hij gleed met zijn kapotte schoenen uit op het gladde metalen oppervlak. Zijn vingers zochten klauwend naar houvast toen hij van het ene handvat naar het volgende schoof. Ten slotte was hij bij het koepelluik en hij liet met samengeknepen ogen zijn blik door de krappe ruimte van het bestuurderscomparti-ment gaan.

'Hoeveel mensen passen daarin?' vroeg hij.

'Vijf,' antwoordde Gorenko, naar hem opkijkend.

In Pekkala's ogen was er niet eens voldoende ruimte voor hem en Gorenko, laat staan voor nog drie mannen.

'Gaat het, inspecteur?'

'Ja, hoezo?'

'U ziet een beetje bleek.'

'Ik voel me prima,' loog Pekkala.

'Mooi,' zei Gorenko. 'Dan nu naar beneden, inspecteur.'

Pekkala zuchtte diep voor hij afdaalde in de tank.

Het eerste wat hem opviel toen zijn ogen aan het duister waren gewend, was de geur van nieuwe verf vermengd met dieselolie. Van bovenaf gezien had het binnenste van de tank hem al krap toege-schenen, maar eenmaal binnen leek het nog kleiner. Pekkala had het gevoel alsof hij een grafkelder was binnengegaan. Het zweet pa-relde op zijn voorhoofd. Hij had sinds zijn kindertijd last van claus-trofobie, omdat zijn broer Anton hem bij wijze van grap ooit had opgesloten in de oven van het crematorium bij de begrafenisonder-neming van hun vader.

'Dit is het gevechtscompartiment,' zei Gorenko, die in de rechterhoek tegenover hem op een stoel zat. De stoel was in de metalen wand bevestigd en had een losse ruggensteun, die in een halve cirkel langs de wanden liep. Gorenko wees naar een identieke stoel aan de linkerkant van de kamer. 'Gaat u zitten,' zei hij met de hartelijkheid van een man die iemand uitnodigt zijn woonkamer te betreden.

Pekkala ging bijna dubbelgebogen zitten.

'U zit nu op de plek van de lader,' legde Gorenko uit. 'Ik zit op die van de bevelhebber.' Hij strekte een been uit en liet zijn hak rusten op een rek met enorme kanonhulzen dat langs de wand van de ruimte stond. Elke huls was bevestigd met een snelsluiting.

'U zei dat de motor niet draaide toen u hem vond.'

'Dat klopt.'

'Betekent dat dat iemand hem had uitgezet?'

'Daar ga ik wel van uit.'

'Is het mogelijk dat na te gaan?'

Gorenko keek naar de plek van de bestuurder, in een nog kleinere ruimte die zich vlak voor het grote gevechtscompartiment bevond. Met toegeknepen ogen probeerde hij wijs te worden uit de wirwar van stuurhendels, versnellingspoken en pedalen. 'O,' zei hij. 'Ik heb me vergist. Hij staat nog in zijn vooruit. In de eerste versnelling. De motor moet zijn afgeslagen.'

'Dus er zat iemand anders achter het stuur?'

'Waarschijnlijk wel,' zei Gorenko, 'maar daar durf ik niet op te zweren. De versnellingspook kan zijn verschoven toen hij naast de tank stond.'

'Ik heb gehoord van versnellingen die losschieten,' zei Pekkala, 'maar nooit van een voertuig dat ín een versnelling schiet.'

'Deze tanks zijn nog niet perfect, inspecteur. Ze doen weleens dingen die ze niet horen te doen.'

Pekkala wilde eigenlijk het liefst weggaan. Hij dwong zichzelf kalm te blijven. 'Ziet u verder nog iets wat niet in orde is?'

Gorenko keek om zich heen. 'Nee, alles is oké.'

Pekkala had gezien wat hij moest zien. Nu werd het tijd om Nagorski's lichaam weg te halen. 'Kunt u de tank besturen?' vroeg hij.

'Natuurlijk,' zei Gorenko, 'maar het is de vraag of hij uit deze krater kan komen zonder gesleept te worden. Waarschijnlijk probeerde Nagorski daarachter te komen.'

'Wilt u het proberen?'

'Natuurlijk, inspecteur. U kunt beter buiten wachten. Het valt moeilijk te voorspellen wat er gebeurt als ik de banden eenmaal in beweging krijg. Hij kan nog dieper wegzakken en in dat geval zal het compartiment volstromen met water. Geef me een minuutje om het bedieningspaneel na te kijken en zorgt u ervoor dat u ver genoeg bij de tank vandaan staat wanneer ik de motor start.'

Terwijl Gorenko zich op de piepkleine bestuurdersplaats wurmde, klom Pekkala uit de tank. Zijn brede schouders bleven pijnlijk haken achter de rand van het koepelluik. Toen zijn handen het metalen handvat aan de buitenkant van het luik vastgrepen, was het alsof iets van de koude massiviteit van de tank zich door zijn huid verspreidde. Pekkala voelde zich opgelucht toen hij weer in de buitenlucht was, ook al betekende het dat hij weer in de regen moest staan.

Oesjinski stond naast de tank een sigaret te paffen, met zijn hand voor de brandende punt om die voor de wind en de regen af te schermen.

'Gorenko zegt dat de motor in de versnelling stond,' zei Pekkala toen hij naast Oesjinski in de modder plonsde.

'Dus het was geen ongeluk.'

'Misschien niet,' zei Pekkala. 'Had Nagorski hier vijanden?'

'Laat ik het zo zeggen, inspecteur,' zei Oesjinski. 'Het zou moeilijk zijn om hier iemand te vinden die géén wrok tegen hem koesterde. De schoft beulde ons af als slaven. Onze namen werden niet eens in de ontwerprapporten genoemd. Hij kende zichzelf alle eer toe. Kameraad Stalin denkt waarschijnlijk dat Nagorski deze tank helemaal in zijn eentje heeft gebouwd.'

'Voelde iemand hier zoveel wrok dat hij hem dood wenste?'

Oesjinski wuifde de woorden weg als een man die spinrag van zijn gezicht slaat. 'Niemand van ons zou hem ooit kwaad willen doen.'

'Hoe dat zo?' vroeg Pekkala.

'We waren dan wel niet zo blij met de manier waarop Nagorski ons behandelde, maar het Konstantinproject was wel ons levensdoel geworden. Zonder Nagorski zou het project nooit van de grond zijn gekomen. Ik weet dat het waarschijnlijk moeilijk te begrijpen is, maar wat in uw ogen misschien de hel lijkt' – hij hief zijn armen op alsof hij de T-34, samen met het uitgestrekte, vuile bekken van het testterrein, wilde omarmen – 'is voor ons het paradijs.'

Pekkala zuchtte. 'Hoe kunnen mannen in die dingen werken? Wat gebeurt er als er iets misgaat? Hoe kunnen ze ontsnappen?'

Oesjinski's lippen vertrokken zenuwachtig, alsof dit een onderwerp was waarover hij niet met een gerust hart kon praten. 'U bent niet de enige die hierover heeft nagedacht, inspecteur. Zolang de bemanning in de tank zit, zijn ze goed beschermd, maar als er een gat in de tankwand wordt geslagen, bijvoorbeeld tijdens een antitankaanval, dan is het buitengewoon moeilijk om eruit te komen.'

'Kunt u daar niets aan veranderen? Kunt u niet zorgen dat de bemanning makkelijker kan ontsnappen?'

'O, zeker wel. Dat kan. Maar Nagorski ontwierp de T-34 met als oogmerk het optimaal functioneren van de tank. De vergelijking is heel eenvoudig, inspecteur. Zolang de T-34 functioneert, is het belangrijk dat de mensen die erin zitten worden beschermd. Maar als de tank onklaar raakt tijdens een gevecht, is het leven ervan in feite voorbij. En dan zijn de mannen die hem bedienen niet langer nodig. De testbestuurders hebben al een naam verzonnen voor de tank.'

'En die is?'

'Ze noemen hem de Rode Doodskist, inspecteur.' Oesjinski's stem ging verloren in het geronk van de tank toen Gorenko de motor startte.

Pekkala en Oesjinski weken achteruit toen de rupsbanden begonnen te draaien en een dikke straal modderig water aan de achterkant van de tank omhoog spoot. De banden kregen grip en de T-34 begon de zijkant van de krater op te kruipen. Even zag het ernaar uit dat de hele machine achteruit zou glijden, maar ineens klonk het geknars van de versnelling en schoot de tank de kuil uit. Eenmaal op de vlakke grond beland schakelde Gorenko hem naar neutraal en zette de motor af.

De stilte die volgde toen een wolk uit de uitlaat opsteeg en in de lucht oploste, was bijna even oorverdovend als het lawaai dat de tank had gemaakt.

Gorenko klom naar buiten. Zijn modderige jas fladderde als twee gebroken vleugels achter hem aan toen hij op de grond sprong. Hij ging bij Pekkala en Oesjinski aan de rand van de kuil staan. De drie mannen staarden zwijgend in de trog kolkend water.

De krater was bedekt met regendruppels, waardoor het wateroppervlak onzichtbaar bleef. Eerst konden ze het lichaam niet zien. Maar algauw dreef het lijk van kolonel Nagorski als een geest in zicht. De regen kletterde op zijn zware canvas jas, die zo te zien het enige was dat zijn lichaam nog bij elkaar hield. De gebroken benen sliertten als slangen uit zijn misvormde romp. De botten waren op zoveel plaatsen geknakt dat zijn ledematen leken te deinen alsof ze weerspiegelingen waren van zijn lichaam in plaats van het lichaam zelf. Zijn handen waren afzichtelijk opgezwollen omdat het lichaamsvocht door het gewicht van de rupsbanden naar de uiteinden was geperst. Zijn vingertoppen waren helemaal opengespleten door de druk, als versleten handschoenen. Een welving in de zachte aarde had ervoor gezorgd dat de helft van Nagorski's gezicht intact was gebleven, maar de rest was door de rupsbanden vermorzeld.

Oesjinski staarde naar het lijk, verlamd door de aanblik. 'Het is allemaal naar de verdommenis,' zei hij. 'Alles waar we voor hebben gewerkt.'

Gorenko was de eerste die in beweging kwam en in de krater omlaag gleed om het lichaam eruit te halen. Het water reikte tot aan zijn borst. Hij nam Nagorski in zijn armen en tilde hem op. Wankelend onder de zware last keerde Gorenko terug naar de rand van de kuil.

Pekkala pakte hem bij zijn schouders en hielp hem uit de kuil. Behoedzaam legde Gorenko het lichaam van de kolonel op de grond.

Nu de dode languit voor hem lag, leek Oesjinski uit zijn trance te ontwaken. Ondanks de kou trok hij zijn jas uit en spreidde die uit over Nagorski. De doorweekte stof nam de contouren aan van het gezicht van de dode.

Pekkala's blik viel op een lange man die aan de rand van het testterrein stond, deels verborgen achter sluiers regen die over de tussenliggende ruimte zwiepten. Hij dacht eerst dat het Kirov was, maar besefte algauw dat de man veel langer was dan zijn assistent.

'Dat is Maximov,' zei Oesjinski. 'Nagorski's chauffeur en lijfwacht.'

'We noemen hem de T-33,' zei Gorenko.

'Hoe dat zo?' vroeg Pekkala.

'Wij zeggen dat Nagorski, voor hij besloot een tank voor zichzelf te bouwen,' zei Oesjinski, 'een Maximov voor zichzelf bouwde.'

Op hetzelfde ogenblik hoorden ze een kreet van ergens tussen de sombere gebouwen.

Kapitein Samarin kwam naar de rand van het testterrein gerend. Kirov rende vlak achter hem aan. Hij schreeuwde naar Pekkala, maar zijn woorden vervlogen in de regen.

Even snel als ze gekomen waren verdwenen Samarin en Kirov weer uit het zicht, met Maximov achter hen aan.

'Wat is er nu weer gebeurd?' mompelde Oesjinski.

Pekkala zei niets, maar ploeterde al door de modder naar het hoofdgebouw. Onderweg zonk hij tot aan zijn knieën in kuilen vol water, verloor zijn evenwicht en strompelde met gestrekte armen verder onder het wateroppervlak. Even leek het erop dat hij niet meer boven zou komen, maar het volgende moment dook hij alweer snakkend naar adem op, met aan elkaar geklitte haren door het brakke water. Er liepen modderstrepen over zijn gezicht, als was hij een wezen dat tot leven was gewekt door een of andere chemische reactie in de aarde. Hij klauterde de helling op en bleef aan de rand van het proefterrein staan om op adem te komen. Hij keek achterom naar de tank en zag dat de twee wetenschappers nog steeds bij Nagorski's lichaam stonden, alsof ze niet wisten waar ze anders heen moesten. Ze deden Pekkala denken aan cavaleriepaarden die op het slagveld bij hun gevallen berijders bleven staan.

Hij haalde Kirov en de anderen in op de weg die naar de uitgang leidde.

'Ik zag iemand,' zei Samarin, 'hij hield zich schuil in een van de magazijnen waar de reserveonderdelen voor de tanks worden bewaard. Ik joeg hem naar buiten, de weg op. Maar toen verdween hij zomaar.'

'Waar zijn de overige bewakers?' vroeg Pekkala.

'Eentje staat bij het hek. Die hebt u gezien toen u binnenkwam. De vier anderen bewaken de gebouwen. Dat is het protocol dat kolonel Nagorski heeft ingesteld. In een noodsituatie worden alle gebouwen vergrendeld en bewaakt.'

'Als deze basis zo belangrijk is, waarom wordt ze dan door zo weinig mensen bewaakt?'

'Het is hier geen juwelierszaak, inspecteur,' antwoordde Samarin afwerend. 'De dingen die hier bewaakt worden zijn zo groot als huizen en wegen ongeveer net zoveel. Je kunt er niet zomaar even eentje in je zak steken en hem smeren. Als kolonel Nagorski dat had gewild, had hij deze plek door wel honderd mensen kunnen laten bewaken, maar hij zei dat hij die niet nodig had. Waar de kolonel zich zorgen over maakte, was dat iemand er met de plannen voor zijn uitvindingen vandoor zou gaan. Dus hoe minder mensen hier rondliepen, hoe beter. Zo zag hij het.'

'Oké,' zei Pekkala, 'de gebouwen zijn afgesloten. Welke maatregelen zijn er verder genomen?'

'Ik heb naar het hoofdkantoor van de NKVD in Moskou gebeld en om hulp gevraagd. Zodra ik had bevestigd dat kolonel Nagorski was gedood, zeiden ze dat ze een bataljon soldaten zouden sturen. Nadat ik u naar het testterrein had gestuurd, kreeg ik een telefoontje dat de dokters onderweg waren tegengehouden met het bevel om naar Moskou terug te keren. De soldaten zullen hier wel gauw zijn, maar voorlopig staan wij er alleen voor. Daarom heb ik deze twee erbij gehaald,' zei hij, wijzend op Kirov en Maximov. 'Alle beetjes helpen.'

Pekkala wendde zich tot Maximov om zich voor te stellen. 'Ik ben…'

'Ik weet wie u bent,' onderbrak Maximov hem. Hij had een diepe, welluidende stem, die niet uit zijn mond, maar van trillingen in zijn borstkas leek te komen. Onder het spreken zette hij zijn pet af en toonde zijn kaalgeschoren hoofd en brede voorhoofd, die even massief leken als het pantser van Nagorski's tank.

'Die man die u zag…' begon Pekkala en hij wendde zich weer tot Samarin. Hij vroeg zich af waarom hij hem niet achterna was gegaan.

'Hij is het bos in gelopen,' zei Samarin, 'maar hij zal het daar niet lang uithouden.'

'Waarom niet?' vroeg Pekkala.

'Valstrikken,' zei Samarin. 'Tijdens de bouw van de basis verdween kolonel Nagorski bijna dagelijks in het bos. Er mocht niemand met hem mee. Hij bracht er houten latten naartoe en metalen buizen, rollen prikkeldraad, schoppen en dozen die dichtgetimmerd waren zodat niemand kon zien wat erin zat. Geen mens weet hoeveel valstrikken hij heeft gemaakt. Tientallen. Misschien wel honderden. Of wat voor soort valstrikken precies. En waar ze zijn, dat weet ook niemand, behalve kolonel Nagorski.'

'Waarom maakte hij het zo ingewikkeld?' vroeg Kirov. 'Het was toch…'

'U hebt kolonel Nagorski niet gekend,' onderbrak Samarin hem.

'Is er niet eens een kaart waarop deze valstrikken staan aangegeven?' vroeg Pekkala.

'Ik heb er nooit een gezien,' zei Samarin. 'Nagorski heeft op een aantal bomen gekleurde schijfjes bevestigd. Sommige zijn blauw, andere rood of geel. Wat ze betekenen, als ze al iets betekenen, weet alleen Nagorski.'

Toen Pekkala het bos in tuurde zag hij daar enkele gekleurde schijfjes glinsteren, als ogen in het duister.

Bij het horen van een geluid draaide iedereen zijn hoofd om – een reeks gedempte klanken van ergens tussen de bomen.

'Daarginds!' riep Samarin en hij trok zijn revolver.

Er rende iets door het bos. De figuur bewoog zich zo snel voort dat Pekkala eerst dacht dat het een dier moest zijn. Een mens kon nooit zo snel lopen, dacht hij. De schim kwam tevoorschijn en verdween weer, sprong als een hert door het dichte struikgewas tussen de bomen. Maar toen hij over een open plek heen sprong, besefte Pekkala dat het wel degelijk een man was.

Op hetzelfde ogenblik knapte er iets in hem. Pekkala wist dat ze de man nooit zouden vinden in deze wildernis als ze hem niet meteen te pakken kregen. Hij was Nagorski's valstrikken niet vergeten, maar er was een of ander instinct in hem ontwaakt waardoor hij geen acht meer sloeg op zijn eigen veiligheid. Zonder een woord tegen de anderen zette Pekkala het op een rennen door het bos.

'Wacht!' riep Samarin.

Pekkala spurtte weg tussen de bomen en trok zijn revolver.

'Bent u helemaal gek geworden?' brulde Samarin.

Kirov had de achtervolging eveneens ingezet en over de struiken heen springend probeerde hij uit alle macht Pekkala in te halen.

'Dit is krankzinnig!' schreeuwde Samarin, maar hij stormde al met een kreet achter hen aan.

Onkruid trok aan hun benen toen de mannen door het schemerige licht renden.

'Daar is hij!' riep Samarin.

Pekkala's longen stonden in brand. Zijn jas hing zwaar om zijn schouders en plakte tegen zijn bovenbenen.

Samarin had hem ten slotte ingehaald en begon steeds sneller te rennen naarmate hij dichter bij de vluchtende man kwam. Opeens gleed hij uit en bleef staan, een hand waarschuwend geheven.

Pekkala kon ternauwernood een botsing met Samarin vermijden, maar hij stopte nog precies op tijd. Hij boog zich met de handen op de knieën voorover en probeerde door zijn rauwe, pijnlijke keel op adem te komen.

Met trillende vingers wees Samarin naar een stuk ijzerdraad dat over het pad was gespannen. Het ijzerdraad was om een kromme spijker gewikkeld die in de stam van een boomstronk was geslagen. Daarvandaan liep het omhoog door de bladeren van een boom naast het pad en door ingespannen te turen kon Pekkala ten slotte de draad ontwaren waar die om het handvat was gewikkeld van een type 33-granaat die met gedroogde grassprieten aan een tak pal boven hun hoofd vastgebonden was. Als er aan de draad werd getrokken, zou de granaat omlaag komen. Door die beweging zou hij scherp worden gesteld, want type 33 – dat leek op een ijzeren soepblik, bevestigd aan een korte, zware steel en omwikkeld met een fragmentatiehuls – werd gewoonlijk geactiveerd door hem in de lucht te gooien.

'We blijven hem achtervolgen,' zei Samarin terwijl hij zich bukte om de draad los te maken, 'zodra ik dit ding onklaar heb gemaakt.'

Pekkala rende weer verder, maar keek nog een keer omhoog naar de granaat. Op hetzelfde ogenblik zag hij dat de schuif aan de bovenkant van de granaat, waarin de ontsteker in de vorm van een sigaret had horen te zitten, leeg was. De gedachte dat dit wellicht op een of andere manier opzet was, was nog maar net bij hem opgekomen toen hij in de takken boven zijn hoofd een zwaar geruis hoorde.

Hij kon nog net op tijd zijn hoofd omdraaien en naar Samarin kijken.

Hun blikken kruisten elkaar.

Er flitste iets vlak voor Pekkala's ogen. Het voorwerp streek met zo'n hoge snelheid langs zijn wang dat hij een koude wind voelde. Het volgende ogenblik hoorde hij een zware doffe dreun. Bladeren dwarrelden om hem heen omlaag.

Pekkala was niet van zijn plaats gekomen, verlamd door dat ding dat hem zo rakelings voorbij was gevlogen, maar nu dwong hij zichzelf zich om te draaien en naar Samarin te kijken.

Op het eerste gezicht leek Samarin ineengedoken tegen een boomstronk te zitten. Hij had zijn armen wijd gespreid alsof hij daarmee zichzelf overeind hield. Zijn lichaam zat gevangen onder een of ander ding, een soort wirwar van aarde, hout en gebutst staal.

Het duurde even voor tot Pekkala doordrong dat het voorwerp een ijzeren pijp was, die schuin was doorgezaagd, waardoor het uiteinde op de naald van een enorme injectiespuit leek. De buis was met wingerdranken aan de stam van een krom, jong boompje vastgebonden en had door de druk van Samarins voet losgelaten.

De granaat diende alleen maar ter afleiding, zodat ze hun blik niet richtten op het werkelijke gevaar dat tussen de bladeren school.

De geslepen buis had Samarin rechtstreeks in zijn borstkas getroffen en door de kracht was hij naar achteren tegen de boomstam geworpen. Het verrotte hout was uiteengebarsten en uit dat vermolmde nest zwermde nu een menigte krioelende, glanzende, zwarte mieren, oorwurmen met schaarvormige staarten en houtluizen. De insecten kropen over Samarins schouders en armen en verdwenen over het paadje van zijn vingers.

Samarin leefde nog. Hij staarde met een berustende blik recht voor zich uit. Maar ineens gebeurde er iets met zijn ogen. Ze veranderden in kattenogen. En toen was hij dood.

De regen was opgehouden. Zonnestralen schenen door wolkenflarden schuin tussen de bomen door en deden de lucht op gesmolten koper lijken.

'Verdomme, waar is Maximov?' vroeg Kirov. 'Waarom heeft hij niet geholpen?'

'Daar is het nu te laat voor,' zei Pekkala. 'Wie die vent ook mag zijn, we zijn hem kwijtgeraakt.' Met een blik op de plek waar de man was verdwenen, kwam de gedachte bij hem op dat ze misschien helemaal niet achter een mens aan hadden gezeten, maar achter iets bovennatuurlijks, een wezen dat boven de grond kon zweven zonder zich om de valstrikken te bekommeren, en dat het de hele wirwar van takken om zich heen had getrokken en in de lucht was verdwenen.

De twee mannen liepen naar Samarin toe.

Ze konden hem niet voorzichtig stap voor stap losmaken. Pekkala zette zijn laars tegen de schouder van de dode man en rukte de staaf uit zijn borst.

Samen droegen Kirov en Pekkala Samarins lichaam naar de weg. Daar troffen ze Maximov aan, die op precies dezelfde plek stond te wachten als waar ze hem hadden achtergelaten.

Maximov staarde naar het lichaam van Samarin, waarna hij zijn hoofd hief en Pekkala recht in de ogen keek, maar hij zei niets.

Kirov kon zijn woede niet onderdrukken. Hij liep met grote passen op Maximov af, tot de twee mannen nog maar een armlengte van elkaar stonden. 'Waarom heb je ons niet geholpen?' zei hij kwaad.

'Ik weet wat zich in dat bos bevindt,' zei Maximov. Zijn stem verried geen enkele emotie.

'Dat wist híj ook!' Kirov wees naar het lichaam van kapitein Samarin. 'Hij wist het, maar hij ging toch met ons mee.'

Maximov draaide langzaam zijn hoofd naar Samarins lijk. 'Dat is waar,' zei hij.

'Wat mankeert jou?' schreeuwde Kirov. 'Was je bang om gevaar te lopen?'

Bij deze belediging leek Maximov te beven alsof de grond onder zijn voeten trilde. 'Er zijn betere manieren om je land te dienen, kameraad volkscommissaris, dan door je leven bij de eerste de beste gelegenheid te verspillen.'

'Vechten jullie dit later maar uit,' zei Pekkala. 'Nu hebben we gezelschap.'

Een legertruck met nummerborden van de NKVD kwam over de weg aangereden. De canvas hoezen van de truck waren met schalmlatten afgedekt. De chauffeur wierp in het voorbijgaan een blik uit zijn raampje, en toen hij Samarin zag, wendde hij zich af om iets tegen de persoon naast hem te zeggen.

De truck hield stil voor de basis. Gewapende mannen met de blauw-rode petten van de NKVD-veiligheidstroepen sprongen op de modderige aarde en stelden zich rondom het gebouw op.

Een officier klom uit de cabine van de truck. Pas toen die naar hen toe kwam, realiseerde Pekkala zich dat het een vrouw was. Omdat ze hetzelfde uniform droeg als de mannen, waren de vormen van haar borst en heupen niet te zien.

De vrouw bleef voor hen staan en nam hun vuile, verfomfaaide kleding in zich op. Ze was van gemiddelde lengte en had een rond gezicht en grote groene ogen. 'Ik ben volkscommissaris majoor Lysenkova van interne zaken van de NKVD.'

Bij het horen van haar naam wist Pekkala dat hij over deze vrouw had gehoord. Ze was berucht om haar werk binnen de NKVD, waar ze door haar meeste collega's om werd verafschuwd. Commissaris Lysenkova had de weinig benijdenswaardige taak om misdaden binnen haar eigen dienstafdeling te onderzoeken. De laatste twee jaar hadden meer dan dertig NKVD-leden de dood gevonden nadat ze veroordeeld waren voor misdaden die door Lysenkova waren onderzocht. Binnen de hechte gelederen van de NKVD had Pekkala nog nooit een vriendelijk woord over haar gehoord. Hij had zelfs een gerucht vernomen dat ze haar eigen ouders bij de autoriteiten had aangeklaagd en dat ten gevolge daarvan haar hele familie in Siberië was beland.

Gezien de reputatie die haar was vooruitgesneld, was Pekkala verbaasd toen hij Lysenkova in levenden lijve zag. Haar strenge reputatie leek niet te rijmen met de zachte contouren van haar gezicht, en de kleren die ze aanhad zouden hem op zijn twaalfde al niet meer hebben gepast.

'Wie van u is Pekkala?' vroeg ze.

'Ik.' Pekkala was zich bewust van de blik in haar glanzende groene ogen.

'Wat is hier gebeurd?' vroeg Lysenkova, wijzend naar Samarins lijk.

Pekkala vertelde haar het hele verhaal.

'En u hebt deze persoon niet te pakken weten te krijgen?'

'Dat klopt,' gaf Pekkala toe.

'Ik ben benieuwd,' ging ze verder, 'hoe u erin bent geslaagd om nog vóór mij op de plaats van de misdaad te arriveren, inspecteur.'

'Toen wij hiernaar op weg gingen,' zei Pekkala, 'was de misdaad nog niet gepleegd. Maar nu u hier bent, commissaris Lysenkova, stel ik alle hulp die u ons kunt geven zeer op prijs.'

Ze knipperde met haar groene ogen. 'Het komt me voor dat u niet goed beseft, inspecteur, wie de leiding heeft over dit onderzoek. Deze basis valt onder het gezag van de NKVD.'

'Uitstekend,' zei Pekkala. 'Wat bent u van plan te gaan doen?'

'Ik zal persoonlijk het lichaam van kolonel Nagorski onderzoeken,' zei Lysenkova, 'en proberen de precieze omstandigheden van zijn dood vast te stellen. Intussen zal ik bewakers naar de hoofdweg sturen om daar te patrouilleren, voor het geval die hardloper erin slaagt het bos uit te komen.'

'Hoe zit het met Nagorski's gezin?' vroeg Pekkala.

'Zijn vrouw en zoon wonen op het terrein,' zei Maximov.

'Weten ze wat er is gebeurd?' vroeg Lysenkova.

'Nog niet,' zei de lijfwacht. 'Het huis heeft geen telefoon en er is na het ongeluk nog niemand naartoe gegaan.'

'Ik zal ze het nieuws gaan brengen,' zei Pekkala, maar terwijl hij het zei, vroeg hij zich af hoe hij de woorden moest vinden. Zijn vak had met de doden te maken en met degenen die hun dat lot hadden bezorgd, niet met degenen die na zo'n catastrofe verder moesten leven.

Lysenkova dacht daar een ogenblik over na. 'Goed,' zei ze.

'Breng verslag aan mij uit als u dat gedaan hebt. Maar eerst,' zei ze met een knikje naar Samarin, 'mag u dat daar begraven.'

'Hier?' Kirov staarde haar aan. 'Nu meteen?'

'Dit is een geheime basis,' zei ze. 'Alles wat hier gebeurt, is geheim, met inbegrip van wie hier werkt en wie de pech heeft om op deze plek te sterven. Hebt u ooit van het Witte Zeekanaal gehoord, majoor?'

'Natuurlijk,' zei Kirov.

Ontworpen om de Witte met de Baltische Zee te verbinden, een afstand van meer dan tweehonderd kilometer, was het kanaal begin jaren dertig bijna uitsluitend door gevangenen gegraven in omstandigheden die tot de zwaarste ter wereld gerekend moesten worden. Duizenden waren daarbij omgekomen. Uiteindelijk bleek het kanaal te smal voor de vrachtschepen waarvoor het was bestemd.

'Weet u wat ze met de gevangenen deden die bij dat project omkwamen?' Zonder op antwoord te wachten, ging Lysenkova verder: 'Hun lijken werden ingemetseld in het natte cement waarvan de oevers van het kanaal werden gemaakt. Dat gebeurt er in dit land met geheimen, majoor. Ze worden begraven. Doe daarom maar wat ik zeg en stop hem onder de grond.'

'Waar?' vroeg Kirov, die nog steeds zijn oren niet kon geloven.

'Hier, onder de weg, voor mijn part,' zei Lysenkova bits. 'Waar dan ook, maar doe het nu.' Daarna draaide ze zich op haar hakken om en liep naar de truck.

'Ik vermoed dat de geruchten over haar waar zijn,' zei Kirov terwijl hij Lysenkova nakeek.

Maximov wendde zijn hoofd af en spuugde op de grond.

'Waarom hebt u haar niet op haar nummer gezet, inspecteur?' vroeg Kirov aan Pekkala.

'Ik heb hier geen goed gevoel bij,' antwoordde Pekkala. 'Het feit alleen al dat zij hier is, betekent dat er meer aan de hand is dan wij beseffen. Laten we voorlopig gewoon maar zien waar zij ons naartoe leidt.' Hij wendde zich tot Maximov. 'Kun jij me naar mevrouw Nagorski brengen?'

Maximov knikte. 'Eerst begraven we Samarin en daarna breng ik u naar haar toe.'

De mannen droegen gedrieën het lichaam een eindje het bos in. Bij gebrek aan een spade groeven ze met hun handen een graf in de weke, donkere aarde. Een halve armlengte diep vulde het gat zich met zwarte vloeistof die uit de veenachtige grond sijpelde. Er zat niets anders op dan Samarin erin te leggen, met zijn armen over zijn borst gevouwen, alsof hij de tunnel door zijn hart verborg. Hij werd meteen door het zwarte water opgeslokt. Hierna dekten ze zijn lichaam toe met de sponzige aarde. Toen ze klaar waren, kwamen ze weer overeind en krabden de modder onder hun vingernagels weg. Het was nauwelijks meer te zien dat daar een man lag begraven.

Toen Maximov wegliep om zijn auto te halen, zei Kirov tegen Pekkala: 'Waarom arresteren we om te beginnen die schoft niet?'

'Hem arresteren?' vroeg Pekkala. 'Op welke aanklacht?'

'Dat weet ik niet!' stamelde Kirov. 'Lafheid, misschien?'

'Je hebt je blijkbaar al snel een oordeel over hem gevormd.'

'Soms is een tel al genoeg,' zei Kirov met klem. 'Ik heb hem al eens eerder gezien, weet u. Hij zat aan de tafel, die dag dat ik naar Chicherins restaurant ging om Nagorski te zoeken. Zijn gezicht stond me toen al niet aan en nu nog minder.'

'Heb je er wel bij stilgestaan dat hij misschien gelijk had?'

'In welk opzicht?'

'Door dat bos niet in te rennen. Waarom rende jij eigenlijk?'

Kirov fronste beduusd zijn voorhoofd. 'Ik rende omdat u rende, inspecteur.'

'En weet je waarom ik rende,' zei Pekkala, 'ondanks de waarschuwing die Samarin ons had gegeven?'

'Nee,' zei Kirov schouderophalend. 'Dat weet ik niet.'

'Ik ook niet,' zei Pekkala. 'En daarom is het puur geluk dat wij hier staan in plaats van onder de grond te liggen.'

Maximovs auto kwam van achter een van de gebouwen aangereden.

'Jij moet een oogje op Lysenkova houden,' zei Pekkala tegen Kirov. 'Wat je ook te weten komt, houd het voorlopig voor je. En houd je ook kalm.'

'Dat,' mompelde de jonge majoor, 'kan ik u niet beloven.'

Maximov reed met Pekkala naast zich over een smalle weg die van de sombere basis wegvoerde.

'Mijn excuses voor mijn assistent,' zei Pekkala. 'Af en toe doet hij dingen zonder erbij na te denken.'

'Volgens mij,' zei Maximov, 'is hij niet de enige. Maar als u zich zorgen maakt over mijn gevoelens, inspecteur, kunt u zich die moeite besparen.'

'Waar kom je vandaan, Maximov?'

'Ik heb op veel plekken gewoond,' zei hij. 'Ik kom niet ergens vandaan.'

'En wat deed je voor de Revolutie?'

'Hetzelfde als u, inspecteur. Ik voorzag in mijn onderhoud en slaagde erin om in leven te blijven.'

Pekkala keek peinzend naar de voorbijflitsende bomen. 'Nu heb je twee vragen niet beantwoord.'

Maximov trapte op de rem. De banden blokkeerden en slipten. Even zag het ernaar uit dat ze in de berm zouden belanden, maar vlak voor ze van de weg af raakten, kwam de auto tot stilstand. Maximov schakelde de motor uit. Daarna keek hij Pekkala recht in de ogen. 'Als het u niet bevalt dat ik uw vragen ontwijk, moet u ze misschien niet meer stellen.'

'Het is mijn taak om vragen te stellen,' zei Pekkala, 'en vroeg of laat zul je ze moeten beantwoorden.'

Maximov keek Pekkala dreigend aan, maar na een paar tellen verdween de woede uit zijn ogen. 'Het spijt me,' zei hij ten slotte. 'De enige reden waarom ik zo lang heb kunnen overleven, is omdat ik mijn mond hield. Oude gewoontes verdwijnen niet zo snel, inspecteur.'

'Het is voor niemand van ons makkelijk geweest om te overleven,' zei Pekkala.

'Ik heb over u anders wel andere dingen gehoord. De mensen beweren dat u onkwetsbaar bent.'

'Dat zijn maar verhalen, Maximov.'

'Echt waar? Ik heb u daarnet zonder een schrammetje dat bos uit zien lopen.'

'Ik was niet de enige.'

'Ik weet zeker dat kapitein Samarin dat geruststellend zou vinden, als hij nog leefde. Weet u, als kind hoorde ik dat als een Rus een bos in loopt, hij erin verdwaalt. Maar als een Fin een bos in loopt' – hij bracht zijn vingertoppen naar elkaar en trok ze weer uiteen, als iemand die een duif loslaat – 'verdwijnt hij gewoon.'

'Zoals ik al zei. Het zijn maar verhalen.'

'Nee, inspecteur,' zei hij. 'Daar zit meer achter. Ik heb het met eigen ogen gezien.'

'Wat heb je gezien?' vroeg Pekkala.

'Ik was erbij, die dag op de Nevski Prospekt, en ik weet absoluut zeker dat u daar toen had moeten sterven.'

Het was een zomeravond. Pekkala was die dag op zoek geweest naar een verjaardagscadeau voor Ilja en had de hele Passazj afgestruind – een door glas overkapte winkelgalerij met aan weerszijden chique juweliers, kleermakers en antiekhandelaren.

Urenlang had hij voor de etalages heen en weer gelopen, zichzelf moed insprekend voor hij de volgestouwde winkels binnenging, waar de verkopers zich ongetwijfeld meteen op hem zouden storten.

Drie keer was hij de winkelgalerij ontvlucht om via de Nevski Prospekt naar de Gostini Dvor te lopen, een gigantische groente- en fruitmarkt. De grond lag er bezaaid met zaagsel, verlepte koolbladeren en weggegooide ontvangstbewijsjes – bekrabbelde blaadjes uit goedkope grijze blocnotes. Vrachtwagens stopten op het brede, met kinderkopjes geplaveide losterrein, en kruiers in blauwe tunieken met zilveren knopen, hun handen omwikkeld met vodden om ze te beschermen tegen de splinterende houten kisten, sjouwden met groente en fruit.

Binnen in de enorme, koude, weergalmende hal van de Gostini Dvor nam Pekkala plaats op een ton in een koffiehuis dat geliefd was bij kruiers. Overal om hem heen prezen kooplieden hun waren aan en ruisten voetstappen door het zaagsel. Terwijl hij kleine slokjes uit zijn theeglas nam, voelde hij zijn hart weer tot bedaren komen na de bedomptheid van de Passazj.

De laatste trein naar Tsarskoje Selo vertrok over een halfuur. In de wetenschap dat hij niet met lege handen thuis kon komen, maakte hij zich op voor nog één rondje door de Passazj. Nu of nooit, dacht Pekkala.

Toen hij even later de hal verliet, zag hij een man naast een van de zuilen bij de uitgang staan. De man probeerde hem zo onopvallend mogelijk te observeren. Maar Pekkala merkte het altijd als hij in de gaten werd gehouden, ook als hij niet kon zien door wie. Hij voelde het gewoon, alsof de lucht geladen was.

In het voorbijgaan wierp Pekkala een blik op de man en nam zijn kleren in zich op: de halflange, duifgrijze wollen jas, de wat ouderwetse vilthoed met de ronde bovenkant en de ovale rand die over zijn ogen viel, zodat die voor Pekkala verborgen bleven. Hij had een indrukwekkende snor die tot op zijn kaaklijn groeide en een kleine, nerveuze mond.

Pekkala werd echter zo in beslag genomen door Ilja's verjaardagscadeau dat hij verder geen aandacht aan de man schonk.

De avondhemel, die in deze tijd van het jaar pas om middernacht wat donkerder werd, glom als de lege schelp van een zeeoor.

Hij was bijna bij de uitgang toen hij iets in zijn rug voelde porren.

Met een ruk draaide Pekkala zich om.

Daar stond de man met de vilthoed. In zijn rechterhand hield hij een wapen. Het was een automatisch pistool van slechte kwaliteit, van een type dat in Bulgarije werd gemaakt en dat vaak werd aangetroffen na een misdrijf omdat het goedkoop was en gemakkelijk verkrijgbaar op de zwarte markt.

'Bent u wie ik denk dat u bent?' vroeg de man.

Voor Pekkala kon antwoorden, hoorde hij een luide knal.

Uit de loop van het wapen sloegen vonken. Alles werd nevelig van de rook.

Pekkala besefte dat er op hem geschoten was, maar hij had de kogel niet gevoeld, evenmin als de brandende, stekende pijn die, zo wist hij, snel zou overgaan in een gevoelloosheid die zich door zijn hele lichaam zou verspreiden. Verbazend genoeg voelde hij helemaal niets.

De man keek hem verbijsterd aan.

Pas op dat moment merkte Pekkala dat alles om hem heen tot stilstand was gekomen. Overal stonden mensen: kruiers, marktbezoekers met boodschappennetjes, handelaren achter barricaden van koopwaar. En ze staarden hem allemaal aan.

'Waarom?' vroeg hij aan de man.

Die antwoordde niet. Ontzetting nam bezit van zijn gezicht. Hij drukte het pistool tegen zijn slaap en haalde de trekker over.

Terwijl het geluid van het schot nog nagalmde in Pekkala's oren, zakte de man in elkaar.

Waar nog maar een seconde geleden stilte had geheerst, werd hij nu omringd door een muur van geluid. Hij hoorde de schorre kreten van panische mensen, die nutteloze bevelen riepen. Een vrouw greep hem bij zijn schouders. 'Het is Pekkala!' riep ze uit. 'Ze hebben het Smaragden Oog vermoord!'

Voorzichtig knoopte Pekkala zijn jas los. De handeling voelde opeens vreemd, alsof het de eerste keer was dat hij dit deed. Hij maakte zijn jas open, toen zijn vest en ten slotte zijn overhemd. Hij bereidde zich al voor op de aanblik van de wond, het vreselijke wit van doorboord vlees, de kloppende bloedstroom uit een getroffen slagader. Maar zijn huid was glad en ongeschonden. Pekkala geloofde zijn ogen niet en streek met zijn handen over zijn borst, ervan overtuigd dat er een wond moest zijn.

'Hij is niet gewond!' riep een kruier. 'De kogel heeft hem niet eens geraakt.'

'Maar ik heb het zelf gezien!' zei de vrouw die Pekkala bij zijn schouders had gegrepen.

'Hij kan hem gewoonweg niet gemist hebben!' zei de kruier.

'Misschien werkte het pistool niet,' zei een ander, een visboer met een schort voor dat besmeurd was met ingewanden en schubben. Hij bukte zich en raapte het wapen op.

'Natuurlijk werkt het wel!' De kruier gebaarde naar de dode. 'Daar heb je het bewijs.'

Rond het hoofd van het lijk vormde zich een halo van bloed. De hoed lag er omgekeerd naast, als een vogelnest dat uit een boom is geslagen. Pekkala's blik bleef haken aan het zijden strikje dat de twee uiteinden van de leren zweetband met elkaar verbond.

'Laat eens zien.' De kruier probeerde de visboer het wapen afhandig te maken.

'Voorzichtig!' snauwde de visboer.

Terwijl hun vingers zich om het pistool sloten, ging het af. De kogel sloeg in een piramide van aardappels.

Met een kreet lieten de twee mannen het wapen vallen.

'Genoeg!' gromde Pekkala.

Ze staarden hem met uitpuilende ogen aan, alsof hij een standbeeld was dat tot leven was gekomen.

Pekkala raapte het pistool op en stopte het in zijn zak. 'Ga de politie eens halen,' zei hij kalm.

Bevrijd van zijn ijzige blik stoven de twee mannen allebei een andere kant op.

Later die avond, nadat hij verslag had uitgebracht aan de politie van Petrograd, bevond Pekkala zich in de werkkamer van de tsaar.

De tsaar zat achter zijn bureau. Hij had de hele avond paperassen zitten doornemen bij het licht van een kaars in een bronzen houder die de vorm had van een kwakende kikker. Hij wilde alle officiële documenten per se zelf doornemen, en met blauw potlood maakte hij aantekeningen in de kantlijn. Dat vertraagde de afhandeling van allerlei staatsaangelegenheden, maar de tsaar hield dit soort dingen het liefst in eigen hand. Nu had hij zijn papieren opzijgeschoven. Zijn ellebogen steunden op het bureau en zijn kin rustte op zijn gevouwen handen. Met zijn zachte blauwe ogen keek hij Pekkala aan. 'Is er echt niets met je aan de hand?'

'Nee, majesteit,' antwoordde Pekkala.

'Nou, daar ben ik anders niet zo zeker van,' zei de tsaar. 'Wat is er in godsnaam gebeurd, Pekkala? Ik heb gehoord dat een of andere gek je in je borst heeft geschoten, maar dat de kogel in het niets is opgelost. De politie heeft het wapen onderzocht. Volgens hun verslag functioneert het perfect. De hele stad praat over niets anders. Je zou eens moeten horen wat een dwaasheden er verkondigd worden. De mensen geloven dat je bovennatuurlijke gaven hebt. Morgen weet het hele land het. Enig idee wie die man was, of waarom hij je wilde vermoorden?'

'Nee, majesteit. Hij had geen identiteitspapieren op zak. Zijn lichaam had niets afwijkends, geen tatoeages, littekens of moedervlekken. Alle merkjes waren uit zijn kleren verwijderd. Zijn signalement komt ook niet overeen met dat van lieden die momenteel door de politie gezocht worden. Waarschijnlijk zullen we nooit weten wie het was, of waarom hij me wilde doden.'

'Ik was al bang dat je dat zou zeggen,' zei de tsaar. Hij leunde achterover in zijn stoel en liet zijn blik over de met bladgoud ingelegde titels gaan van de boeken in zijn kast. 'Dus een antwoord is er niet.'

'Toch wel,' zei Pekkala. Hij legde iets voor de tsaar op het bureau neer: een ingedeukt grijs klontje ter grootte van een roodborstei.

De tsaar pakte het ding op. 'Wat is dit? Het voelt zwaar.'

'Lood.' De kaarsvlam trilde. Een streepje gesmolten was stroomde de open bek van de kikker in.

'Is dit de kogel?' Met één oog dicht bekeek hij het, als een juwelier die een diamant taxeert.

'Twee samengesmolten kogels,' antwoordde Pekkala.

'Twee?' zei de tsaar. 'En hoe kom je daaraan?'

'Die heb ik uit de schedel van de dode verwijderd.'

De tsaar liet de kogels weer op het bureau vallen. 'Dat had je me weleens eerder kunnen vertellen.' Hij haalde een zakdoek tevoorschijn en veegde zijn vingers af.

'Terwijl de politie het wapen onderzocht, besloot ik het lijk eens wat beter te bekijken,' verduidelijkte Pekkala. 'Het wapen heeft het niet laten afweten, majesteit, maar de kogel wel.'

'Dat snap ik niet.' De tsaar fronste zijn voorhoofd. 'Hoe kan een kogel het nou laten afweten?'

'De kogel die hij op me afvuurde, bevatte niet de juiste hoeveelheid kruit. Het wapen was van slechte kwaliteit, evenals de munitie die erbij hoorde. Toen het pistool afging, werd het patroon uitgeworpen, maar het dreef de kogel niet verder dan de loop, waar hij vast kwam te zitten. De volgende keer dat hij de trekker overhaalde, sloeg de tweede kogel tegen de eerste aan...'

'En beide kogels drongen tegelijkertijd zijn hoofd binnen.'

'Precies.'

'Ondertussen denkt de hele wereld dat je een soort tovenaar bent.' De tsaar streek met zijn vingers door zijn baard. 'Heb je de politie al van je ontdekking op de hoogte gebracht?'

'Nog niet. Tegen de tijd dat ik mijn onderzoek had afgerond, was het al laat. Morgenochtend zal ik het meteen aan de politiecommissaris van Petrograd doorgeven zodat hij met een openbare verklaring kan komen.'

'Pekkala.' De tsaar legde zijn vingertoppen op het bureaublad, als een pianist vlak voor hij gaat spelen. 'Je moet iets voor me doen.'

'En dat is, majesteit?'

'Niets.'

'Pardon?'

'Ik wil dat je niets doet.' Hij gebaarde naar de deur, waarachter Rusland lag in al zijn uitgestrektheid. 'Laat ze maar geloven wat ze willen geloven.'

'Dat de kogel is verdwenen?'

De tsaar pakte het brokje lood op en liet het in zijn vestzak verdwijnen. 'Inderdaad, die is verdwenen,' zei hij.

'Was je erbij?' vroeg Pekkala.

'Toevallig liep ik net over de markt,' antwoordde Maximov. 'Ik heb alles gezien. Ik heb me altijd afgevraagd hoe u dat hebt overleefd.'

'Als je later een paar van mijn vragen hebt beantwoord, beantwoord ik misschien een paar vragen van jou,' zei Pekkala.

Nagorski's huisje was van het type datsja. Het was in traditionele stijl gebouwd, met een strodak en luiken voor de ramen, en het was vele jaren ouder dan de testbasis zelf.

De datsja stond aan de rand van een meertje en was het enige gebouw in de wijde omtrek. Het dichte woud kwam tot aan de oever en liet alleen een open plek rond het huisje vrij.

Het was hier stil en vredig. Nu de wolken waren opgetrokken, glansde het meer zacht in het wegstervende zonlicht. Een eind het meer op zat een man in een roeiboot. In zijn rechterhand hield hij een hengel. Hij liet zijn arm rustig heen en weer gaan. De lange vliegenlijn, die zilverkleurig opvlamde in het licht van de zonsondergang, strekte zich vanaf het puntje van de hengel, zwiepte in een boog terug en strekte zich weer tot het spikkeltje van de vlieg het wateroppervlak raakte. Rondom de man wervelden insectjes, als bubbeltjes in champagne.

Pekkala ging zo in het beeld op dat hij de vrouw die vanaf de achterkant van het huis de hoek om liep pas zag toen ze al voor hem stond.

De vrouw was mooi, maar maakte een vermoeide indruk. Ze

straalde stille wanhoop uit. Krulletjes golfden door haar korte, donkere kapsel. Ze had een kleine kin en haar ogen waren zo donker dat het zwart van haar irissen in haar pupillen leek over te lopen.

Zonder acht te slaan op Pekkala keerde de vrouw zich naar Maximov toe, die op dat moment uit de auto stapte. 'Wie is die man?' vroeg ze. 'En waarom is hij zo smerig en kleedt hij zich als een begrafenisondernemer?'

'Dat is inspecteur Pekkala,' antwoordde Maximov. 'Van het Bureau Speciale Operaties.'

'Pekkala,' herhaalde ze. Haar donkere blik gleed over zijn gezicht. 'O ja. U hebt mijn man gearresteerd terwijl hij aan het lunchen was.'

'Aangehouden,' zei Pekkala. 'Niet gearresteerd.'

'Ik dacht dat alles opgelost was.'

'Dat was het ook, mevrouw Nagorski.'

'Waarom bent u dan hier?' vroeg ze. Ze spuwde de woorden uit, alsof haar mond vol glasscherven zat.

Pekkala zag dat ze het ergens al wist. Het was alsof ze dit nieuws had verwacht, niet alleen vandaag, maar al heel lang.

'Hij is dood, hè?' zei ze.

Pekkala knikte.

Maximov legde zijn hand op haar schouder.

Boos duwde ze die weg. Meteen vloog haar eigen hand naar achteren en sloeg ze Maximov recht in zijn gezicht. 'Jij zou op hem passen!' schreeuwde ze. Ze hief haar vuisten en met een geluid als van dof tromgeroffel liet ze ze keihard op zijn borst neerkomen.

Maximov wankelde naar achteren, te verbluft door haar woedeuitbarsting om zich te verweren.

'Dat was je taak!' riep ze. 'Daar heeft hij je voor aangenomen. Hij was de enige die je een kans wilde geven. En nu dit! Dus zo betaal je hem terug?'

'Mevrouw Nagorski,' fluisterde Maximov. 'Ik heb al het mogelijke voor hem gedaan.'

Mevrouw Nagorski staarde de man aan alsof ze niet eens wist wie hij was. 'Als je al het mogelijke gedaan had,' zei ze smalend, 'had mijn man nu nog geleefd.'

De gestalte in de boot draaide zijn hoofd om te zien waar het geschreeuw vandaan kwam.

Pekkala zag nu dat het een jongeman was, ongetwijfeld Konstantin, de zoon van de Nagorski's.

De jongen haalde de lijn in, legde zijn hengel weg en pakte de riemen. Langzaam roeide hij naar de oever, met riemen die kraakten in de koperen vorken van de dollen. Het water droop als stroompjes kwik van de bladen.

Mevrouw Nagorski draaide zich om en liep terug naar de datsja. Toen ze haar voet op de eerste tree van de verandatrap zette, struikelde ze. Met één arm zocht ze steun bij de planken. Haar handen beefden toen ze op de trap neerzonk.

Pekkala stond nu naast haar.

Ze keek hem vluchtig aan en wendde haar blik weer af. 'Ik heb altijd gezegd dat dit project hem zou vernietigen, hoe dan ook. Ik wil mijn man zien,' voegde ze eraan toe.

'Dat zou ik u niet aanraden,' zei Pekkala.

'Toch wil ik hem zien, inspecteur. Nu meteen.'

Te oordelen naar haar toon duldde de weduwe geen tegenspraak, en Pekkala besefte dat het geen zin had te proberen haar op andere gedachten te brengen.

De roeiboot kwam tegen de oever tot stilstand. Met de instinctieve precisie van een vogel die zijn vleugels vouwt, trok de jongen zijn riemen in, en hij stapte uit de wiebelende boot. Konstantin was ruim een kop groter dan zijn moeder. Hij had donkere ogen en kort, warrig haar dat wel een wasbeurt kon gebruiken. Zijn zware canvas broek had opgelapte knieën en zag eruit alsof hij eerst van iemand anders was geweest. Hij droeg een trui met gaten bij de ellebogen en zijn blote voeten zaten onder de muggenbeten, hoewel dat hem niet leek te deren.

Konstantin keek van de een naar de ander, wachtend op uitleg.

Maximov liep op hem af. Hij legde zijn arm om de jongen en sprak hem toe, maar zo zacht dat niemand het kon verstaan.

Konstantin verbleekte. Hij leek naar iets te kijken wat verder niemand zag, alsof de geest van zijn vader pal voor hem stond.

Pekkala zag het en zijn hart werd zwaar, alsof zijn bloed in zand was veranderd.

Terwijl Maximov mevrouw Nagorski naar de testbasis reed, zat Pekkala samen met haar zoon aan de eettafel in de datsja.

De muren gingen schuil achter tientallen blauwdrukken. Sommige waren geëxplodeerde tekeningen van motoren, andere toonden het binnenwerk van geschut of volgden het bochtige pad van uitlaatsystemen. Op planken langs de muren lagen brokken verwrongen metaal, bladen van ventilatoren, een stuk hout met daarin schroeven van uiteenlopende grootte. Een schakel van de rupsband van een tank lag op de stenen schoorsteenmantel. In de kamer rook het niet naar huis – niet naar haard, naar eten dat werd gekookt, naar zeep. In plaats daarvan rook het er naar machineolie en naar de scherpe, penetrante inkt die voor de blauwdrukken was gebruikt.

Het meubilair was van de beste kwaliteit: kasten van notenhout met geslepen glas in de ruitjes aan de voorkant, leren stoelen met koperen beslag dat als de kogelriem van een machinegeweer langs de randen liep. De eettafel waaraan ze zaten, was veel te groot voor de krappe datsja.

Pekkala vermoedde dat de familie Nagorski tot de oude aristocratie had behoord. De meeste van die families waren tijdens de Revolutie het land uit gevlucht of anders hadden de werkkampen ze opgeslokt. Er waren er maar een paar overgebleven, en daarvan had slechts een enkele familie zich weten vast te klampen aan de restanten van hun vroegere maatschappelijke status. Alleen degenen die hadden aangetoond van nut te zijn voor de regering, konden zich een dergelijke luxe veroorloven.

Al had Nagorski zich dat recht verworven, toch vroeg Pekkala zich af wat er van zijn gezin zou worden nu hij er niet meer was.

Pekkala besefte dat er niets te zeggen viel. Soms was het het beste om er alleen maar te zijn voor een ander.

Met felle blik keek Konstantin uit het raam, terwijl het laatste, naar purper zwemende schemerlicht overging in het massieve zwart van de nacht.

Terwijl hij de jongeman zo in gedachten verzonken zag, moest

Pekkala denken aan de laatste keer dat hij zijn eigen vader had gezien, die ijskoude januariochtend toen hij van huis was gegaan om dienst te nemen in het Finse Garderegiment van de tsaar.

Hij leunde uit het raampje van de trein toen die het station uit reed. Op het perron stond zijn vader, in een lange, zwarte jas en met een breedgerande hoed recht op zijn hoofd. Zijn moeder was te overstuur geweest om mee te gaan naar het station. Als afscheidsgebaar stak zijn vader één hand op. Boven hem hingen ijspegels van het dak van het stationsgebouw, terugwijkend als palingtanden.

De oude man stond er vanaf dat moment alleen voor als begrafenisondernemer, en twee jaar later kreeg hij een hartaanval toen hij een lijk op een slee naar het crematorium sleepte, verderop in de bossen achter hun huis. Het paard dat gewoonlijk de slee trok, was kreupel nadat het die winter was uitgegleden op het ijs, en Pekkala's vader had geprobeerd het karwei zelf te klaren.

De oude man werd op zijn knieën voor de slee aangetroffen, met zijn handen op zijn dijbenen en zijn kin op zijn borst. Over zijn schouders hingen de leren strengen waarmee anders het paard was ingespannen om de slee stukje bij beetje over het smalle bospad te trekken. Zoals hij daar geknield zat, leek het alsof hij even gestopt was om uit te rusten en elk moment weer overeind kon komen om zijn vracht verder te slepen.

Hoewel het zijn vaders wens was geweest dat Pekkala dienst nam in het Garderegiment in plaats van thuis te blijven en hem te helpen in het familiebedrijf, had Pekkala het zichzelf nooit vergeven dat hij er niet geweest was om de oude man overeind te helpen toen hij struikelde en viel.

Nu zag Pekkala dezelfde emotie op het gezicht van de jongeman.

Opeens begon Konstantin te praten. 'Gaat u de man zoeken die mijn vader heeft vermoord?'

'Ik weet niet zeker of hij vermoord is, maar als dat zo is, spoor ik degene op die hiervoor verantwoordelijk is.'

'Pak hem,' zei Konstantin. 'Pak hem en dood hem.'

Op dat moment streek het licht van koplampen door de kamer, en Maximovs auto kwam naast het huis tot stilstand. Even later ging de voordeur open. 'Waarom is het hierbinnen zo donker?' vroeg mevrouw Nagorski, en ze stak snel een kerosinelamp aan.

Abrupt stond Konstantin op. 'Heb je hem gezien? Is het waar? Is hij echt dood?'

'Ja,' antwoordde ze, en eindelijk sprongen de tranen in haar ogen. 'Het is waar.'

Pekkala liet hen alleen met hun verdriet. Hij liep naar buiten en ging op de veranda staan, bij Maximov, die een sigaret rookte.

'Vandaag is hij jarig,' zei Maximov. 'Die jongen verdient een beter leven dan dit.'

Pekkala zei niets.

De geur van brandende tabak bleef in de vochtige lucht hangen.

Pekkala keerde terug naar de montagewerkplaats, het stenen gebouw met het platte dak dat Oesjinski het IJzeren Huis had genoemd. Aan een van de muren hingen houten stellingen met machines. Aan de andere muur waren ijzeren rails bevestigd waarop de metalen omhulsels van tanks rustten. Op de lasnaden vormde zich al roest, alsof het staal was besprenkeld met kaneelpoeder. Elders in dit enorme pakhuis lagen machinegeweren als eilanden op een rij. Hoog boven de werkvloer was een overspanning van metalen liggers die de kap op zijn plaats hielden. Pekkala vond het gebouw iets doods hebben. Het was alsof deze tanks geen stukken toekomst waren, maar fragmenten uit het verre verleden, als de botten van ooit ontzagwekkende dinosauriërs die lagen te wachten tot ze door archeologen weer in elkaar werden gezet.

Er was een tafel leeggeruimd. De vloer lag bezaaid met machineonderdelen die de mannen van de NKVD haastig hadden weggelegd. Op de tafel lag het stoffelijk overschot van kolonel Nagorski. Het afschuwelijke wit van het verscheurde en leeggebloede lichaam leek te gloeien onder de werklampen. Lysenkova had het lijk zojuist onderzocht en nu legde ze een legerregencape over Nagorski's hoofd.

Naast haar stond Kirov, met verstrakt gezicht. Hij had vaker lijken gezien, maar dit overtrof alles, wist Pekkala.

Zelfs Lysenkova maakte een aangeslagen indruk, hoewel ze haar uiterste best deed dat te verhullen. 'Het valt niet met zekerheid te zeggen,' zei de volkscommissaris tegen Pekkala, 'maar alles wijst op een motorstoring. Nagorski was in zijn eentje de tank aan het testen. Hij zette de motor in z'n vrij, klom eruit om iets te controleren en toen is de tank in de versnelling geschoten. Hij verloor zijn evenwicht en de tank is over hem heen gereden voor de motor afsloeg. Het was een ongeluk. Zoveel is duidelijk.'

Kirov, die achter haar stond, schudde langzaam zijn hoofd.

'Hebt u met het personeel van de testbasis gesproken?' vroeg Pekkala.

'Ja,' luidde het antwoord. 'Ze hebben allemaal een alibi en geen van hen was bij Nagorski ten tijde van zijn dood.'

'En de man die we door het bos hebben achtervolgd?'

'Tja, wie dat ook is, hij werkt niet hier op de fabriek. Gezien het feit dat Nagorski's dood een ongeluk is, kunnen we ervan uitgaan dat de man die u achterna hebt gezeten gewoon een jager was die op het terrein van de fabriek verzeild was geraakt.'

'Waarom rende hij dan weg toen we hem een halt toeriepen?'

'Als u door gewapende mannen achterna werd gezeten, inspecteur Pekkala, zou u dan ook niet wegrennen?'

Pekkala negeerde haar vraag. 'Vindt u het goed als ik het lichaam nog eens onderzoek?'

'Uitstekend,' zei ze geërgerd. 'Maar doe het snel. Ik ga terug naar Moskou om mijn rapport in te dienen. Nagorski's lichaam blijft voorlopig hier. Zo meteen arriveren er bewakers om te zorgen dat er niets met het lijk gebeurt. Ik ga ervan uit dat u weg bent als ze hier aankomen.'

De twee mannen wachtten tot majoor Lysenkova het gebouw had verlaten.

'Wat heb je ontdekt?' vroeg Pekkala aan Kirov.

'Wat ze over de wetenschappers zei, klopt wel. De bewakers wisten van iedereen waar hij was ten tijde van Nagorski's dood. Tijdens werkuren wordt er in elk van de gebouwen wacht gehouden, wat betekent dat de wetenschappers ook garant konden staan voor het beveiligingspersoneel. Samarin was vanochtend zijn gebruikelijke ronde aan het maken. Hij is door al het personeel op zeker moment gezien.'

'Wordt er iemand vermist?'

'Nee, en niemand schijnt ook maar in de buurt van Nagorski te zijn geweest toen hij stierf.' Kirov richtte zijn aandacht op de regencape, waarvan de kuilen en vouwen grofweg overeenkwamen met de contouren van een menselijk lichaam. 'Maar ze vergist zich als ze denkt dat dit een ongeluk is.'

'Dat ben ik met je eens,' antwoordde Pekkala. 'Maar hoe ben je tot die conclusie gekomen?'

'Kijkt u zelf maar, inspecteur,' zei Kirov.

Pekkala pakte de rand van de cape en trok hem behoedzaam zo ver terug dat Nagorski's hoofd en schouders zichtbaar werden. Bij de aanblik haalde Pekkala even scherp adem.

Van Nagorski's gezicht was slechts een gelooid masker overgebleven, waarachter de verbrijzelde schedel eerder aan kapot serviesgoed deed denken dan aan bot. Hij had nog nooit een lijk gezien dat zo was toegetakeld als dat wat nu voor hem lag.

'Kijk.' Kirov wees naar een plek waar de binnenkant van Nagorski's schedel blootlag.

Pekkala pakte de kaak van de dode voorzichtig beet en draaide het hoofd schuin opzij. In het felle licht van de werklamp zag hij een spatje zilver blikkeren.

Hij stak zijn hand in zijn zak en haalde een stiletto met een benen heft tevoorschijn. Hij klapte het mes open en met de punt raakte hij het zilveren voorwerp aan. Nadat hij het van het geribbelde stuk bot had opgepakt, legde hij het metalen flintertje behoedzaam in zijn handpalm. Nu hij het beter kon zien, besefte Pekkala dat het geen zilver was. Het was lood.

'Wat is dat?' vroeg Kirov.

'Een stukje kogel.'

'Dat sluit een ongeluk uit.'

Pekkala haalde een zakdoek tevoorschijn en legde het schilfertje lood erop, waarna hij de zakdoek tot een bundeltje vouwde en weer in zijn zak stopte.

'Kan het zelfmoord zijn geweest?' vroeg Kirov.

'We zullen zien.' Pekkala concentreerde zich weer op de restanten van Nagorski's gezicht. Hij zocht naar een inschotwond. Toen hij zijn hand onder het hoofd stak en met zijn vingers door het samengeklitte haar voelde, bleef zijn vingertop haken aan een kartelige rand onder aan de schedel, waar de kogel door het bot was gedrongen. Hij drukte zijn vinger in de wond en volgde de baan van de kogel tot de uitschotplek aan de rechterkant van het gezicht van de dode, waar het vlees was weggereten. 'Dit was geen zelfmoord,' zei Pekkala.

'Hoe weet u dat zo zeker?' vroeg Kirov.

'Een man die zelfmoord pleegt met een pistool, houdt het wapen tegen zijn rechterslaap als hij rechts is en tegen zijn linkerslaap als hij links is. Als hij weet wat hij doet, neemt hij het wapen tussen zijn tanden en schiet zichzelf door zijn verhemelte. Daardoor wordt het harde hersenvlies vernietigd, wat onmiddellijk tot de dood leidt.' Hij trok de regencape weer over Nagorski's lichaam en veegde zijn smerige handen af aan een hoek van het kledingstuk.

'Hoe raak je aan dit soort dingen gewend?' vroeg Kirov terwijl Pekkala het bloed onder zijn nagels vandaan schraapte.

'Je kunt aan bijna alles gewend raken.'

Net toen ze de hal verlieten, arriveerden er drie bewakers van de NKVD om zich over het lijk van Nagorski te ontfermen. De twee mannen trokken zich terug in het donker en zetten de kraag van hun jas op tegen de lichte regen.

'Weet je zeker dat majoor Lysenkova die schotwond in Nagorski's schedel niet heeft gezien?' vroeg Pekkala.

'Ze heeft amper naar het stoffelijk overschot gekeken,' antwoordde Kirov. 'Ik had de indruk dat ze deze zaak zo snel mogelijk wil afsluiten.'

Op dat moment dook een gestalte op uit het donker. Het was Maximov. Hij had op hen staan wachten. 'Ik moet het weten,' zei hij. 'Wat is er met kolonel Nagorski gebeurd?'

Kirov keek Pekkala even aan.

Pekkala gaf een bijna onmerkbaar knikje.

'Hij is doodgeschoten,' zei de majoor.

Maximovs kaakspieren trilden. 'Dat is mijn schuld,' mompelde hij.

'Waarom zeg je dat?' vroeg Pekkala.

'Jelena – mevrouw Nagorski – had gelijk. Het was mijn taak om hem te beschermen.'

'Als ik het goed heb begrepen,' zei Pekkala, 'heeft hij je weggestuurd vlak voor hij werd vermoord.'

Maximov knikte. 'Dat is zo, maar toch, het was mijn taak…'

'Je kunt iemand niet beschermen als hij niet beschermd wil worden,' zei Pekkala.

Als Maximov al troost putte uit Pekkala's woorden, liet hij dat niet blijken. 'Wat zal er nu van hen worden?' vroeg hij. 'Van Jelena? Van de jongen?'

'Ik weet het niet,' zei Pekkala.

'Niemand die voor hen zorgt,' zei Maximov. 'Niet nu hij er niet meer is.'

'En jij?' vroeg Pekkala. 'Wat ga jij nu doen?'

Maximov schudde zijn hoofd, alsof de gedachte nog niet bij hem was opgekomen. 'Gewoon, zorgen dat ze goed achterblijven,' zei hij.

Een koude wind waaide door de bomen, met een geluid als van glibberende slangen.

'We zullen ons best doen, Maximov,' zei Pekkala. 'Ga nu maar naar huis en rust wat uit.'

'Die man werkt me op de zenuwen,' zei Kirov toen Maximov weer in het donker was verdwenen.

'Dat hoort bij zijn taak,' antwoordde Pekkala. 'Als we weer op kantoor zijn, moet je alles uitzoeken wat je over hem kunt vinden. Ik heb Maximov een paar vragen gesteld, maar hij ontweek ze allemaal.'

'We zouden hem voor een verhoor naar de Loebjanka kunnen brengen.'

Pekkala schudde zijn hoofd. 'Ik denk niet dat we op die manier veel uit hem zouden krijgen. Een man als Maximov praat alleen als hij het zelf wil. Kijk maar wat je in het politiearchief over hem kunt vinden.'

'Uitstekend, inspecteur. Gaan we nu terug naar Moskou?'

'We kunnen nog niet weg. Nu we weten dat er een wapen in het spel is geweest, moeten we die modderkuil doorzoeken waar Nagorski's lijk is gevonden.'

'Kan dat niet tot morgen wachten?' kreunde Kirov, en hij trok zijn kraag dichter om zijn keel.

Pekkala zweeg bij wijze van antwoord.

'Daar was ik al bang voor,' mompelde Kirov.

Er werd op de deur gebonsd en Pekkala schoot wakker.

Eerst dacht hij dat een van de luiken was losgeraakt door de wind. Buiten woedde een sneeuwstorm. De volgende ochtend zou hij zich ongetwijfeld een weg naar de straat moeten graven.

Weer klonk dat gebons, en nu drong tot Pekkala door dat iemand binnengelaten wilde worden.

Met een lucifer stak hij de olielamp naast zijn bed aan.

Opnieuw hoorde hij dat gebonk.

'Rustig maar!' riep Pekkala. Hij pakte zijn zakhorloge van het nachtkastje en tuurde naar de wijzers. Het was twee uur 's nachts. Naast zich hoorde hij een zucht. Ilja's lange haar bedekte haar gezicht en met een slaperig gebaar streek ze het opzij. 'Wat is er aan de hand?' vroeg ze.

'Er is iemand bij de deur,' fluisterde Pekkala terwijl hij zijn kleren aantrok en de bretels over zijn schouders hees.

'Het is midden in de nacht!' zei Ilja, leunend op één elleboog.

Pekkala antwoordde niet. Nadat hij zijn overhemd had dichtgeknoopt, liep hij met de lamp in zijn hand naar de voorkamer. Hij stak zijn hand al uit naar de koperen deurknop, maar stopte toen hij bedacht dat hij zijn revolver op de ladekast in de slaapkamer had laten liggen. Hij overwoog het wapen te halen. Dat er om twee uur 's nachts werd aangeklopt, voorspelde niets goeds.

Een zware vuist sloeg tegen het hout. 'Alsjeblieft!' sprak een stem.

Pekkala deed open. Een vlaag ijskoude lucht drong naar binnen, vergezeld van een wolk sneeuwvlokken die als visschubben glinsterden in het lamplicht.

Voor hem stond een man in een dikke mantel van sabelbont. Hij had lang, vettig haar, felle ogen en een slordige baard, die zijn kin wat puntig maakte. Ondanks de kou stond het zweet op zijn voorhoofd. 'Pekkala!' jammerde de man.

'Raspoetin,' bromde Pekkala.

De man deed een stap naar voren en liet zich in Pekkala's armen vallen.

Pekkala rook Raspoetins adem, die naar uien en zalmkaviaar stonk. Enkele piepkleine visseneitjes waren als korreltjes amber in de bevroren baard van de man blijven steken. Een zure dranklucht wasemde uit zijn poriën.

'Je moet me redden!' kreunde Raspoetin.

'Waar moet ik je van redden?'

Met zijn neus in Pekkala's hemd begon Raspoetin onsamenhangend te mompelen.

'Nou, waarvan dan?' herhaalde Pekkala.

Raspoetin week terug en spreidde zijn armen. 'Van mezelf!'

'Vertel eens wat je hier komt doen,' drong Pekkala aan.

'Ik was in de Kazankathedraal,' zei Raspoetin. Hij knoopte zijn jas los. Eronder droeg hij een bloedrode tuniek en een flodderige zwarte broek die hij in een paar kniehoge laarzen had gepropt. 'Tenminste, daar was ik, tot ik eruit werd gegooid.'

'Wat heb je nu weer uitgespookt?' vroeg Pekkala.

'Niks!' riep Raspoetin. 'Voor de verandering zat ik er alleen maar. En toen zei die vervloekte politicus Rodzianko dat ik moest vertrekken. Hij schold me uit voor ellendige heiden!' Raspoetin balde zijn vuist en zwaaide ermee door de lucht. 'Dat gaat hem zijn baan kosten!' Toen liet hij zich op Pekkala's stoel neerploffen.

'Wat heb je gedaan nadat je op straat was gezet?'

'Ik ben regelrecht naar de Villa Rode gegaan!'

'O, nee hè?' mompelde Pekkala. 'Niet die tent.'

De Villa Rode was een drankclub in Petrograd. Raspoetin was er bijna elke avond te vinden, want daar hoefde hij niet te betalen. De kosten kwamen op een anonieme genummerde rekening te staan waarvan Pekkala wist dat die door de tsarina geopend was. Bovendien had de eigenaar van de Villa Rode geld gekregen voor een uitbouw aan de achterkant van de club, een kamer waarvan alleen Raspoetin gebruik mocht maken. In feite was het zijn eigen privéclub. De tsarina had dat alles geregeld op verzoek van de Geheime Dienst, die belast was met de taak Raspoetin te volgen waar hij ook ging en ervoor te zorgen dat hij zich niet in de nesten werkte. Dat laatste bleek onmogelijk, en een geheim adres waar hij zich gratis vol mocht gieten betekende in elk geval dat de Geheime Dienst hem kon beschermen tegen degenen die hadden gezworen hem te zullen vermoorden als de kans zich voordeed. Er waren al twee aanslagen op hem gepleegd: in 1914 in Pokrovski en het jaar erop in Tsaritsin. In plaats van uit angst de eenzaamheid op te zoeken, raakte Raspoetin er door deze gebeurtenissen van overtuigd dat hij onkwetsbaar was. De Geheime Dienst kon hem misschien tegen dergelijke potentiële moordenaars beschermen, maar er was één man tegen wie ze hem niet konden beschermen, en dat was hijzelf.

'Toen ik in de Villa was,' vervolgde Raspoetin, 'besloot ik een aanklacht tegen Rodzianko in te dienen. Maar toen dacht ik: nee, ik ga rechtstreeks naar de tsarina en vertel het haar persoonlijk.'

'De Villa Rode is in Petrograd,' zei Pekkala. 'Dat is een heel eind hiervandaan.'

'Ik ben hier met mijn auto naartoe gereden.'

Pekkala herinnerde zich weer dat de tsarina Raspoetin een auto had gegeven, een prachtige Hispano-Suiza, maar ze was vergeten er rijlessen bij te doen.

'Dacht je echt dat ze je op dit tijdstip zou ontvangen?'

'Natuurlijk,' antwoordde Raspoetin. 'Waarom niet?'

'Vertel, wat is er gebeurd? Heb je haar gesproken?'

'Ik kreeg de kans niet. Die vervloekte auto liet het afweten.'

'Liet hij het afweten?'

'Hij reed tegen een muur op.' Raspoetin maakte een vaag gebaar naar de buitenwereld. 'Daar ergens.'

'Je hebt je auto dus in de prak gereden,' zei Pekkala. Hij schudde zijn hoofd bij de gedachte aan die schitterende wagen die nu in puin lag.

'Ik wilde lopend naar het paleis gaan, maar ik raakte verdwaald. Toen zag ik jouw huis en nu ben ik hier, Pekkala. Overgeleverd aan jouw genade. Een arme man die smeekt om een borrel.'

'Dat verzoek heeft iemand anders al ingewilligd,' zei Pekkala. 'En vaker dan één keer.'

Raspoetin luisterde al niet meer. Hij had een van de zalmeitjes in zijn baard ontdekt. Hij plukte het eruit en stopte het in zijn mond. Met getuite lippen joeg hij het eitje langs de binnenkant van zijn wang. Opeens klaarde zijn gezicht op. 'Aha! Ik zie dat je al gezelschap hebt. Goedenavond, mevrouw de onderwijzeres.'

Pekkala draaide zich om en zag Ilja in de deuropening van de slaapkamer staan. Ze had een van zijn donkergrijze overhemden aan, van het soort dat hij droeg als hij dienst had. Ze hield haar armen gekruist voor haar borst. Zonder manchetknopen hingen de mouwen over haar handen.

'Wat een schoonheid!' verzuchtte Raspoetin. 'Konden je leerlingen je nu maar zien.'

'Mijn leerlingen zijn zes jaar oud,' antwoordde Ilja.

Hij bewoog zijn vingers heen en weer en liet ze toen op de armleuningen van zijn stoel rusten, als de tentakels van een bleek zeedier. 'Ze zijn nooit te jong om te leren hoe de wereld in elkaar steekt.'

'Telkens als ik meen dat ik je tegenover anderen moet verdedigen,' zei Ilja, 'zeg je weer zoiets.'

Opnieuw slaakte Raspoetin een zucht. 'Laat ze toch roddelen.'

'Heb je je auto echt in de prak gereden, Grigori?' vroeg ze.

'Mijn auto heeft zichzelf in de prak gereden,' zei Raspoetin.

'Hoe krijg je het toch voor elkaar om het grootste deel van de tijd dronken te zijn?' vroeg Ilja zich af.

'Zo begrijp ik de wereld beter. En zo begrijpt de wereld mij ook beter. Sommige mensen zijn verstandig als ze nuchter zijn, andere wanneer ze dat niet zijn.'

'Zoals altijd spreek je weer in raadsels.' Ilja keek hem glimlachend aan.

'Geen raadsels, mooie dame. Het is hooguit de trieste waarheid.' Zijn oogleden knipperden. Hij sukkelde in slaap.

'O nee, dat gaat niet door,' zei Pekkala. Hij greep de stoel en draaide die met een ruk om, zodat hij Raspoetin in het gezicht kon kijken.

Raspoetin hapte naar adem, maar zijn ogen bleven dicht.

'Wat heb ik gehoord?' vroeg Pekkala. 'Heb je de tsarina geadviseerd zich van mij te ontdoen?'

'Wat?' Raspoetin deed één oog open.

'Je hebt me heel goed verstaan,' zei Pekkala.

'Van wie heb je dat gehoord?'

'Dat doet er niet toe.'

'De tsarina wil zelf dat je ontslagen wordt,' zei Raspoetin, en opeens was er van zijn dronkenschap niets meer te merken. 'Ik mag je graag, Pekkala, maar ik kan niets voor je doen.'

'En waarom niet?'

'Het zit zo,' legde Raspoetin uit. 'De tsarina stelt me een vraag. Aan de manier waarop ze die stelt weet ik of ik met ja of nee moet antwoorden. Als ik haar vertel wat ze wil horen, is ze blij. Vervolgens wordt haar idee mijn idee. Zij gaat ermee naar de tsaar of naar haar vriendin Vyrubova of naar wie dan ook, en zegt dat ik het gezegd heb. Maar wat ze er nooit bij vertelt, Pekkala, is dat het idee van haar afkomstig is. Weet je, Pekkala, de tsarina houdt van me omdat ik precies zo ben als ze me wil hebben, net zoals de tsaar niet zonder jou kan. Ik moet haar het gevoel bezorgen dat ze gelijk heeft, en jij moet hem het gevoel bezorgen dat hij veilig is. Helaas zijn beide gevoelens op illusies gebaseerd. Er zijn velen zoals wij, en ieder is belast met een andere taak: opsporingsambtenaren, geliefden, moordenaars. En ze zijn allemaal vreemden voor elkaar. Alleen de tsaar kent ons allemaal. Dus als jou ter ore is gekomen dat ik je wil zien verdwijnen, dan is dat zo. Het is waar.' Hij kwam wankelend overeind en ging op onvaste benen voor Pekkala staan. 'Maar het is alleen waar omdat de tsarina het als eerste wenste.'

'Je hebt voor vannacht wel weer genoeg gepreekt, Grigori.'

Raspoetin schonk hem een loom lachje. 'Welterusten, Pekkala.' Toen zwaaide hij naar Ilja, alsof ze ver weg stond in plaats van aan de andere kant van de kamer. Terwijl hij zijn hand heen en weer bewoog, blonk er een armband om zijn pols. Die was van platina en gegraveerd met het koninklijk wapen: ook een geschenk van de tsarina. 'Welterusten, mooie dame van wie ik de naam ben vergeten.'

'Ilja,' zei ze, eerder medelijdend dan verontwaardigd.

'Welterusten dan, mooie Ilja.' Raspoetin spreidde zijn armen en maakte een overdreven buiging, waarbij zijn vette haar als een gordijn voor zijn gezicht viel.

'Je kunt nu niet naar buiten,' zei Pekkala. 'De storm is nog niet gaan liggen.'

'Ik zal wel moeten,' antwoordde Raspoetin. 'Ik heb nog een feestje. Prins Joesoepov heeft me uitgenodigd. Er zouden wijn en taartjes zijn.'

Toen was hij verdwenen, en alleen de stank van zweet en zure uien bleef hangen.

Ilja stapte de voorkamer in; ze was op blote voeten en liep om de modderige plasjes heen die uit Raspoetins laarzen waren gesijpeld. 'Telkens als ik die man zie, is hij dronken,' zei ze terwijl ze haar armen om Pekkala heen sloeg.

'Maar hij is nooit zo dronken als hij lijkt,' merkte Pekkala op.

Twee dagen later arriveerde Pekkala nog net op tijd in Petrograd om te zien hoe Raspoetin uit de Malaja Neva-rivier werd gevist, vlak bij het zogenoemde Krestovski-eiland. Zijn lijk was in een tapijt gewikkeld en onder het ijs geschoven.

Niet lang daarna arresteerde Pekkala prins Joesoepov, die zonder aarzelen bekende dat hij Raspoetin had vermoord. Samen met een legerarts genaamd Lazovert en grootvorst Dimitri Pavlovitsj had Joesoepov geprobeerd Raspoetin te vergiftigen met taartjes waarin arsenicum zat. Elk taartje bevatte voldoende gif om vijf man om te leggen, maar Raspoetin at er drie zonder merkbare gevolgen. Toen deed Joesoepov wat arsenicum in een glas Hongaarse wijn die hij Raspoetin aanbood. Raspoetin dronk het glas leeg en vroeg om een tweede. Op dat moment raakte Joesoepov in paniek. Hij pakte de Browning-revolver van de grootvorst en schoot Raspoetin in zijn rug. Dokter Lazovert had de man nog maar amper doodverklaard of Raspoetin kwam overeind en greep Joesoepov bij zijn keel. Joesoepov, die inmiddels hysterisch was, vluchtte naar de eerste verdieping van zijn paleis, gevolgd door Raspoetin, die achter hem aan de trap op kroop. Toen de moordenaars Raspoetin uiteindelijk nog een aantal kogels door het lichaam hadden gejaagd, rolden ze hem in het tapijt, bonden het vast met touw en stopten hem in de kofferbak van dokter Lazoverts auto. Ze reden naar de Petrovskibrug en wierpen zijn lijk in de

Neva. Autopsie wees uit dat Raspoetin, ondanks alles wat er met hem gedaan was, de dood vond door verdrinking.

Ondanks Pekkala's inspanningen in deze zaak, en ook al was de schuld van de daders bewezen, werd niets uit zijn onderzoek ooit openbaar gemaakt en belandde geen van de moordenaars in de gevangenis.

Als Pekkala terugdacht aan die nacht toen Raspoetin uit de sneeuwstorm opdook, had hij er spijt van dat hij niet vriendelijker was geweest voor een man die zo duidelijk ten dode was opgeschreven.

Pekkala en Kirov stonden in de kuil, bij het felle licht van een elektrische lamp die werd gevoed door een rammelende, verplaatsbare generator. Eerst had het ijskoude modderwater tot hun middel gereikt, maar ze hadden het meeste er met emmers uit geschept. Nu zochten ze met een mijndetector naar het ontbrekende wapen. De detector bestond uit een lange metalen stang die aan het ene uiteinde tot een handvat was gebogen, terwijl er aan het andere uiteinde een bordvormige schijf zat. In het midden van de stang zat een rechthoekige doos met de batterijen, de volumeregelaar en knoppen voor de verschillende instellingen.

Na het zien van Pekkala's Schaduwpas hadden de bewakers van de NKVD hun alles gegeven wat ze nodig hadden. Ze hadden zelfs geholpen de generator naar buiten te rijden, het testterrein op.

Langzaam bewoog Pekkala de schijf van de mijndetector over de grond heen en weer en hij luisterde of hij het geluid hoorde dat op de aanwezigheid van metaal duidde. Zijn handen waren inmiddels zo verdoofd van de kou dat hij het metalen handvat van de detector amper meer voelde.

De generator ronkte en ratelde en vulde de lucht met uitlaatgassen.

Kirov zat op handen en knieën met zijn vingers in de modder te wroeten. 'Waarom zou de moordenaar dat wapen niet bij zich hebben gehouden?'

'Misschien heeft hij dat wel gedaan,' antwoordde Pekkala, 'aangenomen dat het een "hij" is. Maar het is waarschijnlijker dat hij het zo snel mogelijk heeft weggegooid, voor het geval hij gepakt en gefouilleerd zou worden. Zonder wapen had hij zich er nog uit kunnen kletsen, maar met wapen had hij geen schijn van kans.'

'En hij verwachtte natuurlijk helemaal niet dat wij al die blubber zouden doorzoeken,' zei Kirov. Zijn lippen waren inmiddels blauw als die van een drenkeling. 'Dat zou toch krankzinnig zijn, niet?'

'Precies!' zei Pekkala.

Op dat moment hoorden ze een piepje; heel zwak en maar één keer.

'Wat was dat?' vroeg Kirov.

'Ik weet het niet,' zei Pekkala. 'Ik heb nog nooit met zo'n ding gewerkt.'

Kirov gebaarde met zijn arm in de richting van de detector. 'Doe het nog eens.'

'Dat probeer ik ook!' antwoordde Pekkala, die de schijf nogmaals over de grond heen en weer bewoog.

'Rustig aan!' riep Kirov. Toen hij uit zijn knielende houding overeind kwam, zoog de modder aan zijn volgelopen laarzen. 'Laat mij eens proberen.'

Pekkala reikte hem de detector aan. Zijn half bevroren handen stonden krom, alsof hij het handvat nog vasthield.

Kirov liet de schijf vlak boven het modderige oppervlak heen en weer gaan.

Niets.

Hij vloekte. 'Dat belachelijke ding kan niet eens…'

Toen klonk het piepje weer.

'Daar!' riep Pekkala.

Heel voorzichtig bewoog Kirov de schijf over dezelfde plek.

Weer piepte de detector, toen nog een keer, en uiteindelijk, terwijl Kirov hem boven de bewuste plek hield, ging het geluid over in een aanhoudend gezoem.

Pekkala liet zich op zijn knieën vallen en begon te graven. Hij perste handenvol modder samen als een bakker die deeg aan het kneden is. 'Hier ligt het niet,' mompelde hij. 'Er is hier geen wapen.'

'Ik zei toch dat dat ding het niet deed,' mopperde Kirov.

Op dat moment sloot Pekkala's vuist zich om iets hards. Een steen, dacht hij. Hij wilde het al bijna weggooien, maar toen ving hij in het licht van de generatorlamp een glimp van metaal op. Terwijl zijn vingers weer door de modder tastten, stuitte hij op een voorwerp waarvan hij meteen besefte dat het een patroonhuls was. Hij klemde het tussen zijn duim en wijsvinger en lachend als een gouddelver die het klompje heeft gevonden waarmee hij zijn fortuin zal maken, hield hij het omhoog zodat Kirov het kon zien. Pekkala wreef het vuil van het uiteinde van de huls tot hij het watermerk zag dat in het koper was gestampt. '7.62 millimeter,' zei hij.

'Het zou van een Nagent kunnen zijn.'

'Nee, daarvoor is het patroon te kort. Dit komt niet uit een Russisch wapen.'

Na nog een uur zoeken zonder iets te vinden besloot Pekkala er een punt achter te zetten. Ze klauterden naar boven, schakelden de generator uit en strompelden door het donker terug naar de gebouwen.

Het wachthuisje zat dicht en de bewakers waren nergens te bekennen.

Inmiddels rilden Pekkala en Kirov allebei van de kou. Ze moesten zich warmen voor ze terugreden naar de stad.

Vergeefs probeerden ze de andere gebouwen binnen te gaan, maar die zaten allemaal op slot.

In hun wanhoop maakten de twee mannen een stapel van een aantal kapotte houten pallets die ze achter het IJzeren Huis hadden gevonden. Met een reserveblik benzine uit hun auto hadden ze de pallets algauw aan het branden.

Als slaapwandelaars strekten ze hun handen uit naar het oplaaiende vuur. Ze gingen op de grond zitten, trokken hun laarzen uit en goten er stroompjes vuil water uit. Toen hielden ze hun bleke voeten bij de vlammen tot de damp eraf sloeg. Duisternis kolkte om hen heen, alsof wat onder de grond lag in een vloedgolf naar boven was gekomen en de wereld had verzwolgen.

'Wat ik niet snap,' zei Kirov toen zijn tanden eindelijk niet meer klapperden, 'is wat majoor Lysenkova hier eigenlijk deed. De NKVD heeft tientallen opsporingsambtenaren. Waarom zouden ze er een sturen die alleen misdaden binnen de NKVD onderzoekt?'

'Dan is er maar één mogelijkheid,' zei Pekkala. 'De NKVD denkt dat een van hun eigen mensen hiervoor verantwoordelijk is.'

'Maar dat verklaart nog niet waarom majoor Lysenkova zo'n haast heeft om het onderzoek af te sluiten.'

Pekkala hield de patroonhuls in zijn handpalm en bestudeerde het ding in het licht van de vlammen. 'Dit zou de zaak enigszins moeten vertragen.'

'Ik snap niet hoe u het kunt, inspecteur.'

'Hoe ik wat kan?'

'Zo rustig met de doden werken,' antwoordde Kirov. 'Vooral als ze… helemaal aan flarden zijn.'

'Ik ben er zo langzamerhand aan gewend,' zei Pekkala, en hij dacht aan de keren dat zijn vader erop uit moest om lijken op te halen die in de wildernis waren gevonden. Soms waren het lichamen van jagers die 's winters niet meer thuisgekomen waren. Ze waren de meren op gegaan en door dun ijs gezakt, en pas in het voorjaar doken ze weer op, met lichamen wit als albast, verstrikt tussen stokken en takken. Soms waren het oude mensen die in het bos waren verdwaald en uiteindelijk waren gestorven van de kou. Wat er van hen restte was vaak nauwelijks herkenbaar, op het rasterwerk van botten na. Pekkala en zijn vader namen altijd een kist mee, gemaakt van ruw grenen dat nog naar boomsap rook. Het stoffelijk overschot werd in dik zeildoek gewikkeld.

Ze hadden veel van dat soort tochtjes gemaakt, maar geen ervan verscheen in zijn nachtmerries. Slechts één geval stond hem nog scherp voor de geest.

Het was de dag dat de dode Jood het dorp kwam binnenrijden.

Midden in een sneeuwstorm draafde zijn paard door de hoofdstraat van Lappeenranta. De Jood zat in het zadel, in zijn zwarte jas en met zijn breedgerande hoed op. Blijkbaar was hij doodgevroren, en zijn baard was een verwrongen bundel ijspegels. Het paard bleef voor de smidse staan, alsof het wist waar het naartoe moest, ook al zwoer de smid dat hij het beest nog nooit had gezien.

Niemand wist waar de Jood vandaan kwam. Er werden berichten naar de nabijgelegen dorpen Joutseno, Lemi en Taipalsaari gestuurd, maar dat leverde niets op. Zijn zadeltassen bevatten geen enkele aanwijzing, alleen wat extra kleren, restjes eten en een boek dat in zijn eigen taal was geschreven en dat niemand in Lappeenranta kon ontcijferen. Waarschijnlijk was hij vanuit Rusland het land binnengekomen, want de ongemarkeerde grens lag slechts een paar kilometer verderop. Hij was verdwaald in het bos en gestorven voor hij een schuilplaats had kunnen vinden.

De Jood was al langere tijd dood – vijf of zes dagen, vermoedde Pekkala's vader. Ze moesten het zadel verwijderen om hem van het paard te tillen. De handen van de Jood klemden zich om de teugels. Pekkala, die destijds twaalf was, probeerde het leer uit de breekbare vingers los te maken, maar zonder succes, en daarom sneed zijn vader het door. Omdat het lichaam van de Jood bevroren was, konden ze hem niet in een kist leggen. Ze probeerden hem zo goed mogelijk toe te dekken voor ze hem naar hun huis reden.

Die avond lieten ze hem op de behandeltafel in het mortuarium liggen om te ontdooien zodat Pekkala's vader het lijk gereed kon maken voor de begrafenis.

'Ik heb een taak voor je,' zei Pekkala's vader. 'Je moet hem uitgeleide doen.'

'Uitgeleide doen?' vroeg Pekkala. 'Maar hij is al dood.'

Zijn vader schudde zijn hoofd. 'Volgens zijn geloof blijft de geest in de buurt van het lichaam tot het is begraven. De geest is bang. Het is hun gewoonte dat er iemand bij het lijk blijft zitten om het gezelschap te houden tot de geest uiteindelijk vertrekt.'

'En hoe lang duurt dat?' wilde Pekkala weten. Hij keek naar het lijk, waarvan de benen krom stonden, alsof ze nog steeds om de romp van het paard zaten geklemd. Met het regelmatige geluid van een tikkende klok druppelde het water uit de ontdooiende kleren.

'Tot morgenochtend, niet langer,' zei zijn vader.

De ruimte waarin zijn vader de lijken gereedmaakte, bevond zich in het souterrain. Daar bracht Pekkala de nacht door, zittend op een stoel en met zijn rug tegen de muur. Een paraffinelamp stond gestaag brandend op de tafel waarop zijn vader de instrumenten voor het verzorgen van de doden had uitgestald: rubberen handschoenen, messen, slangen, naalden, linnen wasdraad en een doos met verschillende soorten rouge waarmee kleur op de huid werd aangebracht.

Pekkala was vergeten aan zijn vader te vragen of hij mocht slapen, maar nu was het te laat, want zijn ouders en broer waren uren geleden al naar bed gegaan. Om zichzelf bezig te houden bladerde Pekkala het boek door dat ze in de zadeltas van de Jood hadden gevonden. Het leek wel of de letters uit piepkleine rookpluimpjes bestonden.

Pekkala schoof het boek aan de kant en liep naar het lijk. Terwijl hij naar het strakke gezicht van de man keek, naar zijn wasachtige huid en rossige baard, dacht Pekkala aan de geest van de Jood, die nu in de kamer liep te ijsberen zonder te weten waar hij was of waar hij naartoe moest. In zijn verbeelding stond de geest bij de koperkleurige vlam van de lamp, als een mot die door het licht wordt aangetrokken. Maar misschien, dacht hij, geven alleen de levenden om dergelijke dingen. Toen ging hij weer op zijn stoel zitten.

Het was niet zijn bedoeling in slaap te vallen, maar opeens was het ochtend. Pekkala hoorde de deur van het souterrain opengaan, waarna zijn vader de trap af kwam. Hij vroeg niet of de jongen geslapen had.

Het lichaam van de Jood was ontdooid. Eén been hing van de behandeltafel. Pekkala's vader tilde het op en legde het voorzichtig naast het andere been. Toen wikkelde hij de leren teugels los die nog om de handen van de Jood zaten.

Later die dag begroeven ze hem op een open plek op een heuvelhelling die uitkeek over een meer. Zijn vader had de plaats uitgekozen. Er liep geen pad naartoe, dus moesten ze de houten kist aan touwen tussen de bomen door naar boven slepen, en soms duwden ze tot hun vingertoppen rauw waren van de splinters.

'Laten we maar een diep gat maken,' zei zijn vader terwijl hij Pekkala een spade aanreikte. 'Anders graven de wolven hem misschien weer op.'

Samen schraapten ze dikke lagen dennennaalden weg en met pikhouwelen openden ze de grijze klei eronder. Toen de kist ten slotte in het graf was geplaatst en het gat weer was dichtgemaakt, zetten ze hun spaden aan de kant. Ze kenden alleen de gebeden van een andere god, en daarom bleven ze een tijdje zwijgend staan voor ze weer heuvelafwaarts gingen.

'Wat hebt u met zijn boek gedaan?' vroeg Pekkala.

'Daar rust zijn hoofd nu op,' antwoordde zijn vader.

Sindsdien had Pekkala zoveel levenloze lichamen gezien dat ze in zijn herinnering leken samen te smelten. Maar het gezicht van de Jood stond hem nog scherp voor ogen, en het kringelende schrift sprak tot hem in zijn dromen.

'Ik snap niet hoe u het kunt,' zei Kirov nogmaals.

Pekkala zweeg, want hij wist het zelf ook niet.

Vlammen knetterden en joegen vonken de blauwzwarte lucht in.

De twee mannen kropen dicht tegen elkaar aan, als zwemmers in een zee die vergeven is van haaien.

Terwijl Kirov de Emka via de Spasskipoort met zijn sierkantelen en goud met zwarte klokkentoren het Kremlin binnenreed, knoopte Pekkala zijn jas alvast dicht ter voorbereiding op zijn ontmoeting met Stalin. De banden van de Emka hobbelden over de keien naar de overkant van het Ivanovskiplein, tot ze niet verder konden.

'Ik loop straks wel naar huis,' zei hij tegen Kirov. 'Dit kan wel even duren.'

Bij een eenvoudige, ongemarkeerde deur stond een soldaat in de houding. Toen Pekkala naderde, sloeg hij zijn hakken tegen elkaar met een geluid dat weerkaatste rond de hoge stenen muren, en hij sprak de traditionele groet: 'Een goede gezondheid gewenst, kameraad Pekkala.' Het was niet alleen een groet, maar ook het teken dat de soldaat Pekkala had herkend en dat hij zijn pas niet hoefde te tonen.

Pekkala begaf zich naar de eerste verdieping van het gebouw. Daar liep hij door een lange, brede gang met hoge plafonds. Er lag rood tapijt op de vloer. Onwillekeurig moest Pekkala aan slagaderlijk bloed denken, want het had dezelfde kleur. Zijn voetstappen maakten geen geluid, behalve als de vloerplanken kraakten onder het tapijt. Aan weerskanten kwamen hoge deuren uit op deze gang.

Soms stonden die open en dan zag hij mensen aan het werk in grote kantoorvertrekken. Nu waren alle deuren dicht.

Aan het eind van de gang werd hij begroet door een tweede soldaat, die de dubbele deuren naar Stalins ontvangkamer voor hem opende. Het was een enorm vertrek met matwitte muren en een houten vloer. In het midden stonden drie bureaus, als reddingsvlotten op een vlakke, kalme zee. Achter elk bureau zat een man in een kraagloze, olijfgroene tuniek, in dezelfde stijl als die van Stalin. Eén man kwam overeind om Pekkala te begroeten. Het was Poskrebysjev, Stalins eerste secretaris: een kleine, dikkige man met een ronde bril waarvan de glazen praktisch op zijn oogbollen drukten. Poskrebysjev was het tegenbeeld van de potige arbeiders met ontbloot bovenlijf waarvan de standbeelden op bijna ieder plein in Moskou te vinden waren. Het enige opvallende aan Poskrebysjev was zijn totale gebrek aan emotie toen hij Pekkala naar Stalins werkkamer aan de andere kant van de ruimte begeleidde.

Poskrebysjev klopte één keer aan, maar wachtte niet op antwoord. Met een zwaai opende hij de deur, en toen gaf hij Pekkala met een knikje te kennen dat hij naar binnen mocht. Zodra Pekkala de kamer betrad, deed de secretaris de deur achter hem dicht.

Pekkala stond alleen in een grote kamer met roodfluwelen gordijnen en langs de randen rood tapijt, dat slechts een derde van de vloer besloeg. In het midden lag hetzelfde mozaïekparket als in de wachtkamer. De muren waren donkerrood behangen, met karamelkleurige houten latten die de panelen van elkaar scheidden. Aan de muren hingen portretten van Marx, Engels en Lenin, allemaal even groot en blijkbaar door dezelfde kunstenaar geschilderd.

Vlak bij een van de muren stond Stalins bureau, dat acht poten had, twee bij iedere hoek. Op het bureau lagen verscheidene dossiers keurig op een rij. Stalins stoel had een brede rugleuning, bekleed met bordeauxrood leer dat met koperen kopspijkertjes aan het frame was bevestigd.

Afgezien van Stalins bureau en een tafel met een groen kleed was het vertrek spartaans ingericht. In een hoek stond een grote, antieke klok, die had mogen aflopen en voortaan zweeg. De volle gele maan van de pendule hing roerloos achter de geribbelde ruit van de kast.

Kameraad Stalin liet hem vaak wachten, en vandaag was geen uitzondering.

Pekkala was nog maar een uur geleden in de stad aangekomen, en hij had niet geslapen. Zijn vermoeidheid had het punt bereikt dat geluiden hem als door een lange kartonnen buis bereikten. Het enige wat hij de afgelopen vijftien uur had genuttigd was een beker kwas, een drankje gemaakt van gefermenteerd roggebrood dat hij op weg naar deze afspraak van een straatventer had gekocht.

De man had Pekkala een gedeukte metalen beker aangereikt, nadat hij het schuimende bruine vocht uit een ketel had geschept die warm werd gehouden door gloeiende kolen onder een rooster. Toen Pekkala de beker naar zijn lippen bracht, ademde hij de geur van verbrand brood in. Zodra hij had gedronken, keerde hij de beker naar gewoonte ondersteboven om hem tot de laatste druppel te legen en gaf hem daarna terug. Terwijl hij dat deed viel zijn oog op een merkje aan de onderkant van de beker. Toen hij wat beter keek, zag hij dat het de tweekoppige adelaar van de Romanovs was: het bewijs dat de beker ooit bij de inventaris van de koninklijke familie had gehoord. De tsaar zelf dronk altijd uit een dergelijke beker, en Pekkala bedacht hoe vreemd het was om dit overblijfsel van het oude tsarenrijk buiten de muren van het Kremlin te zien, als een aangespoeld restant van een schipbreuk.

De tsaar zat achter zijn bureau.

De donkere fluwelen gordijnen van zijn werkkamer waren opengetrokken om het licht binnen te laten, en langs de randen lag een zachte gloed, als over de rugveren van een spreeuw.

De tsaar bracht de zware beker naar zijn lippen en dronk, en toen hij slikte, wipte zijn adamsappel op en neer. Tevreden brommend zette hij de beker neer, waarna hij zijn blauwe potlood pakte en ritmisch op een stapel ongelezen documenten begon te tikken.

Het was de herfst van 1916. Nadat hij het commando over de strijdkrachten had overgenomen, had de tsaar vrijwel al zijn tijd achter de palissaden van het legerhoofdkwartier in Mogilev doorgebracht.

Maar ook al had de tsaar nu de leiding, toch leed het Russische leger op het slagveld de ene vernietigende nederlaag na de andere.

Dat werd de tsarina al even zwaar aangerekend als de tsaar. Er ging zelfs een gerucht dat de tsarina buiten de Russische legerleiding om geheime vredesonderhandelingen met Duitsland was begonnen, waarbij ze een van haar Duitse verwanten als tussenpersoon gebruikte. Het gerucht verspreidde zich en tastte de geloofwaardigheid aan van de tsaar als opperbevelhebber van de strijdkrachten.

Tijdens een van zijn zeldzame bezoeken aan Petrograd had de tsaar Pekkala in het paleis ontboden en hem opgedragen te onderzoeken of het gerucht op waarheid berustte.

Pekkala had vanaf het begin geweten dat er iets niet klopte. Hoewel de bijzonderheden van het onderzoek geheim moesten blijven, had de tsaar in brede kring ruchtbaarheid gegeven aan het feit dat hij tot het onderzoek had bevolen. Nieuws over Pekkala's werk verscheen zelfs in de kranten, iets wat de tsaar zelden toestond.

Pekkala ontdekte al snel dat het gerucht waar was. De tsarina had door middel van een tussenpersoon in Zweden contact gelegd met haar broer, de groothertog van Hessen, een hooggeplaatst officier in het Duitse leger. Voor zover Pekkala kon vaststellen was de groothertog ergens in februari 1916 op bezoek geweest.

De bemoeizucht van de tsarina verbaasde Pekkala niet. Toen de tsaar in Mogilev was, had ze hem overstelpt met brieven waarin ze er bij hem op aandrong Raspoetins adviezen over militaire zaken op te volgen en iedereen te ontslaan die het er niet mee eens was.

Wel was hij verbaasd toen hij ontdekte dat de tsaar al die tijd van het bezoek van de groothertog op de hoogte was geweest. Nicolaas had de broer van de tsarina zelfs ontmoet, waarschijnlijk in hetzelfde vertrek waarin hij nu Pekkala ontving.

Zodra Pekkala het onderzoek had afgerond, bracht hij rapport uit. Hij verzweeg niets, ook de feiten niet die belastend waren voor de tsaar zelf. Onmiddellijk daarna haalde Pekkala het Smaragden Oog van zijn revers en legde het op het bureau van de tsaar. Toen haalde hij zijn Webleyrevolver tevoorschijn en legde dat naast het insigne.

'Wat moet dat voorstellen?' vroeg de tsaar.

'Ik dien mijn ontslag in.'

'O, kom op, Pekkala!' bromde de tsaar. Hij wierp zijn potlood omhoog en ving het weer op. 'Probeer dit nou eens vanuit mijn gezichtspunt te zien. We hebben inderdaad de mogelijkheid van een bestand besproken. En dat heeft inderdaad in het geheim plaatsgevonden, zonder dat de Russische legerleiding ervan op de hoogte was. Maar verdomme, Pekkala, er is geen bestand! De onderhandelingen zijn op niets uitgelopen. Ik wist dat het Russische volk antwoord wilde op de vraag of deze geruchten op waarheid berustten. Daarom heb ik jou op de zaak gezet, om ze gerust te stellen. Het punt is, Pekkala, dat de antwoorden die ze wilden horen niet de antwoorden waren die jij zou vinden, als ik het goed heb.'

'En wat wilt u dat ik doe met de informatie die ik heb verkregen, majesteit?'

'Wat jij moet doen,' zei de tsaar, en hij tikte met de punt van zijn potlood tegen Pekkala's revolver, 'is weer aan het werk gaan en dit hele onderzoek vergeten.'

'Majesteit,' zei Pekkala, die met grote moeite zijn kalmte bewaarde, 'u hebt mij niet in dienst genomen om u van illusies te voorzien.'

'Dat is zo, Pekkala. Je voorziet me van de waarheid, en ík bepaal hoeveel van die waarheid het Russische volk te horen krijgt.'

Pekkala begon zich al af te vragen of Stalin hem de hele dag zou laten wachten. Om de tijd te doden schommelde hij zachtjes op zijn voeten heen en weer en bekeek de muur achter Stalins bureau. Van vorige keren wist Pekkala dat in een van die houten panelen een geheime deur zat, die je pas zag als hij openging. Achter de deuropening begon een lange, smalle gang, verlicht door lampjes die niet groter waren dan een mannenduim. Op de vloer van deze gang lag dik tapijt waar je geruisloos overheen kon lopen. Pekkala had geen idee waar de gang naartoe voerde, maar hij had gehoord dat het hele gebouw vol zat met geheime gangen.

Ten slotte hoorde Pekkala de vertrouwde klik waarmee het slot van de deur openging. Het houten paneel zwaaide naar voren en Stalin verscheen in de opening in de muur. Aanvankelijk zei hij niets tegen Pekkala en keurde hem geen blik waardig. Naar zijn gewoonte speurde hij alle hoeken van de kamer af om te kijken of hij iets ongebruikelijks zag. Uiteindelijk richtte hij zijn blik op Pekkala. 'Dus Nagorski is verongelukt?' snauwde hij. 'Denk je echt dat ik dat geloof?'

'Nee, kameraad Stalin,' antwoordde Pekkala.

Dat had hij kennelijk niet verwacht. 'O nee? Maar dat lees ik wel in het rapport!'

'Het is niet mijn rapport, kameraad Stalin.'

Binnensmonds vloekend nam Stalin achter zijn bureau plaats en viste zijn pijp uit de zak van zijn jasje.

Het was Pekkala opgevallen dat Stalin buiten zijn werkvertrekken meestal sigaretten rookte, maar dat hij in het Kremlin zijn pijp verkoos. De pijp had de vorm van een afvinkteken, met de kop aan de onderkant en een afgebogen bovenkant, en hij was al gestopt met honingkleurige draadjes tabak. Telkens als Pekkala Stalin zag roken, leek de pijp nieuw, en hij vermoedde dat hij ze na korte tijd verving.

Uit een kartonnen doosje nam Stalin een lucifer, en terwijl hij die vastpakte, ritselden de houtjes tegen elkaar. Stalin stak lucifers aan op een manier die Pekkala nooit eerder had gezien. Hij nam het houtje tussen zijn duim en zijn eerste twee vingers, en dan streek hij met zijn ringvinger over het strookje schuurpapier. De lucifer ontbrandde altijd meteen. Het was zo'n ongebruikelijke methode dat Pekkala, die zelf niet rookte, ooit een doosje lucifers had gekocht en een uur lang bij zijn aanrecht had geprobeerd de techniek onder de knie te krijgen, maar het enige wat het hem had opgeleverd, waren verbrande vingers.

In het stille vertrek hoorde Pekkala het sissen van de lucifer, het nietige geknetter van de tabak toen die vlam vatte en het zachte gepuf waarmee Stalin aan het uiteinde van de pijp lurkte. Stalin schudde de lucifer uit, liet hem in een koperen asbakje vallen en leunde toen achterover. 'Dus volgens jou is het geen ongeluk?'

Pekkala schudde zijn hoofd. Hij haalde een zakdoek uit zijn zak, stapte op het bureau af, legde het doekje voor Stalin neer en vouwde het voorzichtig open.

Midden op de zwarte zakdoek lag het schilfertje lood dat Pekkala uit Nagorski's schedel had verwijderd.

Stalin boog zich voorover tot zijn neus bijna het bureaublad raakte en tuurde aandachtig naar het fragment. 'Wat zie ik hier, Pekkala?'

'Een stukje kogel.'

'Aha!' Tevreden brommend leunde Stalin weer achterover. 'Waar heb je dat gevonden?'

'In de hersenen van kolonel Nagorski.'

Met de steel van zijn pijp duwde Stalin tegen het stukje lood. 'In zijn hersenen,' herhaalde hij.

Weer nam Pekkala iets uit zijn zak: de lege huls die Kirov en hij de vorige avond in de modderkuil hadden gevonden. Die legde hij voor Stalin neer alsof hij een pion op een schaakbord verschoof. 'Dit hebben we ook ter plekke aangetroffen. Het komt uit hetzelfde wapen, dat weet ik bijna zeker.'

Stalin knikte goedkeurend. 'Daarom kan ik niet zonder jou, Pekkala!' Hij sloeg de grijze dossiermap open en pakte het enige document dat erin zat. 'De inspecteur van de NKVD die dit rapport heeft ingediend, beweert dat het lichaam grondig is onderzocht. Hier staat het.' Hij hield het papier op armlengte voor zich uit zodat Pekkala het kon lezen. 'Niets wijst erop dat hij al gewond was voor hij door de tank werd verpletterd. Hoe hebben ze een kogel in zijn hoofd kunnen missen?'

'De schade aan het lichaam was aanzienlijk,' zei Pekkala.

'Dat is een reden, geen excuus.'

'Bovendien, kameraad Stalin, was de kogel niet afkomstig uit een wapen van Russische makelij.'

De woorden waren zijn mond nog niet uit of Stalin liet zijn vuist met een dreun op het bureau neerkomen. De kleine huls wipte omhoog en tolde toen in een cirkel rond. 'Ik had dus gelijk!' riep hij uit.

'In welk opzicht had u gelijk, kameraad Stalin?'

'Dat buitenlanders deze moord hebben gepleegd.'

'Dat is mogelijk,' zei Pekkala, 'maar ik betwijfel of ze dat hadden kunnen doen zonder binnenlandse hulp.'

'Ze hebben inderdaad hulp gehad,' antwoordde Stalin, 'en volgens mij is het Witte Gilde daarvoor verantwoordelijk.'

Beduusd kneep Pekkala zijn ogen tot spleetjes. 'Kameraad Stalin, hier hebben we het al eerder over gehad. Het Witte Gilde is een dekmantel. Het staat onder toezicht van uw eigen Bureau Speciale Operaties. Hoe kan het Witte Gilde verantwoordelijk zijn als u degene bent die het in het leven heeft geroepen, tenzij uzelf degene bent die de dood van Nagorski heeft bevolen?'

'Je hoeft mij niet te vertellen wie het Witte Gilde in het leven heeft geroepen,' zei Stalin op kille toon. 'En ik heb geen orders gegeven voor de liquidatie van Nagorski.'

'Dan kan het Gilde geen bedreiging voor ons vormen.'

'Er is sprake van enkele nieuwe ontwikkelingen,' mompelde Stalin.

'Zoals?' vroeg Pekkala.

'Het enige wat jij moet weten, Pekkala, is dat onze vijanden het Konstantinproject proberen te vernietigen. Ze weten dat de T-34 onze enige kans is om het ophanden zijnde tijdperk te overleven.'

'Ik begrijp het niet, kameraad Stalin. Wat bedoelt u met "het ophanden zijnde tijdperk"?'

'Oorlog, Pekkala. Oorlog met Duitsland. Hitler heeft het Rijnland heroverd. Hij heeft een pact gesmeed met Japan en Italië. Volgens mijn bronnen is hij van plan delen van Tsjechoslowakije en Oostenrijk te bezetten. En daar blijft het niet bij, wat hij de rest van de wereld ook wijsmaakt. Ik heb rapporten ontvangen van Sovjetagenten in Engeland waarin staat dat de Britten op de hoogte zijn van Duitse plannen om hun land binnen te vallen. Ze weten dat ze dat alleen kunnen voorkomen als de Duitsers met ons in oorlog raken. Dan zou Duitsland verwikkeld zijn in een oorlog in het oosten zowel als in het westen, en in dat geval beschikt het waarschijnlijk niet over de middelen om Engeland binnen te kunnen vallen. De Britse geheime dienst heeft geruchten verspreid dat we een preventieve aanval op Duitsland via het zuiden van Polen aan het beramen zijn.'

'Is dat ook zo?'

Stalin stond op van zijn bureau en met het rapport nog steeds in zijn vuist geklemd begon hij de kamer op en neer te lopen. De zachte zolen van zijn kalfsleren laarzen piepten over de houten vloer. 'Dat soort plannen hebben we niet, maar de Duitsers nemen die Britse geruchten erg serieus. Dat betekent dat ze ons in de gaten houden op zoek naar tekenen van provocatie. Het geringste vijandige gebaar van onze kant zou in totale oorlog kunnen ontaarden, en Hitler heeft er geen geheim van gemaakt wat hij het liefst met de Sovjet-Unie zou doen. Als het aan hem ligt, wordt onze cultuur vernietigd, ons volk geknecht en wordt dit hele land veranderd in woongebied voor Duitse kolonisten. De T-34 is niet zomaar een tank. Het is onze enige hoop op overleving. Als we het voordeel verliezen dat deze tank ons kan brengen, verliezen we alles. Vanaf nu, Pekkala, leid jij het onderzoek. Je vervangt deze...' – hij tuurde naar de naam op het rapport – 'deze majoor Lysenkova.'

'Mag ik u iets vragen, kameraad Stalin…'

'Wat?'

'Waarom hebt u haar eigenlijk met deze zaak belast?' vroeg Pekkala.

'Dat heb ik niet gedaan,' antwoordde Stalin. 'Het hoofd van de beveiliging in Nagorski's fabriek heeft haar rechtstreeks gebeld.'

'Dat moet kapitein Samarin zijn geweest,' zei Pekkala.

'Hij moest de NKVD bellen,' vervolgde Stalin. 'Hij kon de politie niet bellen, want geheime instanties vallen buiten hun bevoegdheid. Het moest door de Binnenlandse Veiligheidsdienst afgehandeld worden.'

'Dat begrijp ik,' zei Pekkala. 'Maar ik heb ook begrepen dat Samarin specifiek om majoor Lysenkova heeft gevraagd.'

'Zou kunnen,' antwoordde Stalin. 'Vraag het hem zelf maar.'

'Kapitein Samarin is dood, kameraad Stalin.'

'Wat? Hoe dan?'

Pekkala vertelde wat er in het bos was gebeurd.

Stalin bleef even roerloos zitten. Zijn rug leek onnatuurlijk recht, alsof hij onder zijn kleren een metalen beugel droeg. 'En die man die op de vlucht sloeg, die jullie door het bos hebben achtervolgd, is die nog steeds niet gevonden?'

'Nu Nagorski's dood aan een ongeluk wordt toegeschreven, ga ik ervan uit dat de zoektocht is afgelast, kameraad Stalin.'

'Afgelast,' mompelde Stalin. Hij pakte Lysenkova's rapport. 'Dan is het misschien al te laat. Dat is niet te hopen voor deze majoor.' Hij liet het papier op het bureau vallen.

'Ik ga wel met de majoor praten,' zei Pekkala. 'Misschien kan zij bepaalde vragen beantwoorden.'

'Je doet maar, Pekkala. Mij maakt het niet uit hoe je het aanpakt, maar de man die Nagorski heeft doodgeschoten, moet gevonden worden, voor hij weer iemand vermoordt die onmisbaar is. Ondertussen mag niemand hiervan weten. Onze vijanden mogen niet denken dat we gefaald hebben. Ze wachten tot we een fout begaan, Pekkala. Ze speuren naar elk teken van zwakte.'

Pekkala zat op het voeteneind van zijn bed.

Vóór hem, op een klaptafeltje, stond zijn avondeten: drie snee-tjes zwart roggebrood, een kommetje kwark en een beker sodawa-ter.

Pekkala's jas en schouderholster hingen over de stang van het bed. Hij droeg een broek van zware, kastanjebruine corduroy en een trui van ongeverfde, beige wol, waarvan de sjaalkraag bij de hals was dichtgemaakt.

Zijn woning was een logement aan de Tverskajastraat – niet be-paald de veiligste of mooiste buurt van de stad. Niettemin was het gebouw de afgelopen jaren geleidelijk aan overbevolkt geraakt. Ar-beiders waren vanaf het platteland naar de stad gestroomd op zoek naar werk. Tegenwoordig was het niet uitzonderlijk als tien mensen opeengepropt in een ruimte leefden die onder normale omstandig-heden nauwelijks de helft had kunnen huisvesten.

Zijn eenkamerappartement was spaarzaam gemeubileerd: één hoek van het vertrek werd in beslag genomen door een inklapbaar veldbed en een klaptafel waaraan hij zijn maaltijden gebruikte en zijn rapporten schreef. Er stond ook een porseleinkast, bedekt met lagen verf – in zijn huidige incarnatie was hij krijtwit. Pekkala bezat geen porselein, alleen geëmailleerde kop-en-schotels, en daarvan slechts een paar, want hij kreeg bijna nooit bezoek. De resterende ruimte in de kast was gevuld met tientallen kartonnen dozen .455-kaliberkogels, bestemd voor de Webley met de koperen kolf die hij bij zich droeg als hij dienst had en waarvoor in dit land moeilijk munitie te krijgen was.

Pekkala had al zo lang met weinig weten te overleven dat hij aan iets anders niet kon wennen. Hij leefde als een man die elk moment bericht verwacht dat hij binnen een halfuur het pand moet verla-ten.

Hij stopte een zakdoek in zijn boord, veegde zijn handen af aan zijn borst en wilde net aan zijn maaltijd beginnen toen hij op de gang een vloerplank hoorde kraken. Hij draaide zich om en zag de schaduw van een paar voeten op de gang. Even later, toen er op zijn deur werd geklopt, kwam er opeens een oude herinnering bij hem boven.

Hij stond bij het Mauve Boudoir van de tsarina en had zijn vuist al geheven om met zijn knokkels op de deur te kloppen.

De dienstmeisjes van het Alexanderpaleis, die langsliepen met bundels wasgoed, dienbladen vol ontbijtservies of plumeaus die ze als vreemde boeketten vastklemden, zagen een man die als verstard op zijn plek stond.

Ten slotte slaakte Pekkala een zucht en liet zijn hand zakken, alsof het hem ontbrak aan de kracht die nodig was om op de deur te kloppen.

Vanaf het moment dat de tsarina hem die ochtend had ontboden, was Pekkala vervuld geweest van angstige voorgevoelens. Meestal bleef ze zo ver mogelijk bij hem uit de buurt.

Pekkala wist niet waarom ze zo'n hevige afkeer van hem had. Het was nu eenmaal zo, en ze maakte er geen geheim van. Hij troostte zich met de gedachte dat hij niet de enige was die bij de tsarina in ongenade was gevallen.

De tsarina was een trotse, koppige vrouw, die razendsnel een oordeel over anderen velde en haar mening zelden herzag. Zelfs onder degenen die ze wel verdroeg, waren er maar weinigen die zich tot haar vrienden mochten rekenen. Naast Raspoetin had de tsarina maar één vertrouwelinge: de pruilerige Anna Vyrubova met haar vollemaansgezicht. Beiden hadden er een dagtaak aan om bij de tsarina in de gunst te blijven.

Nu had ze Pekkala ontboden, maar hij had geen idee wat ze van hem wilde. Het liefst had hij zich omgedraaid en was weggelopen, maar er zat niets anders op dan te gehoorzamen.

Toen hij opnieuw zijn hand hief om aan te kloppen, viel zijn blik op een zonnewiel dat boven in het deurkozijn was uitgesneden. Het kruis waarvan de armen linksom bogen tot het bijna, maar niet helemaal, een cirkel vormde, had de tsarina als haar symbool uitgekozen. Het was uitgesneden in de deurkozijnen van elk gebouw waarin ze enige tijd had vertoefd. Haar leven was gevuld met bijgeloof, en dit was er slechts één voorbeeld van.

In de wetenschap dat hij er niets mee opschoot als hij deze ontmoeting nog langer uitstelde, klopte Pekkala uiteindelijk aan.

'Kom binnen,' klonk het gedempt.

Het Mauve Boudoir rook naar sigaretten en er hing de zware geur van roze hyacinten, die in bloembakken op de vensterbanken stonden. De kanten gordijnen – mauve, net als alles in de kamer – waren gesloten en gaven het licht dat het vertrek binnensijpelde de kleur van waterig bloed. De sombere uniformiteit van de inrichting en het feit dat ze de ramen blijkbaar nooit openzette, bezorgden Pekkala een ondraaglijk benauwd gevoel.

Wat het nog erger maakte, was de aanwezigheid van een compleet miniatuurcircus van dun glasdraad, goudfiligrein en parels. Alles bij elkaar bestond het uit meer dan honderd figuurtjes. Het circus was in opdracht van de tsaar vervaardigd in de ateliers van Karl Fabergé, en volgens de geruchten was het evenveel waard als wat tien fabrieksarbeiders in de loop van hun leven verdienden.

De breekbare beeldjes – olifanten, tijgers, clowns, vuurvreters en koorddansers – balanceerden gevaarlijk dicht op de rand van elk horizontaal oppervlak in de kamer. Pekkala was bang dat hij maar hoefde te zuchten en de hele handel zou op de vloer storten.

De tsarina lag op een weelderig gestoffeerde slaapbank, met haar benen onder een deken en gekleed in het grijs met witte uniform dat de verpleegsters van het Russische Rode Kruis droegen. De oorlog was het tweede jaar ingegaan en toen de eerste stroom slachtoffers terugkeerde van het front werd de Grote Hal van het Catharinapaleis omgebouwd tot ziekenboeg, en de tsarina en haar dochters namen de rol van verpleegster op zich.

Soldaten die waren opgegroeid in hutten met strodaken en lemen vloeren werden nu elke dag wakker in een zaal met vergulde pilaren; ze liepen over vloeren van gepolijst marmer en sliepen in bedden onder linnen lakens. Ondanks al het comfort maakten de soldaten die Pekkala daar had gezien geen ontspannen indruk. De meesten zouden de voorkeur hebben gegeven aan de vertrouwde inrichting van een legerhospitaal in plaats van als glazen circusdieren tentoongesteld te worden om te bewijzen dat de tsarina ook een bijdrage leverde aan de oorlog.

Ondanks haar vijandige houding had Pekkala soms medelijden met de tsarina, vooral sinds de oorlog was uitgebroken. Hoe ze ook haar best deed, door haar Duitse achtergrond werd het haar bijna onmogelijk gemaakt haar trouw aan Rusland te betuigen zonder dat een dergelijk gebaar zich op haar wreekte. Door haar pogingen het leed van anderen te verzachten, had ze haar eigen leed alleen maar vergroot.

Toch was Pekkala tot de conclusie gekomen dat dit misschien niet helemaal toevallig was. De tsarina voelde zich tot lijden aangetrokken. Zodra rampspoed ter sprake kwam, straalde ze een bepaald soort nerveuze energie uit. Het verzorgen van de gewonden had haar een nieuw doel in het leven gegeven.

Pekkala stond nu voor haar en de tsarina gebaarde naar een niet al te stevige rieten stoel. 'Gaat u zitten,' gebood ze.

Aarzelend nam Pekkala op de stoel plaats, bang dat de poten het zouden begeven onder zijn gewicht.

'Pekkala,' zei de tsarina, 'volgens mij hebben u en ik niet zo'n beste start gemaakt, maar het is simpelweg een kwestie van vertrouwen. Ik zou u graag willen vertrouwen, Pekkala.'

'Ja, majesteit.'

'Met die gedachte voor ogen,' zei ze, waarbij ze haar ineengeslagen handen tegen haar schoot drukte alsof ze buikkramp had, 'zou ik graag met u willen samenwerken aan een zaak van groot belang. Ik draag u op een onderzoek in te stellen.'

'Maar natuurlijk,' zei Pekkala. 'Wat wilt u dat ik onderzoek?'

Even zweeg ze. 'De tsaar.'

Pekkala hapte naar adem. 'Neemt u mij niet kwalijk, maar majesteit...' Onder hem kraakte de rieten stoel.

'Wat ik van u verlang,' vervolgde ze, 'is dat u uitzoekt of mijn echtgenoot er een maîtresse op na houdt.'

'Een maîtresse,' herhaalde Pekkala.

'Ja.' Ze keek hem doordringend aan, met haar lippen verwrongen tot een ongemakkelijk lachje. 'U weet toch wat dat is, hè?'

'Zeker weet ik dat, majesteit,' antwoordde Pekkala. Hij wist ook dat de tsaar inderdaad een maîtresse had. Althans, er was een vrouw die ooit zijn maîtresse was geweest. Ze heette Mathilde Ksjessinska en ze was de prima ballerina van het Russisch Keizerlijk Ballet. De tsaar kende haar al jaren, van nog voor hij met de tsarina was getrouwd, en hij had zelfs een villa in Petrograd voor haar gekocht. Officieel had hij alle banden met haar verbroken. Onofficieel, zo wist Pekkala, bleef de tsaar contact houden met deze vrouw. Hoewel hij niet precies wist hoever hun relatie ging, wist hij wel dat de tsaar haar nog steeds bezocht, en dat hij daarvoor gebruikmaakte van een geheime deur aan de achterkant van de villa in Petrograd, zodat hij onbespied naar binnen kon gaan.

Pekkala was er altijd van uitgegaan dat de tsarina alles wist over die andere vrouw. Hij geloofde namelijk niet dat de tsaar in staat was ook maar iets voor zijn vrouw verborgen te houden. Daarvoor ontbrak het hem aan de nodige slinksheid, en door de grote achterdocht van de tsarina zou een affaire niet lang onopgemerkt blijven.

Pekkala stond op. 'Tot mijn spijt kan ik geen onderzoek naar de tsaar verrichten,' zei hij.

Dit had de tsarina blijkbaar verwacht. 'U kunt wel degelijk onderzoek naar de tsaar verrichten,' zei ze met vonkende blik. 'De tsaar heeft u zelf het recht verleend om wie u maar wilt aan een onderzoek te onderwerpen. Per keizerlijk decreet. En bovendien heb ik het recht opdracht te geven tot dit onderzoek.'

'Ik begrijp, majesteit, dat het me theoretisch is toegestaan...'

'Niet toegestaan, Pekkala. U bent het verplicht.'

'Ik begrijp...' vervolgde hij.

Weer snoerde ze hem de mond. 'Dat is dan geregeld.'

'Majesteit,' smeekte Pekkala. 'Wat u vraagt, kan ik niet doen.'

'Dus u weigert?' vroeg ze.

Pekkala voelde de val dichtslaan. Een bevel van de tsarina weigeren was gelijk aan verraad, en daar stond de doodstraf op. De tsaar bevond zich op het legerhoofdkwartier in Mogilev, in het midden van het land. Als de tsarina het wilde, kon Pekkala geëxecuteerd worden nog voor de tsaar ook maar wist wat er aan de hand was.

'U weigert?' vroeg ze nogmaals.

'Nee, majesteit.' De woorden vielen als stenen uit zijn mond.

'Mooi.' De tsarina strekte haar hand naar de deur uit. 'Ik ben blij dat ik u eindelijk met open vizier in uw Smaragden Oog kan kijken.'

Weer werd er geklopt, maar deze keer klonk het anders. De knokkels raakten de deur ergens halverwege.

Eerst snapte Pekkala het niet, maar toen moest hij lachen. Hij liep naar de deur en deed open net toen het kleine meisje aan de andere kant opnieuw wilde aankloppen. 'Goedenavond, Talja.'

'Goedenavond, kameraad Pekkala.'

Voor Pekkala stond een meisje van een jaar of zeven, met mollige wangen en een kuiltje in haar kin. Ze droeg een kaki blouse en jurk, en om haar hals had ze de rode sjaal van de Jonge Pioniers. Volgens de heersende mode voor meisjes die lid waren van de Communistische Jeugdbeweging had ze kort haar, met een rechte pony op haar voorhoofd. Glimlachend bracht ze de Pioniersgroet: ze hield haar uitgestrekte hand als het scherp van een mes schuin voor haar gezicht, alsof ze een aanval wilde afweren.

Pekkala besefte dat hij boven het meisje uittorende, en daarom liet hij zich op één knie zakken zodat ze elkaar recht in de ogen konden kijken. 'En wat kom jij hier vanavond doen?'

'Babajaga zegt dat u eenzaam bent.'

'Hoe weet zij dat?'

Het kind haalde haar schouders op. 'Gewoon, dat weet ze.'

Pekkala wierp een blik op zijn avondeten dat op tafel stond; de hompen brood en de kom met waterige kwark. Hij zuchtte. 'Tja, Talja, toevallig kan ik op dit moment inderdaad wel wat gezelschap gebruiken.'

Talja deed een stap achteruit de gang op en stak hem haar hand toe. 'Kom dan maar mee,' zei ze.

'Momentje,' zei Pekkala. Hij trok zijn jas aan, die weliswaar weer schoon was, maar er haveloos uitzag na zijn tocht over het testterrein.

Toen hij zich bij Talja op de gang voegde, ving hij allerlei etensgeuren op: de bedompte lucht van gekookte aardappelen, gebakken worst en kool.

Hand in hand liep het tweetal door de lichtgroene gang met zijn haveloze tapijt naar het appartement waar Talja met haar grootmoeder woonde.

Tot een halfjaar geleden had Talja met haar ouders in een groot appartement gewoond, in een wijk die ooit Mussenheuvels heette, maar was omgedoopt tot Leninheuvels.

Op een avond stonden er mannen van de NKVD voor de deur; ze doorzochten het huis en arresteerden Talja's ouders. Tot aan hun arrestatie waren ze modelcommunisten geweest, maar nu werden ze bij Type 58 ingedeeld. Dat viel onder de algemene noemer 'Bedreiging van de nationale veiligheid', wat hun elk een straf van vijftien jaar in het Solovetski-werkkamp opleverde.

Talja en haar grootmoeder wisten dit omdat Pekkala, die al jaren hun buurman was, navraag had gedaan. Over de precieze aard van het misdrijf dat de ouders hadden gepleegd kon zelfs het documentatiecentrum van de NKVD hem niet inlichten. Ooit had Stalin Pekkala toevertrouwd dat als slechts twee procent van de arrestaties gerechtvaardigd bleek te zijn, hij nog steeds vond dat het de moeite waard was geweest om al die anderen te arresteren. Er waren het afgelopen jaar zoveel mensen opgepakt – meer dan een miljoen, volgens het documentatiecentrum – dat het niet meer bij te houden was. Wel wist Pekkala – die het niet over zijn hart kon verkrijgen het aan de grootmoeder te vertellen – dat meer dan de helft van de gearresteerden doodgeschoten werd nog voor ze op de trein naar Siberië konden stappen.

De grootmoeder kwam uit een boerenfamilie uit de vruchtbare streek Zwarte Aarde, die deel uitmaakte van het Altajgebergte. In 1930 had de Communistische Partij besloten dat de boerderij moest worden samengevoegd met andere in het dorp. Dat werd 'collectivisatie' genoemd. De leiding over deze collectieve boerderij, of kolchoz, kwam in handen van een partijbons die geen enkele ervaring met het boerenbedrijf had en de kolchoz in minder dan twee jaar te gronde richtte. Het collectief viel uiteen en Talja's familie trok naar de stad, zoals zovelen.

Ze kregen werk in de Mos-Prov Centrale, die verantwoordelijk was voor het grootste deel van de stroomvoorziening in Moskou. Man en vrouw werden onmiddellijk lid van de Communistische Partij en bekleedden al snel belangrijke posities. Voordat ze gearresteerd werden bestond hun beloning uit speciale rantsoenen, zoals extra suiker, thee en sigaretten, kaartjes voor het Bolsjojtheater en reisjes naar het vakantieoord Astafievo, iets buiten de stad.

Volgens Babajaga sprak de vader vaak over de verdiensten van 'perekovka', het opnieuw vormen van de menselijke ziel door dwangarbeid in het Goelagsysteem. Pekkala vroeg zich af wat hij ervan vond nu hij er zelf deel van uitmaakte. Zoals zoveel goede communisten geloofde de man waarschijnlijk dat zijn vrouw en hij simpelweg het slachtoffer waren geworden van een bureaucratische vergissing, die spoedig ongedaan gemaakt zou worden, waarna ze hun oude leven weer konden opvatten; het leed dat hij nu onderging zou ooit gecompenseerd worden, op een dag des oordeels ergens in de toekomst, wanneer alle vergissingen werden rechtgezet.

Ook al waren de ouders niet schuldig aan de aanklachten die tegen hen werden ingediend, toch betekende dat niet dat ze abusievelijk waren gearresteerd. Misschien waren ze aangegeven door iemand die op hun appartement aasde, die hen benijdde om hun huwelijk of wiens stoel ze hadden ingepikt in de bus die hen naar het werk bracht. De beschuldigingen werden zelden onderzocht en zelfs de meest absurde verhalen dienden als rechtvaardiging voor een arrestatie. Ooit was er een man opgepakt omdat hij rookkringen had geblazen die in de ogen van de beschuldiger enige overeenkomst vertoonden met het silhouet van Stalins gezicht.

Pekkala vermoedde dat de reden voor hun gevangenneming helemaal niets met hen te maken had en alleen maar voortvloeide uit de quota's die de NKVD waren opgelegd, waardoor ze verplicht waren maandelijks een bepaald aantal mensen per district te arresteren.

Na het vertrek van haar ouders was Talja bij haar grootmoeder gaan wonen. De echte naam van de oude vrouw was Elizaweta, hoewel ze die nooit gebruikte. Ze had de naam aangenomen van een heks uit een oud Russisch sprookje. De heks woonde in het bos, in een huisje dat rondjes draaide op twee reusachtige kippenpoten. In het sprookje was de heks wreed voor kinderen, maar Pekkala wist dat het meisje van geluk mocht spreken dat zo'n schat van een vrouw als Babajaga zich over haar had ontfermd. Talja leek dat ook te beseffen, en de naam werd dan ook een grapje dat ze deelden.

De eerste keer dat Pekkala hun appartement betrad, viel hem meteen het patriottische hoekje op, zoals Babajaga het noemde. Er stonden portretjes van Stalin, en ook foto's van Lenin en Marx. Andere foto's, van figuren als Zinoviev, Kamenev, Radek en Piatakov, waren verwijderd nadat de betreffende mannen van contrarevolutionaire activiteiten waren beticht en waren geliquideerd.

Het Stalinhoekje was altijd duidelijk zichtbaar, maar in een kast bij de badkamer bewaarde de grootmoeder houten schilderijtjes van heiligen. Elk icoon had houten deurtjes die geopend konden worden zodat hij rechtop kon staan. De houten deurtjes waren ingelegd met stukjes parelmoer en gekruld zilverdraad, zodat het leek alsof er muzieknoten in het zwarte hout stonden.

Na hun arrestatie waren Talja's ouders uit de Communistische Partij gezet, en Talja's lidmaatschap van de Jonge Pioniers was ingetrokken. Desondanks bleef ze haar uniform dragen, hoewel alleen in het gebouw waar ze woonde.

'Hier is-ie, Babajaga,' zei het meisje, en met een zwaai duwde ze de deur van hun appartement open.

Babajaga zat aan een kale houten tafel. In haar ene hand had ze een oud exemplaar van *Rabotnitsa*, het vrouwenblad van de Communistische Partij. In haar andere hand klemde ze een nagelschaartje. Geconcentreerd turend knipte de vrouw stukjes uit het blad. De tafel voor haar lag bezaaid met tientallen piepkleine knipseltjes. 'Zo, Pekkala,' zei ze.

'Wat bent u aan het uitknippen?'

Babajaga knikte naar de knipsels. 'Kijk zelf maar.'

Pekkala wierp een blik op de keurige rechthoekjes. Op elk zag hij de naam 'Stalin' staan, soms in grote letters, maar soms ook bijna te klein om te kunnen lezen. Verder was er niets uitgeknipt, alleen die ene naam. 'Bent u een collage aan het maken?' vroeg hij.

'Ze maakt toiletpapier,' verkondigde Talja.

De vrouw legde haar schaartje neer. Ze vouwde het blad netjes op. Toen veegde ze met haar kromme vingers de knipsels bij elkaar. Ze stond op van tafel en liep naar een houten kist in de hoek. Het was het soort kist waarin 's zomers dekens worden bewaard, maar toen Babajaga het deksel opendeed, zag Pekkala dat hij helemaal vol zat met knipsels met Stalins naam.

'Ik heb eens een verhaal gehoord,' zei Babajaga, terwijl ze de knipsels als confetti van haar vingertoppen in de kist liet vallen. 'Er werd ooit een man gearresteerd toen de politie zijn huis kwam doorzoeken en een krant op het toilet vond. Uiteraard stond Stalins naam erin. Die staat dagelijks op elke pagina van elke krant. Maar omdat Stalins naam in de krant stond, en omdat...' – haar hand beschreef een cirkel – '... vanwege de bestemming van de krant, werd hij gearresteerd. Hij werd voor tien jaar naar Kolyma gestuurd.' Ze keek Pekkala glimlachend aan, en haar wangen rimpelden zich tot diepe plooien. 'Zo krijgen ze mij niet te pakken! Maar voor het geval dat' – Babajaga wees naar een koffer van gelamineerd karton die bij de deur stond – 'heb ik altijd een koffer klaarstaan. Als ze toch een aanleiding vinden, ben ik in elk geval voorbereid.'

Wat Pekkala nog het droevigst van dit alles vond, was niet dat Babajaga een koffer klaar had staan, maar dat ze geloofde dat ze het in gevangenschap lang genoeg zou uithouden om van de inhoud gebruik te kunnen maken.

'Ik snap waarom u Stalins naam uit het blad knipt,' zei Pekkala, 'maar waarom bewaart u al die knipsels?'

'Als ik ze weggooi, kan ik daarvoor gearresteerd worden.'

Talja zat tussen hen in en deed haar best het gesprek te volgen. Ze keek van Babajaga naar Pekkala en toen weer naar Babajaga.

Omdat hij in z'n eentje woonde, nodigde de oude vrouw Pekkala een of twee keer per week bij zich uit.

Ook Babajaga was eenzaam, maar ze verlangde niet zozeer naar menselijk contact als naar de dagen voor de Revolutie, toen ze de wereld beter begreep. Nu leefde ze als een zichzelf overlappend beeld gezien door een kapotte verrekijker, half in het heden, half in het verleden, en geen van beide was meer scherp te stellen.

'Het is welletjes geweest voor vandaag.' Babajaga legde haar hand op Talja's voorhoofd. 'Bedtijd.'

Toen het meisje de kamer uit was, leunde Pekkala achterover in zijn stoel. 'Ik heb een cadeautje voor u, Babajaga,' zei hij. Hij stak zijn hand in zijn zak en haalde er twee kleine offerkaarsjes uit, die hij voor haar neerlegde. Hij had de kaarsjes op weg naar huis in de winkel van Jelisejev gekocht, want hij wist dat ze graag een kaarsje brandde als ze bad bij haar iconen.

Babajaga pakte er een op, rook eraan en sloot haar ogen. 'Bijenwas,' zei ze. 'Je hebt de goede meegenomen. En ik heb ook een cadeautje voor jou.' Ze liep naar de keuken, die slechts door een houten kralengordijn van de woonkamer was gescheiden, en kwam even later terug met een gebutste koperen samowaar. Uit de bovenkant pufte stoom als uit de schoorsteen van een speelgoedtrein. Ze ging terug naar de keuken voor een glas in een versierde koperen houder en een gehavend kopje. Aan het patroon van vervlochten vogels en bloemen zag Pekkala dat het kopje in de oude fabriek van Gardner was gemaakt. De fabriek was door een Engelsman in Rusland opgericht, en Pekkala had er niets meer van gezien of gehoord sinds de bolsjewieken het land hadden overgenomen. Het leek hem niet onwaarschijnlijk dat het Babajaga's kostbaarste bezit was. Ze zette een schaaltje met kandijsuiker voor hem neer en een tweede schaaltje met de kromgetrokken zwarte blaadjes van gerookte thee. Dat laatste was een beleefdheidsgebaar waarmee de gast in staat werd gesteld de thee sterker te maken als hij vond dat die niet goed getrokken was. Evenzeer uit beleefdheid maakte Pekkala er geen gebruik van. Hij boog zich voorover, ademde de lichte teergeur in van de boven naaldhout gerookte thee en betwijfelde of Babajaga zich die kon veroorloven.

Ze vulde zijn glas met de sterke thee uit de pot op de samowaar, aangelengd met het water uit het lagere gedeelte. Toen reikte ze het hem aan. 'Dat glas is van mijn man geweest,' zei ze.

Dat vertelde ze hem elke keer, en elke keer pakte Pekkala het glas aan met de eerbied die het toekwam.

Uit haar schortzak haalde Babajaga een citroen en een zilveren mesje; ze sneed een schijfje af, drukte het met haar duim tegen het blad en reikte het hem aan. Toen Pekkala het had gepakt, hield ze het blad in de stoom die uit de samowaar kwam, zodat het zilver niet dof werd van het citroensap.

'De tsaar was een groot liefhebber van op naaldhout gerookte thee,' zei Pekkala terwijl hij het citroenschijfje boven zijn glas uitperste.

'Weet u wat er gezegd wordt, inspecteur? Door mensen die zich nog kunnen herinneren hoe alles vroeger was? Er wordt gezegd dat de geest van de tsaar door dat Smaragden Oog van u kijkt.'

Pekkala's hand ging naar zijn kraag. Langzaam sloeg hij die terug. Het oog kwam tevoorschijn, als van iemand die net wakker is geworden. 'Dan kijkt hij nu naar u.'

'Ik had een mooiere jurk moeten aantrekken.' Ze glimlachte en haar gezicht werd rood. 'Ik mis hem. Ik mis wat hij voor ons volk betekende.' Opeens loste haar glimlach op. 'Maar haar niet! Niet de Nemka! Wat die niet allemaal op haar geweten heeft!'

Pekkala reisde af naar de villa van Mathilde Ksjessinska. Hij meldde zich niet bij de voordeur, want dat zou de aandacht kunnen trekken. In plaats daarvan liep hij naar het stille straatje aan de achterkant van de villa en liet zichzelf binnen door de poort die de tsaar ook altijd gebruikte als hij madame Ksjessinska bezocht.

De privédeur bevond zich vlak achter de poort en was begroeid met klimop, waardoor je hem makkelijk over het hoofd zag. Zelfs de koperen deurbel was bij wijze van camouflage groen geschilderd.

Pekkala keek nog even over zijn schouder om te controleren of iemand hem had gezien, maar de straat was verlaten. Een uur geleden was er een regenbui overgetrokken. Nu strekte een lichtblauwe hemel zich boven hem uit. Hij drukte op de bel en wachtte.

Al na enkele seconden verscheen madame Ksjessinska. Ze was klein en heel tenger, met een zacht, rond gezicht en heldere, nieuwsgierige ogen. Ze had een badhanddoek als een tulband om haar haar gewikkeld en ze droeg een gebrocheerd herenjasje dat waarschijnlijk van de tsaar was. 'Ik hoorde de poort knerpen,' begon ze, maar zodra ze besefte dat hij de tsaar niet was, hield ze haar adem in. 'Ik dacht dat u iemand anders was.'

'Madame Ksjessinska,' zei hij, 'ik ben inspecteur Pekkala, de persoonlijke opsporingsambtenaar van de tsaar.' Hij bracht zijn hand naar zijn revers en draaide die om, zodat het insigne dat bij zijn functie hoorde zichtbaar werd.

'Het Smaragden Oog. Nicky heeft het vaak over u gehad.' Opeens trok ze een angstig gezicht. 'O, nee. Is er iets gebeurd? Is alles in orde met hem?'

'Hij maakt het uitstekend.'

'Wat komt u hier dan doen, inspecteur?'

'Mag ik binnenkomen?'

Even aarzelde ze, toen zette ze de deur wijd open en deed een stap terug.

Pekkala volgde haar een helder verlicht huis binnen, met aan de muren talloze ingelijste programma's en posters van het Keizerlijk Ballet. In de hal staken pauwenveren als een wonderlijk boeket uit een koperen paraplustandaard. Tussen de veren zag Pekkala een van de wandelstokken van de tsaar, met aan de bovenkant een gouden strook gegraveerd met het keizerlijk wapen.

Ze gingen in haar keuken zitten, die uitkeek op een kleine tuin met een wilg die zijn bladeren over een houten bank drapeerde.

Ze bood hem koffie aan en geroosterd brood met abrikozenjam.

'Madame Ksjessinska,' begon Pekkala, maar hij wist niet hoe hij verder moest gaan en schonk haar een wanhopige blik.

'Inspecteur,' zei ze. Ze stak haar hand over de tafel uit en raakte met haar vingertoppen zijn knokige knokkels aan. 'Ik weet niet waar dit over gaat, maar het is niet mijn gewoonte om de brenger van slecht nieuws te doden.'

'Blij het te horen,' antwoordde Pekkala. Vervolgens legde hij uit wat het doel van zijn komst was. Toen hij aan het eind van zijn verhaal was beland, haalde hij een zakdoek tevoorschijn en veegde de zweetdruppels van zijn voorhoofd. 'Ik vind het heel vervelend,' zei hij, 'en ik zou u niet hebben lastiggevallen als ik had geweten hoe ik dit moest weigeren.'

'Ik snap het niet,' zei Ksjessinska. 'Ze weet van mijn bestaan. Dat weet ze al jaren.'

'Ja, inderdaad. Voor mij is het ook een raadsel.'

Even leek Ksjessinska in gedachten verzonken. Toen ging haar een licht op, en ze streek met haar hand over haar mond. 'Hoe goed kunt u eigenlijk met de tsarina opschieten?'

'Helemaal niet goed.'

'Dan denk ik, inspecteur Pekkala, dat dit onderzoek in wezen niets met mij te maken heeft.'

'Pardon?'

'Het gaat over u, inspecteur Pekkala.' Ze stond op en liep naar het open raam. Buiten in de tuin ruiste een briesje door de wilgentakken. 'Wat denkt u dat de tsaar zal doen als hij ontdekt dat u een onderzoek naar hem hebt ingesteld, en al helemaal over een kwestie als deze?'

'Hij wordt woedend,' zei Pekkala. 'Maar de tsarina heeft opdracht tot het onderzoek gegeven. Ik kan niet weigeren, dus de tsaar kan het me amper aanrekenen dat ik hier ben gekomen om met u te praten.'

Ze draaide zich om en keek hem aan. 'Hij zal het u wel aanrekenen, Pekkala, om de simpele reden dat hij het zijn vrouw niet kan verwijten. Hij vergeeft haar alles, wat ze ook doet, maar hoe zit het met u, Pekkala?'

'Nu begin ik me zorgen om ons allebei te maken.'

'Dat hoeft niet,' zei ze. 'Dit kan mij niet raken, inspecteur. Als de tsarina van me af had gewild, had ze dat lang geleden al gedaan. Ze heeft het op u voorzien, vrees ik.'

Haar woorden daalden als een stoflaag op hem neer. Alles wat ze zei was waar.

In de loop van hun gesprek werd het Pekkala duidelijk dat madame Ksjessinska in bijna elk opzicht de tegenpool was van de tsarina. Dat de tsaar verliefd was geworden op een vrouw als Ksjessinska was niet alleen aannemelijk, maar onvermijdelijk.

'Dank u, madame Ksjessinska,' zei hij toen ze hem naar de deur bracht.

'Maakt u zich geen zorgen, inspecteur,' zei ze. 'De tsarina mag u dan aan de wolven willen voeren, maar voor zover ik u kan inschatten, bent u misschien wel degene die uiteindelijk de wolf verslindt.'

Een week later stond Pekkala opnieuw voor de deur van het boudoir van de tsarina.

Hij trof haar precies zo aan als hij haar had achtergelaten: liggend op de slaapbank. Het was bijna alsof ze zich niet had verroerd sinds ze uit elkaar waren gegaan. Ze was een trui aan het breien, en de naalden klikten ritmisch tegen elkaar.

'Ik heb mijn onderzoek afgerond,' zei hij.

'O ja?' De tsarina hield haar blik op het breiwerk gericht. 'En wat hebt u ontdekt, inspecteur?'

'Niets, majesteit.'

Het geklik van de breinaalden stopte abrupt. 'Wat?'

'Ik heb niets ongepasts ontdekt.'

'Juist, ja.' Ze perste haar lippen zo hard op elkaar dat het bloed eruit wegtrok.

'Naar mijn mening, majesteit,' vervolgde hij, 'is alles zoals het hoort te zijn.'

Haar ogen vulden zich met haat toen ze de betekenis van zijn woorden tot zich liet doordringen. 'Luister eens goed, Pekkala,' zei ze met opeengeklemde kaken. 'Voor hij stierf, liet mijn vriend Grigori er geen misverstand over bestaan dat er een dag des oordeels nadert. Alle geheimen zullen worden onthuld en voor degenen die niet het rechte pad hebben gevolgd, zal er niemand zijn tot wie ze zich kunnen wenden. Ik vraag me af wat er op die dag van u zal worden.'

Pekkala zag Raspoetin weer voor zich nadat die door de politie uit de rivier was opgevist. Hij vroeg zich af wat de tsarina over de dag des oordeels zou hebben gezegd als ze haar vriend toen had kunnen zien, zoals hij op de kade lag met een kogel in zijn hoofd.

De tsarina wendde zich van hem af. Met een zwiep van haar hand stuurde ze hem weg.

Daarna kwam Pekkala madame Ksjessinska soms tegen, als ze eten kocht op de Gostini Dvor of aan het winkelen was in de Passazj. Ze wisselden dan geen woord, maar verzuimden nooit even te glimlachen.

Zoals zo vaak was Babajaga al in slaap gevallen nog voor Pekkala zijn thee op had. Haar kin rustte op haar borst en ze haalde zwoegend adem.

Hij liep de kamer uit en trok de deur zachtjes achter zich dicht. Om de anderen op zijn verdieping niet wakker te maken, deed hij op de gang zijn schoenen uit en droeg ze mee.

Toen Pekkala de volgende ochtend zijn kantoor binnenkwam, was Kirov er al.

In gezelschap van majoor Lysenkova.

Kirov stond naast haar en hield haar de roestkleurige aardewerken pot met zijn kumquatplant voor. 'Probeer er nou eens eentje!' drong hij aan.

'Nee,' zei Lysenkova, 'liever niet.'

Geen van beiden had Pekkala zien binnenkomen.

'Misschien krijgt u er nooit meer een te zien.' Kirov bleef volhouden. Zonlicht dat door het stoffige raam viel, glinsterde op het wasachtige groene blad.

'Dat zou ik helemaal niet erg vinden,' antwoordde Lysenkova.

Pekkala sloot de deur luider dan gewoonlijk.

Kirov sprong op. 'Inspecteur! Goedemorgen!' Hij klemde de plant tegen zijn borst alsof hij er dekking achter zocht.

'Wat kunnen we voor u betekenen, majoor Lysenkova?' vroeg Pekkala, terwijl hij zijn jas uittrok en aan het haakje naast de deur hing.

'Ik wilde u om hulp vragen,' zei Lysenkova. 'Zoals u misschien hebt gehoord, is de zaak-Nagorski heropend en heb ik niet langer de leiding.'

'Dat heb ik inderdaad vernomen,' zei Pekkala.

'Nu heb ik begrepen dat u en majoor Kirov het onderzoek vanaf nu zullen leiden.'

'O?' Kirov zette de plant weer op de vensterbank.

'Dat wilde ik je net vertellen,' legde Pekkala uit.

'Het punt is,' zei Lysenkova, 'dat ik dat onderzoek eigenlijk nooit hebben willen doen.'

'Hoezo niet?' vroeg Pekkala. 'U was nogal zeker van uw zaak.'

'Ik dacht dat ik een aantal dingen zeker wist,' antwoordde Lysenkova, 'maar ik bleek me in alle opzichten te hebben vergist. Daarom heb ik uw hulp nu nodig.'

Pekkala knikte enigszins beduusd.

'Ik moet op die zaak blijven,' zei ze.

Pekkala ging op zijn stoel zitten en legde zijn voeten op het bureau. 'Maar u zei net nog dat u er eigenlijk helemaal niet aan had willen werken.'

Lysenkova slikte. 'Ik kan het uitleggen,' zei ze.

Pekkala maakte een uitnodigend gebaar. 'Ga uw gang.'

'Tot gisteren had ik nog nooit van het Konstantinproject gehoord,' ging ze van start. 'Toen kapitein Samarin belde om te vertellen dat kolonel Nagorski dood was, zei ik dat hij waarschijnlijk het verkeerde nummer had gedraaid.'

'Waarom dacht u dat?'

'Zoals u weet doe ik intern onderzoek. Het is mijn taak misdaden op te sporen die binnen de NKVD zijn gepleegd. Dat legde ik aan Samarin uit, en toen zei hij dat misschien iemand van de NKVD Nagorski's dood op zijn geweten had.'

Meteen was Pekkala bij de les. 'Heeft hij ook gezegd waarom hij dat dacht?'

'De locatie van de basis is staatsgeheim,' vervolgde Lysenkova. 'Volgens Samarin waren leden van de NKVD de enige mensen die over die informatie konden beschikken en in staat waren de basis binnen te dringen. We hadden geen tijd om het verder te bespreken. Hij zei dat ik zo snel mogelijk moest komen. Inmiddels besefte ik dat ik geen andere keus had, ook al leek dit totaal niet op de zaken die ik normaal behandel. Ik ga over corruptie, afpersing, omkoping, chantage. Niet over moord, inspecteur Pekkala. Niet over lichamen die door rupsbanden zijn vermalen! Daarom heb ik dat stukje kogel ook over het hoofd gezien dat u uit zijn schedel hebt gehaald.'

'Ik begrijp het niet, majoor. U zegt dat u niets voor die zaak voelde, en zo te horen is uw wens in vervulling gegaan, maar nu wilt u er toch bij betrokken blijven?'

'Dat wíl ik niet, inspecteur, dat móét ik. Het is slechts een kwestie van tijd voor ik beschuldigd word van contrarevolutionaire activiteiten omdat ik een verkeerde conclusie heb getrokken uit Nagorski's dood. De enige kans die ik heb, is dat ik op de zaak blijf tot die is opgelost, en de enige die daarvoor kan zorgen, bent u.'

Pekkala zweeg even. 'Ik snap het,' zei hij ten slotte. 'Maar ik zal eerst met majoor Kirov moeten overleggen voor ik een besluit neem.'

'Ik ben me ervan bewust dat onze kennismaking niet al te soepel is verlopen, maar ik zou van nut kunnen zijn.' Er sloop iets smekends in haar stem. 'Ik weet hoe de NKVD werkt, vanbinnen en vanbuiten. Zodra ze aan een onderzoek worden onderworpen, sluiten ze de gelederen en krijgt u er geen woord meer uit. Maar mij lukt dat wel, als u me mijn gang laat gaan.'

'Dat is dan mooi.' Pekkala haalde zijn voeten van het bureau en stond op. 'We zullen u zo snel mogelijk van ons besluit op de hoogte stellen. Voor u vertrekt, majoor, zou ik u nog één ding willen vragen.'

'Uiteraard, inspecteur. Ga uw gang.'

'Wat weet u over het Witte Gilde?' vroeg Pekkala terwijl hij haar uitgeleide deed.

'Niet veel, vrees ik. Het is een uiterst geheime afdeling van het Bureau Speciale Operaties.'

'Hebt u er de laatste tijd nog iets over gehoord?'

'Speciale Operaties is een bende fantomen, inspecteur. Dat zou u moeten weten, aangezien u er zelf deel van uitmaakt. Waar ik vandaan kom, wordt de naam zelfs niet genoemd.'

'Dank u, majoor,' zei Pekkala met een zucht.

'O, dat zou ik bijna vergeten.' Lysenkova haalde een bevlekt, gescheurd stuk papier uit haar zak. 'Beschouwt u dit maar als zoenoffer.'

Pekkala tuurde naar het document. Op het eerste gezicht leek het vol Arabische tekens te staan. Toen besefte hij dat het in werkelijkheid tientallen wiskundige vergelijkingen waren, die het hele blad vulden. 'Waar komt dit vandaan?'

'Ik heb het in Nagorski's zak gevonden.'

'Hebt u enig idee wat het moet voorstellen?'

'Nee,' zei ze.

'Weten anderen hiervan?'

Ze schudde haar hoofd.

Hij vouwde het blaadje op. 'Dit waardeer ik, majoor.'

'Dus ik hoor nog van u?'

'Ja.'

Ze bleef nog even staan, alsof er misschien meer te zeggen viel, maar toen draaide ze zich om en liep de trap weer af.

Kirov voegde zich bij Pekkala. Ze luisterden naar haar wegstervende voetstappen.

'Ik had nooit gedacht dat ik nog eens medelijden met die vrouw zou hebben,' zei Kirov.

'Maar dat heb je dus wel.'

'Een beetje.'

'Zoals je met haar stond te praten, zou ik zeggen dat je iets meer dan medelijden voor haar voelde.'

Terug in zijn kamer begon Pekkala de stapels papier te ordenen die als miniatuurlawines over zijn bureaublad waren geschoven.

'Wat hebt u toch, inspecteur?' vroeg Kirov. 'U ruimt alleen uw bureau op als u iets dwarszit.'

'Ik weet niet of we haar erbij moeten halen,' zei Pekkala.

'Volgens mij hebben we geen keus,' zei Kirov. 'Als kapitein Samarin gelijk had en de NKVD er inderdaad bij betrokken is, kunnen we dit zonder haar hulp nooit tot op de bodem uitzoeken.'

'Je bereidheid om met majoor Lysenkova samen te werken heeft toevallig niets te maken met…'

'Met die ogen?' vroeg Kirov. 'Die…'

'Precies.'

'Ik weet niet waar u het over heeft, inspecteur.'

'Nee,' mompelde Pekkala. 'Uiteraard niet.'

'Trouwens,' voegde Kirov eraan toe, 'als we majoor Lysenkova geen kans geven om het een en ander recht te zetten bij kameraad Stalin, weet u maar al te goed wat er met haar gaat gebeuren.'

Dat wist Pekkala inderdaad, want hetzelfde was hem tijdens de Revolutie overkomen, toen hij het land wilde verlaten maar gearresteerd werd door de bolsjewistische garde. Hij dacht weer aan de maanden die hij in eenzame opsluiting had doorgebracht, aan de eindeloze verhoren, tot hij geestelijk zo onder druk stond dat hij zich afvroeg of hij nog wel bij zijn verstand was. En toen kwam die winteravond waarop hij in zijn dunne beige gevangenispyjama werd afgeleverd bij een rangeerspoor ergens aan de rand van Moskou. Daar werd hij op een trein gezet met bestemming Siberië.

Wat hij nooit zou vergeten was dat mensen rechtop stierven.

Terwijl het gevangenentransport ETAP-61 oostwaarts reed naar het werkkamp Borodok, verloor Pekkala het laatste restje hoop dat hij ooit zijn huis terug zou zien. De trein telde ruim vijftig wagons. Elke wagon bevatte tachtig mensen, opeengepropt in een ruimte die bedoeld was voor veertig.

Het was er te vol om te kunnen zitten. Gevangenen gingen om de beurt in het midden staan, waar ze elkaars lichaamswarmte konden delen. De rest stond langs de randen. Ze droegen alleen een vuile beige pyjama, en elke nacht vroren er wel een paar mensen dood. Het was er te krap om te vallen, en de lijken bleven rechtop staan terwijl hun lippen blauw werden en spinnenwebben van ijs hun ogen vertroebelden. Tegen de ochtend waren ze gehuld in witte ijskristallen.

Met zijn gezicht tegen een kleine opening achter een wirwar van prikkeldraad, zag Pekkala de steden Sverdlovsk, Petropavlovsk en Omsk aan zich voorbijtrekken. Tot hij hun namen las op de blauw-met-witte geëmailleerde borden boven de perrons hadden die plaatsen nooit echt geleken. Het waren locaties die bedoeld waren eeuwig achter de horizon te blijven en die alleen in dromen bereikbaar waren. Net als Zanzibar of Timboektoe.

De trein reed na het vallen van de avond door deze steden zodat de inhoud van de wagons voor de bewoners verborgen bleef. In Novosibirsk zag Pekkala twee mannen die verlicht werden door de gloed uit de open deur van een kroeg. Hij dacht dat hij ze hoorde zingen. Sneeuw viel als een waterval van diamanten om de mannen heen. Verderop, afgetekend tegen de blauwzwarte lucht, verrezen de uivormige koepels van orthodoxe kerken. Later, toen de trein voortdenderde door een duisternis zo diep dat het was alsof ze de aarde hadden verlaten en nu door de ruimte raasden, bleef het lied van die mannen hem achtervolgen.

Urenlang ratelden de wielen gestaag over de rails, met het gruwelijke geluid van messen die geslepen werden.

Alleen op de open vlakte hield de locomotief halt. Dan sprongen de bewakers op de grond en ramden met hun geweerkolven tegen de buitenkant van de wagons om de vastgevroren lichamen van de binnenwanden te slaan. Meestal moesten de lijken worden losgewrikt. Dan bleef er op de met ijs bedekte wandplaat een afdruk van hun gezicht achter, compleet met wimpers en flarden baard.

Naast het spoor lagen skeletten van vorige gevangenentransporten. Ribbenkasten staken uit voddige kleren en in schedels glinsterden zilveren kiezen.

Pekkala streek met zijn hand over zijn gezicht en zijn vingertoppen schuurden over de stoppels op zijn kin. Hij wist welk lot majoor Lysenkova wachtte, en hij kon niet simpelweg werkeloos toekijken. 'Goed dan,' zei hij met een zucht.

'Mooi!' Kirov klapte in zijn handen en wreef ze over elkaar. 'Zal ik haar weer ophalen?'

Pekkala knikte. 'Maar voor je vertrekt, moet je me vertellen wat je te weten bent gekomen over Nagorski's bodyguard, Maximov.'

'Niets, inspecteur.'

'Bedoel je dat je het niet hebt nagetrokken?'

'O, dat wel,' antwoordde Kirov. 'Ik heb de politiedossiers doorgespit. Ik heb zelfs in de dossiers van de Gendarmerie en de Ochrana gekeken, die van voor de Revolutie, wat ervan overgebleven is tenminste. Er is helemaal niets. Voor zover ik weet wordt Maximov voor het eerst genoemd op de dag dat hij door Nagorski in dienst werd genomen. Zal ik hem oppakken zodat we hem kunnen ondervragen?'

'Nee,' zei Pekkala. 'Misschien heeft hij iets te verbergen, maar ik betwijfel of het met onze zaak te maken heeft. Ik was gewoon nieuwsgierig.'

'Inspecteur,' zei Kirov, 'als ik majoor Lysenkova nog wil onderscheppen…'

Pekkala ademde scherp in. 'Ja. Ga maar. Als je haar gevonden hebt, laat er dan geen misverstand over bestaan dat vanaf nu de man die door het bos is weggevlucht onze voornaamste verdachte is. We hebben het vaste personeel van de basis al van verdenking uitgesloten, en aangezien Samarin ervan overtuigd was dat de NKVD er op de een of andere manier bij betrokken was, ziet het ernaar uit dat de ontsnapte man in opdracht van hen werkte. Alles wat Lysenkova verder nog ontdekt kan van nut zijn, maar je moet tegen haar zeggen dat ze niemand mag achtervolgen of arresteren zonder ons er eerst van op de hoogte te brengen.'

'U hoeft niet bang te zijn dat ze niet meewerkt, inspecteur. Per slot van rekening hebt u net haar leven gered.'

Terwijl Kirov zich in zijn jas hees, keek Pekkala nog eens naar het blaadje dat Lysenkova hem had gegeven. Het schrift was uitgelopen nadat het al die tijd samen met Nagorski onder de tank in het water had gelegen. Het was nog leesbaar, maar alleen voor iemand die de onmogelijke wirwar van vergelijkingen kon ontcijferen, iets wat Pekkala's pet te boven ging.

Het zou nog wel even duren voor Kirov terugkwam en daarom stak Pekkala de straat over naar Café Tilsit, waar hij altijd lunchte als hij in de stad was.

Café Tilsit ging nooit dicht. Er zat niet eens een slot op de voordeur.

's Nachts was het het trefpunt van degenen die tijdens de donkere uren de grote motor van de stad draaiende hielden. Er kwamen bewakers en suppoosten, verlofgangers op doorreis en politieagenten van wie de dienst erop zat. Dat waren de mensen die een baan hadden. Maar er waren er ook die geen dak boven hun hoofd hadden of die bang waren naar huis te gaan, om redenen die alleen zijzelf wisten. Er waren er met een gebroken hart of die op het randje van de waanzin balanceerden, en lieden van wie het verstand zich had opgevouwen tot een papieren vliegtuigje.

Overdag bestond de clientèle hoofdzakelijk uit taxichauffeurs, vrachtwagenchauffeurs en bouwvakkers, die spookachtig bleek waren onder lagen cementstof.

Pekkala hield van de bedrijvigheid in het café, van de beslagen ruiten en de lange, kale houten tafels waaraan onbekenden schouder aan schouder zaten. Vooral die vreemde combinatie van alleen zijn en toch niet echt alleen zijn trok hem aan.

Het menu bood geen keuze, en het eten was altijd eenvoudig. Het werd opgediend door een zekere Bruno, die de dagschotel op een uitklapbaar krijtbord schreef dat hij op het trottoir neerzette. Binnen schuifelde Bruno op versleten valenkilaarzen van de ene tafel naar de andere.

Vandaag had Bruno gepaneerde koteletten gemaakt, gegarneerd met kikkererwten en gekookte wortels, die hij opdiende in houten kommen, zijn enige tafelgerei.

Terwijl Pekkala zat te eten las hij de koppen van de *Pravda*.

De taxichauffeur-buiten-dienst die naast hem zat probeerde mee te lezen en tuurde vanuit zijn ooghoek naar de krant. Om het hem gemakkelijker te maken, liet Pekkala de krant op tafel zakken. Op dat moment besefte hij dat de man aan de overkant van de tafel hem aanstaarde.

De onbekende had zware kaken, een breed, glad voorhoofd en haar dat ooit blond was geweest, maar nu grijs begon te worden. Hij droeg het soort plunje waarin de arbeiders in de stad gekleed gingen: een wollen pet met smalle rand en een jas met een dubbele rij knopen en leren stukken op de mouwen tegen het slijten.

Als je in een dergelijke tent iemands blik opving, lachte je even en groette, of anders keek je weg, maar deze man bleef staren.

'Ken ik u?' vroeg Pekkala.

'Jazeker.' De man glimlachte. 'Van heel lang geleden.'

'Ik ken veel mensen van heel lang geleden,' zei Pekkala, 'maar de meesten zijn dood.'

'Dan ben ik gelukkig een uitzondering,' zei de man. 'Ik ben Alexander Kropotkin.'

Pekkala leunde achterover en viel daarbij bijna van de bank. 'Kropotkin!'

De laatste keer dat ze elkaar hadden gezien, was ver weg, in de stad Jekaterinenburg, waar Kropotkin commissaris van politie was. Pekkala was ernaartoe gereisd in verband met de ontdekking van de vermeende lichamen van de tsaar en zijn gezin. Kropotkin had nauw met Pekkala samengewerkt tijdens het onderzoek, dat hun beiden bijna het leven had gekost. Vóór de Revolutie had Kropotkin aan het hoofd van de politie in Jekaterinenburg gestaan en toen

Pekkala hem voor het eerst ontmoette, nadat de communisten de macht hadden gegrepen, bekleedde hij die functie nog steeds. Pekkala had zich afgevraagd hoe lang dat zou duren, aangezien Kropotkin – die een eerlijk, maar opvliegend man was – weinig geduld kon opbrengen voor het doolhof van de Sovjetbureaucratie en voor de mensen die het in stand hielden.

Kropotkin stak Pekkala zijn hand toe.

'Wat brengt jou naar Moskou?' vroeg Pekkala.

'Tja, zoals je ziet ben ik niet langer commissaris van politie.' Hij lachte wat opgelaten.

De taxichauffeur deed nog steeds pogingen Pekkala's krant te lezen. Pekkala voelde zijn adem op zijn wang. Hij pakte de krant en gaf die aan de man.

De taxichauffeur bromde een bedankje, pakte de krant en begon weer van zijn soep te slurpen.

Pekkala wendde zich opnieuw tot Kropotkin. 'Wat is er gebeurd? Ben je overgeplaatst? Heb je ontslag genomen?'

'Ik ben de laan uit gestuurd,' antwoordde Kropotkin. 'Omdat ik de districtsvolkscommissaris een klap had gegeven.'

'Aha.' Pekkala knikte bedachtzaam, maar het verbaasde hem niet echt dat Kropotkin iets dergelijks had gedaan. Hij was het type dat het recht eerder toepaste door middel van de knuppel dan via de rechtbank.

'Dit bevalt me beter,' zei Kropotkin. 'Ik hoef me niet meer met ambtenaartjes bezig te houden! Toen ik in Moskou kwam, heb ik me aan het Technisch Instituut laten opleiden tot chauffeur van zware machinerie. Ik kan inmiddels zowat alles bedienen. Zware transportvoertuigen. Tractoren. Bulldozers. Kranen.'

'En wat heb je gekozen?' vroeg Pekkala.

'Ik zit op een Hanomag en rijd het hele land door.'

Pekkala had over de Hanomags gehoord. Deze Duitse trucks waren in staat grote hoeveelheden vracht te vervoeren. Dankzij de enorme wegenbouwprojecten van de laatste jaren waren er vrachtwagenroutes geopend van de Oostzee tot de Zwarte Zee en van de Poolse grens tot aan Siberië.

'De meeste hoofdwegen in dit land zijn nog steeds zandpaden.

Zolang er een weg is, kan ik erop rijden. Maar als ik in de stad ben, ga ik altijd hiernaartoe.' Kropotkin wierp een achterdochtige blik in zijn kom. 'Maakt niet uit wat Bruno serveert.'

'Dit was een van de lievelingsgerechten van de tsarina,' zei Pekkala.

'Dit!' Kropotkin stak zijn vork omhoog, waaraan hij een brok vlees van verdachte herkomst had gespietst. 'Dat geloof ik niet.'

'Ooit heeft ze een maand lang twee keer per dag kipkotelet gegeten,' zei Pekkala.

Kropotkin keek hem verbluft aan. Toen moest hij lachen. 'Ze had de beloegakaviaar voor het kiezen en dan wil jij me wijsmaken dat ze de hele dag kipkotelet at?'

Pekkala knikte.

Kropotkin schudde zijn hoofd. 'Nee, Pekkala, dat kan niet.'

Zoals bij zovelen bestond het beeld dat Kropotkin van de Romanovs had alleen in zijn eigen hoofd.

Pekkala vroeg zich af wat Kropotkin zou hebben gevonden van de somber ingerichte kamers in het Alexanderpaleis, waar de Romanovs woonden als ze in Tsarskoje Selo waren. Of van de vier tsarendochters, die altijd identiek gekleed gingen – de ene keer in gestreepte matrozenhemden en dan weer in blauw-witte stippeltjesjurken – of van de tsarevitsj Alexej, die ooit een compagnie soldaten had bevolen de zee in te marcheren. Wat zou hem meer gestoord hebben: het gedrag van het prinsje of dat van de soldaten, die gehoorzaam als opwindspeeltjes de golven in stapten?

In de ogen van de nieuwe generatie Russen was Nicolaas Romanov een monster. Maar voor mannen als Kropotkin, die zich verbonden voelden met het tijdperk vóór de Revolutie, waren de tsaar en zijn gezin sprookjesfiguren. De waarheid, als die nog bestond, lag ergens in het midden.

'De laatste keer dat we elkaar spraken,' zei Kropotkin lachend, 'zei je dat je het land ging verlaten.'

'Ja,' zei Pekkala, 'dat was ik toen ook van plan.'

'Was er niet een vrouw in het spel?' vroeg Kropotkin.

Pekkala knikte. 'Ze woont in Parijs. Ik zit in Moskou. Er zijn inmiddels jaren verstreken.'

Kropotkin schoof zijn halflege etenskom aan de kant. 'Het is hier benauwd. Kom je mee naar buiten?'

Ook Pekkala had geen trek meer.

Toen ze van tafel opstonden, stak de taxichauffeur zijn hand uit, haakte een smerige duim om de rand van Kropotkins kom en trok die naar zich toe.

De twee mannen stapten de straat op. Het miezerde. Ze zetten de kraag van hun jas overeind.

'Werk je nog altijd voor hen?' vroeg Kropotkin.

'Voor hen?'

Met een ruk hief hij zijn kin in de richting van de koepels van het Kremlin, die in de verte boven de daken uit staken. 'Speciale Operaties.'

'Ik doe hetzelfde wat ik altijd heb gedaan,' antwoordde Pekkala.

'Heb je geen spijt?' vroeg Kropotkin, die met zijn handen diep in zijn zakken doorliep.

'Waarvan?'

'Dat je hier in het land bent gebleven. Dat je niet bent vertrokken toen het nog kon.'

'Ik hoor hier,' zei Pekkala.

'Mag ik je iets vragen, Pekkala? Blijf je hier omdat je dat wilt, of omdat je moet?'

'Tja, als je bedoelt of ik simpelweg op de volgende trein naar het buitenland zou kunnen stappen, dan moet ik toegeven dat dat weleens ingewikkeld zou kunnen zijn.'

'Moet je jezelf nou eens horen!' lachte Kropotkin. 'Hoor nou eens wat voor taal je gebruikt. Je kunt hier niet weg, ook al zou je willen.' Hij bleef staan en keerde zich naar Pekkala toe. 'Jij en ik zijn de laatsten van de oude garde. Ons soort sterft uit. We zijn het aan elkaar verplicht om elkaar bij te staan.'

'Wat wil je daarmee zeggen, Kropotkin?'

'Als ik je nou eens vertelde dat ik je kan helpen ontsnappen?'

'Ik volg het even niet.'

'Ja, dat doe je wel, Pekkala. Je begrijpt heel goed wat ik zeg. Ik rijd met die vrachtwagen heel Rusland door. Ik ken de wegen in dit land als de lijnen in mijn hand. Ik ken wegen die niet eens op de kaart staan, wegen die over grenzen heen en weer slingeren omdat ze eeuwen ouder zijn dan die grenzen zelf. Ik weet waar grensposten zijn en waar niet.' Hij haalde een hand uit zijn jaszak en greep Pekkala bij zijn arm. 'Ik kan je het land uit helpen, oude makker. Er komt een tijd dat je moet kiezen tussen de daden die je werk met zich meebrengt en wat je geweten je toestaat.'

'Tot nu toe,' zei Pekkala, 'ben ik altijd met mezelf in het reine gebleven.'

'Maar mocht je toch tegen die muur aan lopen, denk dan aan je oude vriend Kropotkin. Met mijn hulp kun je een nieuw leven beginnen zonder nog één keer achterom te kijken.'

Op dat moment voelde Pekkala Kropotkins greep om zijn arm niet meer. Het was eerder alsof er een hand om zijn keel werd geslagen. Hij had zich erbij neergelegd dat hij hier zou blijven. Tenminste, dat dacht hij. Maar terwijl Kropotkins woorden nagalmden in zijn oren, besefte Pekkala dat het idee dat hij kon vluchten nog steeds in hem leefde. Hij wist dat Kropotkins aanbod welgemeend was en dat de man zijn belofte gestand zou doen. Pekkala hoefde alleen maar 'ja' te zeggen.

'Gaat het, broeder?' vroeg Kropotkin. 'Je handen trillen.'

'Wat zou ik moeten?' vroeg Pekkala, evenzeer aan zichzelf als aan Kropotkin. 'Ik kan niet zomaar opnieuw beginnen.'

Kropotkin glimlachte. 'Natuurlijk wel! Dat doen mensen de hele tijd. En als je je afvraagt wat je zou moeten doen: er is geen politieapparaat ter wereld dat de kans niet zou aangrijpen om jou in dienst te nemen. Als je het mij vraagt, Pekkala, verdienen de mensen die de leiding over dit land hebben de loyaliteit van iemand als jij niet.'

'De mensen naar wie ik onderzoek doe, blijven misdadigers, ongeacht wie de baas is in dit land.'

Kropotkin bleef weer staan. Hij keerde zich naar Pekkala toe, met zijn ogen samengeknepen tegen de motregen. 'Maar stel dat de mensen die de leiding hebben over dit land zelf de grootste misdadigers zijn?'

Pekkala hoorde de agressie in Kropotkins stem. Bij iemand anders zou hem dat verbaasd hebben, maar Kropotkin kwam altijd voor zijn mening uit zonder zich er druk om te maken hoe anderen daarop reageerden. Pekkala was blij dat er verder niemand in de buurt was. Door dat soort taal op een plek als deze kon je behoorlijk in de problemen komen.

'Ga eens bij jezelf na, Pekkala: hoe kun je goed doen als je omringd wordt door mensen die dat zelf niet doen?'

'Op zo'n moment zijn goede mensen juist het hardst nodig,' antwoordde Pekkala.

Kropotkins gezicht kreeg iets treurigs. 'Dus je besluit staat vast?'

'Ik ben je dankbaar voor je aanbod, Kropotkin, maar ik moet het afslaan.'

'Mocht je van gedachten veranderen,' zei Kropotkin glimlachend, 'dan kun je me vinden in het café waar we net geluncht hebben.'

'Afgesproken,' zei Pekkala. 'En nog bedankt.'

Kropotkin haakte zijn duim achter de horlogeketting die aan de knoop van zijn vest was bevestigd. Hij nam het horloge uit zijn zak, wierp er een blik op en liet het terug glijden. 'Ik ga maar weer eens,' zei hij.

'Ik hoop dat we elkaar spoedig weer zien.'

'Dat zal ongetwijfeld gebeuren. En ondertussen, inspecteur: moge God ons behoeden.'

Bij het horen van die woorden belandde Pekkala met een klap in het verleden, als een man die achterover van een rots tuimelt.

'Moge God ons behoeden!' sprak de tsarina snikkend. 'Moge God ons behoeden. Moge God ons behoeden.'

Op een vroege ochtend in januari werd het lichaam van Raspoetin ter ruste gelegd in de grafkelder van de familiekapel van de Fjodorovs.

Alleen de tsaar, de tsarina, hun kinderen, een priester en Pekkala waren daarbij aanwezig; de laatste was er voor de beveiliging, omdat de uitvaartdienst in het geheim werd gehouden.

Nadat Raspoetins lijk in de Neva was ontdekt, had de tsarina opdracht gegeven Raspoetin te begraven in Pokroskoje, zijn geboortedorp in Siberië. De minister van Binnenlandse Zaken, Alexander Protopopov, wist haar ervan te overtuigen dat Raspoetin, zelfs nu hij dood was, zo gehaat was dat het lichaam nooit zijn eindbestemming zou bereiken. Daarom had ze besloten hem in het geheim op het landgoed Tsarskoje Selo te begraven.

De kist bleef tijdens de dienst open, maar er was een witte doek over Raspoetins gezicht gelegd. De doek bedekte het kogelgat in het midden van zijn voorhoofd. Geen enkele begrafenisondernemer, hoe kundig ook, zou in staat zijn dat te verbergen.

Dit kogelgat was door een ander wapen gemaakt dan de overige drie die in het lichaam waren aangetroffen. Het was hoofdinspecteur Vassilejev die Pekkala op dit verschil had gewezen. 'We hebben een flink probleem,' zei hij.

'Omdat Raspoetin door meer dan één wapen is doodgeschoten?' zei Pekkala. Ze hielden al twee mannen in voorarrest. Prins Felix Joesoepov had de misdaad onmiddellijk bekend, samen met Lazovert, de legerarts. Er waren nog meer verdachten, onder wie groothertog Dimitri Pavlovitsj, maar de tsaar had persoonlijk tegenover de Ochranarechercheurs, onder wie Pekkala, verklaard dat geen van deze mannen ooit terecht zou hoeven staan. In het licht van dit feit leek het aantal kogelgaten in Raspoetins lichaam van weinig belang.

'Het gaat er niet alleen om dat er twee wapens zijn gebruikt,' zei Vassilejev tegen Pekkala, 'het gaat om het type wapen dat is gebruikt.' Hij drukte een vinger tegen zijn voorhoofd op de plek waar de kogel Raspoetins schedel was binnengedrongen. 'Onze hoofdpatholoog-anatoom heeft vastgesteld dat de wond door een dumdumkogel is gemaakt. Ieder type wapen dat dat kaliber kogel afschiet, gebruikt een harde koperen huls. Elk type, op één na.' Vassilejev wees op Pekkala's borst, waar zijn revolver in zijn schouderholster zat. 'Haal hem eruit.'

Beduusd deed Pekkala wat hem was gevraagd.

Vassilejev pakte de revolver aan, opende het magazijn en liet de grote .455-kaliberkogels op de tafel vallen.

'Bedoelt u dat iemand denkt dat ik hier een rol in speel?' vroeg Pekkala.

'Nee!' bromde Vassilejev. 'Kijk naar de kogels! Dumdumkogels. Het enige wapen dat in deze maat en met dit soort ammunitie gewoon te krijgen is, is de Britse Webleyrevolver, hetzelfde type als de tsaar u cadeau heeft gegeven en die hij van zijn neef, koning George v van Engeland, had gekregen.'

'De Britten hebben Raspoetin vermoord?'

Vassilejev haalde zijn schouders op. 'Ze hebben er iets mee te maken, Pekkala. Zoveel is welhaast zeker.'

'Maar waarom?'

'Ze waren niet zo gesteld op Raspoetin. Het was op aandrang van die gek dat enkele Britse adviseurs met oneervol ontslag naar huis zijn gestuurd.'

'Is het onderzoek daarom gestopt?'

'Gestopt?' lachte Vassilejev. 'Het onderzoek is nooit begonnen. Wat ik je zojuist heb verteld zal nooit in de geschiedenisboeken terechtkomen. In de toekomst, Pekkala, zal men niet twisten over wie

Raspoetin heeft vermoord. In plaats daarvan zal men vragen wie het níét heeft gedaan.'

Gedurende de korte begrafenisdienst stond Pekkala bij de halfopen deur van de kerk en keek uit over de tuinen van Tsarskoje Selo. De geur van wierook dreef langs hem heen de ijskoude buitenlucht in.

Het was koud in de kapel. Er was geen haardvuur ontstoken. De Romanovs stonden in hun bontjassen te luisteren naar de priester die de litanie opdreunde. Al die tijd huilde de tsarina terwijl ze met haar vuist een kanten zakdoekje tegen haar mond gedrukt hield om haar snikken te verbergen.

Toen Pekkala vanuit de deuropening achteromkeek, zag hij dat de dochters een geschilderde icoon op Raspoetins borst legden. De tsaar en Alexej stonden met sombere maar afstandelijke gezichten aan de kant.

'Waar is de gerechtigheid gebleven?' riep de tsarina toen de kist werd gesloten.

De priester deed verschrikt een stap naar achteren.

De tsaar pakte de tsarina bij de arm. 'Het is voorbij,' zei hij. 'We kunnen niets meer doen.'

Ze liet zich in zijn armen vallen en snikte het uit tegen zijn borst. En weer herhaalde ze haar litanie. 'Moge God ons behoeden. Moge God ons behoeden.'

Pekkala vroeg zich af wat dat betekende voor de man in de kist, wiens hersens door zijn schedel naar buiten waren geschoten.

Toen de Romanovs de kerk uit liepen, ging Pekkala buiten staan om hen te laten passeren.

De tsarina schreed langs, maar ineens bleef ze staan en draaide zich om. 'Ik had u al willen bedanken,' fluisterde ze, 'omdat u ons hier op aarde beschermt. Nu heb ik twee beschermers. Een hier en een daarboven.'

Toen Pekkala in de rooddoorlopen ogen van de tsarina keek, herinnerde hij zich wat Raspoetin die avond had gezegd toen hij uit de kou was binnengekomen.

'Je moet begrijpen, Pekkala,' had hij gezegd, 'dat de reden waarom de tsarina van mij houdt is dat ik precies ben wat ze wil dat ik ben. Zoals ze me nu naast zich nodig heeft, zal er ook een tijd komen waarin het voor haar nodig zal zijn dat ik er niet meer ben.'

De tsaar pakte de arm van de tsarina weer vast. 'Onze vriend is er niet meer,' zei hij zachtjes in haar oor. 'Wij moeten nu ook gaan.'

Op zijn gezicht lag een uitdrukking die Pekkala daar nooit eerder had gezien – een zweem van angst of berusting – alsof de tsaar door een of andere scheur in het weefsel van de tijd een glimp had opgevangen van het spook van zijn eigen snel naderende noodlot.

Pekkala zag Kropotkin de weg oversteken en in de mistige regensluiers verdwijnen.

Daarna keerde hij terug naar zijn kantoor.

Toen Kirov een uur later nog niet terug was begon hij ongerust te worden. Er waren het afgelopen jaar zoveel arrestaties verricht dat niemand zich veilig kon voelen, ongeacht zijn rang of hoe onschuldig hij ook was. Pekkala was van mening dat hetzelfde idealisme dat Kirov tot een goede handhaver van de wet maakte, hem ook kwetsbaar maakte tegenover de willekeur waarmee die wet soms werd toegepast. Pekkala had dat al vaker gezien: hoe sterker de overtuigingen van deze mensen, hoe groter de afstand tussen de wereld zoals zij hem zagen en de wereld zoals hij in werkelijkheid was.

Tegelijkertijd wist Pekkala dat Kirov er een gebrek aan vertrouwen in zou kunnen zien als hij nu naar hem op zoek ging.

Dus bleef hij op kantoor zitten wachten terwijl de avondschemer zich door het vertrek verspreidde. Het duurde niet lang of hij zat in volslagen duisternis. Het had weinig zin om nu nog naar huis te gaan en hij legde zijn voeten op zijn bureau, vouwde zijn handen voor zijn buik en probeerde de slaap te vatten.

Maar dat lukte niet.

In plaats daarvan begon Pekkala door de kamer te ijsberen en Kirovs planten te bekijken. Af en toe bleef hij even staan om een kerstomaatje te plukken of op een basilicumblaadje te kauwen.

Ten slotte trok Pekkala een uur voor zonsopgang zijn jas aan en verliet het gebouw om naar Kirovs appartement te gaan.

Het was een lange wandeling, bijna een uur door de slingerende straten. Als hij de metro had genomen had hij het traject in tien minuten kunnen afleggen, maar Pekkala bleef liever bovengronds, ondanks het feit dat er niet eens betrouwbare kaarten van de stad waren. De enige kaarten die er van Moskou te krijgen waren, toonden hoe de stad er voor de Revolutie uit had gezien, of anders hoe de stad eruit moest gaan zien als alle nieuwbouwprojecten klaar waren. Met de meeste was nog niet eens begonnen en er waren hele huizenblokken die op deze kaarten geen enkele gelijkenis vertoonden met wat er in werkelijkheid stond. Veel straten hadden een nieuwe naam gekregen, net als allerlei steden in de rest van het land. Petrograd was nu Leningrad, Tsaritsin was Stalingrad geworden. Zoals de inwoners van Moskou zeiden: niets is meer hetzelfde, maar niets is werkelijk veranderd.

Pekkala liep langs de rand van het Gorkipark toen naast hem een auto stopte. Nog voor de auto, een zwarte GAZ-MI sedan, stilstond, vloog het portier aan de passagierskant open en sprong er een man uit.

Zonder erbij na te denken trok Pekkala zijn revolver.

Tegen de tijd dat de voeten van de man de grond raakten, keek hij al in het blauwe oog van de loop van Pekkala's wapen.

De man droeg een bril met ronde glazen die op een lange, dunne neus rustte. Baardstoppels gaven zijn bleke huid een blauw waas.

Hij deed Pekkala aan een grote, roze rat denken.

De uitdrukking van kwade vastberadenheid op het gezicht van de man maakte plaats voor verbluft ongeloof. Hij hief langzaam zijn armen op. 'Je zult nog wensen dat je dat niet had gedaan, kameraad,' sprak hij zachtjes.

Nu pas kon Pekkala de man goed in zich opnemen. Hoewel hij burgerkleding droeg, wist Pekkala onmiddellijk dat hij van de NKVD was. Het kwam door de manier waarop hij zich bewoog en door de permanente minachting in zijn blik. Pekkala was zo bezorgd geweest dat Kirov op de een of andere willekeurige aanklacht zou worden gearresteerd, dat hij er niet bij stil had gestaan dat hem hetzelfde kon overkomen. 'Wat wilt u?' vroeg hij.

'Laat zakken!' beet de man hem toe.

'Geef antwoord,' zei Pekkala rustig, 'als u uw hersens in uw kop wilt houden.'

'Hebt u een vergunning om dat stuk antiek bij u te dragen?'

Pekkala plaatste zijn duim op de haan en trok hem naar achteren tot hij gespannen was. 'Ik heb ook een vergunning om hem te gebruiken,' zei hij.

Nu haalde de man zijn rechterschouder op, waardoor een wapen te zien kwam dat in een holster onder zijn oksel zat. 'U bent niet de enige met een wapen.'

'Ga uw gang,' antwoordde Pekkala, 'en laten we eens zien wat er gebeurt.'

'Waarom toont u me niet gewoon uw papieren!'

Zonder zijn Webley te laten zakken stak Pekkala zijn hand in zijn jas, haalde zijn pas tevoorschijn en stak die de man toe.

'Bent u van de NKVD?' vroeg de man.

'Kijkt u zelf maar.'

Langzaam nam de rattenman de pas van hem aan en opende die.

'Waarom duurt dit zo lang?' klonk een stem. De bestuurder van de auto stapte uit. '*Svoloch!*' riep hij toen hij Pekkala's revolver zag en hij probeerde onmiddellijk zijn eigen wapen te trekken.

'Niet doen,' zei Pekkala.

Maar het was al te laat. De Tokarev van de man was nu rechtstreeks op Pekkala gericht.

Pekkala hield zijn eigen wapen op de rattenman gericht.

Even bleven de drie mannen zo staan.

'Laten we gewoon rustig even kijken wat hier aan de hand is,' zei de rattenman terwijl hij Pekkala's identificatieboekje bestudeerde.

Het bleef een hele tijd stil.

'Wat is er?' vroeg de chauffeur, die zijn wapen nog op Pekkala gericht hield. 'Wat is er verdomme aan de hand?'

De man met het rattengezicht schraapte zijn keel. 'Hij heeft een Schaduwpas.'

De chauffeur kreeg opeens een verdwaasde blik in zijn ogen, als een slaapwandelaar die in een ander deel van de stad is ontwaakt.

'Het is Pekkala,' zei de rattenman.

'Wat?'

'Inspecteur Pekkala, idioot! Van Speciale Operaties.'

'Jij wilde stoppen!' zei de chauffeur op klagerige toon. Vloekend stopte hij zijn revolver weer terug in de holster, alsof het wapen er een eigen wil op na hield en zichzelf had getrokken.

De man met het rattengezicht sloeg Pekkala's identiteitsboekje dicht. 'Onze excuses, inspecteur,' zei hij terwijl hij het teruggaf.

Toen pas liet Pekkala zijn revolver zakken. 'Ik neem deze auto,' zei hij.

'Onze auto?' vroeg de chauffeur.

'Ja,' antwoordde Pekkala. 'Ik vorder uw voertuig.'

Hij liep om de auto heen naar de bestuurderskant.

'Dat kunt u niet doen!' zei de chauffeur. 'Deze auto is van ons!'

'Houd je mond, idioot!' riep de rattenman. 'Heb je me niet verstaan? Ik zei dat hij een Schaduwpas heeft. We mogen hem niet aanhouden. We mogen hem niet ondervragen. We mogen hem zelfs niet vragen hoe laat het is! Hij heeft een vergunning om jou neer te knallen en het is niemand toegestaan om te vragen waarom hij het gedaan heeft. Hij heeft eveneens toestemming om te vorderen wat hij maar verkiest: onze wapens, onze auto. Hij kan je naakt op straat achterlaten als hij dat wil.'

'Hij trekt een beetje naar links,' zei de bestuurder. 'De carburateur moet worden bijgesteld.'

'Houd je bek en ga opzij!' schreeuwde de man met het rattengezicht weer.

Alsof hem een elektrische schok was toegediend wierp de chauffeur Pekkala de sleutels toe.

Pekkala ging achter het stuur zitten. Het laatste wat hij van de twee mannen zag, was dat ze op de stoep ruzie stonden te maken. De rest van de weg naar Kirovs appartement in de Prechistenkastraat legde hij met de auto af. Daar aangekomen bleef hij nog een tijdje zitten met zijn handen op het stuur en probeerde hij rustiger adem te halen.

'Wanneer er wapens worden getrokken,' sprak hoofdinspecteur Vassilejev, 'moet je nooit angst tonen. Een man die een wapen op jou gericht houdt zal de trekker eerder overhalen als hij merkt dat je bang bent.'

Pekkala moest tijdens zijn opleiding bij de Ochrana, de geheime politie van de tsaar, aan het eind van iedere dag verslag uitbrengen aan Vassilejev. De methoden die Pekkala van de andere agenten leerde maakten een inspecteur van hem, maar wat hij van Vassilejev leerde, redde zijn leven.

'Als ik laat zien dat ik bang ben,' wierp Pekkala tegen, 'zou ik toch minder bedreigend moeten zijn voor iemand met een wapen.'

'Ik heb het niet over hoe het zou moeten gaan,' antwoordde Vassilejev, 'ik heb het over hoe het zál gaan.'

Hoewel de hoofdinspecteur altijd in raadselen leek te spreken, verheugde Pekkala zich op de tijd die hij met Vassilejev doorbracht. Zijn kantoor was klein en gezellig, met aan de muren lithografieën van jachttaferelen en antieke wapens. Vassilejev bracht de meeste tijd daar door, hij bestudeerde er rapporten en ontving er bezoekers. Als jongeman had hij de naam verworven dat hij vaak in vermomming in de stad rondliep. Er werd gezegd dat niemand zich voor Vassilejev kon verbergen omdat hij de stad kende als zijn broekzak. Op een dag kwam er een eind aan die tijd toen hij de trappen van het politiegebouw af liep om het hoofd van de Moskouse Ochrana te begroeten die zojuist per auto was gearriveerd. Vassilejev had het voertuig bijna bereikt toen een bom ontplofte die door het raampje aan de andere kant was gegooid. De Moskouse hoofdinspecteur was op slag dood en Vassilejev liep verwondingen op waardoor hij de rest van zijn loopbaan achter een bureau moest doorbrengen.

'Hij die zonder angst leeft,' ging Vassilejev verder, 'is geen lang leven beschoren. Angst verscherpt de zintuigen. Angst kan je in leven houden. Maar leer die te verbergen, Pekkala. Begraaf de angst ergens diep binnen in je zodat je vijanden hem niet in je ogen kunnen zien.'

Toen hij ten slotte weer normaal kon ademhalen, borg Pekkala de sleutels op in het handschoenenkastje, stapte uit en stak de straat over naar het gebouw waar Kirov woonde.

Het gebouw was onlangs nog in een vrolijke oranje kleur geschilderd. Grote ramen met witte kozijnen keken uit op de door bomen omzoomde laan.

Pekkala klopte op de deur van Kirovs appartement, deed twee stappen achteruit en wachtte.

Een minuut later ging de deur op een kier open en keek Kirov met half dichtgeknepen ogen naar buiten. Zijn haar stond in plukjes overeind. Achter hem hingen tientallen prijzen en certificaten van allerlei communistische jeugdorganisaties aan de muur. Kirov verzamelde deze certificaten van verdienste al vanaf zijn vijfde, toen hij een prijs had gewonnen voor een week gemeenschapsdienst met de Jonge Pioniers. Vervolgens had hij nog prijzen gewonnen voor oriëntatieloop, wetenschappelijk experiment en tent opzetten. Op elk certificaat stonden een hamer en sikkel ingeklemd tussen twee korenschoven. Sommige certificaten waren voorzien van sierlijke handgeschreven teksten, op andere stonden slechts een paar krabbels. Maar ze waren allemaal ingelijst en ze hingen aan elk verticaal oppervlak in zijn appartement. 'Wat doet u hier?' vroeg Kirov.

'Ook goedemorgen,' zei Pekkala. 'Kleed je aan. We moeten gaan.'

'Waarheen?'

Pekkala stak het papiertje omhoog dat Lysenkova hem had gegeven. 'We gaan met de wetenschappers op de basis praten. Misschien kunnen zij dit ontcijferen. Er zou een verband kunnen bestaan tussen de vergelijking en de man die is ontsnapt, maar dat weten we pas als we begrijpen wat hier geschreven staat.'

'Wie is dat?' klonk een vrouwenstem uit het appartement. 'Is dat inspecteur Pekkala?'

Kirov zuchtte diep. 'Ja.'

'Daarom ben je dus niet teruggekomen!' zei Pekkala verbouwereerd. 'Verdomme, Kirov, ik dacht dat je gearresteerd was!'

'Waarom gearresteerd?' zei Kirov.

'Laat maar zitten!'

'Ben je niet van plan hem binnen te laten?' vroeg de vrouw.

Pekkala keek de kamer in. 'Majoor Lysenkova?'

'Goedemorgen, inspecteur.' Ze zat aan de keukentafel, gehuld in een deken.

Pekkala wierp Kirov een vernietigende blik toe.

Lysenkova stond van tafel op en liep op blote voeten naar hen toe. Toen ze dichterbij kwam, realiseerde Pekkala zich dat ze niets aanhad onder de deken. 'Majoor Kirov heeft me het goede nieuws verteld,' zei ze.

'Het goede nieuws?' zei Pekkala.

'Dat u het goedvindt dat ik aan de zaak blijf werken,' vertelde ze. 'Ik ben er al mee bezig.'

Pekkala mompelde iets onverstaanbaars.

'Ik heb nog wat informatie over het Witte Gilde gevonden,' zei Lysenkova.

'O ja? Wat bent u te weten gekomen?'

'Dat ze verdwenen zijn.'

'Verdwenen?' zei Pekkala.

'Gestopt. Ze zijn een paar weken geleden opgeheven. Hun agenten zijn allemaal overgeplaatst.'

'Denkt u dat u erachter kunt komen waar ze nu zijn?'

'Ik kan het proberen,' zei ze. 'Zodra ik terug ben op het hoofdkantoor van de NKVD, zal ik ermee beginnen.'

Tien minuten later hield de Emka stil langs de stoeprand. Kirov zat achter het stuur. Zijn haar was nat en netjes gekamd.

Pekkala stapte in en sloeg de deur dicht. 'Kremlin,' zei hij.

'Maar ik dacht dat we met die wetenschappers op de basis gingen praten.'

'Ik heb eerst nog iets anders te doen,' zei Pekkala.

Kirov reed de weg op. 'Ik heb een lunch klaargemaakt,' zei hij, 'voor het geval we de hele dag weg zijn.'

Pekkala staarde uit het raampje. Zonlicht flakkerde op zijn gezicht.

'Ik neem aan dat u dit afkeurt, inspecteur,' zei Kirov.

'Dat ik wat afkeur?'

'Dat van mij. En majoor Lysenkova.'

'Zolang het onderzoek niet gehinderd wordt, Kirov, heb ik het recht niet om ergens iets van te zeggen. Mijn eigen avonturen op dat gebied zouden geen enkele proeve van gezond verstand doorstaan.'

'Maar u keurt het af. Dat kan ik zien.'

'De enige raad die ik je kan geven is om alleen dingen te doen waarmee je kunt leven. Hoe verder je voorbij dat punt gaat, hoe moeilijker het wordt om terug te keren.'

'En hoe ver bent u gegaan, inspecteur?'

'Als ik ooit terugkeer,' antwoordde Pekkala, 'zal ik je dat zeker laten weten.'

'Ik kan nu niet praten, Pekkala,' gromde Stalin terwijl hij van zijn bureau opstond. 'Ik ben op weg naar de dagelijkse stafvergadering. De Duitsers zijn Tsjechoslowakije binnengevallen, zoals ik je al had voorspeld. Het is begonnen en wij beschikken nog steeds niet over de T-34.'

'Kameraad Stalin, ik moet u iets vragen wat ook van groot belang is.'

Stalin streek met zijn hand over een paneel in de muur en de valdeur klikte open. 'Tja, loop dan maar met me mee.'

'Daarheen?' vroeg Pekkala, die door zijn angst voor opsluiting al buikkrampen kreeg.

'Ja! Hierheen. Schiet op!'

Hij volgde Stalin de geheime gang in en liep gebukt en met steken in zijn maag het duister in.

Toen ze allebei in het gangetje stonden draaide Stalin aan een metalen hendel in de muur, waarop de deur zachtjes weer dichtsloeg.

Een rij zwakke peertjes verlichtte de gang en slingerde zich het donker in.

Zodra de valdeur dicht was, liep Stalin verder door de tunnel.

Pekkala kon hem slechts met moeite bijhouden en moest pijnlijk bukken om zijn hoofd niet te stoten tegen de houten balken die op regelmatige afstand van elkaar aan het plafond zaten.

Uit het donker doemden deuren op, elk met een eigen open- en dichthendel. De kamers waartoe ze toegang gaven waren met gele verf aangegeven. Er hing een muffe lucht in de gang. Af en toe hoorde hij zacht gemompel aan de andere kant van de muur.

Hij probeerde zijn paniekgevoelens te onderdrukken. Het lage plafond leek boven op hem te vallen. Hij moest zichzelf eraan herinneren adem te halen. Iedere keer dat ze bij een deur waren, moest hij de aandrang weerstaan die te openen om uit deze rattentunnel te ontsnappen.

Ze kwamen bij een kruising.

Pekkala keek de andere gangen in, waar het parelsnoer van lampen de duistere tunnels verlichtte die tot diep in het hart van het Kremlin leidden.

Stalin sloeg rechts af en liep een trap op. Hij bleef halverwege staan om op adem te komen.

Pekkala botste bijna tegen hem op.

'Zo, Pekkala,' zei Stalin hijgend. 'Ga je me die vraag nog stellen, of kwam je me alleen maar gezelschap houden?'

'Het is afgelopen met het Witte Gilde,' zei Pekkala.

'Dat lijkt me geen vraag.'

'Is het waar? Is het Witte Gilde opgeheven?'

Vanaf zijn positie hoger op de trap torende Stalin boven Pekkala uit. 'De operatie is beëindigd.'

'En de agenten zijn ergens anders aangesteld?'

'Officieel wel.'

'Officieel? Wat bedoelt u?'

Deze keer gaf Stalin geen antwoord. Hij draaide zich om en

klom verder naar boven. Daar aangekomen liep hij weer een gang in. De vloer was bedekt met donkergroen tapijt, waarvan het middenstuk tot op de ribbels aan de onderkant uitgesleten was.

'Waar zijn die agenten?' vroeg Pekkala.

'Dood,' antwoordde Stalin.

'Wat? Allemaal?' Pekkala hoorde het water door de buizen ruisen.

'Vorige maand werden in de loop van één nacht de zes agenten in hun woningen in verschillende delen van de stad opgespoord. Het werd vakkundig gedaan. Elk van hen werd door een schot in het achterhoofd geëxecuteerd.'

'Zijn er verdachten?'

Stalin schudde zijn hoofd. 'Een van de agenten schreef in zijn laatste rapport dat hij benaderd was door enkele mensen die lid wilden worden van het Gilde. Een week later bleken de agenten dood te zijn. De namen die deze mensen hadden gebruikt waren vals.'

'Wie die mensen ook zijn,' zei Pekkala, 'ze moeten erachter zijn gekomen dat Speciale Operaties de leiding had over het Witte Gilde. Ze achterhaalden wie de agenten van Speciale Operaties waren en doodden ze.'

'Juist.'

'Wat ik niet begrijp, kameraad Stalin, is waarom u denkt dat het Gilde iets met de moord op Nagorski te maken zou kunnen hebben, terwijl u zojuist zei dat u het had opgeheven voor hij stierf.'

'Ik had het Gilde inderdaad opgeheven,' zei Stalin, 'maar ik ben bang dat het weer tot leven is gekomen. Het Gilde was ooit een valstrik om vijandige agenten te lokken, maar wie die mensen ook zijn, ze hebben het Gilde nu tegen ons gekeerd. Ik denk dat je zult ontdekken dat zij degenen zijn die Nagorski hebben vermoord.'

'Waarom hebt u mij hier nooit iets over verteld, kameraad Stalin?'

Stalin trok aan de hendel die evenwijdig aan de muur zat. De deur zwaaide open.

Erachter bevond zich een kamer met een enorme kaart van de Sovjet-Unie aan de muur. De zware roodfluwelen gordijnen waren gesloten. Pekkala had dit vertrek nooit eerder gezien. Rond de tafel zaten mannen in uiteenlopende militaire uniformen. Aan het hoofd van de tafel stond een lege stoel. Het geroezemoes verstomde zodra de deur openging. Nu waren alle ogen gericht op de ruimte waaruit Stalin tevoorschijn zou komen.

Voor hij naar binnen ging, richtte Stalin zich tot Pekkala. 'Ik heb je dit niet verteld,' zei hij rustig, 'omdat ik hoopte dat ik me vergiste. Dat schijnt niet het geval te zijn en daarom vertel ik het nu.' Daarop stapte hij de kamer binnen en een seconde later ging de deur zachtjes achter hem dicht.

Pekkala bleef alleen achter op de gang zonder te weten waar hij zich bevond.

Hij volgde de weg terug naar de trap en liep naar beneden, naar waar de gangen elkaar kruisten. Voor hij daar was, gingen alle lichten uit. Hij begreep dat ze door een timer werden geregeld, maar hij had geen idee waar het knopje zat. Aanvankelijk was het zo donker op de gang dat hij evengoed blind had kunnen zijn. Maar toen zijn ogen een beetje aan het duister waren gewend, kon hij dunne, grijze linten licht onderscheiden die onder de valdeuren uit sijpelden die zich langs de gang bevonden.

Omdat hij niet kon lezen wat er op de deuren stond, schoof hij met zijn rug langs de muur en koos de eerste de beste deur die hij aantrof. Op de tast vond hij de hendel in de muur en hij trok eraan.

De valdeur klikte open.

Pekkala hoorde het getik van hakken op een marmeren vloer en wist onmiddellijk dat hij in een van de hoofdgangen van het Congresgebouw was uitgekomen, dat zich naast het Kremlin Paleis bevond, waar Stalin zijn kantoor had. Hij stapte door de opening naar binnen en botste bijna tegen een vrouw op die gekleed was in de muisgrijze rok en zwarte blouse van een Kremlinsecretaresse. Ze droeg een bundel papieren, maar toen ze Pekkala als een spook uit de muur zag komen, begon ze te gillen en vlogen de papieren door de lucht.

'Zo, ik moet er eens vandoor,' zei Pekkala terwijl de documenten om hen heen neerdwarrelden. Hij glimlachte, knikte ten afscheid en liep snel door de gang weer weg.

'Je bent je revolver weer vergeten, hè?' zei Pekkala toen ze naar Nagorski's basis reden.

'Nee, ik ben hem niet vergeten,' zei Kirov. 'Ik heb hem expres thuis laten liggen. We gaan alleen maar met die wetenschappers praten. Zij zullen het ons niet moeilijk maken.'

'Je hoort je revolver altijd bij je te hebben!' bulderde Pekkala. 'Stoppen!'

Gehoorzaam zette Kirov de auto aan de kant. Toen wendde hij zich tot Pekkala: 'Wat is er aan de hand, inspecteur?'

'Waar is die lunch die je voor ons hebt klaargemaakt?'

'In de kofferbak. Waarom?'

'Kom mee,' zei Pekkala en hij stapte uit. Pekkala haalde de linnen tas met twee sandwiches en een paar appels erin uit de kofferbak. Hij liep de wei naast de weg in, maar bleef even staan om een dode tak, ongeveer zo lang als een wandelstok, af te breken.

'Waar gaat u met onze lunch naartoe?'

'Blijf daar,' riep Pekkala. Nadat hij een eindje de weide in was gelopen, bleef hij staan, duwde de tak in de grond, haalde een appel uit de lunchzak en stak hem aan het uiteinde van de tak.

'Dat is ons eten!' riep Kirov.

Pekkala deed alsof hij hem niet hoorde. Hij liep naar Kirov terug, trok zijn Webley uit de holster en gaf hem met de kolf naar voren aan Kirov. Hij draaide zich om en wees naar de appel. 'Wat we gaan doen…' begon hij, maar hij deinsde achteruit toen het wapen in Kirovs hand afging. 'Verdomme, Kirov! Je moet voorzichtig zijn. Neem de tijd om goed te richten. Daar zijn meerdere stappen voor nodig. Ademhaling. Houding. De manier waarop je het wapen vasthoudt. Dat kost tijd.'

'Ja, inspecteur,' zei Kirov gedwee.

'Nu,' zei Pekkala en hij richtte zijn aandacht weer op de appel. 'Hè? Waar is hij gebleven? Allemachtig! Hij is eraf gevallen.' Hij liep naar de stok terug, maar hij had nog maar een paar stappen gezet of hij zag overal op de grond stukjes appelschil liggen. Het leek alsof de appel was ontploft en het duurde nog een paar tellen voor Pekkala besefte dat Kirov de appel met zijn eerste schot had geraakt. Hij draaide zich vlug om en keek Kirov aan.

'Sorry,' zei Kirov. 'Had u een ander plan?'

'Oké,' gromde Pekkala, 'dat was een goed begin. Maar je moet niet overmoedig worden. We willen het doelwit niet slechts één keer kunnen raken, maar iedere keer. Of bijna iedere keer.' Hij viste weer een appel uit de zak en stak die op het puntje van de stok.

'Wat moeten wij straks eten volgens u?' vroeg Kirov.

'Begin nou niet meteen te schieten, maar wacht tot ik weer bij je ben,' beval Pekkala, terwijl hij met grote passen naar Kirov toe liep. 'Het is belangrijk dat je voeten rustig en stabiel op de grond staan en dat je het wapen stevig vasthoudt, maar niet al te stevig. De Webley is een evenwichtig wapen, maar met een flinke terugslag, veel harder dan die van de Tokarev.'

Ontspannen hief Kirov de Webley en schoot.

'Verdomme, Kirov!' zei Pekkala woedend. 'Je moet wachten tot je zover bent!'

'Dat was ik,' zei Kirov.

Pekkala keek met samengeknepen ogen naar de stok. Het enige wat er nog van de appel over was, was een wolkje wit sap dat in de lucht oploste. Pekkala's mond vertrok. 'Blijf daar staan!' zei hij en hij liep het weiland weer in. Deze keer trok hij de tak uit de grond, liep een eindje verder en plantte hem weer in de grond. Vervolgens haalde hij een in bruin waspapier verpakte sandwich uit de zak en stak hem op de stok.

'Ik ga mijn sandwich niet kapotschieten!' riep Kirov.

Pekkala draaide zich snel om. 'Wíl je dat niet? Of kún je dat niet?'

'Laat u me verder met rust als ik hem raak?' vroeg Kirov.

'Jazeker,' stemde Pekkala toe.

'En dan geeft u toe dat ik goed kan schieten?'

'Je mag de goden niet verzoeken, kameraad Kirov.'

Drie minuten later was de Emka weer op weg.

Pekkala zat ineengezakt achterin met zijn armen over elkaar geslagen en voelde hoe de warmte van de revolver zich door de leren holster verspreidde.

'Weet u,' zei Kirov opgewekt, 'ik heb een certificaat van verdienste van de Komsomol voor schijfschieten. Het hangt bij mij thuis aan de muur.'

'Dat moet me zijn ontgaan,' mompelde Pekkala.

'Het hangt in de woonkamer,' zei Kirov, 'naast mijn muziek-prijs.'

'Heb jij een prijs voor muziek gekregen?'

'Voor mijn uitvoering van "Vaarwel, Slavianka",' zei Kirov. Hij haalde een keer diep adem, stak zijn borst naar voren en begon te zingen, ondertussen via de spiegel een blik op zijn gehoor werpend. 'Vaarwel, land van de vaderen…'

Met een opgetrokken wenkbrauw legde Pekkala hem het zwijgen op.

Machinegeweerschoten weergalmden rondom de gebouwen van Nagorski's basis.

In de besloten ruimte van het IJzeren Huis klonken de opeenvolgende slagen van de hulzen als een onafgebroken oorverdovend gegrauw. Staande bij de ingang kwam het Pekkala voor alsof de lucht zelf uiteengereten werd. Samen met Kirov stond hij te wachten terwijl de metalen slang van kogels uit de groene ammunitiekist rolde en een regen van glinsterend koper uit de schietopening van het machinegeweer spoot. Net toen ze dachten dat het lawaai nooit meer zou ophouden, kwam er een eind aan de kogelgordel en hield het schieten abrupt op. Gebruikte hulzen tuimelden rinkelend op de betonnen vloer.

Gorenko en Oesjinski zetten het geweer aan de kant, kwamen overeind en verwijderden de komvormige geluidsbeschermers van hun oren. Kruitdamp hing in een wazige krans om hun hoofd.

Het wapen was op een piramide van metalen honderdlitervaten gericht. De diesel die in deze vaten had gezeten was vervangen door zand om de klap van de kogels te absorberen. Er zaten brede scheuren in het metaal en uit de gaten stroomde zand naar buiten dat kegels vormde op de vloer, als in een zandloper.

Oesjinski hield een stopwatch omhoog. 'Drieëndertig seconden.'

'Beter,' zei Gorenko.

'Maar nog niet goed genoeg,' zei Oesjinski. 'Nagorski zou ons hebben opgejaagd…'

'Heren,' zei Pekkala, en zijn stem weergalmde door de steunbalken die het golfplaten dak schraagden.

Verrast draaiden de wetenschappers zich om om te zien waar de stem vandaan kwam.

'Inspecteur!' riep Oesjinski uit. 'Welkom terug in het gekkenhuis.'

'Waar werkt u hier aan?' vroeg Kirov.

'We testen de snelheid waarmee de machinegeweren van de T-34 schieten,' antwoordde Oesjinski. 'Die is nog niet goed.'

'Hij komt aardig in de buurt,' zei Gorenko.

'Als de kolonel nog leefde,' hield Oesjinski vol, 'zou hij je nooit toestaan om zoiets te zeggen.'

Pekkala liep naar de plek waar de wetenschappers stonden. Hij haalde het papiertje uit zijn zak, vouwde het open en stak het beide mannen toe. 'Kan een van u me vertellen wat dit betekent?'

Ze staarden allebei naar het papier.

'Dat is het handschrift van de kolonel,' zei Oesjinski.

Gorenko knikte. 'Het is een formule.'

'Waarvoor?' vroeg Pekkala.

Oesjinski schudde zijn hoofd. 'Wij zijn geen chemici, inspecteur.'

'Dat soort dingen is niet onze specialiteit,' beaamde Gorenko.

'Kan iemand hier het ons wel vertellen?' vroeg Kirov.

De wetenschappers schudden het hoofd.

Pekkala zuchtte geërgerd bij de gedacht dat ze hier helemaal voor niets waren gekomen. 'Laten we gaan,' zei hij tegen Kirov.

Toen ze zich omdraaiden om te vertrekken, begonnen de wetenschappers met elkaar te fluisteren.

Pekkala bleef staan. 'Wat is er, heren?'

'Tja…' begon Oesjinski.

'Houd je mond,' beval Gorenko. 'Kolonel Nagorski mag dan dood zijn, het is nog steeds zijn project en zijn regels gelden nog steeds!'

'Dat maakt nu toch niets meer uit!' schreeuwde Oesjinski. Hij schopte een lege kogelhuls over de vloer, die over het beton sprong en tussen de slapende gevaartes van half voltooide tanks wegrolde.

'Niets doet er hier nog toe! Snap je dat dan niet?'

'Nagorski zei…'

'Nagorski is er niet meer!' bulderde Oesjinski. 'Al ons werk is voor niets geweest.'

'Ik dacht dat het Konstantinproject bijna af was,' zei Pekkala.

'Bijna!' antwoordde Oesjinski. 'Bijna is niet genoeg.' Hij wuifde met zijn arm naar de montagewerkplaats. 'We kunnen die monsters net zo goed op de schroothoop gooien!'

'Een dezer dagen,' waarschuwde Gorenko hem, 'zal je nog iets zeggen waar je spijt van krijgt.'

Zonder acht te slaan op zijn collega wendde Oesjinski zich weer tot de rechercheurs. 'U moet eens gaan praten met een man die Lev Zalka heet.'

Gorenko keek naar de grond en schudde zijn hoofd. 'Als de kolonel je die naam hoorde noemen…'

'Zalka maakte deel uit van het oorspronkelijke team,' ging Oesjinski verder. 'Hij heeft de V2-diesel ontworpen. Die gebruiken we in de tanks. Maar hij is al maanden weg. Nagorski heeft hem ontslagen. Ze kregen ruzie.'

'Ruzie?' mompelde Gorenko. 'Noem jij dat zo? Nagorski viel hem aan met een 40-millimeter moersleutel! De kolonel zou Zalka hebben vermoord als hij niet had gebukt. Daarna zei Nagorski dat als iemand zelfs maar Zalka's naam noemde, hij van het project zou worden verwijderd.'

'Waar ging die ruzie over?' vroeg Pekkala.

De onderzoekers haalden allebei wat opgelaten hun schouders op.

'Zalka had een groter luik in de pantserkoepel willen installeren, en ook onder de koepel.'

'Waarom?' vroeg Kirov. 'Zou de tank daardoor niet kwetsbaarder zijn geworden?'

'Jazeker,' zei Gorenko.

'Maar grotere luiken,' onderbrak Oesjinski hem, 'zouden ervoor zorgen dat de bemanning van de tank een veel grotere kans had om te ontsnappen als de motor in brand vloog of als de koepel stukging.'

'Kolonel Nagorski weigerde dat te overwegen. Voor hem kwam de tank op de eerste plaats.'

'En dat is de reden waarom jullie testrijders hem de Rode Doodskist noemen,' zei Pekkala.

Gorenko wierp Oesjinski een kwade blik toe. 'Ik begrijp dat er iemand heeft gekletst.'

'Wat maakt dat nu nog uit?' gromde Oesjinski.

'Weet u zeker dat Nagorski en Zalka die dag daar ruzie over hebben gemaakt?' vroeg Pekkala, die bang was om opnieuw een ruzie tussen de twee mannen te veroorzaken.

'Het enige wat ik u kan vertellen,' antwoordde Gorenko, 'is dat Zalka die dag van de basis is vertrokken en nooit meer is teruggekomen.'

'Hebt u enig idee waar we deze man kunnen vinden?' vroeg Kirov.

'Hij had vroeger een appartement in de Prechistenkastraat,' zei Oesjinski, 'maar dat was in de tijd dat hij hier werkte. Misschien is hij intussen verhuisd. Als er iemand is die weet wat die formule betekent, dan is hij het.'

Toen Pekkala en Kirov het gebouw uit liepen, kwam Gorenko achter hen aan. 'Het spijt me, inspecteurs,' zei hij. 'U moet het mijn collega niet kwalijk nemen. Hij verliest vaak zijn geduld. Hij zegt dingen die hij niet meent.'

'Ik kreeg de indruk dat hij heel serieus was,' zei Kirov.

'Het komt doordat we vandaag slecht nieuws hebben ontvangen.'

'Wat voor nieuws?' vroeg Pekkala.

'Kom, ik zal het u laten zien.'

Hij nam hen mee naar de achterkant van de montagewerkplaats, waar de T-34 aan de rand van het bos stond. Op de zijkant van de geschutskoepel stond een grote 4 geschilderd. Pekkala's blik werd naar een lange, dunne kras getrokken die tot op het blote metaal was gekerfd. De zilveren streep liep over de hele lengte van de koepel en sneed het cijfer bijna doormidden. 'Ze hebben hem vanochtend teruggebracht.'

'Wie heeft dat gedaan?' vroeg Pekkala.

'Het leger,' antwoordde Gorenko. 'Ze hadden hem meegenomen voor een of ander geheim praktijktest. Wij mochten er niets
van weten. En nu is hij onbruikbaar geworden.'

'Onbruikbaar?' zei Kirov. 'Hij ziet er net zo uit als al die andere.'

Gorenko klom op het platte deel achter op de tank en opende
het motorrooster. Hij stak zijn hand in de motor en toen hij hem
even later weer terugtrok, waren zijn vingertoppen bedekt met wat
een soort vet leek. 'Weet u wat dit is?'

Pekkala schudde zijn hoofd.

'Het is brandstof,' legde Gorenko uit. 'Gewone diesel. Dat hoort
het tenminste te zijn. Maar het is vervuild.'

'Waarmee?'

'Bleekmiddel. Het heeft het inwendige mechanisme van de motor verwoest. Hij moet helemaal opnieuw gemonteerd worden, het
brandstofsysteem moet worden leeggemaakt, en alle slangen en
toevoeren moeten worden vervangen. Hij moet volledig vernieuwd
worden. Nummer 4 was Oesjinski's persoonlijke project. We hadden hier allemaal onze favoriet. We adopteerden ze min of meer. Dit
is verschrikkelijk voor Oesjinski.'

'Misschien was het een ongeluk,' zei Kirov.

Gorenko schudde zijn hoofd. 'De persoon die dit heeft gedaan,
wist precies hoe je een motor moet vernielen. Niet zomaar bescha-
digen, begrijpt u. Vernietigen. Ik twijfel daar geen moment aan, inspecteurs. Dit is met opzet gedaan.' Hij sprong van de tank, haalde
een zakdoek uit zijn zak en veegde het vet van zijn vingers. 'Als u
wist hoe hard hij aan deze machine heeft gewerkt, zou u begrijpen
hoe hij zich voelt.'

'Heeft hij gelijk?' vroeg Pekkala. 'Is het hele project naar de
maan?'

'Nee!' zei Gorenko. 'Over een paar maanden moet de T-34 klaar
zijn, als we er tenminste aan kunnen blijven werken. Zelfs zonder
Nagorski zal de T-34 nog steeds een uitstekende tank zijn, maar er is
een verschil tussen uitstekend en perfect. Het probleem met Oesjinski is dat hij wil dat alles perfect is. Wat hem betreft is alle hoop
op perfectie vervlogen nu de kolonel er niet meer is. En ik zal u vertellen wat ik al de hele tijd tegen Oesjinski zeg sinds we aan dit pro-

ject zijn begonnen: het zou nooit perfect worden. Er zou altijd wel iets zijn, zoals de schietsnelheid van die machinegeweren, wat we gewoon goed genoeg moeten vinden.'

'Ik snap het,' zei Pekkala. 'Vertel hem maar dat we het hem niet kwalijk nemen.'

'Als u dat zelf tegen hem zou willen zeggen,' sprak Gorenko op smekende toon. 'Als u gewoon even met hem praatte en tegen hem zei dat hij beter op zijn woorden moet passen, dat zou echt helpen, denk ik.'

'Daar hebben we nu geen tijd voor,' zei Kirov.

'Belt u ons later maar op kantoor,' stelde Pekkala voor. 'Wij moeten nu onmiddellijk op zoek gaan naar Zalka.'

'Misschien had Oesjinski uiteindelijk gelijk,' zei Gorenko. 'Nu Nagorski er niet meer is, kunnen we wel wat hulp gebruiken.'

Een uur later zette Kirov Pekkala af bij het kantoor.

'Ik ga Lysenkova bellen,' zei Pekkala. 'Ik moet haar vertellen dat ze niet langer naar die agenten van het Witte Gilde hoeft te zoeken. Van nu af aan moeten we alles op alles zetten om Zalka te vinden. Ga naar het archief en zie of je erachter kunt komen waar hij woont. Maar probeer hem niet in je eentje te arresteren. We moeten ervan uitgaan dat Zalka de man in het bos was. Zo te zien had hij het motief om Nagorski te doden, en het feit dat hij bijna zeker de weg kende op het terrein kan verklaren waarom Samarin dacht dat iemand van het team de moord op zijn geweten heeft.'

Terwijl Kirov naar het openbaar archief reed, liep Pekkala de trap op naar zijn kantoor, waar hij Lysenkova belde. Omdat hij bang was dat hij door de NKVD werd afgeluisterd, zei hij dat ze elkaar onder vier ogen moesten spreken.

Zodra ze binnen was, vertelde Pekkala haar wat er met de agenten van het Witte Gilde was gebeurd.

'Is het u gelukt om de formule te ontcijferen, inspecteur?' vroeg Lysenkova.

'Nog een reden om Zalka op te sporen,' antwoordde Pekkala. 'Als hij nog leeft, is hij wellicht de enige die ons kan helpen.'

Lysenkova stond op. 'Ik ga er meteen werk van maken. En bedankt voor uw vertrouwen in mij, inspecteur. Er zijn heel wat mensen die dat vertrouwen niet hebben. Ik weet zeker dat u de geruchten hebt gehoord.'

'Er zijn altijd geruchten.'

'Maar u weet natuurlijk ook dat die soms op waarheid berusten.'

Pekkala hief zijn hoofd en keek haar aan. 'Ik heb gehoord dat je je eigen ouders hebt aangegeven.'

Lysenkova knikte. 'Dat is zo.'

'Waarom?'

'Omdat mijn vader het mij had opgedragen. Het was mijn enige kans om te ontsnappen.'

'Waaruit?'

'Uit een plaats die u heel goed kent, inspecteur. Ik bedoel Siberië.'

Pekkala staarde haar aan. 'Maar ik dacht dat ze naar Siberië waren gestuurd omdat jij ze had aangegeven. Bedoel je dat jij daar al was?'

'Ja. Mijn moeder was al veroordeeld als een klasse-59-crimineel.'

'Je moeder? Wat had ze gedaan?'

'Mijn moeder,' zei Lysenkova, 'was de enige vrouwelijke toezichthouder van het productiepersoneel in de stoomturbinefabriek in Leningrad. De fabriek moest een van de industriële triomfen van de jaren twintig worden, een plek waar men buitenlandse hoogwaardigheidsbekleders mee naartoe kon nemen om hun de efficiëntie van de Sovjet-Unie te tonen. Stalin had persoonlijk een afspraak gemaakt om op de openingsdag de fabriek te bezoeken. Het probleem was dat men niet op tijd klaar zou zijn met de bouw, maar Stalin weigerde de datum te verzetten. Daarom had de fabriek op het tijdstip dat ze in bedrijf hoorde te zijn nog niet één enkele tractor geproduceerd. Er zat nog niet eens een dak op de hoofdwerkplaats. En dat was precies de plek waar Stalin had aangekondigd dat hij de arbeiders zou ontmoeten. Dus dak of geen dak, dáár vond de bijeenkomst plaats. Op de dag van zijn komst regende het. Mijn moeder gaf opdracht om een podium te bouwen zodat Stalin boven de menigte zou staan en over de hoofden van de arbeiders heen kon kijken. Er hing ook een stuk zeildoek om hem te beschermen tegen de regen. De dag voor zijn bezoek waren politiek adviseurs naar de fabriek gekomen. Ze hadden een spandoek boven het podium gehangen.' Lysenkova spreidde haar armen boven haar hoofd alsof ze de tekst met haar handen omlijstte. '"Lang Leve Stalin, De Beste Vriend Van Alle Sovjetarbeiders". Maar de arbeiders konden niet tegen de regen worden afgeschermd en die werden dus nat. Ze stonden daar anderhalf uur voor Stalin arriveerde. Tegen die tijd waren de letters op het spandoek uitgelopen. De rode inkt droop van het doek en vormde plasjes op de betonnen vloer. Toen Stalin het podium beklom klapte iedereen in zijn handen, zoals hun door de politiek adviseurs was opgedragen. Het probleem was dat niemand wist wanneer hij moest ophouden. Ze dachten allemaal dat Stalin wel een of ander gebaar zou maken of zou gaan spreken of zo, wat dan ook, om aan te geven dat het applaus moest ophouden. Maar toen het applaus begon, stond Stalin daar gewoon. Het sprak vanzelf dat hij ontzettend kwaad was omdat de fabriek maar half af was, maar daar liet hij niets van merken. Hij glimlachte alleen maar naar al die mensen die doornat werden. Rode druppels vielen van het spandoek. De arbeiders bleven klappen. Ze durfden niet meer op te houden.

Dat ging twintig minuten zo door. Mijn moeder had de leiding over de afdeling. Dat was haar baan. Niemand deed iets. Op een gegeven ogenblik dacht ze dat het misschien haar verantwoordelijkheid was om de bijeenkomst te openen. Hoe langer het klappen aanhield, hoe meer ze ervan overtuigd raakte dat zij daar de aangewezen persoon voor was, omdat niemand anders bereid was iets te doen.'

Lysenkova bracht langzaam haar handen naar elkaar, trok ze toen weer van elkaar en hield ze zo. 'Dus toen hield ze op met klappen. Dat was het moment waarop Stalin had gewacht, maar niet om de bijeenkomst te openen. Hij keek naar mijn moeder. Meer niet. Daarna kwam hij van het podium af en reed hij samen met zijn entourage weg. Niemand had een woord gezegd. Het regende nog steeds keihard. De letters op het spandoek waren volledig uitgewist. Een week later werden mijn moeder, mijn vader en ik naar het

Speciale Kamp van Dalstroj-Zeven gestuurd.'

'Het kamp,' fluisterde Pekkala. Maar het volgende ogenblik zag hij niets meer omdat een beeld van dat oord achter zijn ogen explodeerde.

Dalstroj-Zeven was een verzameling van vijf of zes gammele en haastig in elkaar gezette blokhutten, die dicht opeen aan de rand van een riviertje stonden in de vallei van Krasnagoljana.

De plek was nog geen tien kilometer bij Pekkala's kamp vandaan. Hij was vijf jaar eerder in de vallei aangekomen. Het was in het begin van de zomer geweest, en hij had genoeg tijd gehad om aan het hutje te werken voordat de eerste sneeuw viel in de herfst. Zijn hut was stevig gebouwd, in de stijl die bekendstond als zemljanka, wat betekende dat de woning voor de helft ondergronds was en dat de kieren tussen de stammen met modder en gras waren dichtgestopt.

Maar de bewoners van Dalstroj-Zeven waren vlak na de eerste vorst aangekomen en er was geen tijd geweest om goede hutten te bouwen voor de winter begon.

Mensen van het Speciale Kamp behoorden tot een onderafdeling van het Goelagkampsysteem, waarin echtelieden vaak naar verschillende kampen werden gestuurd en de kinderen naar weeshuizen als ze te jong waren om te werken. Mensen van het Speciale Kamp werden als voltallige gezinnen naar Siberië gestuurd. Daar werden ze in het bos of ergens op de toendra achtergelaten, waar ze zich maar moesten zien te redden tot ze op een gegeven moment misschien werden opgeroepen om in de Goelagkampen te werken. Tot het zover was, waren de nederzettingen niets meer dan gevangenissen zonder muren. Soms redden die nederzettingen het. Maar het kwam vaker voor dat de bewakers die de gevangenen op kwamen halen, er alleen nog maar spookdorpen aantroffen, zonder een spoor van de mensen die er gewoond hadden.

Het Dalstrojkamp behoorde tot het district van een berucht kamp aan de overkant van de vallei dat Mamlin-Drie heette. De ongeveer twintig bewoners van Dalstroj-Zeven waren stadsmensen, te oordelen naar de fouten die ze maakten: ze bouwden de hutten te dicht bij de rivier, omdat ze niet wisten dat die in het voorjaar zou overstromen, en ze maakten de schoorstenen te laag, waardoor de rook weer in de hutten terugsloeg. Met de winter voor de deur, die als een witte springvloed door de vallei raasde, waren de bewoners van Dalstroj ten dode opgeschreven.

Pekkala zag zichzelf weer zoals hij toen was: een nauwelijks menselijke gedaante, gehuld in de lompen die hij droeg toen hij in het bos kwam wonen, en die hen begluurde vanuit zijn schuilplaats – een rotspunt die uitkeek op de vallei waar ze waren achtergelaten met geen andere opdracht dan tot de lente te overleven.

Hij trok zich weer terug in het duister omdat hij wist dat hij niets voor hen kon doen. Hij durfde zich niet te vertonen omdat hij zich ver buiten de grenzen van het Borodokkamp bevond, waar hij officieel een gevangene was. Omdat hij de taak had om bomen te markeren die gekapt moesten worden was het hem toegestaan binnen de grenzen van het Borodokgebied rond te zwerven, maar nooit daarbuiten. Als berichten Borodok zouden bereiken dat hij was gezien in een gebied dat bij Mamlin-Drie hoorde, aan de andere kant van de vallei, zouden er soldaten gestuurd worden om hem te executeren omdat hij zich op verboden terrein had begeven.

In tegenstelling tot het kamp in Mamlin-Drie was Borodok een zelfstandige houtonderneming, waar bomen werden verwerkt vanaf het moment waarop ze werden gekapt tot ze als gedroogde planken uit de oven kwamen, klaar om naar het westen te worden verscheept.

Wat er in Mamlin-Drie gebeurde werd geheimgehouden, maar Pekkala had bij zijn aankomst in Borodok gehoord dat het erger was om een gevangene in Mamlin te zijn dan om te sterven. Vandaar dat gevangenen die op weg waren naar die plek pas bij aankomst werd verteld wat hun bestemming was.

Pekkala's enige gezelschap in deze verboden zone was een man die uit het kamp Mamlin-Drie was ontsnapt. Hij heette Tatisjev, en hij was sergeant geweest in een van de Kozakkenregimenten van de tsaar. Na zijn ontsnapping hadden patrouilles het woud uitgekamd, maar ze hadden Tatisjev nooit gevonden, om de eenvoudige reden dat hij zich op de plek had verstopt waar hij het minste risico liep dat ze zouden zoeken, namelijk in het zicht van Mamlin-Drie. Daar was hij gebleven en daar had hij een bestaan bijeengescharreld dat nog spartaanser was dan dat van Pekkala.

Pekkala en Tatisjev ontmoetten elkaar twee keer per jaar bij de grens tussen de territoriale gebieden van Borodok en Mamlin. Tatisjev was een voorzichtig man en hij vond het te riskant om elkaar vaker te ontmoeten.

Dankzij Tatisjev kwam Pekkala precies te weten wat er in Mamlin gebeurde. Hij kwam erachter dat het kamp een centrum was voor onderzoek op menselijke proefpersonen. Er werden experimenten met lage luchtdruk uitgevoerd om het effect op menselijk weefsel te kunnen vaststellen van blootstelling aan de luchtdruk op grote hoogte. Mannen werden in ijswater ondergedompeld, weer bijgebracht en opnieuw ondergedompeld om te zien hoe lang een neergeschoten piloot kon overleven nadat hij in de Arctische Zee ten noorden van Moermansk terecht was gekomen. Sommige gevangenen kregen antivries in hun hart gespoten. Anderen werden wakker op operatietafels waar ze tot de ontdekking kwamen dat hun ledematen waren verwijderd. Het was een plek vol gruwelen, vertelde Tatisjev, waar het menselijk ras tot de diepste diepten was gezonken.

In het derde jaar na hun kennismaking ging Pekkala weer naar de afgesproken plek in het bos en zag er Tatisjevs mergloze en afgekloven botten verspreid op de grond liggen. Tussen de keutels van de wolven die hem hadden verslonden vond hij de metalen nestelgaatjes van zijn laarzen.

Pekkala ging aan het eind van de winter naar Dalstroj-Zeven terug. De sneeuw begon al te smelten. Hij was twee nachten eerder wakker geworden van een geluid waarvan hij veronderstelde dat het van kruiend ijs in de rivier kwam, maar toen er scherp gekraak in het bos weergalmde, besefte hij dat het geweervuur was dat uit de richting van het kamp Dalstroj-Zeven kwam.

De volgende dag ging Pekkala erheen.

Hij zag geen rook uit de schoorstenen komen en liep door naar het kamp. Hij opende de deuren een voor een en stapte de duisternis in.

In de hutten lagen mensen in het rond gestrooid als poppen die door een boos kind zijn weggesmeten. Hun lichamen waren met een dun laagje rijp bedekt. Ze waren allemaal doodgeschoten. De wondkraters van de kogelgaten staarden als derde ogen uit de voorhoofden van de doden.

Met zijn in vodden gehulde handen raapte Pekkala een paar gebruikte hulzen op. Ze waren allemaal afkomstig van het leger, nog geen jaar oud, van hetzelfde jaar en hetzelfde merk. Toen wist Pekkala dat bewakers van het kamp Mamlin-Drie de daders van de moordpartij waren. Geen van de nomadenbendes in deze streek zou hebben beschikt over zulke recente voorraden ammunitie. Pekkala vroeg zich af waarom de bewakers de moeite hadden genomen om hier helemaal naartoe te gaan om de nederzetting uit te roeien als de mensen in de winter toch wel zouden zijn omgekomen.

Hij raakte de uitgemergelde en versteende wang aan van een jonge vrouw die bij de kachel gezeten was gestorven. Zo te zien was ze zelfs te zwak geweest om van de stoel op te staan toen de moordenaars de hut binnenstormden. In de opbollende warmte van zijn adem smolten de witte kristallen in haar haren en kwamen rode strengen tevoorschijn, als slierten koperdraad. Even leek het alsof het leven was teruggekeerd in het dode lichaam.

Toen twee weken later voorjaarsoverstromingen door de vallei raasden, werden de hutten en alles wat zich erin bevond meegesleurd.

'Hoe hebt u kunnen ontsnappen?' vroeg Pekkala.

'Toen onze hutten klaar waren,' zei Lysenkova, 'moest ik van mijn vader een verklaring opschrijven dat hij onderweg naar het kamp twee bewakers had gedood. Er werden inderdaad twee bewakers vermist, maar die waren zelf op de vlucht geslagen. Niemand van onze groep had hen gedood. We hadden geen papier of potloden. We gebruikten een stukje berkenbast en de verbrande punt van een stokje. Ik was tien jaar, oud genoeg om te weten dat het niet waar was wat ik opschreef. Ik vroeg hem of hij geen problemen zou krijgen als iemand die dingen geloofde, maar hij zei dat dat niets uitmaakte. "Wat gaan ze dan doen?" zei hij. "Me naar Siberië sturen?"'

'Hoe goed kunt u zich uw vader nog herinneren?' vroeg Pekkala.

Lysenkova haalde haar schouders op. 'Sommige dingen beter dan andere. Hij had gouden tanden. Zijn voortanden, boven en onder. Dat weet ik nog. Als kind was hij door een paard geschopt. Iedere keer als hij glimlachte, was het net alsof hij een hapje uit de zon had genomen.'

'Wat gebeurde er nadat u de verklaring had geschreven?'

'Hij nam me mee door het bos naar het hek van het Borodok-kamp. We spraken bijna niet tijdens die tocht, ook al waren we verscheidene uren onderweg. Toen we bij Borodok kwamen, stopte hij een dichtgeknoopte zakdoek in mijn zak en klopte op het hek. Tegen de tijd dat de bewakers het hek opendeden, was hij in het bos verdwenen. Ik wist dat hij niet terug zou komen. Toen de bewakers vroegen waar ik vandaan kwam, liet ik hun de brief zien die ik had geschreven. Daarna namen ze me mee het kamp in.

De eerste avond haalde ik de zakdoek die hij me had gegeven uit mijn zak. Toen ik hem losknoopte zag ik iets waarvan ik eerst dacht dat het maïskorrels waren. Maar toen realiseerde ik me dat het tanden waren. Zijn gouden tanden. Ik kon de afdrukken van de pincetten in het goud zien. Ze waren het enige van waarde dat hij nog bezat. Dankzij die tanden kon ik de eerste maanden in het kamp eten kopen. Anders zou ik van honger zijn omgekomen.

Na een tijdje vond ik werk: ik moest emmers met eten naar de arbeiders brengen die boomstammen bewerkten voor de houtfabriek van het kamp. Dankzij dat werk had ik recht op rantsoenen en zo heb ik het overleefd. Vijf jaar later stuurden ze me terug naar Moskou, waar ik in een weeshuis moest wonen. Ik weet niet wat er met mijn ouders is gebeurd, maar ik weet nu wat mijn vader toen wist, namelijk dat ze geen enkele kans hadden om daar levend uit te komen.'

Terwijl Pekkala haar woorden liet bezinken, begreep hij eindelijk waarom de inwoners van Dalstroj-Zeven waren omgebracht. Lysenkova's vader had gezorgd dat zijn dochter kon ontsnappen, maar wel ten koste van zijn eigen leven. Waar Lysenkova's vader niet op had gerekend was dat het kampcommando besloot om niet alleen hem te straffen, maar de volledige nederzetting uit te roeien. Tegen de tijd dat de weggelopen bewakers gepakt werden waren de liquidaties al voltrokken.

'Dus u begrijpt, inspecteur,' zei Lysenkova, 'dat ik heb geleerd wat een mens moet doen om te overleven. Dat betekent ook dat ik me niets aantrek van geruchten. Maar ik wilde dat u de waarheid wist.'

Toen hij met haar naar de deur liep, besefte Pekkala dat het geen zin had om de majoor te vertellen wat hij had gezien. Ze wist al wat ze moest weten. Maar hij was blij dat ze hadden besloten om haar te helpen.

De bel ging.

Pekkala kwam overeind in bed en knipperde met zijn ogen om

de slaap te verdrijven. Hij bleef een beetje versuft zitten en net toen hij ervan overtuigd was dat hij het geluid van de bel had gedroomd, hoorde hij hem nogmaals luid rinkelen. Er stond iemand beneden op straat. Elk appartement had een aparte bel. Elke keer dat dit in het verleden was voorgekomen, had de persoon die op de bel drukte op het verkeerde knopje gedrukt of wilde binnengelaten worden omdat hij zichzelf had buitengesloten.

Grommend ging hij weer liggen, in de wetenschap dat degene die had aangebeld een andere bel zou proberen als hij niet reageerde.

Maar de bel klonk opnieuw en bleef rinkelen, omdat iemand zijn duim op de zoemer hield. Toen Pekkala zich realiseerde dat het geen vergissing was, kreeg hij een droge mond. Het aanhoudende gerinkel van zijn bel midden in de nacht kon maar één ding betekenen: dat ze ten slotte gekomen waren om hem te arresteren. Zelfs een Schaduwpas kon hem nu niet redden.

Pekkala kleedde zich aan en rende de trap af. Hij dacht aan de koffer die Babajaga klaar had staan in een hoek van haar kamer en hij wou dat hij een koffer voor zichzelf had gepakt. In de groezelige hal, die alleen verlicht werd door een enkel peertje, deed hij het slot van de voordeur. Terwijl hij de vieze koperen deurknop beetpakte, nam een vage berekening die in zijn hoofd was ontstaan precieze vormen aan.

Hij zou er waarschijnlijk nooit achter komen welke grens hij had overschreden om zich dit op de hals te halen. Misschien was het net één vraag te veel op de dag dat hij achter Stalin aan door de geheime gangen had gelopen. Misschien had Stalin besloten dat hij nooit had moeten onthullen wat er met de agenten van het Witte Gilde was gebeurd en was hij nu bezig ieder spoor van zijn vergissing uit te wissen.

De reden waarom hij dit nooit te weten zou komen was omdat hij niet lang genoeg in leven zou blijven. Ze hadden hem al eens naar Siberië verbannen. Zoiets zouden ze niet nog een keer doen. Pekkala twijfelde er geen seconde aan dat hij tegen de muur van de Loebjankagevangenis gezet en doodgeschoten zou worden, waarschijnlijk nog voor zonsopgang. Hij besefte plotseling dat hij zich hier al lang geleden bij had neergelegd.

Pekkala opende de deur. Hij aarzelde niet. Ze zouden hem alleen maar ingetrapt hebben.

Maar er stond geen brigade van de NKVD te wachten om hem mee te nemen. In plaats daarvan stond Kirov er in zijn eentje. 'Goedenavond, inspecteur,' sprak hij opgewekt. 'Of moet ik goedemorgen zeggen? Ik dacht dat ik deze keer maar eens bij u langs moest gaan.'

Nog voor de uitdrukking op Kirovs gezicht kon veranderen, haalde Pekkala uit met zijn vuist en sloeg Kirov tegen zijn hoofd.

Alsof hij een paar passen van een ingewikkelde dans uitvoerde deed Kirov eerst een stap zijwaarts en daarna een achterwaarts, waarna hij languit op de stoep viel.

Een tel later kwam hij overeind, over zijn wang wrijvend. 'Waar was dat goed voor?' Een dun sliertje bloed sijpelde uit zijn neus.

Pekkala was al even verrast door het gebeurde als Kirov. 'Wat doe jij hier midden in de nacht?' fluisterde hij hees.

'Het spijt me dat ik u in uw slaap heb gestoord,' zei Kirov, die rechtop ging zitten, 'maar u hebt tegen me gezegd...'

'Mijn slaap kan me gestolen worden!' snauwde Pekkala. 'Je weet wat het betekent als je midden in de nacht bij mij voor de deur staat!'

'U bedoelt dat u dacht...'

'Natuurlijk dacht ik dat!'

'Maar inspecteur, niemand gaat u arresteren!'

'Dat weet je niet, Kirov,' zei Pekkala fel. 'Ik heb geprobeerd je bij te brengen hoe gevaarlijk ons werk kan zijn en het wordt tijd dat je doorkrijgt dat we net zoveel te vrezen hebben van degenen voor wie we werken als van degenen tegen wie we werken. Maar blijf daar niet zo staan. Kom binnen!'

Zijn neus deppend met een zakdoek liep Kirov het gebouw in.

'Weet u dat dit de eerste keer is dat ik uw appartement zie? Ik heb nooit begrepen waarom u zo graag aan deze kant van de stad wilde wonen.'

'Sst!' fluisterde Pekkala. 'Er slapen mensen.'

Toen ze ten slotte in het appartement waren, zette Pekkala theewater op een kleine gasprimus die hij met een aansteker liet ontbranden. Het blauwe gasvlammetje flakkerde onder de oude aluminium ketel. Hij ging op het voeteneind van zijn bed zitten en wijzend op de enige stoel in het vertrek nodigde hij Kirov uit te gaan zitten. 'Wat kom je me vertellen?'

'Wat ik u kom vertellen,' zei Kirov, intussen ongeveinsd nieuwsgierig rondkijkend in de kamer, 'is dat ik Zalka heb gevonden. Dat denk ik tenminste.'

'Hoe zit het, heb je hem nu wel of niet gevonden?'

'Ik ben naar het adres gegaan dat u me had opgegeven,' vertelde Kirov. 'Daar was hij niet. Hij is maanden geleden verhuisd. De huismeester zei dat Zalka bij het zwembad aan het Bolotniaplein was gaan werken.'

'Ik wist niet dat daar een zwembad was.'

'Dat is het hem juist, inspecteur. Dat is er niet. Vroeger wel. Het zwembad maakte deel uit van een groot badhuis dat jaren geleden is gesloten. Het gebouw is toen overgenomen door het Instituut voor Klinische en Experimentele Wetenschappen.'

'De huismeester vergiste zich dus.'

'Ik heb het instituut gebeld, gewoon voor de zekerheid. Ik vroeg of er iemand werkte die Zalka heette. De vrouw die ik aan de lijn had, zei dat de namen van alle personeelsleden van het instituut geheim waren en hing op. Toen ik nog een keer probeerde te bellen, werd er niet meer opgenomen. Maar wat heeft hij in een medisch instituut te zoeken? Hij is ingenieur, geen arts.'

'Dat gaan we vanochtend meteen uitzoeken,' zei Pekkala.

Kirov stond op en begon de kamer rond te lopen. 'Oké, inspecteur, ik geef het op. Waarom woont u in godsnaam in dit hol?'

'Heb je erbij stilgestaan dat ik mijn geld misschien liever aan andere dingen uitgeef?'

'Natuurlijk heb ik daaraan gedacht, maar ik weet dat u het niet uitgeeft aan kleren of eten, of wat dan ook. Dus als het niet voor de huur is, waarvoor dan wel?'

Er verstreken een paar minuten voor Pekkala antwoord gaf.

In de stilte hoorden ze het kokende water in de pot borrelen.

'Het geld gaat naar Parijs,' zei hij ten slotte.

'Parijs?' Kirov kneep zijn ogen tot spleetjes. 'Bedoelt u dat u uw salaris naar Ilja stuurt?'

Pekkala stond op om thee te zetten.

'Hoe bent u er ooit achter gekomen waar ze woont?'

'Dat is mijn werk,' zei Pekkala. 'Ik vind mensen.'

'Maar Ilja denkt dat u dood bent! Voor zover zij weet, bent u al jaren dood.'

'Dat besef ik,' mompelde Pekkala.

'Van wie denkt ze dan dat het geld komt?'

'Het geld wordt doorgesluisd via een bank in Helsinki. Zij denkt dat het afkomstig is van de directrice van de school waar ze lesgaf.'

'En wat zegt de directrice daar dan wel van?'

'Niets,' zei Pekkala terwijl hij een snufje zwarte thee in de pot strooide. 'Ze werd de dag voor ik uit Tsarskoje Selo vertrok doodgeschoten door de Rode Brigade.'

'Maar waarom, inspecteur? Ilja is getrouwd! Ze heeft zelfs een kind!'

Pekkala zette de pot met een klap op de kachel neer. Hete thee spatte op zijn hemd. 'Denk je dat ik dat niet weet, Kirov? Begrijp je niet dat ik daar voortdurend aan denk? Maar ik houd niet van haar omdat ik ergens nog hoop heb. Ik houd niet van haar omdat ik ergens nog een kans zie.'

'Wat drijft u dan tot deze gekte?'

'Ik noem het geen gekte,' zei Pekkala. Zijn stem kwam amper boven gefluister uit.

'Nou, ik wel!' zei Kirov. 'U zou uw geld net zo goed in de kachel kunnen gooien.'

'Het is mijn geld om weg te gooien,' zei Pekkala, 'en het kan me niet schelen wat ze ermee doet.' Hij begon nog een pot verse thee te zetten.

De twee mannen stonden voor het Instituut voor Klinische en Experimentele Wetenschappen. De ramen van het voormalige badhuis waren dichtgemetseld met bakstenen in dezelfde lichtgele kleur als de rest van het gebouw.

'Heb je deze keer je pistool bij je?' vroeg Pekkala.

Kirov sloeg een van de revers van zijn jas open om te laten zien dat er een pistool in zijn schouderholster zat.

'Goed,' zei Pekkala, 'want misschien moet je het vandaag wel gebruiken.'

Ze waren die ochtend even na achten bij het Instituut gearriveerd om tot de ontdekking te komen dat het pas om negen uur openging. Hoewel het gebouw gesloten was, hoorden ze vanbinnen geluiden komen. Kirov bonsde op de zware houten deur, maar er werd niet opengedaan. Ten slotte gaven ze het op en besloten gewoon nog wat te wachten.

Om de tijd te verdrijven gingen ze ontbijten in een café tegenover het Instituut. Het café was nog maar net open. De meeste stoelen stonden nog omgekeerd op de tafeltjes.

De serveerster bracht hardgekookte eieren, donker roggebrood en plakken ham met randen die nog glinsterden van het zout waarmee het was ingelegd. Ze dronken thee zonder melk uit stevige witte bekers zonder oren.

'Wacht u tot de Monsterwinkel opengaat?' vroeg de vrouw. Ze was lang, met vierkante schouders, en door haar in een knotje naar achteren getrokken haren en licht gewelfde wenkbrauwen had haar blik iets kritisch.

'De wat?' zei Kirov.

De vrouw knikte naar het Instituut.

'Waarom wordt het zo genoemd?' vroeg Pekkala.

'Daar zult u wel achter komen als u naar binnen gaat,' zei de vrouw en ze liep weer terug naar de keuken.

'De Monsterwinkel,' mompelde Kirov. 'Wat voor plek verdient zo'n naam?'

'Ik heb liever dat we daar niet op een lege maag achter hoeven te komen,' zei Pekkala en hij pakte zijn vork en mes. 'Eet nu maar.'

Een paar minuten later legde Kirov zijn vork en mes luidruchtig op de rand van zijn bord. 'Nu doet u het alweer,' zei hij.

'Mm?' Pekkala keek met volle mond op.

'U... u schrokt uw eten gewoon naar binnen!'

Pekkala slikte. 'Wat moet ik er anders mee doen?'

'Ik heb geprobeerd u op te voeden.' Kirov slaakte een diepe

zucht. 'Maar u lijkt zich daar niets van aan te trekken. Ik heb gezien hoe u de maaltijden eet die ik voor u klaarmaak. Ik heb geprobeerd u daar fijntjes op te wijzen.'

Pekkala keek naar zijn bord. Het was bijna leeg. Het deed hem deugd dat hij zo goed had gegeten. 'Wat schort eraan, Kirov?'

'Wat eraan schort, inspecteur, is dat u niet van uw eten geniet.' Hij pakte een gekookt ei en hield het omhoog. 'U waardeert het wonder van voedsel niet.'

'Het is geen Fabergé-ei,' zei Pekkala. 'Het is gewoon een ei. Bovendien, als iemand jou nou eens zo hoort praten? Je bent een majoor van de NKVD. Je moet een imago hooghouden en daar past niet bij dat je in het openbaar luidkeels je bewondering voor je ontbijt te kennen geeft!'

Kirov keek om zich heen. 'Wat bedoelt u met "als iemand me hoort"? Wat dan nog als iemand me hoort? Wat zullen ze denken – dat ik niet goed kan schieten?'

'Oké,' zei Pekkala, 'ik geef toe dat ik je daar mijn excuses voor moet aanbieden, maar…'

'Neem me niet kwalijk dat ik het zeg, inspecteur, maar al dat gepraat over het hooghouden van een imago – het is geen wonder dat u nooit een vrouw krijgt.'

'Wat heeft dat ermee te maken?'

'De vraag stellen' – hij zweeg even – 'is hem beantwoorden.'

Pekkala stak zijn vork vermanend op. 'Ik ga nu verder met mijn ontbijt en jij kunt gewoon doorgaan je vreemd te gedragen als je wilt. Het wonder van voedsel!' sputterde hij.

Na het ontbijt verlieten ze het café en staken de straat over naar het Instituut.

Kirov probeerde de deur te openen, maar die was nog steeds op slot. Opnieuw bonsde hij er met zijn vuist op.

Ten slotte ging de deur op een kier open, en daarachter verscheen het hoofd van een oudere vrouw. Ze had een breed vierkant gezicht en een stompe neus. Een zware, scherpe lucht kwam hun uit het gebouw tegemoet. 'Dit is een overheidsgebouw!' zei ze. 'Het is niet open voor publiek.'

Kirov toonde haar zijn NKVD-paspoort. 'Wij zijn geen publiek.'

'We zijn vrijgesteld van routine-inspecties,' protesteerde de vrouw.

'Dit is geen routinezaak,' zei Pekkala.

De deur ging iets verder open, maar de vrouw versperde nog steeds de toegang. 'Waar gaat het om?' vroeg ze.

'Wij zijn bezig een moord te onderzoeken,' zei Pekkala.

Het beetje kleur dat haar gezicht aanvankelijk had, trok nu weg. 'Onze kadavers worden door het Centraal Hospitaal aan ons geleverd! Voor elk lijk is toestemming gegeven voordat...'

'Kadavers?' onderbrak Pekkala haar.

Kirov schrok. 'Komt die lucht daardoor?'

'Wij zijn op zoek naar een man genaamd Zalka,' ging Pekkala voort.

'Lev Zalka?' Bij het uitspreken van zijn naam ging haar stem de hoogte in. 'Waarom hebt u dat niet meteen gezegd?'

Eindelijk mochten ze dan binnenkomen en betraden ze wat vroeger de hoofdentree van het badhuis was geweest. De vloer was betegeld en het dak rustte op enorme zuilen. Pekkala vond dat het meer weg had van een oude tempel dan van een plek waar mensen kwamen zwemmen.

'Ik ben kameraad dokter Dobriakova,' zei de vrouw, en ze knikte hen om beurten toe. Ze droeg een gesteven witte jas, zoals de artsen in staatsziekenhuizen, en dikke, vleeskleurige kousen die haar benen op natte klei deden lijken. Ze vroeg de mannen niet naar hun naam, maar nam hen zonder verdere plichtplegingen mee door de lange hoofdgang. In de kamers aan beide kanten van de gang zagen de inspecteurs gekooide dieren – apen, katten en honden. Uit deze kamers kwam de stank die ze op straat hadden geroken, de zure lucht van dieren in gevangenschap.

'Wat gebeurt er met die dieren?' vroeg Kirov.

'Ze worden voor onderzoek gebruikt,' zei dokter Dobriakova zonder zich om te draaien.

'En naderhand?' vroeg Pekkala.

'Er is geen naderhand,' zei de dokter.

Terwijl ze dat zei, ving Pekkala een glimp op van de bleke handen van een chimpansee die de tralies van zijn gevangenis vastgreep.

Aan het eind van de gang kwamen ze bij een korenbloemblauwe deur waarop Pekkala nog in gele verf het woord 'Bad' kon lezen. Hier draaide dokter Dobriakova zich om en keek hen aan. 'Het verbaast me niets,' sprak ze op zachte toon, 'om te horen dat kameraad Zalka bij iets illegaals is betrokken. Ik heb hem altijd al van subversief gedrag verdacht. Bovendien is hij bijna altijd dronken.' Ze haalde diep adem, bereid om meer te zeggen, maar zweeg toen ze zag dat de mannen hun revolvers trokken. 'Denkt u echt dat dat nodig is?' zei ze, naar de wapens starend.

'We hopen van niet,' zei Pekkala.

De vrouw kuchte. 'Bereidt u zich voor op wat u hierbinnen zult aantreffen,' zei ze.

Voordat een van de mannen naar de reden kon vragen, duwde dokter Dobriakova de deur wijd open. 'Kom mee!' beval ze.

Ze gingen een vertrek binnen met een hoog plafond en in het midden een zwembad. Daarboven, gedragen door dezelfde soort zuilen die ze bij binnenkomst in het gebouw hadden gezien, was een balkon dat uitkeek op het zwembad. De vochtige warme lucht rook muf, als bladeren in de herfst.

Het water in het bad was bijna zwart, niet helder of doorschijnend groen, zoals Pekkala had verwacht. En midden in dit zwembad dreef een mannenhoofd dat niet aan een lichaam leek vast te zitten.

'Ik vroeg me al af wanneer jullie zouden komen,' sprak het hoofd. Waarop hij een fles omhoogstak en er met zijn andere hand een kurk uittrok. Het papieren etiket met de feloranje driehoek van het Staatswodkamonopolie liet los en gleed in het water. De man nam een flinke teug en smakte tevreden met zijn lippen.

'Schandelijk!' siste dokter Dobriakova. 'Het is nog niet eens lunchtijd en je hebt al een halve fles op!'

'Laat me met rust, misbaksel,' zei de man.

'U moet professor Zalka zijn,' zei Pekkala.

Zalka hief de fles bij wijze van toost. 'En u moet van de politie zijn.'

'Wat doet u daar?' vroeg Kirov.

Op hetzelfde ogenblik ging de blauwe deur open en een vrouw

in een wit verpleegstersuniform kwam binnen. Ze bleef verbaasd staan bij het zien van twee vreemden in het badhuis.

'Deze mannen zijn van de overheid,' verklaarde dokter Dobriakova. 'Ze onderzoeken een moordzaak waarin die idioot' – ze wees naar Zalka – 'is verwikkeld!'

'Wij willen professor Zalka alleen maar spreken,' zei Kirov.

'U ziet er niet uit alsof u komt praten,' zei Zalka met een knikje naar de wapens.

Pekkala wendde zich tot Kirov. 'Ik denk dat we ze nu wel kunnen opbergen.'

De mannen staken hun wapens weer in de holsters.

'Je tijd zit erop, Lev,' zei de verpleegster.

'En ik begon me net zo lekker te voelen,' bromde hij terwijl hij naar de rand van het bad zwom.

'Waarom is het water zo donker?' vroeg Kirov.

'In het water wordt de juiste looizuurbalans voor de proefdieren aangehouden.'

Kirov knipperde met zijn ogen. 'Proefdieren?'

Zalka was intussen bij de rand van het zwembad gekomen, waar het water maar tot kniehoogte reikte. Op het eerste gezicht leek zijn bleke, naakte lichaam bedekt te zijn met tientallen gapende wonden. Uit deze wonden sijpelden dunne stroompjes bloed. Het duurde even voor Pekkala zag dat die wonden in feite bloedzuigers waren, die zich aan zijn lichaam hadden gehecht en als opgezwollen linten van zijn armen en benen hingen. Nog drijvend in het ondiepe begon Zalka de bloedzuigers van zijn huid te plukken en naar het midden van het bad te gooien. Ze kwamen met een plons in het troebele water terecht en verdwenen uit zicht.

'Voorzichtig!' waarschuwde de verpleegster. 'Het zijn tere schepsels.'

'Jij bent een teer schepsel,' zei Zalka. 'Dit,' zei hij, en hij trok weer een bloedzuiger van zijn borst en smeet hem in het water, 'zijn de bedenksels van dezelfde verwrongen god die dokter Dobriakova heeft bedacht.'

'Zoals ik je al zo vaak heb gezegd, kameraad Zalka,' zei dokter Dobriakova, wier gezicht rood begon aan te lopen, 'spelen bloedzuigers een waardevolle rol in de medische wetenschap.'

'Jij ook als ze je op een snijtafel leggen.'

'Ik zou je moeten ontslaan!' schreeuwde de dokter en ze ging op het puntje van haar tenen staan. Haar stem weerkaatste tussen de zuilen. 'En als ik iemand anders kon vinden voor dit werk, dan zou ik dat zeker doen!'

'Maar je ontslaat me niet,' zei Zalka grijnzend, 'omdat je niemand anders kunt vinden.'

Dokter Dobriakova had haar mond al geopend om de ruzie voort te zetten, maar Pekkala kwam tussenbeide. 'Professor Zalka,' zei hij, 'we moeten een ernstige zaak met u bespreken.'

'Zeker,' zei Zalka.

Pekkala draaide zich om en zag dat de verpleegster een wirwar van metalen ringen en leren riempjes in haar handen hield en hij realiseerde zich dat het een beenbeugel was.

'Is die van u?' vroeg Kirov.

'Helaas wel,' zei Zalka. 'Het enige moment waarop ik er niet aan denk, is als ik in dit zwembad ronddrijf.'

'Hoe lang draagt u al een beugel?' vroeg Pekkala.

'Sinds 10 juli 1914,' antwoordde Zalka. 'Zo lang geleden dat ik me niet eens meer kan herinneren hoe het voelt om zonder beugel te lopen.'

Pekkala en Kirov keken elkaar aan. Ze begrepen dat degene die ze op de dag dat Nagorski gestorven was in het bos achterna hadden gezeten niet Zalka was.

'Hoe komt het dat u zich nog zo precies de datum herinnert?' vroeg Pekkala.

'Omdat op de dag af een maand voor ik dat ding omgespte, een coureur in de Franse Grand Prix de macht over het stuur verloor, van de baan af gleed en me recht in mijn zij raakte.'

'De Grand Prix van 1914,' zei Pekkala. 'Nagorski won die wedstrijd.'

'Natuurlijk,' zei Zalka. 'Ik was zijn hoofdmonteur. Ik stond op onze pitsstop toen de auto me aanreed.'

Pekkala herinnerde zich nu weer dat Nagorski had verteld over het ongeluk waarbij zijn hoofdmonteur zwaargewond was geraakt.

'Als u zo vriendelijk wilt zijn om me te helpen,' zei Zalka, die zijn armen nog steeds naar hen uitgestoken hield.

Terwijl Pekkala en Kirov hem ondersteunden, gaf de verpleegster Zalka een handdoek die de invalide om zijn middel wikkelde. Daarna liepen ze met Zalka, die zijn armen om hun schouders had geslagen, naar een stoel. Toen hij was gaan zitten gaf de verpleegster hem de beugel die hij om zijn linkerbeen begon vast te gespen. Op de plekken waar de gespen elkaar kruisten, waren de haren op zijn been weggesleten, en hadden er bleke strepen achtergelaten. De spieren van zijn geschrompelde dijbeen en kuit waren amper half zo dik als die van zijn rechterbeen.

Dobriakova deed een stap achteruit en stond met over elkaar geslagen armen te kijken. De boze uitdrukking op haar gezicht leek in de hoeken van haar mond en ogen gekerfd te zijn.

Overal waar de bloedzuigers op Zalka's armen en borst hadden gezeten, was de huid bedekt met opgezwollen ronde vlekken zo groot als druiven. In het midden van elke vlek zat een rode stip, waar de bloedzuiger zich had vastgezogen. Zalka's hele lichaam zat onder plekken zo groot als moedervlekken waar bloedzuigers zich eveneens in zijn huid hadden gegraven.

'Bent u zover dat u kunt eten?' vroeg de verpleegster.

Zalka keek naar haar op en glimlachte. 'Trouw met me,' zei hij smekend.

Ze gaf hem een tikje op zijn hoofd en vertrok door de blauwe deuren.

'Inspecteurs,' zei Dobriakova met een boze blik op Zalka, 'ik ga ervandoor zodat u deze misdadiger kunt ondervragen!'

Toen ze weg was, slaakte Zalka een zucht van verlichting. 'Liever u met uw wapens dan die vrouw met haar humeur.'

'Zalka,' zei Kirov, en in zijn stem klonk een mengeling van bewondering en afkeer, 'hoe kunt u dit doen?'

'Wat doen, inspecteur?' zei Zalka.

Kirov wees naar het vuile water. 'Daar! Dat!'

'Gezonde bloedzuigers hebben een gezonde gastheer nodig,' legde Zalka uit, 'en bij voorkeur een die niet dronken is. Zoals ik deze dagen vaak wel ben.'

'Ik heb het niet over hen. Ik heb het over u!'

'Banen liggen voor mij niet bepaald voor het oprapen, inspecteur, maar ik verdien met één uur in het zwembad evenveel als met een negenuurdienst in een fabriek. Gesteld dat ik werk zou kunnen krijgen in een fabriek. Met wat ik hier verdien houd ik voldoende tijd over om mijn eigen onderzoek voort te zetten, werk waar ik momenteel bedroevend slecht voor word betaald.'

'Bent u niet bang dat u een ziekte zult oplopen?'

'In tegenstelling tot mensen,' zei Zalka, 'zijn bloedzuigers geen ziektedragers.' Hij greep naar zijn achterhoofd, waar hij nog een bloedzuiger ontdekte die zich in zijn haar had vastgezet. Toen hij zijn duimnagel onder de plek duwde waar de bloedzuiger zich aan zijn huid had gehecht, wond het diertje zich om zijn duim. Hij stak het bewonderend omhoog. 'Deze schepsels gaan buitengewoon weloverwogen te werk. Ze drinken bloed en ze hebben seks. Je moet wel bewondering hebben voor hun doelbewustheid.' Hij keek ineens heel gespannen. 'Maar u bent hier niet gekomen om over bloedzuigers te praten. U wilde het over Nagorski hebben.'

'Ja, dat klopt,' zei Pekkala. 'Tot twee minuten geleden was u onze voornaamste verdachte voor de moord.'

'Ik heb gehoord wat er is gebeurd. Ik zou liegen als ik zei dat het me verdriet doet dat hij er niet meer is. Ten slotte komt het door Nagorski dat ik moet bloeden om de kost te verdienen in plaats van motoren te ontwerpen, wat ik eigenlijk zou moeten doen. Maar dit is beter voor me. De manier waarop Nagorski mij behandelde, was erger dan alles wat die bloedzuigers ooit hebben gedaan.'

'Waarom werd u van het Konstantinproject geschopt?' vroeg Pekkala. 'Wat is er tussen u en Nagorski voorgevallen?'

'Vroeger waren we vrienden,' stak hij van wal. 'In de dagen dat we ons met autoracen bezighielden, waren we altijd samen. Maar toen raakte ik gewond en brak de oorlog uit. Na de wapenstilstand spoorde Nagorski me op in Parijs. Hij vertelde me over zijn idee, dat ten slotte uitmondde in het Konstantinproject. Hij zei dat hij hulp nodig had bij het ontwerpen van de motor. Lange tijd vormden we een team. Het ontwerpen van de V2-motor was het beste werk dat ik ooit heb gedaan.'

'Wat ging er mis?'

'Wat er misging,' zei Zalka, 'is dat Nagorski's basis een eiland was geworden. We hadden barakken om te slapen, een eetzaal, en een machinewerkplaats die zo goed was uitgerust dat er gereedschap was waarvan niemand van ons wist wat het precies was. Het idee erachter was dat we aan het project konden werken zonder last te hebben van overheidsinspecties, bemoeizuchtige bureaucraten of dagelijkse beslommeringen die beslag zouden leggen op onze tijd. Nagorski onderhandelde met de buitenwereld, terwijl wij alleen maar hoefden te werken. Wat we ons niet realiseerden was dat Nagorski in die buitenwereld niet alleen alle eer voor zijn eigen werk opstreek, maar ook voor dat van ons.'

'Is hij altijd zo geweest?' vroeg Pekkala.

Zalka schudde zijn hoofd. 'Nagorski was een goed mens voordat het Konstantinproject zijn leven ging beheersen. Hij was genereus. Hij hield van zijn gezin. Hij hulde zich niet in geheimen. Maar toen het project eenmaal van start was gegaan, werd hij een ander mens. Ik herkende hem bijna niet meer, en dat gold ook voor zijn vrouw en zijn zoon.'

'Wat er tussen u tweeën gebeurde was dus een ruzie over de motor?' vroeg Pekkala in een poging het te begrijpen.

'Nee,' zei Zalka. 'Wat er gebeurde was dat het met Nagorski's ontwerp vrijwel zeker was dat de mannen in de tank levend zouden verbranden als er brand uitbrak in de motor.'

'Dat heb ik gehoord,' zei Pekkala.

'Ik wilde daar verandering in aanbrengen, ook al werd de romp daardoor een beetje zwakker. Maar Nagorski wilde er niet eens over praten.' Zalka hief gefrustreerd zijn handen en liet ze weer zakken. 'Typisch Russisch – dat de machine die we maken om onszelf te verdedigen even gevaarlijk wordt voor onszelf als voor onze vijanden!'

'Heeft Nagorski u daarom ontslagen?' vroeg Pekkala.

'Ik ben niet ontslagen. Ik heb zelf ontslag genomen. En er waren nog andere redenen.'

'Zoals?' zei Kirov.

'Ik was erachter gekomen dat Nagorski van plan was de ontwerpen voor het ophangingssysteem van de T-34 te stelen.'

'Te stelen?'

'Ja.' Zalka knikte. 'Van de Amerikanen. Het ontwerp voor de ophanging staat bekend als een Christiemechanisme. De wielen zijn bevestigd aan slepende ophangingsarmen met concentrische dubbele spiraalveren voor het eerste draaistel.'

Pekkala hief zijn hand. 'Ik geloof u op uw woord, professor Zalka.'

'We hadden aan een eigen ontwerp gewerkt,' ging Zalka verder, 'maar door Nagorski's bemoeizucht waren we zo ver achteropgeraakt dat we de datum waarop de productie moest beginnen niet zouden halen. Nagorski raakte in paniek. Hij besloot het Christiemechanisme te gebruiken. Hij besloot ook dat we hierover niets tegen Stalin zouden zeggen, omdat hij dacht dat tegen de tijd dat het ontwerp was goedgekeurd, het geen mens meer zou interesseren, zolang de tank het maar deed.'

'Wat hebt u toen gedaan?' vroeg Pekkala.

'Ik heb hem erop aangesproken. Ik wees hem erop hoe gevaarlijk het was om iets voor Stalin verborgen te houden. Hij beval me mijn mond te houden. Dat was het moment waarop ik besloot weg te gaan, en om mij een hak te zetten heeft hij er toen voor gezorgd dat ik nergens een baan zou kunnen vinden waar ik mijn eigen vak kon uitoefenen. Niemand zou met mij willen samenwerken. Niemand zou zelfs maar bij me in de buurt willen komen! Behalve zij,' zei hij, en met zijn kin wees hij naar de bloedzuigers in het zwembad.

'Maar u zei dat u nog steeds onderzoek doet,' zei Pekkala.

'Dat doe ik ook.'

'En wat gebeurt er met uw werk?' vroeg Pekkala.

'Het stapelt zich op mijn bureau op,' antwoordde Zalka bitter. 'Bladzijde na bladzijde, want ik kan er verder niets mee.'

'Er schiet me iets te binnen,' zei Pekkala, en hij haalde de vergelijking uit zijn jaszak. 'Wij vroegen ons af of u ons kunt vertellen wat dit is. Misschien heeft het iets met de dood van Nagorski te maken.'

Voorzichtig pakte Zalka het knisperende papiertje van Pekkala aan. Hij staarde er ingespannen naar terwijl hij probeerde de betekenis ervan te ontcijferen. Op een gegeven moment lachte hij schamper. 'Nagorski,' mompelde hij en las verder. Even later tilde hij zijn hoofd op. 'Het is een recept,' zei hij.

'Waarvoor?'

'Olie.'

'Is dat alles?' vroeg Kirov. 'Gewoon olie?'

'O nee,' zei Zalka, 'niet gewoon olie. Motorolie. En evenmin zomaar een of andere olie. Dit is een speciale motorolie met een lage viscositeit om in de V2-motor te gebruiken.'

'Weet u zeker dat het Nagorski's handschrift is?'

Zalka knikte. 'En zelfs als het zijn handschrift niet was zou ik toch nog zien dat het van Nagorski is.'

'Waarom?'

'Om wat er niet staat. Ziet u?' Hij wees naar een reeks cijfers. Het was alsof de getallen zich om zijn vingertop verzamelden als ijzervijlsel om een magneet. 'Op dit punt is de polymeerserie onderbroken. Hij heeft die expres weggelaten. Als je deze formule in een laboratorium zou willen testen, zou je alleen maar klonten olie krijgen.'

'Waar is de rest van de formule?'

Zalka tikte met zijn vinger tegen zijn slaap. 'Die zat in zijn hoofd. Ik zei u al dat hij niemand vertrouwde.'

'Zou u deze vergelijkingen kunnen afmaken?' vroeg Pekkala.

'Natuurlijk,' zei Zalka, 'als u me een potlood geeft en tien minuten om uit te werken wat er ontbreekt.'

'Waarom is de viscositeit van motorolie zo belangrijk?' vroeg Kirov.

Zalka glimlachte. 'Motorolie begint bij dertig graden onder nul te verdikken. Bij vijftig graden onder nul wordt hij onbruikbaar. En dat betekent, inspecteurs, dat midden in een Russische winter een heel leger met tanks plotseling niet verder kan.' Hij stak het papiertje in de lucht. 'Maar met deze olie zou dat niet gebeuren. Ik moet het Nagorski nageven, hij was zich beslist op het ergste aan het voorbereiden.'

'Is deze formule zoveel waard dat iemand hem erom zou vermoorden?' vroeg Pekkala.

Zalka kneep zijn ogen samen. 'Ik denk het niet,' zei hij. 'Dit heeft eenvoudig te maken met een beslissing over het ontwerp. Het recept is niet onbekend.'

'Waarom wilde hij het dan geheimhouden?'

'Hij probeerde de formule niet geheim te houden. Het gaat om de beslissing om hem te gebruiken. Kijk,' zei Zalka met een zucht, 'ik weet niet waarom Nagorski werd vermoord of wie het heeft gedaan, maar ik zeg u dat hij de persoon die hem doodde gekend moet hebben.'

'Waarom denkt u dat?'

'Omdat Nagorski nooit ergens heen ging zonder zijn pistool op zak. Dat betekent dat hij degene die hem doodde niet alleen van gezicht kende. Hij moet hem echt hebben vertrouwd, anders had de moordenaar niet zo dichtbij kunnen komen.'

'Wie vertrouwde Nagorski?'

'Voor zover ik weet is er maar één man op wie dat van toepassing is, en dat is de chauffeur, Maximov. Niemand kon Nagorski spreken zonder eerst langs Maximov te gaan, en geloof me, niemand kwam langs Maximov.'

'We hebben Maximov gesproken,' zei Pekkala.

'Dan weet u dat Nagorski hem niet in dienst had vanwege zijn sprankelende conversatie. Hij nam Maximov aan omdat de man in het verleden een moordenaar is geweest.'

'Een wat?'

'Hij was een agent van de tsaar,' legde Zalka uit. 'Dat heeft Nagorski me zelf verteld.'

'Dat verklaart waarom hij geen antwoord gaf op mijn vragen,' zei Pekkala, en opeens herinnerde hij zich weer iets wat Raspoetin hem had verteld op die winteravond toen hij op zijn deur had geklopt.

'Er zijn nog een heleboel anderen zoals wij,' had Raspoetin gezegd. 'Ieder van hen is een verschillende taak toevertrouwd: rechercheur, minnaar, moordenaar, en ieder van hen is een vreemde voor de anderen. Alleen de tsaar kent ons allemaal.' Toentertijd dacht Pekkala dat het dronkenmanspraat was, maar nu besefte hij dat Raspoetin de waarheid had gesproken.

'Het verklaart ook waarom er niets over hem te vinden was in de oude politiearchieven,' voegde Kirov eraan toe.

De deur ging open en de verpleegster kwam binnen met een blad waarop een bord stond met een metalen stolp erover.

'O, heerlijk!' Zalka stak zijn armen uit.

De verpleegster gaf hem het blad aan. 'Precies zoals u het lekker vindt,' zei ze.

Zalka plaatste het blad voorzichtig op zijn schoot en tilde de stolp op. Een wolk stoom steeg op naar zijn gezicht, die hij inademde alsof het parfum was. Op het bord lag een stuk geroosterd vlees, met zo te zien op het laatst nog een paar stukken gekookte aardappel en wortel eromheen geschikt. Zalka pakte een mes en een vork van het blad en begon een reep vlees af te snijden. Het vlees was vanbinnen bijna rauw. 'Ze geven me hier te eten,' zei hij. 'Elke dag rood vlees. Ik moet immers het bloed weer terugkrijgen.'

De inspecteurs draaiden zich om om te vertrekken.

'De T-34 zal ons niet kunnen redden, weet u,' zei Zalka.

De mannen keerden zich weer om.

'Daar gaat het toch om?' zei Zalka, die kauwde en praatte tegelijk. 'Nagorski heeft jullie er allemaal van overtuigd dat de T-34 een wonderwapen is. Dat het praktisch in zijn eentje de oorlog zal winnen. Maar zo zal het niet gaan, heren. De T-34 zal honderden doden. Duizenden. Tienduizenden. Wat Nagorski en al die krankzinnige geleerden die voor hem werken niet willen toegeven, is dat het maar een tank is. De zwakheden zullen aan het licht komen. Er zullen betere tanks worden gemaakt. En de mannen die ze gebruiken om te doden, zullen uiteindelijk zelf worden gedood. Maar u moet zich geen zorgen maken, rechercheurs.' Hij was weer druk bezig een stuk vlees af te zagen.

'Waarom zouden we ons met een dergelijk vooruitzicht geen zorgen hoeven maken?' mompelde Kirov.

'Omdat het enige volk dat de Russen kan vernietigen' – Zalka zweeg even om een stuk vlees in zijn mond te proppen – 'het Russische volk zelf is.'

'Misschien hebt u wel gelijk,' zei Pekkala. 'Daar zijn we helaas erg bedreven in.'

Toen ze het gebouw uit kwamen ademde Pekkala diep in om de zure stank van het badhuis uit zijn longen te verdrijven.

'Ik dacht dat we hem hadden,' zei Kirov.

Pekkala knikte. 'Ik ook, tot we die beugel zagen.'

'Slepende ophangingsarmen,' mompelde Kirov, 'concentrische dubbele spiraalveren, sturend draaistel. Het klinkt allemaal als abracadabra in mijn oren.'

'In Zalka's oren is het poëzie,' zei Pekkala, 'net zoals kaviaarblini's voor jou poëzie zijn.'

Kirov bleef abrupt staan. 'U herinnert me net ergens aan.'

'Eten?'

'Ja, inderdaad. Toen ik die dag naar dat restaurant ging om Nagorski op te halen voor ondervraging, zat hij kaviaarblini's te eten.'

'Nou, daar hebben we veel aan, Kirov. Misschien werd hij door een blini doodgeschoten.'

'Maar wat ik me verder nog herinner,' zei Kirov, 'is een pistool.'

Nu bleef Pekkala staan. 'Een pistool?'

'Nagorski had een pistool bij zich. Hij gaf het aan Maximov in bewaring voor hij het restaurant verliet.' Kirov haalde zijn schouders op. 'Misschien heeft het niets te betekenen.'

'Tenzij Nagorski met zijn eigen wapen is doodgeschoten. In dat geval kan het alles betekenen.' Pekkala gaf Kirov een klapje op zijn arm. 'Het wordt tijd om eens bij Maximov langs te gaan.'

Maximov woonde in Mytishchi, een dorp ten noordoosten van de stad.

Ze troffen hem aan in een garage tegenover het pension waar hij in zijn eentje een kamer op de bovenste verdieping bewoonde. De huismeester, een norse man, mager als een skelet en gekleed in een blauwe overall, wees met een priemende vinger naar de garage. Daarop stak hij zijn hand uit en zei: 'Na tchae.' Voor thee.

Pekkala liet een munt in zijn handpalm vallen.

De man sloot zijn vuist om de munt en glimlachte. Mannen zoals hij hadden de naam dat ze de ijverigste informanten van de stad waren. Volgens een bekend grapje waren er meer mensen naar Siberië gestuurd omdat ze nagelaten hadden de huismeester op zijn verjaardag een fooi te geven dan er ooit vanwege misdrijven tegen de staat op transport waren gezet.

'Maximov is daarginds,' zei de manager van de garage, een man met een breed gezicht, dik zwart haar en een snor die geelgrijs was geworden. 'Voor de helft, tenminste.'

'Wat bedoelt u?' vroeg Kirov.

'We krijgen altijd alleen zijn benen te zien. De rest zit onder de motorkap. Wanneer hij niet op zijn werk is, is hij aan die motor aan het sleutelen.'

De twee rechercheurs liepen de garage door, waarvan de vloer vuilzwart was van de gemorste motorolie die jarenlang in het beton was getrokken. Ze kwamen uit bij een kerkhof van oude motoronderdelen, carrosserieën van ontmantelde auto's, gebarsten, tot op de draad afgesleten banden, en de cobra-achtige kappen van versnellingsbakken die uit motoren waren gehaald.

Achterin stond inderdaad een halve Maximov, zoals de manager had gezegd.

Naakt tot aan zijn middel stond hij gebogen over de motor van Nagorski's auto. De kap bungelde boven hem als de kaak van een reusachtig beest, wat Pekkala deed denken aan verhalen over krokodillen die hun bek opensperden zodat kleine vogeltjes hun gebit schoon konden maken.

'Maximov,' zei Pekkala.

Bij het horen van zijn naam draaide Maximov zich als door een wesp gestoken om. Hij kneep zijn ogen half dicht tegen het felle licht en herkende Pekkala niet onmiddellijk. 'Inspecteur,' zei hij. 'Wat komt u hier doen?'

'Ik moest denken aan iets wat je laatst tegen mij zei,' begon Pekkala.

'Ik geloof dat ik een heleboel dingen heb gezegd,' zei Maximov, terwijl hij met een vette lap over de benzineregelslangen veegde die als gebogen zeemeeuwvleugels uit het grijze staal van de cilinderkop staken.

'Eén ding is me vooral bijgebleven,' zei Pekkala. 'Je zei dat je niet in staat was geweest Nagorski te verdedigen op de dag dat hij werd vermoord. Ik vroeg me af of hij misschien zichzelf had kunnen verdedigen. Het klopt toch dat Nagorski nooit zonder zijn pistool ergens heen ging?'

'En waar hebt u dat gehoord, Pekkala?' Maximov peuterde met de lap onder zijn nagels om het vuil eruit te krijgen.

'Van professor Zalka.'

'Zalka! Die herrieschopper? Waar hebt u die etterbuil gevonden?'

'Had Nagorski een pistool bij zich, ja of nee?' vroeg Pekkala. Zijn stem had een kille klank gekregen.

'Ja, hij had een wapen,' gaf Maximov toe. 'Een of ander Duits geval dat een PPK heette.'

'Wat voor kaliber is dat wapen?' vroeg Pekkala.

'Het is een 7.62,' antwoordde Maximov.

Kirov boog zich naar Pekkala toe en fluisterde: 'De huls die wij in de kuil hebben gevonden, was een 7.62.'

'Wat heeft dit allemaal te betekenen?' vroeg Maximov.

'Op de dag dat ik Nagorski meenam voor ondervraging,' zei Kirov, 'gaf hij voor hij het restaurant verliet een pistool aan jou. Was dat de PPK waar je het daarnet over had?'

'Ja, dat klopt. Hij gaf hem aan mij in bewaring. Hij was bang dat hij in beslag zou worden genomen als hij werd gearresteerd.'

'Waar is dat pistool nu?' vroeg Kirov.

Maximov draaide zich lachend om zodat hij zijn ondervragers aan kon kijken. 'Laat ik u dit vragen,' zei hij. 'Hebt u die dag in het restaurant gezien wat hij at?'

'Ja,' zei Kirov. 'Wat heeft dat ermee te maken?'

'En hebt u toen gezien wat ik at?'

'Een salade, geloof ik. Een simpele salade.'

'Precies!' zei Maximov met overslaande stem. 'Nagorski ging twee keer per week in Chicherins restaurant lunchen en ik moest bij hem zitten omdat niemand anders daar zin in had, zelfs zijn vrouw niet, en hij er niet van hield om alleen te eten. Maar hij piekerde er niet over om voor mij te betalen. Ik moest zelf voor mijn lunch betalen, maar ik kan me Chicherins prijzen natuurlijk niet veroorloven. Die ene salade kostte meer dan ik op een gemiddelde dag aan al mijn eten uitgeef. En de helft van de tijd betaalde Nagorski niet eens voor wat hij zelf at. Denkt u dus dat zo'n man zoiets duurs als een geïmporteerd Duits pistool aan mij zou overhandigen zonder het bij de eerste de beste gelegenheid weer terug te vragen?'

'Geef antwoord op de vraag,' zei Pekkala. 'Heb je Nagorski's pistool wel of niet aan hem teruggegeven?'

'Nadat u Nagorski had ondervraagd, belde hij me op en beval me om voor de Loebjankagevangenis op hem te wachten. En het eerste wat hij zei toen hij in de auto zat was: "Geef me mijn pistool terug." En dat heb ik gedaan.' Woedend gooide Maximov de vuile lap op de motor. 'Ik weet wat u me vraagt, inspecteur. Ik weet waar u met uw vragen heen wilt. Misschien is het mijn schuld dat Nagorski dood is, omdat ik er niet was om hem te helpen toen hij me nodig had. Als u me daarvoor wilt arresteren, ga uw gang. Maar jullie tweeën lijken iets niet te snappen en dat is dat ik niet alleen voor kolonel Nagorski verantwoordelijk was, maar ook voor zijn vrouw en Konstantin. Ik probeerde een vader voor die jongen te zijn toen zijn eigen vader nergens te bekennen was, en hoe slecht de kolonel mij ook behandelde, ik zou hem nooit op de een of andere manier kwaad hebben gedaan, omdat ik weet wat dat voor de rest van het gezin betekend zou hebben.'

'Goed dan, Maximov,' zei Pekkala. 'Laten we aannemen dat je hem het pistool hebt teruggegeven. Had Zalka gelijk toen hij zei dat Nagorski nooit ergens heen ging zonder dat wapen?'

'Voor zover ik weet, klopt dat,' zei Maximov. 'Waarom vraagt u me dat?'

'Het pistool bevond zich niet op Nagorski's lichaam toen we hem vonden,' zei Pekkala.

'Misschien was het uit zijn jaszak gevallen. Het ligt waarschijnlijk nog in de modder.'

'De kuil is grondig doorzocht,' zei Kirov. 'Er is geen wapen gevonden.'

'Begrijpt u het dan niet?' Maximov stak zijn armen omhoog, haakte zijn vingers over de rand van de motorkap en sloeg hem met een klap dicht. 'Dit komt allemaal door Zalka! Hij probeert gewoon te stoken. Zelfs nu de kolonel dood is, is Zalka nog steeds jaloers op de man.'

'Hij zei nog iets, Maximov. Hij vertelde ons dat jij vroeger een moordenaar voor de tsaar bent geweest.'

'Zalka kan naar de hel lopen,' zei Maximov woedend.

'Is het waar?'

'Wat dan nog?' zei hij bits. 'Iedereen heeft dingen gedaan die hij liever zou vergeten.'

'En dat wist Nagorski toen hij je als lijfwacht aannam?'

'Natuurlijk,' zei Maximov. 'Daarom nam hij me juist aan. Om te voorkomen dat je wordt vermoord, kun je in feite het beste zelf een moordenaar in dienst nemen.'

'En je hebt geen idee waar Nagorski's pistool nu kan zijn?' vroeg Pekkala.

Maximov pakte zijn hemd dat op een leeg, ondersteboven gekeerd olievat lag, en trok het over zijn hoofd. Zijn grote handen frunnikten aan de kleine paarlemoeren knoopjes. 'Ik heb geen idee, inspecteur. Als het niet in de jaszak zit van de man die Nagorski heeft vermoord, zult u het waarschijnlijk bij hem thuis vinden.'

'Oké,' zei Pekkala. 'Ik zal vandaag de woning van Nagorski grondig doorzoeken. Als dat pistool niet boven water komt, Maximov, ben jij de laatste van wie bekend is dat hij het in zijn bezit had. Begrijp je wat dat betekent?'

'Jazeker,' zei de lijfwacht. 'Het betekent dat als u dat pistool niet vindt, ik waarschijnlijk beschuldigd zal worden van een moord die ik niet heb begaan.' Hij wendde zich tot Kirov. 'Dat zou u plezier moeten doen, majoor. U hebt vanaf de dag dat Nagorski vermoord werd een excuus gezocht om mij te arresteren. Waarom doet u dat dan niet?' Hij stak zijn armen naar voren met de handpalmen naar boven, alsof hij ze gereedhield voor de handboeien. 'Wat er ook is gebeurd, of niet is gebeurd, u zult de waarheid verdraaien totdat ze in uw versie van de gebeurtenissen past.'

Kirov liep naar hem toe met een van woede rood aangelopen gezicht. 'Besef je wel dat ik je kan arresteren voor wat je zojuist zei?'

'Wat maar weer eens bewijst dat ik gelijk heb!' riep Maximov.

'Genoeg,' blafte Pekkala. 'Jullie allebei! Zorg gewoon dat je ergens bent waar we je kunnen vinden, Maximov.'

Pekkala ging in z'n eentje op weg naar Nagorski's huis.

Dezelfde bewaker als voorheen liet hem bij het hek van de basis binnen.

Voordat hij de weg naar Nagorski's datsja insloeg, stopte Pekkala voor het hoofdgebouw. Binnen trof hij Gorenko, die op een met kogels doorzeefd olievat in een tijdschrift zat te bladeren. De wetenschapper had zijn schoenen uitgetrokken en zijn blote voeten rustten in het zand dat uit het vat was gestroomd.

Toen hij Pekkala zag, keek Gorenko glimlachend op. 'Hallo, inspecteur!' zei hij.

'Wordt er vandaag niet gewerkt?' vroeg Pekkala.

'Het werk zit erop!' zei Gorenko. 'Nog geen twee uur geleden was hier een man die ons prototype T-34 naar de fabriek in Stalingrad moest vervoeren.'

'Ik wist niet dat het prototype klaar was.'

'Zo goed als,' zei Gorenko. 'Zoals ik al zei, inspecteur, er is een verschil tussen uitstekend en perfect. Er kan altijd nog verder aan gesleuteld worden, maar Moskou vond kennelijk dat het tijd werd om met de massaproductie te beginnen.'

'Hoe reageerde Oesjinski hierop?'

'Hij is er nog niet,' zei Gorenko. 'Hij is zo'n perfectionist dat ik betwijfel of hij hier blij mee zal zijn. Als hij weer wartaal begint uit te slaan, stuur ik hem meteen naar u toe, inspecteur, dan kunt u eens een hartig woordje met hem spreken.'

'Ik zal zien wat ik kan doen,' zei Pekkala. 'Intussen is de reden van mijn komst, professor, dat ik probeer iets over kolonel Nagorski's pistool te weten te komen. Het was een klein pistool van Duitse makelij. Blijkbaar droeg hij dat altijd bij zich.'

'Dat weet ik,' zei Gorenko. 'Hij had geen holster voor het ding en droeg het altijd los in de zak van zijn jasje, bij zijn kleingeld.'

'Weet u waar het vandaan kwam? Waar hij het op de kop had getikt?'

'Ja,' zei Gorenko. 'Het was een cadeau van een Duitse generaal die Guderian heette. Guderian is in de oorlog tankofficier geweest. Hij heeft een boek over tankoorlogvoering geschreven. Nagorski had dat boek altijd op zijn nachtkastje liggen. De twee mannen ontmoetten elkaar toen het Duitse leger in 1936 een wapenten-toonstelling hield. Men had van over de hele wereld hoogwaardig-heidsbekleders uitgenodigd om te komen kijken. Nagorski was diep onder de indruk. Daar heeft hij toen Guderian ontmoet. De twee hadden vanzelfsprekend veel gemeen. Voordat Nagorski terugkeerde, gaf Guderian hem dat pistool cadeau. Nagorski zei altijd dat hij hoopte dat we nooit tegen hen hoefden te vechten.'

'Dank u wel, professor.' Pekkala liep naar de deur, waar hij zich weer naar Gorenko omdraaide. 'Wat gaat u nu doen?' vroeg hij.

Gorenko keek hem met een bedroefde glimlach aan. 'Ik weet het niet,' zei hij. 'Ik vermoed dat dit is hoe je je voelt als je kinderen volwassen zijn geworden en het huis uit gaan. Je zult gewoon aan de stilte moeten wennen.'

Een paar minuten later stopte Pekkala voor Nagorski's huis.

Mevrouw Nagorski zat op de veranda. Ze droeg een kort, ribfluwelen jasje met dezelfde Chinese kraag als op Russische soldaten-jasjes en een verschoten blauwe linnen broek zoals fabrieksarbeiders dragen. Een witte hoofddoek met een rand van geborduurde rode en blauwe bloemen bedekte haar haren.

Zo te zien had ze iemand anders verwacht.

Pekkala stapte uit en begroette haar met een knikje. 'Het spijt me dat ik u moet storen, mevrouw Nagorski.'

'Ik dacht dat de bewakers eraan kwamen om me mijn huis uit te zetten.'

'Waarom zouden ze dat doen?'

'De vraag is, inspecteur: waarom niet, nu mijn man er niet meer is?'

'Ik kom u niet uw huis uit zetten,' probeerde hij haar gerust te stellen.

'Waarom bent u dan hier?' vroeg ze. 'Komt u me antwoorden brengen?'

'Nee,' zei Pekkala. 'Voorlopig heb ik alleen maar vragen.'

'Goed,' zei ze en ze stond op. 'Dan kunt u maar beter binnenkomen om die vragen te stellen, vindt u niet?'

Binnen bood ze hem een van de twee stoelen voor de open haard aan. Onder het ijzeren rooster van de haard was een bundel takken gepropt waar krantenpapier omheen was gewikkeld, en er stond een keurige piramide van houtblokken op de geblakerde ijzeren spijlen van het haardrooster.

'U mag die aansteken,' zei ze en ze reikte hem een doosje lucifers aan. 'Ik ga iets te eten halen.'

Toen Pekkala een lucifer afstreek en hem bij de randen van de kranten hield, zag hij hoe de blauwe gloed zich verspreidde en de gedrukte woorden zwart werden.

Ze zette een bord op de haard met sneden brood die als een kaartspel uitwaaierden. Daarnaast zette ze een tinnen kommetje, gevuld met schilfers zeezout die aan de schubben van een klein visje deden denken. Daarna ging ze in de andere stoel zitten.

'Zo, inspecteur,' zei ze. 'Bent u nog iets te weten gekomen sinds we elkaar voor het laatst hebben gesproken?'

Haar directheid verbaasde hem niet en hij was er op dit moment dankbaar voor. Hij boog zich voorover en pakte een snee brood. Hij doopte een hoekje in het zout en nam een hap. 'Ik denk dat uw man met zijn eigen wapen is gedood.'

'Dat ding dat hij in zijn zak droeg?'

'Ja,' zei hij met volle mond. 'En ik vroeg me af of u weet waar het is.'

Ze schudde haar hoofd. 'Hij legde het 's avonds altijd op het nachtkastje. Het was zijn kostbaarste bezit. Het ligt er niet meer. Hij moet het bij zich hebben gehad toen hij stierf.'

'Kan het nog ergens anders zijn?'

'Mijn man hield er vaste gewoontes op na, inspecteur. Het pistool zat óf in zijn zak óf het lag op het nachtkastje. Hij wilde altijd precies weten waar dingen waren.'

'Had uw man afspraken op de dag dat hij gedood werd?'

'Dat weet ik niet. Hij zou me dat niet hebben verteld, tenzij hij laat thuis zou komen, en daar heeft hij niets over gezegd.'

'Hij praatte met u dus niet over zijn werk.'

Ze wuifde met haar hand naar de T-34-blauwdrukken die aan de muren hingen. 'Het was een combinatie: hij wilde niet praten en ik wilde niet luisteren.'

'Was hij alleen toen hij die dag van huis ging?' vroeg Pekkala.

'Ja.'

'Maximov heeft hem er niet heen gereden?'

'Mijn man liep meestal naar de basis. Omdat het een zonnige ochtend was, ging hij te voet van huis. Het is maar twintig minuten lopen en het was de enige lichaamsbeweging die hij kreeg.'

'Was er iets ongewoons aan die dag?'

'Nee. We maakten ruzie, maar daar is niets ongewoons aan.'

'Waar ging die ruzie over?'

'Het was Konstantins verjaardag. De ruzie begon ermee dat ik tegen mijn man zei dat hij niet de hele dag op zijn werk moest blijven maar dat hij thuis hoorde te zijn, bij zijn jarige zoon. Toen we begonnen te schreeuwen, stond Konstantin op en liep het huis uit.'

'En waar ging uw zoon naartoe?'

'Vissen. Dat deed hij meestal als hij genoeg van ons had. Hij is te oud om ons te vertellen waar hij heen gaat. Ik maakte me geen zorgen over hem en later zag ik hem in zijn boot op het water. Daar was hij toen u met Maximov hier kwam.'

'Ik neem aan dat hij het bos niet in kan vanwege de valstrikken.'

'Er zijn geen valstrikken hier, alleen in het bos bij de basis. Rondom het huis is het honderd procent veilig voor hem.'

'Ging Konstantin weleens met uw man mee naar de basis?'

'Nee,' zei ze. 'Dat was een van de weinige dingen waar mijn man en ik het over eens waren. We wilden niet dat hij in de buurt van een plek speelde waar wapens werden gemaakt, waar met geweren werd geschoten en zo.'

'Die ruzie over zijn verjaardag. Hoe werd die bijgelegd?'

'Bijgelegd?' zei ze lachend. 'Inspecteur, u bent veel te optimistisch. Onze ruzies werden nooit bijgelegd. Ze waren eenvoudig afgelopen als een van ons er genoeg van had en de kamer uit liep. In dit geval was dat mijn man toen ik hem ervan beschuldigde dat hij Konstantins verjaardag totaal was vergeten.'

'Ontkende hij dat?'

'Nee. Hoe zou hij het kunnen ontkennen? Zelfs Maximov stuurde Konstantin een verjaarskaart. Wat maakt u daaruit op, inspecteur, als een lijfwacht beter voor een jongeman zorgt dan zijn eigen vader?'

'Ging de ruzie alleen daarover?'

'Zolang Konstantin erbij was wel.'

'U bedoelt dat er meer was?'

'De waarheid,' zei ze zuchtend, 'is dat mijn man en ik van plan waren uit elkaar te gaan.' Ze keek hem even aan en keek toen weer weg. 'Ik had een verhouding, ziet u.'

'O,' zei hij zachtjes. 'En daar was uw man achter gekomen.'

Ze knikte.

'Hoe lang duurde die verhouding al?'

'Al een tijdje,' zei ze. 'Langer dan een jaar.'

'En hoe kwam uw man erachter?'

Ze haalde haar schouders op. 'Dat weet ik niet. Dat wilde hij niet zeggen. Tegen die tijd maakte het ook niet meer uit.'

'Met wie had u een verhouding?' vroeg Pekkala.

'Moet dat echt, inspecteur?'

'Ja, mevrouw Nagorski. Ik ben bang van wel.'

'Met een man die Lev Zalka heet.'

'Zalka!'

'U kent hem, zo te horen.'

'Ik heb hem vanochtend gesproken,' zei Pekkala, 'en hij heeft niets over een verhouding gezegd.'

'Zou u het hebben verteld, inspecteur, als u het onderwerp had kunnen vermijden?'

'Is hij daarom met zijn werk aan het project gestopt?'

'Ja. Er waren meerdere redenen, kleine dingen die wel rechtgetrokken hadden kunnen worden, maar hierdoor kwam het tot een totale breuk tussen hen. Zalka's naam mocht van mijn man niet eens meer op de basis worden genoemd. De andere wetenschappers hadden geen flauw idee wat er was gebeurd. Ze dachten gewoon dat het ging om een meningsverschil over iets wat met het project te maken had.'

'En Konstantin? Wist hij ervan?'

'Nee,' zei ze. 'Ik smeekte mijn man om er niet over te praten tot het project afgerond was. Dan zouden we naar de stad terugkeren en allebei een plek zoeken om te wonen. Konstantin zou naar het Technisch Instituut van Moskou gaan om techniek te studeren. Hij zou in een studentenhuis wonen en mij en zijn vader kunnen op-zoeken wanneer hij wilde.'

'En uw man stemde hiermee in?'

'Hij zei niet dat hij er niet mee instemde,' zei ze. 'Op meer durf-de ik in deze omstandigheden ook niet te hopen.'

'Vanochtend,' zei Pekkala, 'schreven mijn assistent en ik Zalka af als verdachte, maar na wat u me zojuist hebt verteld, weet ik niet langer wat ik moet denken.'

'Vraagt u mij of ik denk dat Lev mijn man heeft vermoord?'

'Of dat hij daartoe misschien opdracht heeft gegeven?'

'Als u Lev Zalka kende, zou u dat nooit denken.'

'Waarom niet?'

'Omdat Lev mijn man nooit heeft gehaat. De enige persoon die Lev haat, is hijzelf. Vanaf de eerste dag dat we met elkaar omgingen, wist ik dat hij er vanbinnen aan kapotging.'

'En toch zegt u dat het langer dan een jaar heeft geduurd.'

'Omdat hij van me hield, inspecteur Pekkala. En voor wat het waard is: ik hield ook van hem. En voor een deel houd ik nog steeds van hem. Ik had nooit genoeg kracht om er een punt achter te zet-ten. Dat was mijn grote zwakheid, en ook die van Lev. Ik voelde me bijna opgelucht toen mijn man erachter kwam. En wat Lev zichzelf nu aandoet, die medische experimenten die hij ondergaat, dat doet hij uit schuldgevoel. Hij zal u vertellen dat hij het doet om zijn on-derzoek te kunnen voortzetten, maar de man is gewoon aan het doodbloeden.'

'Hebt u nog contact met hem?'

'Nee,' zei ze. 'We kunnen nooit meer gewoon als kennissen met elkaar omgaan.'

Er klonk het geluid van een deur die aan de achterkant van de datsja openging. Even later ging hij weer dicht.

Pekkala draaide zich om.

Konstantin stond in de keuken. Hij hield een ijzeren ring in zijn handen waaraan drie forellen door hun kieuwen waren vastgeprikt.

'Lieverd,' zei mevrouw Nagorski. 'Inspecteur Pekkala is hier.'

'Ik wou dat u ons met rust liet, inspecteur,' zei Konstantin terwijl hij de vissen op het aanrecht legde.

'Ik wilde net weggaan,' zei Pekkala, en hij stond op.

'De inspecteur is op zoek naar je vaders pistool,' zei mevrouw Nagorski.

'Je moeder zegt dat hij het altijd op zijn nachtkastje had liggen,' voegde Pekkala hieraan toe, 'of het zat in zijn jaszak. Heb jij het weleens ergens anders gezien?'

'Ik zag dat pistool bijna nooit,' zei de jongen, 'omdat ik mijn vader bijna nooit zag.'

Pekkala wendde zich tot mevrouw Nagorski. 'Ik vertrouw erop dat u het huis zult doorzoeken. Laat het me alstublieft onmiddellijk weten als het pistool boven water komt.'

Buiten voor het huis schudde ze hem de hand. 'Mijn excuses voor de manier waarop Konstantin tegen u sprak,' zei ze tegen Pekkala. 'Ik ben degene op wie hij kwaad is. Dat kan hij alleen nog niet toegeven.'

Het was al laat toen Pekkala naar zijn kantoor terugkeerde. Hij was onderweg gestopt om te tanken en had daarvoor moeten omrijden, en de monteur van de garage had Pekkala overgehaald om de olie en de koelvloeistof te verversen. Maar toen had hij ontdekt dat de radiator vervangen moest worden en tegen die tijd was de dag grotendeels om.

'Waarschijnlijk moeten we de benzinemeter ook vervangen,' zei de monteur. 'Hij lijkt te blijven steken.'

'Hoe lang duurt dat?' vroeg Pekkala, die al aan het eind van zijn Latijn was.

'Dat onderdeel moet in Moskou worden besteld,' zei de monteur. 'U zou hem vannacht hier moeten laten, maar hierachter staat een veldbed…'

'Nee!' riep Pekkala. 'Zorg alleen maar dat ik de weg weer op kan!'

Toen de reparaties eindelijk klaar waren, reed Pekkala terug naar kantoor. Hij was halverwege de trap toen Kirov hem tegemoetkwam.

'Daar bent u eindelijk!' zei Kirov.

'Wat is er aan de hand?'

'Er was net telefoon voor u uit het Kremlin.'

Pekkala voelde een beklemming in zijn borst. 'Weet je waar het over gaat?'

'Daar werd niets over gezegd. Ze zeiden alleen dat u zo snel mogelijk moest komen. Kameraad Stalin zit te wachten.'

'Hij zit op mij te wachten?' mompelde Pekkala. 'Nou, dat is weer eens iets anders.'

Samen liepen ze weer naar de straat. De motor van de Emka was nog warm.

'Het is opgelost!' riep Stalin uit.

Ze liepen door een gang naar Stalins privéwerkkamer. Stafofficieren en ambtenaren in militair uniform stonden met hun rug tegen de muur en staarden recht voor zich uit, als mensen die vermomd zijn als standbeelden. Alsof hij aan dit ingewikkelde spel meedeed, negeerde Stalin hun aanwezigheid.

'Wat is er opgelost?' vroeg Pekkala.

'De zaak!' zei Stalin. 'We hebben de man opgepakt die Nagorski heeft vermoord.'

Uit de kantoren aan weerszijden klonk het geratel van typemachines, het geruis van metalen dossierkasten die geopend en gesloten werden en het gemurmel van onverstaanbare stemmen.

'U hebt hem opgepakt?' Pekkala was niet in staat zijn verbazing te verbergen. 'Wie is het?'

'Dat weet ik nog niet. Ik heb het slotrapport nog niet ontvangen. Ik kan je alleen vertellen dat we een man hebben gearresteerd die heeft bekend dat hij Nagorski heeft gedood en dat hij ook heeft geprobeerd informatie over het Konstantinproject aan de Duitsers te verkopen.'

Toen ze bij de deur van de wachtkamer kwamen sloegen twee bewakers, beiden uitgerust met een machinepistool, hun hielen tegen elkaar. Een van de bewakers opende met een tikje de deur en Stalin liep naar binnen zonder zijn pas in te houden.

Drie ambtenaren, onder wie Poskrebysjev, stonden vlug van hun stoel op toen Stalin binnenkwam. Poskrebysjev liep naar de deur van de werkkamer om die voor Stalin te openen.

'Opzij,' blafte Stalin.

Zonder een spier te vertrekken hield Poskrebysjev meteen zijn pas in, draaide zich om en liep weer naar zijn bureau terug.

In de werkkamer deed Stalin glimlachend de deur dicht. 'Ik moet zeggen, Pekkala, dat het me wel een beetje plezier doet dat dit nu eens een zaak is die jij niet hebt kunnen oplossen.'

'Hoe hebt u die man gepakt?' vroeg Pekkala.

'Die vrouw heeft hem gearresteerd, die NKVD-majoor van wie jij dacht dat ze weleens van nut zou kunnen zijn.'

'Lysenkova?'

'Die, ja. Ze werd gebeld door iemand van Nagorski's basis die de moordenaar kon identificeren.'

'Ik wist hier niets van,' zei Pekkala. 'We hadden afgesproken dat ik door majoor Lysenkova op de hoogte zou worden gehouden.'

Stalin bromde zachtjes van verbazing. 'Dat is nu allemaal van geen belang meer, Pekkala. Wat telt is dat we de man hebben die het heeft gedaan.'

'Hoe zit dat dan met het Witte Gilde en de agenten die gedood zijn?'

'Het ziet ernaar uit dat het een aparte zaak is,' zei Stalin.

'Kan ik die man spreken?' vroeg Pekkala.

Stalin haalde zijn schouders op. 'Natuurlijk. Ik weet niet hoe hij eraan toe is, maar ik neem aan dat hij nog kan praten.'

'Waar wordt hij vastgehouden?'

'In de Loebjanka, in een van de isoleercellen. Kom.' Stalin legde zijn hand op Pekkala's schouder en leidde hem naar de hoge ramen die uitkeken op het verlaten paradeterrein beneden. Stalin bleef een paar stappen bij het raam vandaan staan. Hij nam nooit het risico dat hij van buiten gezien kon worden. 'Binnen een paar maanden,' zei hij, 'zul je daar de T-34-tanks zij aan zij zien staan, en dat is geen moment te vroeg. Duitsland bereidt zich nu openlijk voor op een oorlog. Ik doe wat ik kan om tijd te winnen. Gisteravond heb ik alle patrouilles bij de Poolse grens stopgezet, voor het geval ze per ongeluk op hun territorium zouden komen. Elke beweging van onze kant over onze eigen nationale grenzen heen zal door Duitsland als een agressieve daad worden gezien en Hitler zal ieder excuus aangrijpen om de vijandigheden te openen. Deze maatregelen kunnen het onontkoombare niet voorkomen. Ze kunnen het alleen uitstellen, maar hopelijk wel zo lang dat de T-34's klaarstaan als de vijand besluit ons aan te vallen.'

Toen Pekkala bij Stalin vertrok stond deze door het raam naar de denkbeeldige wapenparade te kijken.

Beneden op straat liep Kirov naast de Emka te ijsberen.

Pekkala kwam het gebouw uit gerend. 'Rijd zo snel mogelijk naar de Loebjanka.'

Een paar minuten later stoof de Emka de hoek van het Dzerzjinskiplein om en de centrale binnenplaats van de Loebjankagevangenis op. Hoewel het al in geen weken meer gesneeuwd had, lagen er nog steeds hoopjes vuile sneeuw, restanten van de winter die naar de hoeken waren geveegd waar het zonlicht niet kwam. Aan drie kanten van de binnenplaats rezen de muren een paar verdiepingen hoog op. Op de begane grond waren ramen, maar erboven bevonden zich rijen vreemde metalen platen, die met ijzeren pinnen in de muur waren bevestigd zodat alles erachter onzichtbaar bleef.

Een bewaker liep met hen mee de gevangenis in. Hij droeg een dikke overjas van een slechte kwaliteit wol in een aparte paarsbruine kleur, en een dikke, met bont gevoerde muts die een ushanka werd genoemd. Pekkala en Kirov meldden zich bij de balie. Ze schreven hun naam in een groot boek met duizenden bladzijden. In het boek lag een stalen plaat die alles afdekte, op de ruimte na waar ze hun namen moesten invullen.

De man achter de balie pakte de telefoon. 'Pekkala is er,' zei hij.

Een andere bewaker nam het van de eerste over. Hij ging hun voor door een reeks lange, flauw verlichte gangen zonder ramen. Honderden grijze metalen deuren flankeerden de gangen. Ze waren allemaal gesloten. Het gebouw stonk naar ammonia, zweet en de vochtigheid van oude stenen. Op de vloer lag een bruin industrieel tapijt. De bewaker droeg schoenen met vilten zolen, alsof geluiden op zichzelf al misdadig waren. Afgezien van het doffe geluid van hun voetstappen op het tapijt heerste er volkomen stilte. Hoe vaak Pekkala hier ook kwam, iedere keer weer werkte die stilte hem op de zenuwen.

De bewaker bleef bij een van de cellen staan, tikte met zijn knokkels op het ijzer en opende de deur zonder op antwoord te wachten. Met een rukje van zijn hoofd beduidde hij dat ze naar binnen moesten gaan.

Pekkala en Kirov gingen een kamer binnen met een hoog plafond, ongeveer drie stappen lang en vier stappen breed. De muren waren tot borsthoogte bruin geverfd. Daarboven was alles wit. Het licht in de kamer kwam van een enkel peertje achter draadgaas in de muur boven de deur.

Midden in de kamer stond een tafel waarop een hoopje oude lappen lag.

Tussen Pekkala en deze tafel en met haar rug naar hen toe, stond majoor Lysenkova. Ze droeg het gala-uniform van de NKVD: een olijfgroen jasje met glanzende koperen knopen, en zwarte, kniehoge laarzen, waar donkerblauwe broekspijpen met een paarsrode streep in waren gestopt.

'Ik heb toch gezegd dat ik niet gestoord mocht worden!' riep ze terwijl ze zich omdraaide. Pas op dat moment zag ze wie de kamer waren binnengekomen. 'Pekkala!' Van verbazing sperde ze haar ogen wijd open. 'Ik had u niet verwacht.'

'Kennelijk.' Pekkala wierp een blik op een gestalte die ineengedoken in een hoekje van de cel zat. Het was een man, in de dunne beige katoenen pyjama die aan alle gevangenen in de Loebjanka werd verstrekt. De knieën van de man waren tot aan zijn borst opgetrokken en zijn hoofd rustte op zijn knieën. Een arm hing slap langs zijn zij. De schouder was ontwricht. De andere arm had hij om zijn schenen geslagen alsof hij probeerde zichzelf zo klein mogelijk te maken. Bij het horen van Pekkala's stem hief hij zijn hoofd.

Eén kant van zijn gezicht was door de kneuzingen zo gezwollen dat Pekkala eerst niet zag wie het was.

'Inspecteur,' sprak de man hees.

Nu herkende Pekkala de stem. 'Oesjinski!' Hij staarde met open mond naar het wrak dat er van de wetenschapper was overgebleven.

Majoor Lysenkova pakte een vel papier van het bureau. 'Hier is zijn volledige bekentenis van de moord en van zijn plan om geheimen te verkopen aan de vijand. Hij heeft die ondertekend. De zaak is gesloten.'

'Majoor,' zei Pekkala. 'We waren overeengekomen dat u niets zou doen zonder mij daar eerst van op de hoogte te stellen.'

'Kijk niet zo verbaasd, inspecteur,' zei ze. 'Ik heb u verteld dat ik heb geleerd wat je moet doen om te overleven. Ik zag een kans om me uit die netelige situatie te bevrijden en die heb ik aangegrepen. Iedere overeenkomst die u en ik hadden, is geannuleerd. Het kan kameraad Stalin niet schelen wíé deze zaak heeft opgelost, alleen dát hij is opgelost. De enige mensen die het wat kan schelen zijn u' – ze keek even naar Kirov – 'en uw assistent.'

Kirov zei niets. Hij stond tegen de muur en staarde vol ongeloof naar Lysenkova.

'Aangezien de zaak officieel gesloten is,' zei Pekkala, 'hebt u er vast geen bezwaar tegen als ik even met de gevangene praat.'

Lysenkova wierp een blik op de man in de hoek. 'Gaat uw gang.'

Eindelijk deed Kirov zijn mond open. 'Ik kan niet geloven dat je dit hebt gedaan,' zei hij.

Lysenkova keek hem strak aan. 'Dat weet ik,' zei ze. Daarna liep ze langs hem heen naar de gang. 'Neem zoveel tijd als u nodig acht, inspecteurs,' zei ze voor ze de deur achter zich sloot.

Niemand sprak of bewoog in de cel.

Oesjinski verbrak als eerste de stilte. 'Het was Gorenko,' fluisterde hij hees. 'Hij heeft haar gebeld. Hij zei dat ik van plan was de ontwerpen voor de T-34 aan de Duitsers te geven.'

Pekkala ging op zijn hurken voor de gewonde man zitten. 'En was u dat van plan?'

'Natuurlijk niet! Toen ik op het werk kwam en hoorde dat het prototype was opgehaald, werd ik woedend. Ik zei tegen Gorenko dat de tank nog niet klaar was. Die tanks zien er misschien prima uit, ze zullen het zeker doen. De geweren zullen schieten. In gecontroleerde omstandigheden zoals bij ons op de basis zullen ze het goed doen, maar als je die machines eenmaal in de echte wereld gebruikt, zal het niet lang duren of je krijgt met grote fouten in de motor en de ophangingssystemen te maken. U moet contact opnemen met de fabriek, inspecteur. Zeg tegen ze dat ze niet met de productie kunnen beginnen. Er ontbreken te veel stukjes van de puzzel.'

'Wat zei Gorenko toen u hem dat vertelde?' vroeg Pekkala hem.

'Hij zei dat de tank goed genoeg was. Dat zegt hij altijd! Toen zei ik dat we dan net zo goed het ontwerp aan de Duitsers kunnen geven, omdat zij ermee zullen doorgaan tot hij voor honderd procent werkt. Voor ik het wist werd ik door de NKVD gearresteerd.'

'En hoe zit het met Nagorski?' vroeg Kirov. 'Hebt u iets met zijn dood te maken?'

De gevangene schudde zijn hoofd. 'Ik zou nog geen haar op zijn hoofd hebben gekrenkt.'

'Volgens deze bekentenis hebt u het gedaan,' zei Kirov tegen hem.

'Ja,' zei Oesjinski, 'en ik heb hem getekend nadat ze mijn arm hadden ontwricht.'

'Bent u lid van het Witte Gilde?' vroeg Pekkala.

'Nee! Ik heb er zelfs nog nooit van gehoord. Wat gaat er met mij gebeuren, inspecteur? De majoor zei dat ik naar een speciale plaats in Siberië zal worden gestuurd, een kamp dat Mamlin-Drie heet.'

Bij het horen van die naam moest Pekkala zichzelf dwingen om te blijven ademen. Plotseling wendde hij zich tot Kirov. 'Ga weg,' zei hij. 'Ga naar de auto. Wacht niet op mij. Ik zie je later op kantoor wel.'

Kirov keek hem verward aan. 'Waarom?' vroeg hij.

'Alsjeblieft,' drong Pekkala aan.

'Gaat u proberen hem hieruit te krijgen?' Langzaam hield Kirov Pekkala zijn geopende handen voor, als om het onvermijdelijke af te weren. 'O, nee, inspecteur. Dat kunt u niet doen.'

'Je moet nu gaan, Kirov.'

'Maar dat mag u niet doen,' sputterde Kirov tegen. 'Dit is volkomen tegen de regels.'

Oesjinski leek zich niet langer bewust van hun aanwezigheid. Met zijn goede hand tastte hij zwakjes zijn lichaam af, alsof hij hoopte zichzelf door een wonderbaarlijke aanraking te kunnen genezen.

'Deze man is onschuldig,' zei Pekkala. 'Dat weet jij net zo goed als ik.'

'Maar het is te laat,' protesteerde Kirov en hij pakte de bekentenis van de tafel. 'Hij heeft getekend!'

'Jij zou ook hebben getekend als ze dit met jou hadden gedaan.'

'Inspecteur, alstublieft. Het is niet langer ons probleem.'

'Ik weet waar ze hem heen sturen,' zei Pekkala. 'Ik weet wat daar gebeurt.'

'U kunt hem hier niet uit krijgen,' voerde Kirov aan. 'Dat lukt u zelfs niet met uw Schaduwpas.'

'Ga nu maar,' zei Pekkala. 'Ga weer terug naar kantoor. Als je daar bent, moet je majoor Lysenkova bellen. Doe het via de telefooncentrale.'

'Waarom zou ik haar willen spreken?' vroeg Kirov.

'Dat wil je niet,' zei Pekkala, 'maar het is belangrijk voor je dat de telefoniste de tijd noteert waarop je belt. Dat toont aan dat je niet in de Loebjanka was. Verzin maar een smoes, praat een minuutje met haar en hang dan op, en wacht tot ik terug ben.'

'Bent u echt van plan dit door te zetten?'

'Ik zal niet toekijken hoe een onschuldige man naar Mamlin-Drie wordt gestuurd. Dus Kirov, mijn vriend, doe wat ik zeg en vertrek.'

Zonder nog een woord te zeggen liep de jongeman naar de deur.

'Dank je wel,' fluisterde Pekkala.

Maar opeens draaide Kirov zich razendsnel om, en deze keer hield hij een Tokarev op Pekkala gericht.

'Wat doe je?' zei Pekkala.

'U zult me hier later dankbaar voor zijn,' zei Kirov, 'wanneer u weer bij uw volle verstand bent.'

Pekkala keek kalmpjes langs de loop van het pistool. 'Ik zie dat je deze keer je wapen bij je hebt. Dat heb je tenminste van me geleerd.'

'U hebt me ook geleerd dat de wet de wet is,' zei Kirov. 'Je kunt niet kiezen of je er wel of niet aan wilt gehoorzamen. Er was een tijd dat ik dacht dat u het verschil tussen goed en kwaad kende.'

'Hoe ouder ik word, Kirov, hoe moeilijker het wordt om die twee uit elkaar te houden.'

De twee mannen bleven lange tijd zo staan.

De loop van het pistool begon te trillen in Kirovs hand. 'U weet dat ik niet op u kan schieten,' fluisterde hij.

'Dat weet ik,' zei Pekkala op vriendelijke toon.

Kirov liet het pistool zakken. Hij stak het onbeholpen terug in de holster. Daarna liep hij hoofdschuddend de kamer uit.

Pekkala en Oesjinski waren alleen.

Uit Oesjinski's keel steeg een hees gerochel op.

Het duurde even voor Pekkala besefte dat hij zat te lachen.

'Majoor Kirov heeft toch gelijk? U kunt me hier niet uit krijgen.'

'Nee, Oesjinski, dat kan ik niet.'

'En zijn de dingen die in dat kamp gebeuren echt zo erg als u zegt?'

'Erger dan u zich maar kunt voorstellen.'

Een zwak gekreun ontsnapte aan Oesjinki's lippen. 'Alstublieft, inspecteur. Zorg alstublieft dat ze me daar niet naartoe brengen.'

'Begrijpt u waar we het over hebben?' vroeg Pekkala hem.

'Ja.' Oesjinski probeerde overeind te komen, maar dat lukte niet zonder hulp. 'Help me op te staan,' smeekte hij.

Pekkala schoof een hand onder Oesjinski's goede arm en hielp hem overeind.

De wetenschapper liet zich hijgend tegen de muur zakken. 'Gorenko denkt dat ik hem haat, maar hij is in feite de enige vriend die ik heb. Vertel hem niet hoe het mij is vergaan.'

'Dat beloof ik u.'

'Welke tank hebben ze meegenomen?' vroeg Oesjinski.

'Dat weet ik niet.'

'Ik hoopte altijd dat het nummer 4 zou zijn.'

'Professor, we hebben niet veel tijd.'

Oesjinski knikte. 'Ik begrijp het. Vaarwel, inspecteur Pekkala.'

'Vaarwel, professor Oesjinski.' Pekkala stak zijn hand in zijn jas en trok de Webley uit de holster.

Aan het andere eind van de gang hoorde de bewaker die daar op wacht stond het schot. Het geluid was zo gedempt dat hij eerst dacht dat het het geratel was van de schuif van de kijkgleuf die heen en weer wordt geschoven wanneer de bewaker in de gang verderop de cellen inspecteert. Maar toen de andere bewaker zijn hoofd om de hoek stak en vroeg: 'Wat was dat?', besefte hij wat er was gebeurd.

De bewaker rende met roffelende voeten over het tapijt naar

Oesjinski's cel, schoof de grendel opzij en zwaaide de deur open. Het eerste wat hij zag, was een krans van bloed op de muur.

Oesjinski lag in een hoek, met een been onder zich gevouwen en het andere gestrekt voor zich uit op de vloer.

Pekkala stond midden in de kamer. Hij hield nog steeds de Webley in zijn hand. Rook kringelde om de lamp en in de lucht hing de geur van verbrand cordiet.

'Wat is hier verdomme gebeurd?' schreeuwde de bewaker.

'Breng me naar de gevangeniscommandant,' zei Pekkala.

Vijf minuten later stond Pekkala in het kantoor van Maltsev, een man met een stierennek en een geschoren hoofd. Hij stond aan het hoofd van de Loebjanka Kommandatura, een speciale tak binnen het gevangenissysteem die verantwoordelijk was voor het voltrekken van executies. In de afgelopen drie jaar had Maltsev persoonlijk meer dan duizend mensen geliquideerd. Nu zat hij achter zijn bureau. Hij leek perplex, alsof hij, zelfs als hij gewild had, niet had kunnen opstaan.

Twee gewapende bewakers gingen achter Pekkala staan.

'Verklaar uw gedrag.' Maltsevs gebalde vuisten rustten als twee vlezige handgranaten op het bureaublad. 'En u kunt dat maar beter goed doen.'

Pekkala haalde zijn NKVD-boekje tevoorschijn en overhandigde het aan Maltsev. 'Lees dit maar,' sprak hij kalm.

Maltsev opende het rode boekje. Zijn blik viel meteen op de Vergunning voor Geheime Operaties. Maltsev keek naar de bewakers. 'Weg jullie,' zei hij.

Haastig verlieten de bewakers het vertrek.

Maltsev gaf het identiteitsboekje terug. 'Ik had kunnen weten dat u een Schaduwpas hebt. Ik kan u niet arresteren. Ik mag u toch niet eens vragen waarom u het heeft gedaan?' vroeg hij, en uit zijn blik sprak een nog grotere ergernis dan een minuut eerder.

'Nee,' zei Pekkala.

Maltsev leunde zwaar achterover in zijn stoel en vouwde zijn handen. 'Ik denk dat het niet zo belangrijk is. We hebben zijn bekentenis. Zijn overplaatsingsformulier naar Mamlin was al ingevuld. Hoe het ook zij, hij zou niet lang meer geleefd hebben.'

Toen een kwartier later de hekken van de Loebjanka achter hem dichtvielen, keek Pekkala de straat op en neer. De Emka stond er niet meer. Kirov had zijn bevelen opgevolgd. Pekkala ging te voet naar zijn kantoor.

Maar daar kwam hij uiteindelijk niet aan.

In zijn geest stond het beeld gegrift van Kirov die hem langs de loop van zijn pistool aankeek. Kirov had correct gehandeld. Hij had eenvoudig de regels gevolgd en als hij daarmee was doorgegaan, zou hij nu op kantoor zitten om een aanklacht tegen Pekkala te schrijven wegens wangedrag.

Hoe langer Pekkala hierbij stilstond, hoe luider hij Kropotkins woorden hoorde bij die laatste gelegenheid waarop ze elkaar zagen: dat de dag zou komen waarop hij zou moeten kiezen tussen wat zijn werk van hem eiste en wat zijn geweten hem zou toestaan.

Misschien is het moment aangebroken om te verdwijnen, dacht hij bij zichzelf. En dat leek hem ineens niet langer onmogelijk.

Hij herinnerde zich nog de ochtend waarop hij met de tsaar op het terras van het Catharinapaleis had gestaan en naar Ilja keek die haar leerlingen begeleidde op een wandeling naar het Chinees Theater aan de andere kant van het park. 'Als je haar laat gaan,' had de tsaar gezegd, 'zul je jezelf dat nooit vergeven. En ik trouwens ook niet.'

De tsaar had de waarheid gesproken. Pekkala had het zichzelf niet vergeven. Het was niet onze keus om uit elkaar te gaan, dacht hij. We werden uit elkaar gedreven door omstandigheden die we geen van beiden hadden veroorzaakt of gewenst. Zelfs als ze nu met iemand anders is, zelfs als ze een kind heeft, welke wereldorde eist van me dat ik er genoegen mee neem om als een geest in haar hart voort te leven?

Het gebouw waarin hij zijn kantoor had was slechts twee straten verderop, maar Pekkala sloeg de hoek om en begaf zich naar Café Tilsit. Hij wist niet of hij Kropotkin daar zou aantreffen, maar toen Pekkala dicht bij het café was, zag hij Kropotkin op de stoep staan naast het driehoekige, tweezijdige bord waarop Bruno, de eigenaar, het dagmenu schreef. Kropotkin rookte een sigaret. Zijn gezicht ging schuil onder een pet met een korte klep, maar Pekkala herkende hem aan de manier waarop hij stond: de benen een eindje uit elkaar en stevig op de grond geplant, een hand achter zijn rug. Het was de onmiskenbare houding van een politieman, of hij de dienst nu wel of niet had verlaten.

Toen Kropotkin hem zag, glimlachte hij. 'Ik vroeg me al af of ik je weer zou zien,' zei hij en hij wierp zijn sigaret op straat.

Binnen zochten de twee mannen een rustig plekje op. Ze gingen een eind uit de buurt van de volle banken aan een tafeltje zitten dat half verstopt was onder de trap naar de eerste verdieping. Ze wisten dat niemand hen hier kon afluisteren.

Bruno, de kok, had borsjtsj gemaakt. Hij schepte de soep als stromen bloed in de houten kommen waarin de maaltijden altijd werden geserveerd.

'Ik heb vaak aan ons laatste gesprek moeten denken,' zei Pekkala terwijl hij de donkerrode soep oplepelde.

'Ik hoop dat je me hebt vergeven dat ik zo openhartig sprak,' zei Kropotkin. 'Zo ben ik nu eenmaal, daar kan ik niets aan doen.'

'Er valt niets te vergeven. Je had het over de mogelijkheid om te verdwijnen.'

'Ja,' zei Kropotkin, 'en ik zie in dat ik er verkeerd aan deed om dat voor te stellen.'

Pekkala was verrast door die woorden. Dit was wel het laatste wat hij van Kropotkin had verwacht.

'Het is nu geen goede tijd om ervandoor te gaan,' ging Kropotkin verder. 'Wat voor nut heeft het om onszelf geleidelijk aan te laten verdwijnen?'

Pekkala zei niets. Het duizelde hem.

Kropotkin at onder het praten door en slurpte de soep van zijn lepel. 'Ik had eigenlijk gehoopt, Pekkala, dat we op de een of andere manier konden samenwerken, zoals toen in Jekaterinenburg.'

Het duurde even voor Pekkala begreep dat Kropotkin hem om een baan vroeg. Al dat geklets over verdwijnen was maar een praatje voor de vaak geweest. Hij nam het Kropotkin niet kwalijk. In plaats daarvan verweet Pekkala zichzelf dat hij het had geloofd. Misschien geloofde Kropotkin het zelf ook toen hij dat zei. Hij zou het misschien gedaan hebben, maar dat was toen, en nu dacht hij er anders over. Pekkala kwam tot de conclusie dat de lange dagen waarin Kropotkin dit land doorkruiste hem te veel waren geworden. Hij keek terug op zijn dagen bij de politie en hoopte dat de dingen weer zoals vroeger konden worden. Maar de wereld die hij zich herinnerde was voorgoed verdwenen. Misschien had die zelfs nooit bestaan. Bovendien, hield Pekkala zichzelf voor, waren zijn kansen om ooit weer aangenomen te worden verkeken door de reden voor zijn ontslag bij de politie, aan hoeveel touwtjes ik ook zou trekken. 'Dat kan ik niet,' zei Pekkala. 'Het spijt me, Kropotkin, maar dat zit er niet in.'

Bij deze woorden betrok Kropotkins gezicht. 'Dat is vreselijk.' Hij keek het café rond. 'Ik ben zo weer terug, Pekkala. Ik moet een vracht ophalen aan de andere kant van de stad en ik moet erachter zien te komen of ze al zover zijn dat hij op mijn truck geladen kan worden.'

'Ja, natuurlijk,' zei Pekkala geruststellend. 'Ik ben hier nog als je terugkomt.'

Terwijl Pekkala op Kropotkins terugkomst zat te wachten, had hij het gevoel alsof hij uit een droom ontwaakte. Opeens schaamde hij zich, schaamde zich heel diep omdat hij zelfs maar had durven overwegen zijn positie op te geven en Kirov met de gebakken peren te laten zitten. Hij dacht aan Ilja, en terwijl haar gezicht voor zijn geestesoog verscheen, kreeg hij een vreemde hallucinatie.

Hij stond op het perron van het Keizerlijk Station te Tsarskoje Selo. Ilja was bij hem. Het winterzonlicht op het gepleisterde metselwerk gloeide als het vruchtvlees van abrikozen. Ze was jarig. Ze waren op weg naar Petrograd, waar ze zouden gaan dineren. Hij wilde iets zeggen en keerde zich naar haar toe, maar opeens was ze verdwenen.

Het volgende moment bevond Pekkala zich bij een ijzeren hek net buiten het Alexanderpaleis. Aan de spijlen was een barokke bronzen krans bevestigd. Hij kende die plek goed. Hij sprak er vaak met Ilja af als ze klaar was met haar lessen. Dan maakten ze samen een wandeling over het terrein. Een jaar later zouden de tsarina en haar dochters bij dat hek staan en de paleiswachten smeken hun trouw te blijven terwijl soldaten van de Revolutionaire Garde oprukten naar Tsarskoje Selo. Maar dat moest nog allemaal gebeuren. Op dit moment zag Pekkala Ilja op zich afkomen, met haar lesboeken nog in haar hand en terwijl haar voeten over het bleke grindtapijt knerpten. Pekkala stak zijn hand uit om het hek te openen, maar deze keer was hij degene die verdween.

Nu stond hij in de haven van Petrograd en zag de Standart, het jacht van de tsaar, afmeren aan de kade. Matrozen gooiden de trossen uit, waarvan de uiteinden waren verzwaard met enorme apenvuistknopen. Aan de vlaggenlijnen wapperden tientallen seinvlaggen, zo bontgekleurd dat ze net het wasgoed van een hofnar leken dat te drogen hing. Weer was Ilja bij hem. Een briesje deed haar witte zomerjurk opwaaien rond haar knieën. Zoals gewoonlijk droeg hij zijn dikke zwarte jas, met als excuus dat hij een gerucht had opgevangen over een naderend koufront. In werkelijkheid droeg hij die jas omdat hij zich zelfs in dit soort weer onbehaaglijk voelde in iets anders. Ze waren aan boord uitgenodigd voor een diner; het was de eerste keer dat de Romanovs hen als paar hadden gevraagd. Ilja was heel blij. Pekkala daarentegen voelde zich slecht op zijn gemak. Hij gaf niet om etentjes, en al helemaal niet in de benauwde ruimte van een boot, ook al was het dan het keizerlijke jacht. Ze wist wat hij dacht. Hij voelde haar arm om zijn rug.

'Ik wil niet weg,' zei hij, maar terwijl hij de woorden uitsprak, gingen zijn ogen open en was hij weer in het eethuis.

Eerst begreep Pekkala het niet.

Het was alsof zijn herinneringen aan Ilja als confetti in de lucht waren geworpen en rondom hem naar beneden dwarrelden. Eindeloos vaak was hij naar deze beelden teruggekeerd, had hij zich onttrokken aan de hem omringende wereld, en dan waren ze zo scherp dat de jaren tussen de wereld van toen en die van nu werden uitgewist. Maar de tijd begon zich te versnellen. Hij kon alleen nog maar toekijken terwijl de dingen voorbijvlogen, te snel om te bevatten, tot uiteindelijk de draden van herinnering die hij om zich heen had geweven begonnen te knappen. Toen de laatste draad ten slotte was losgeschoten, besefte hij dat terugkeer niet mogelijk was.

Kropotkin verscheen weer. 'Mijn vracht staat klaar,' zei hij. 'Ik ben bang dat ik niet langer kan blijven.'

'Ik loop met je mee naar buiten,' zei Pekkala. Hij kwam overeind, maar hield zijn rug gebogen vanwege de trap boven hun hoofd.

Op straat schudden de twee mannen elkaar de hand.

De lunchklanten verlieten het café. Mensen bleven nog even op het trottoir staan, knoopten hun jas dicht of staken een sigaret op om gezelschap te hebben op de terugweg naar hun werk.

'Het ga je goed, oude vriend,' zei Kropotkin.

Bruno, de kok, kwam naar buiten met een vochtige doek en een stompje krijt. 'De soep is op!' liet hij hun in het voorbijgaan weten. Hij hurkte neer voor het menubord en begon het woord 'Borsjtsj' uit te vegen.

Toen hij Kropotkins hand losliet, dacht Pekkala aan de mensen die hij in zijn leven voorbij had zien gaan. Voor zijn geestesoog schuifelden ze langs. Alsof hij een foto in een album plakte voegde hij aan die lange rij het beeld van Kropotkin toe.

'Het ga je goed,' zei Pekkala, maar zijn stem ging verloren in het geplof van een grote motor die de straat door reed.

'Hé!' riep Bruno.

Pekkala draaide zich om en zag Bruno met de vochtige doek naar de motorrijder zwaaien, die bijna door de goot reed toen hij langs scheurde. De berijder droeg een leren helm en een motorbril. Hij deed Pekkala denken aan een wezen met de kop van een insect en het lichaam van een mens. De man stak zijn arm uit, alsof hij de doek uit Bruno's hand wilde grissen.

Wat een stomme streek, dacht Pekkala.

Maar toen drong tot hem door dat de motorrijder een wapen vasthield.

Wat er vervolgens gebeurde, duurde hooguit een paar seconden, maar Pekkala had het gevoel dat alles zo vertraagd was dat hij de kogels bijna uit de loop zag vliegen.

De motorrijder begon te schieten. Met vaste hand haalde hij de trekker over en schoot de ene kogel na de andere af. Zijn arm beschreef een boog terwijl hij richtte, maar het trottoir was vol mensen die het eethuis hadden verlaten, en Pekkala had geen idee op wie de man het voorzien had.

Achter zich hoorde hij glas rinkelen toen de ruit van Café Tilsit aan diggelen ging. Kropotkin sprong opzij. Bruno dook weg voor de motor, maar zijn been bleef achter het menubord haken. Het zware bord vloog de lucht in en de scharnierende delen spreidden zich als een stel vleugels uit.

Pekkala zag het ding op zich afkomen.

Dat was het laatste wat hij zich kon herinneren.

Toen hij weer bijkwam, stond er een man over hem heen gebogen.

Pekkala greep hem bij zijn keel.

Het gezicht van de man liep rood aan en zijn ogen puilden uit.

'Stop daarmee!' riep een vrouw.

Op dat moment pakte iemand Pekkala's hand en probeerde die los te wrikken van de keel van de man.

Volkomen gedesoriënteerd tuurde Pekkala naar het paar handen en toen ging zijn blik naar het lichaam van de vrouw. Ze droeg het uniform van een ambulancezuster: grijze rok, witte tuniek en een wit kapje met een rood kruis aan de voorkant.

'Laat hem los!' riep de vrouw. 'Hij wil u alleen maar helpen!'

Pekkala verslapte zijn greep.

De man sloeg achterover en bleef happend naar adem op het trottoir liggen.

Pekkala kwam moeizaam overeind. Hij wist dat hij zich vóór Café Tilsit bevond. Het trottoir lag bezaaid met glasscherven. Op hooguit een armlengte afstand lag een lichaam onder een zwart laken. Iets verderop lagen nog twee lichamen. Ook die waren afgedekt. Onder een van de lakens was bloed uit gesijpeld dat als een rode bliksemschicht de barsten in het trottoir volgde.

De man die bijna door Pekkala gewurgd was, kwam wankelend overeind, met zijn hand nog aan zijn keel. Ook hij droeg het uniform van een ambulancemedewerker.

Opeens herinnerde Pekkala zich het wapen. 'Ben ik neergeschoten?' vroeg hij.

'Nee,' zei de man schor. 'Dat daar heeft u geraakt.'

Pekkala volgde zijn wijzende vinger en zag Bruno's menubord liggen.

'U hebt geluk gehad,' zei de man. 'U hoeft niet eens gehecht te worden.'

Pekkala betastte zijn gezicht. Net onder de haarlijn was zijn huid rafelig opengereten. Toen hij zijn hand wegtrok, zaten zijn vingertoppen onder de bloedspatten.

Op het trottoir wemelde het van de geüniformeerde agenten van de Moskouse politie. Hun laarzen knerpten over het kapotte glas. 'Kan ik hem nu spreken?' vroeg een van de agenten aan de verpleegster, en hij wees naar Pekkala.

'Even wachten,' zei ze bits. 'Ik moet hem eerst verbinden.'

'Hoe lang lig ik hier al?' vroeg hij.

'Ongeveer een uur,' zei de verpleegster, terwijl ze naast hem neerknielde en een rol verbandgaas afwikkelde om de wond mee te verbinden. 'We hebben de ernstigste gevallen het eerst behandeld. Die zijn al naar het ziekenhuis afgevoerd. U hebt geluk gehad…'

Ze was nog steeds aan het woord toen Pekkala opstond en naar het zwarte laken naast hem liep. Hij trok het weg. Bruno's glazige ogen stonden open. Hij liep naar de twee andere lakens en trok die ook weg. Onder het ene lag een man en onder het andere een vrouw, maar hij kende geen van beiden. Even voelde hij zich opgelucht omdat Kropotkin niet onder de doden was. Hij keerde zich weer naar de verpleegster toe. 'Ik stond hier met een andere man,' zei hij.

'Degenen die niet gewond waren, zijn door de politie weggestuurd,' antwoordde ze. 'Waarschijnlijk is uw vriend gewoon naar huis gegaan. Alleen de doden zijn afgedekt, dus uw vriend weet ongetwijfeld dat u nog leeft.'

Pekkala herinnerde zich weer dat Kropotkin een lading wilde oppikken met zijn vrachtwagen. Het verbaasde hem niet dat hij niet gewacht had. Bij hun afscheid had er iets definitiefs in Kropotkins stem doorgeklonken waaruit Pekkala opmaakte dat ze elkaar nooit meer zouden ontmoeten. Waarschijnlijk was Kropotkin alweer onderweg, naar Mongolië, voor zover Pekkala wist. 'Hebt u een signalement van de schutter?' vroeg hij aan de agent.

Die schudde zijn hoofd. 'We weten alleen dat het een man op een motor was. Hij reed zo snel langs dat niemand hem goed heeft gezien.'

Terwijl de verpleegster zijn hoofd verbond, gaf Pekkala een verklaring af aan de agent. Hij zat op de stoeprand en zijn schoenzolen vormden twee eilandjes in een plas met Bruno's bloed. Veel kon hij niet vertellen. Het was allemaal razendsnel gegaan. Hij wist dat het gezicht van de motorrijder schuilging achter een bril en dat hij een leren helm droeg.

'En de motor?' vroeg de agent.

'Die was zwart,' zei Pekkala, 'en groter dan de meeste motoren die ik hier in de stad heb gezien. Op de zijkant van de tank stond iets geschreven. In zilverkleurige letters. Ik kon het niet lezen.'

De politieman krabbelde iets in een notitieboekje.

'Weet u op wie hij geschoten heeft?' vroeg Pekkala.

'Moeilijk te zeggen,' antwoordde de agent. 'Er stonden hier heel veel mensen toen hij langsreed. Misschien had hij het niet op iemand in het bijzonder voorzien.'

De verpleegster hielp Pekkala overeind. 'Eigenlijk zou u met ons mee moeten naar het ziekenhuis,' zei ze.

'Nee,' zei hij. 'Ik moet ergens anders naartoe.'

Ze legde haar duim op de huid vlak onder zijn rechterwenkbrauw. Toen trok ze zijn ooglid omhoog en scheen met een zaklampje op zijn pupil. 'Goed,' zei ze met enige aarzeling. 'Maar als u hoofdpijn krijgt of duizelig wordt, of als u wazig gaat zien, moet u onmiddellijk naar een arts. Afgesproken?'

Pekkala knikte. Hij wendde zich tot de ambulancebroeder. 'Het spijt me,' zei hij.

De man glimlachte. 'De volgende keer laat ik u liggen, dan mag u het zelf opknappen.'

Pekkala ging te voet naar zijn kantoor. Zijn hoofd voelde alsof hij een kater had, en hij werd onpasselijk van de geur van het verbandgaas in combinatie met die van het desinfecterende middel waarmee de wond was schoongemaakt. Zodra hij in het gebouw was, ging hij naar de toiletten op de begane grond, waar hij het verband verwijderde en zijn gezicht waste met koud water. Toen klom hij de trap op naar zijn werkkamer.

Daar trof hij Kirov aan, die de vloer aan het vegen was. 'Inspecteur!' zei hij toen Pekkala de kamer binnenkwam. 'Wat is er in godsnaam met u gebeurd?'

Pekkala legde het uit.

'Denkt u dat hij het op u had voorzien?' vroeg Kirov beduusd.

'Of dat zo is of niet, het scheelde niet veel of hij had me van kant gemaakt. Hoeveel mensen zijn er door mij achter de tralies beland, Kirov?'

'Tientallen.' Hij haalde zijn schouders op. 'Meer.'

'Precies, en het had ieder van hen kunnen zijn, als ze al zoveel moeite wilden doen. De politie verricht onderzoek. Ze zouden contact opnemen wanneer ze iets ontdekken.' Pekkala zweeg even. 'Ik moet je iets vertellen, Kirov.'

Zwijgend zette Kirov de bezem tegen de muur en ging aan zijn bureau zitten. 'Inspecteur, ik heb eens nagedacht…'

'Ik heb ook nagedacht,' zei Pekkala. 'Over regels. Vandaag in de Loebjanka heb ik elke regel overtreden die ik je ooit heb bijgebracht. Als je vindt dat je mijn handelwijze moet rapporteren, sta ik achter je beslissing.'

Kirov glimlachte. 'Niet elke regel, inspecteur. U hebt ooit gezegd dat ik alleen de dingen moet doen waarmee ik kan leven. Dat is precies wat u daar in de gevangenis hebt gedaan, en dat doe ik nu ook. Geen woord meer over rapporteren. En trouwens, als de moordenaar van Nagorski nog steeds ergens rondloopt, hebben we werk genoeg.'

'Dat is zo.' Pekkala liep naar het raam en keek uit over de daken van de stad. De grijze dakleien glansden als koper in de avondzon. 'Ook al hebben ze een bekentenis, de waarheid hebben ze niet. Nog niet.' Hij zuchtte eens diep, en zijn adem wolkte grijs tegen het glas. 'Bedankt, Kirov,' zei hij.

'En denk maar niet dat majoor Lysenkova met alle eer gaat strijken.' Kirov sloeg zijn armen over elkaar en liet zich onderuitzakken. 'Wat een kreng.'

'Omdat ze handiger gebruik heeft gemaakt van jou dan jij van haar?'

'Zo is het niet!' wierp Kirov tegen. 'Ik begon haar net heel aardig te vinden!'

'Dan heeft ze pas echt gebruik van je gemaakt,' zei Pekkala.

'Ik snap niet dat u er zo vrolijk over kunt doen,' snoof Kirov. 'Ik heb u vandaag bijna doodgeschoten.'

'Maar je hebt het niet echt gedaan, en dat mag gevierd worden.' Pekkala trok een bureaula open en haalde er een merkwaardig ronde fles uit die met tenen vlechtwerk was omhuld en was afgesloten met een kurk. Het bevatte zijn voorraadje pruimenbrandewijn, die hij in kleine hoeveelheden betrok van een smoorverliefde Oekraïner op de Soecharevkamarkt. Maar zoals dat meestal ging op die markt, ruilde hij in plaats van te betalen. De Oekraïner had een vriendin in Finland. Hij had haar ontmoet toen hij op een koopvaardijschip op de Oostzee voer. Ze schreef hem in haar moedertaal en in ruil voor de brandewijn vertaalde Pekkala haar brieven. En terwijl de Oekraïner zijn hart uitstortte, schreef Pekkala de vertaling op voor het Finse meisje. Hiervoor, en omdat hij zo discreet was, ontving hij maandelijks een halve liter.

'De slivovitsj!' riep Kirov uit. 'Dat lijkt er meer op!' Hij pakte twee glazen van de plank, blies het stof eruit en zette ze voor Pekkala neer.

Pekkala schonk in elk glas iets van het groengele goedje. Toen schoof hij er een naar Kirov toe.

Toostend hieven ze hun glas ter hoogte van hun voorhoofd.

Terwijl hij dronk, bloeide de milde pruimensmaak op in Pekkala's hoofd en vulde zijn geest zich met het gedempte paars van het rijpe fruit. 'Weet je,' zei hij toen het vuur zijn adem weer had verlaten, 'dit was de enige drank die de tsaar aanraakte.'

Kirovs stem was hees van de drank. 'Het komt niet al te vaderlandslievend over om als Rus niet af en toe wat wodka te drinken,' zei hij.

'Hij had er zo zijn redenen voor,' zei Pekkala, en daar liet hij het bij.

Pekkala viel al van ver op in het uitgestrekte Alexanderpark.

Het was een avond aan het eind van mei. De dagen werden langer en de lucht bleef nog een hele tijd licht nadat de zon was ondergegaan.

De roze en witte bloemblaadjes van de kornoelje waren al gevallen en vervangen door glanzend, limoengroen blad. De zomer kwam hier niet geleidelijk. Het was alsof hij boven het landschap explodeerde.

Na een lange dag in Petrograd ging Pekkala na het avondeten wandelen op het terrein dat bij het landgoed hoorde. Zo laat op de avond kwam hij zelden iemand tegen, maar nu zag Pekkala een ruiter naderen. Het paard sukkelde voort, de teugels hingen slap en de ruiter zat onderuitgezakt in het zadel. Aan het silhouet van de man herkende hij meteen de tsaar. Die smalle schouders. De stand van zijn hoofd, alsof zijn nekwervels te strak zaten.

Uiteindelijk hield de tsaar naast hem halt. 'Wat voert jou hierheen, Pekkala?'

'Ik ga 's avonds vaak wandelen.'

'Ik wil wel een paard voor je regelen,' zei de tsaar.

Bij die woorden begonnen beide mannen zachtjes te lachen, want het was uitgerekend een paard geweest dat hen had samengebracht. Tijdens Pekkala's training bij het Finse Garderegiment had hij zijn paard over een hindernis moeten sturen waaraan de drilmeester een rol prikkeldraad had bevestigd. Halverwege de oefening liep bij de meeste dieren het bloed langs de benen en de buik. Het zaagsel op de bodem was bespikkeld met heldere, robijnrode bloeddruppels. Toen Pekkala weigerde zijn paard te laten springen, begon de drilmeester eerst te dreigen, vervolgens vernederde hij hem en ten slotte probeerde hij hem tot rede te brengen. Nog voor hij een woord had gezegd, wist Pekkala dat het weigeren van een bevel betekende dat hij uit het cadettenkorps zou worden verwijderd. Hij zou op de eerstvolgende trein terug naar Finland worden gezet. Maar op dat moment merkten de sergeant en de cadetten dat ze werden gadegeslagen. De tsaar had al die tijd in de schaduw gestaan.

Later, toen Pekkala zijn paard terugbracht naar de stallen, stond de tsaar hem daar op te wachten. Weer een uur later was hij van het Finse Garderegiment overgeplaatst naar een speciale opleiding bij de Keizerlijke Politie, de Staatspolitie en de Ochrana. Twee jaar en twee maanden nadat hij zijn paard uit de manege had geleid, speldde Pekkala het insigne van het Smaragden Oog op. Sindsdien had hij er altijd de voorkeur aan gegeven om zich als het enigszins kon op zijn eigen twee voeten te verplaatsen.

Die voorjaarsavond haalde de tsaar een tinnen flacon uit de zak van zijn tuniek, schroefde de dop eraf, nam een slok en overhandigde de flacon aan Pekkala.

Dat was de allereerste keer dat hij slivovitsj proefde. Eerst wist Pekkala niet wat het was. De nasmaak deed hem denken aan een drank die zijn moeder vroeger maakte van gedistilleerde bergbraambessen die ze plukte in de bossen in de buurt van hun huis. Ze waren niet gemakkelijk te vinden. Bergbraambessen groeiden niet elk jaar op dezelfde plek. Ze verschenen onverwacht en voor de meeste mensen was het zoeken te zeer een kwestie van geluk om er moeite voor te doen. Maar Pekkala's moeder hoefde maar één blik op het struikgewas te werpen en ze wist al waar de bessen groeiden. Hoe ze dat wist, was voor Pekkala een even groot raadsel als de redenen van de tsaar om hem tot Smaragden Oog te maken.

'Morgen is het de verjaardag van mijn kroningsdag,' merkte de tsaar op.

'Gelukgewenst, majesteit,' antwoordde Pekkala. 'Bent u nog van plan het te gaan vieren?'

'Dat is niet een dag die ik vier,' zei de tsaar.

Pekkala hoefde niet te vragen waarom niet. Op de dag dat de tsaar werd gekroond, in mei 1896, zaten hij en de tsarina vijf uur lang op tronen van goud en ivoor terwijl de namen van de gebieden waarover hij heerste werden opgelezen: Moskou, Petrograd, Kiev, Polen, Bulgarije, Finland. Toen hij ten slotte werd uitgeroepen tot vorst en rechter over Rusland, begonnen in de hele stad de klokken te beieren en kanonvuur weergalmde door de lucht.

Korte tijd later kwam er aan de rand van de stad een menigte van een half miljoen mensen bijeen, op een militaire verzamelplaats die bekendstond als het Kodinkaveld. Ze waren gelokt met de belofte dat er gratis eten, bier en herdenkingsbekers zouden zijn. Toen het gerucht zich verspreidde dat het bier bijna op was, drong de massa naar voren. Meer dan duizend mensen – er was zelfs sprake van drieduizend – werden vertrapt in de paniek die ontstond.

Nog uren later denderden er karren met lijken door de straten van Moskou en zochten de menners naar plaatsen waar de doden uit het zicht opgeslagen konden worden tot de kroningsstoet was langsgetrokken. In de algehele chaos kwamen sommige van die karren vóór en andere achter de koninklijke stoet terecht, waarbij de armen en benen van de doden onder het zeildoek uit bungelden.

'Die middag,' zo vertelde de tsaar, 'vóór het begin van de kroningsplechtigheden, bracht ik een toost uit op de menigte op het Kodinkaveld. Dat is de laatste keer geweest dat ik wodka heb aangeraakt.' Nu glimlachte de tsaar in een poging het te vergeten. Hij hief de flacon. 'En wat vind je van mijn alternatief? Ik laat het opsturen vanuit Belgrado. Daar bezit ik enkele boomgaarden.'

'Ik vind het aardig goed smaken, majesteit.'

'Aardig goed,' herhaalde de tsaar, en hij nam weer een slok.

'Het was niet uw schuld, majesteit, wat er op dat veld gebeurde,' zei Pekkala.

De tsaar hield zijn adem even in. 'O nee? Daar ben ik nooit zo zeker van geweest.'

'Sommige dingen gebeuren gewoon.'

'Dat weet ik.'

Maar Pekkala wist dat hij niet de waarheid sprak.

'Het probleem is,' vervolgde de tsaar, 'dat God mij hier geplaatst heeft om over dit land te heersen, en in dat geval is de dag van mijn kroning het bewijs dat we volgens Gods wil leven, of anders...' Hij zweeg even. 'Of anders is dat niet zo. Heb je enig idee hoe graag ik zou willen geloven dat je gelijk hebt, dat die mensen eenvoudigweg door een ongeluk zijn gestorven? Ze achtervolgen me. Ik kan me niet losmaken van hun gezichten. Maar als ik geloof dat het gewoon een ongeluk was, Pekkala, hoe zit het dan met al het andere dat er die dag gebeurd is? God heeft de hand in ons doen en laten, óf hij heeft dat niet. Ik kan niet zomaar kiezen wat mij het beste uitkomt.'

Pekkala zag zijn gekwelde blik. 'Evenmin als de pruim zijn eigen smaak kan kiezen, majesteit.'

Nu glimlachte de tsaar. 'Dat zal ik onthouden,' zei hij, en hij wierp Pekkala de flacon toe.

Vijf jaar later had Pekkala die flacon bij zich toen bolsjewistische gardisten hem bij de grens arresteerden nadat de Revolutie was uitgebroken en hij het land had willen ontvluchten. Hoewel hij zijn insigne en zijn wapen uiteindelijk terugkreeg, was de flacon ergens kwijtgeraakt.

Sinds die dag in het schemerige Alexanderpark had het glazige groen van de slivovitsj een bijna heilige betekenis voor Pekkala. In een wereld waar een Schaduwpas hem in staat stelde bijna alles te doen wat hij wilde, herinnerde de smaak van rijpe pruimen hem eraan dat er eveneens heel veel was waarover hij geen macht had.

Laat op de avond, toen Pekkala aan het voeteneind van zijn bed in zijn exemplaar van de *Kalevala* zat te lezen, ging de telefoon aan de andere kant van de gang. Op elke verdieping was maar één telefoon en hij werd thuis nooit gebeld, dus hij keek niet eens op van zijn boek. Hij hoorde de deur van Babajaga's flat opengaan en Talja's trippelpasjes toen ze naar de telefoon rende om op te nemen.

Niemand had zin zijn appartement uit te komen om op te nemen, al helemaal niet als het laat was, en daarom gold de onofficiële afspraak dat Talja altijd opnam en degene waarschuwde voor wie het telefoontje bestemd was. In ruil daarvoor kreeg het kind een cadeautje, bij voorkeur iets met suiker.

Weer klonk dat getrippel en tot zijn verbazing hoorde Pekkala Talja op zijn deur kloppen. 'Inspecteur!' riep ze. 'Het is voor u.'

Het eerste wat Pekkala deed, was zijn kamer rondkijken op zoek naar iets wat hij Talja kon geven. Toen hij niets vond, stond hij op en groef in zijn zakken. Hij bekeek het handjevol kleingeld dat hij had opgediept.

'Inspecteur?' zei Talja. 'Bent u daar?'

'Ja,' haastte hij zich te zeggen. 'Ik kom zo.'

'Zoekt u soms een cadeautje voor me?' vroeg ze.

'Dat klopt, ja.'

'Doet u dan maar rustig aan.'

Toen hij even later de deur opende, plukte ze het muntje uit zijn hand. 'Meekomen, inspecteur!' zei ze.

Pas toen Pekkala de hoorn pakte, vroeg hij zich af wie hem zo laat nog belde.

'Inspecteur?' klonk een vrouwenstem. 'Bent u dat?'

'Ja, dit is Pekkala. Met wie spreek ik?'

'Met Jelena Nagorski.'

'O!' zei hij verbaasd. 'Alles in orde?'

'Eh, nee, inspecteur. Ik ben bang van niet.'

'Wat is er, Jelena?'

'Konstantin heeft ontdekt waarom mijn man en ik uit elkaar wilden gaan.'

'Hoe dan?'

'Maximov heeft het hem verteld.'

'Waarom zou hij zoiets doen?'

'Ik weet het niet. Hij kwam hier vanavond langs. Maximov had bedacht dat hij en ik maar moesten trouwen.'

'Trouwen? Meende hij dat?'

'Volgens mij meende hij het oprecht,' zei Jelena, 'maar hij was dan ook ladderzat, geloof ik. Ik wilde hem niet binnenlaten. Ik zei dat als hij niet wegging, ik hem zou aangeven bij de bewakers van de testbasis.'

'En? Ging hij weg?'

'Eerst niet. Konstantin kwam naar buiten en zei dat hij moest vertrekken. Op dat moment vertelde Maximov hem wat er tussen Lev Zalka en mij was voorgevallen.'

'Hoe wist Maximov dat?'

'Misschien heeft mijn man het hem verteld, en als dat niet het geval is, heeft Maximov het misschien zelf ontdekt. Ik heb altijd al het vermoeden gehad dat hij het wist.'

'En waar is Maximov nu?' vroeg Pekkala.

'Dat weet ik niet,' antwoordde ze. 'Ik geloof dat hij is teruggekeerd naar de basis, als hij tenminste onderweg niet de berm in is gereden. Ik heb geen idee waar hij daarna naartoe is gegaan. Maar de reden waarom ik u bel, inspecteur, is dat ik ook geen idee heb waar mijn zoon is. Toen ik Maximov eindelijk zo ver had gekregen dat hij wegging, draaide ik me om en ontdekte dat Konstantin was verdwenen. Hij moet ergens in het bos zijn. Hij kan nergens anders naartoe. Overdag weet Konstantin daar goed de weg, maar het is er nu aardedonker. Ik ben bang dat hij verdwaalt en dat hij te dicht bij de testbasis komt. En u weet ook wat zich daar bevindt, inspecteur.'

In een flits zag Pekkala kapitein Samarin voor zich, gespietst aan die roestige metalen pijp. 'Goed, Jelena,' zei hij. 'Ik kom eraan. Probeer je ondertussen niet al te veel zorgen te maken. Konstantin is een flinke jongeman. Hij doet vast geen domme dingen.'

Toen de Emka een uur later als een bulldozer de duisternis voor zich uit schoof over de lange weg die om de testbasis heen liep, voelde Pekkala het vermogen van de motor opeens teruglopen. Terwijl hij probeerde te bedenken wat de oorzaak was, haperde de motor opnieuw.

Hij keek naar de wijzers op het dashboard. Accu. Klok. Snelheidsmeter. Benzine. Pekkala vloekte zachtjes. De benzinemeter, die op driekwart had gestaan toen hij de stad uit reed, hing nu tegen leeg aan. Hij dacht weer aan de monteur die had gezegd dat de benzinemeter blijkbaar bleef steken en vervangen moest worden. Had ik zijn advies maar opgevolgd, dacht Pekkala nu. De motor stootte een soort gekreun uit. De koplampen flikkerden. Het was alsof de auto in zwijm was gevallen.

'Nee hè, waag het niet,' snauwde Pekkala.

Als om hem te treiteren liet de motor het uitgerekend op dat moment helemaal afweten. Het enige geluid kwam van de wielen die nog even doorrolden en toen stilstonden nadat Pekkala de auto de berm in had gereden.

Pekkala stapte uit en keek om zich heen. Vervolgens begon hij te vloeken in het Fins, een taal die rijk was aan krachttermen. '*Jumalauta!*' bulderde hij de duisternis in.

De weg strekte zich voor hem uit en lichtte vaag op in de nachtelijke nevel. Aan weerszijden verrees het zwarte, ondoordringbare woud. Sterren stonden dicht opeen boven de horizon en hingen als versiersels aan de zaagtandachtige takken van de naaldbomen.

Pekkala knoopte zijn jas dicht en begon te lopen.

Na een kwartier kwam hij bij de hoofdpoort aan.

De nachtwaker zat op een houten krukje bij het wachtershuisje en porde met een stok in een vuur. Zijn huid gloeide op in het oranje licht, alsof hij uit amber was gemodelleerd.

'Goedenavond,' zei Pekkala.

De bewaker sprong overeind en het krukje kieperde om. 'Heilige Maria!' riep hij uit.

'Nee,' zei Pekkala op kalme toon. 'Ik ben het maar.'

Met moeite herstelde de man zijn evenwicht en meteen schoot hij zijn hutje in. Even later verscheen hij weer, met een geweer in zijn handen. 'Wie is daar?' riep hij het donker in.

'Inspecteur Pekkala.'

De bewaker liet zijn geweer zakken en tuurde door het gaas naar Pekkala. 'Ik ben me zowat doodgeschrokken!'

'Mijn auto is kapot.'

Dat bracht de bewaker weer bij zijn positieven. Hij zette het geweer weg en opende de poort. Er klonk geknars van metaal.

'Is Maximov hier?' vroeg Pekkala.

'Hij kwam hier vlak voor zonsondergang binnenrijden. Sindsdien is hij niet meer de poort uit geweest, en ik heb hier de hele tijd op wacht gestaan.'

'Bedankt,' zei Pekkala, en hij begon in de richting van het onderzoekscentrum te lopen. Toen hij even later omkeek, zag hij de bewaker weer op zijn kruk bij het vuur zitten en met zijn stok in de vlammen porren.

Het was nog maar een paar uur voor zonsopkomst toen Pekkala het modderige binnenplein van de basis bereikte. Hij zag Maximovs auto voor de kantine staan, waar de arbeiders hun maaltijden gebruikten. De deur zat niet op slot. Binnen stuitte Pekkala op Maximov, die buiten westen op de vloer lag, met open mond en zwaar ademend. Met de punt van zijn laars stootte hij Maximovs voet aan.

'Ophouden,' mompelde Maximov. 'Laat me nou.'

'Wakker worden,' zei Pekkala.

'Ik zei toch…' Maximov ging zitten. Zijn hoofd beschreef een wiebelige boog, en toen zag hij Pekkala. 'Bent u het!' zei hij. 'Wat wilt u?'

'Jelena Nagorski vroeg of ik wilde komen. Ze zei dat je haar had lastiggevallen.'

'Ik heb haar niet lastiggevallen,' wierp Maximov tegen. 'Ik houd van haar. En ik geef heel veel om haar zoon.'

'Dat laat je dan op een vreemde manier blijken, Maximov.'

Wazig keek Maximov om zich heen. 'Misschien heb ik een paar dingen gezegd die ik voor me had moeten houden.'

Pekkala zette zijn laars tegen Maximovs borst. Met een zacht duwtje liet hij de man achterover tuimelen. 'Je laat mevrouw Nagorski met rust.'

Met een plof belandde Maximov op de vloer. 'Ik hou van haar,' mompelde hij nogmaals.

'Droom jij maar lekker door,' zei Pekkala, 'dan leen ik ondertussen je auto.'

Maar de man sliep alweer.

Nadat Pekkala de sleutels uit Maximovs zak had gehaald en zich achter het stuur van de auto had geïnstalleerd, ging er in het IJzeren Huis een deur open en kwam een man op hem af rennen.

Het was Gorenko. 'Inspecteur? Bent u het? Ik moet u spreken, inspecteur! Ik heb iets vreselijks gedaan! Vlak na ons gesprek van laatst verscheen Oesjinski op het werk. Toen hij hoorde dat een van onze T-34's naar de fabriek was gestuurd en in productie was genomen, werd hij razend. Het ging precies zoals ik u voorspeld heb. Hij zei dat het prototype nog niet klaar was en dat we het net zo goed meteen bij de Duitsers konden afleveren! Ik heb geprobeerd u te bellen, inspecteur. Ik wilde u vragen met hem te praten, zoals we hadden besproken, maar op uw kantoor werd niet opgenomen, en daarom belde ik majoor Lysenkova. Ik vertelde haar wat er aan de hand was. Ik zei dat iemand hem op andere gedachten moest brengen. Nu hoor ik dat hij gearresteerd is. Hij wordt vastgehouden in de Loebjanka! Inspecteur, u moet hem helpen.'

Pekkala had zwijgend en met opeengeklemde kaken geluisterd, maar nu kon hij zich niet langer inhouden. 'Wat dacht u dat er zou gebeuren toen u majoor Lysenkova belde?' riep hij uit. 'Tijdens zijn leven heeft Nagorski u beschermd tegen deze lieden, want hij wist waartoe ze in staat zijn. U hebt in een droomwereld geleefd, professor, hier op deze basis. U snapt het niet. Die mensen zijn gevaarlijk, nog gevaarlijker dan de wapens die u voor hen hebt gemaakt!'

'Ik wist niet meer wat ik met Oesjinski aan moest,' wierp Gorenko handenwringend tegen. 'Ik wilde alleen dat iemand met hem ging praten.'

'Nou, dat is inderdaad gebeurd,' zei Pekkala. 'Ik kan verder niets meer voor uw collega doen.'

'Er is nog iets, inspecteur. Iets wat ik niet begrijp.'

Pekkala startte de auto. 'Een andere keer!' riep hij boven het geronk van de motor uit.

Getergd hief Gorenko zijn armen. Toen draaide hij zich om en verdween weer in het IJzeren Huis.

Pekkala keerde de auto en reed naar het huis van Nagorski. Terwijl hij over de modderige weg scheurde, vroeg hij zich nogmaals af wat er van Jelena en Konstantin zou worden nu het Konstantin-project was voltooid. Geen van beiden leek te zijn toegerust voor de wereld buiten deze hekken. Doodzonde dat Maximov zich van-avond zo belachelijk heeft gemaakt, dacht Pekkala. Voor zover hij de man kende, zou hij een goede metgezel voor Jelena en een prima vaderfiguur voor de jongen zijn geweest.

In dergelijke gedachten verzonken hoorde Pekkala opeens een luide knal toen iets tegen de voorruit sloeg. Zijn eerste gedachte was dat er een vogel tegenaan was gevlogen. Zo diep in de nacht moest het wel een uil zijn, redeneerde hij. Koude lucht floot door het ge-broken glas naar binnen. Net toen Pekkala zich afvroeg of hij door zou rijden of de auto aan de kant zou zetten, barstte de hele voorruit kapot. Het glas vloog door de cabine. De scherven sloegen tegen zijn jas en hij voelde een scherpe pijn in zijn wang toen een splinter zich in zijn huid boorde.

Pas toen het te laat was, besefte hij dat hij de macht over het stuur had verloren. De achterwielen schoven weg en de hele auto tolde rond in een razende wolk van opspattende modder en steentjes. Er klonk een oorverdovende dreun, zijn hoofd sloeg tegen het zij-raampje en toen was alles stil.

Pekkala besefte dat hij in de greppel zat. De auto stond met zijn neus in de tegenovergestelde richting. Hij opende het portier en tuimelde op het natte gras. Even bleef hij op handen en knieën zit-ten; hij wist niet zeker of hij kon staan en probeerde te achterhalen wat er gebeurd was. Hij was nog duizelig van de klap tegen zijn hoofd, maar hij dacht niet dat hij ernstig gewond was. Langzaam klauterde hij overeind. Op wankele benen leunde hij met zijn rug tegen de zijkant van de auto.

Toen zag Pekkala iemand op de weg staan. Het enige wat hij kon onderscheiden, was het silhouet van een man. 'Wie is daar?' vroeg hij.

'Je had moeten vertrekken toen het nog kon,' sprak het silhouet.

De stem klonk bekend, maar Pekkala kon hem niet plaatsen.

Opeens flitste er een schot op in het donker.

Bijna op hetzelfde moment hoorde Pekkala een kogel naast zich tegen het portier kletteren.

'Ik heb je gewaarschuwd, Maximov!'

'Ik ben Maximov niet!' riep Pekkala.

De schim liep op hem af. Aan de rand van de greppel bleef hij staan en keek op Pekkala neer. 'Wie ben je dan wel?'

Nu herkende Pekkala de stem. 'Konstantin,' zei hij, 'ik ben het. Inspecteur Pekkala.'

Ze stonden nu zo dicht bij elkaar dat Pekkala het gezicht van de jongen kon zien, en ook het pistool dat op zijn borst was gericht.

Aan de korte loop met het enigszins afgeronde uiteinde en de schuin aflopende trekkerbeugel, die als het vlies van een duim met de loop was verbonden, herkende Pekkala het wapen waarnaar ze hadden gezocht. Het was de PPK van Nagorski. In één klap drong de waarheid tot Pekkala door. 'Wat heb je gedaan, Konstantin?' stamelde hij terwijl hij uit de greppel klom.

'Ik dacht dat u Maximov was. Ik zag zijn auto…'

'Ik heb het over je vader!' snauwde Pekkala. Hij wees naar de PPK, die Konstantin nog steeds vastklemde. 'We weten dat kolonel Nagorski met dat wapen is vermoord. Waarom heb je dat gedaan, Konstantin?'

De stilte die volgde, leek eindeloos lang te duren.

Hun adem benevelde de lucht tussen hen in.

Langzaam stak Pekkala zijn hand uit. 'Jongen,' zei hij, 'je kunt nergens naartoe.'

Bij het horen van die woorden kreeg Konstantin tranen in zijn ogen. Na enige aarzeling legde hij de PPK in Pekkala's geopende hand.

Pekkala's vingers sloten zich om het metaal. 'Waarom heb je het gedaan?' vroeg hij nogmaals.

'Omdat het zijn schuld was,' zei Konstantin. 'Tenminste, dat dacht ik.'

'Wat is er die dag gebeurd?'

'Het was mijn verjaardag. Toen mijn vader me een week daarvoor vroeg wat ik wilde hebben, zei ik dat ik graag een ritje in de tank wilde maken. Eerst zei hij dat het niet kon. Dat zou mijn moeder nooit goedvinden. Maar toen zei hij dat hij, als ik beloofde dat ik het niet aan haar zou vertellen, met mij in de tank naar het testterrein zou rijden. Mijn moeder dacht dat hij mijn verjaardag helemaal vergeten was. Ze kregen ruzie. Tegen die tijd kon het me nog maar bar weinig schelen.'

'Hoezo?' vroeg Pekkala.

'Ik had een brief van Maximov gekregen. Die zat bij een verjaardagskaart.'

'Wat stond er in die brief?'

'Hij schreef dat mijn ouders uit elkaar gingen. Hij vond dat ik het moest weten, want ze waren niet van plan het me zelf te vertellen.'

'Dat waren ze wel van plan,' zei Pekkala. 'Zodra jullie terug waren in Moskou. Dat was het beste, Konstantin. Bovendien ging het Maximov niks aan. En waarom vertelde hij het op je verjaardag?'

'Dat weet ik niet,' antwoordde Konstantin. 'Dat soort nieuws komt nooit gelegen.'

'Heb je die brief nog?'

Konstantin haalde een canvas portefeuille uit zijn zak. Tussen een verzameling verfrommelde bankbiljetten en munten haalde hij de opgevouwen brief tevoorschijn. 'Die heb ik zo langzamerhand wel honderd keer gelezen. Ik blijf maar hopen dat de woorden me een ander verhaal zullen vertellen.'

Pekkala keek naar de brief. Hij kon hem niet goed lezen in het donker, maar hij zag wel dat het precies zo was als Konstantin had beschreven. 'Mag ik deze een tijdje bij me houden?' vroeg hij.

'Ik hoef hem niet meer,' fluisterde de jongen. Hij kon elk moment in huilen uitbarsten. Het was alsof alles opeens tot hem doordrong.

'Heb je je ouders verteld wat er in die brief stond?' vroeg Pekkala. Hij vouwde het blaadje op en borg het veilig weg in zijn identiteitsboekje.

'Wat zou dat voor zin hebben gehad?' vroeg Konstantin. 'Ik ben altijd bang geweest dat ze uit elkaar zouden gaan. Toen ik die brief las, wist ik het ergens al. En ik wist ook dat Maximov nooit zou liegen. Hij zorgde voor me. Beter dan mijn eigen ouders.'

'Wat heb je toen gedaan?'

'Ik ben naar mijn vader gegaan, zoals we hadden afgesproken. Hij nam me mee naar het testterrein en liet me de tank besturen: door plassen, over hobbels en slippend door de modder. Mijn vader had het geweldig naar z'n zin. Het was een van de weinige keren dat ik hem heb zien lachen. Ik had er zelf ook van moeten genieten, maar ik kon alleen nog maar aan Maximovs brief denken. Hoe meer ik eraan dacht, hoe kwader ik op mijn vader werd omdat hij voor die stomme tank had gekozen in plaats van voor ons gezin. Ik kon de gedachte niet verdragen dat hij mijn moeder en mij nog meer pijn zou doen dan hij al gedaan had. We zetten de tank stil in het midden van het testterrein, pal in een moddergat. We zakten erin weg en ik dacht dat het water elk moment naar binnen zou stromen. Ik was bang dat we zouden verdrinken daar in die tank. Maar mijn vader maakte zich geen zorgen. Hij zei dat het ding overal doorheen ging. We konden elkaar niet goed verstaan, zo lawaaiig was het in de bestuurdersruimte. We lieten de motor aanstaan, zetten hem in z'n vrij en klommen op de geschutskoepel.'

'En toen?' vroeg Pekkala.

'Hij keerde zich naar me toe, en opeens lachte hij niet meer. "Wat er ook gebeurt," zei hij, "je mag nooit vergeten dat ik heel veel van je moeder houd." Hij wilde weer naar binnen klimmen, maar op dat moment viel het pistool uit zijn zak. Het kwam achter op de tank terecht, net boven het gedeelte waar de motor zat. Omdat ik er het dichtstbij was, vroeg mijn vader of ik het wilde pakken, en dat deed ik. Tot ik dat pistool opraapte, was het nog nooit bij me opgekomen hem iets aan te doen, dat zweer ik. Maar toen begon ik na te denken over wat hij net had gezegd – dat hij van mijn moeder hield. Ik kon het niet verdragen dat hij me ongestraft zo'n leugen kon vertellen.

Met zijn rug naar me toe stond hij op de geschutskoepel en keek uit over dat modderige veld alsof het de mooiste plek op aarde was.'

'En toen heb je hem neergeschoten?'

De jongen antwoordde niet. 'Een seconde eerder was ik nog razend op hem, maar toen ik hem in het water zag vallen, loste al mijn woede in één keer op. Ik geloofde gewoonweg niet wat ik gedaan had. Ik weet niet hoe ik het moet zeggen, inspecteur, maar zelfs met het wapen in mijn hand wist ik niet eens zeker of ík het wel gedaan had. Het was alsof iemand anders de trekker had overgehaald. Ik weet niet hoe lang ik daar zo gestaan heb. Het voelde heel lang, maar misschien waren het maar een paar seconden. Toen klom ik weer in de tank, schakelde en probeerde hem het gat uit te rijden.'

'Waarom?'

'Ik was in paniek. Ik wilde het op een ongeluk laten lijken. Niemand wist dat ik die dag bij mijn vader was. Zelfs mijn moeder wist het niet. Maar ik snapte niet goed hoe ik de tank moest bedienen. Toen ik half uit het gat was gereden, sloeg de motor af en gleed het ding terug in het water. Mijn vaders lichaam werd onder de rupsbanden verpletterd. Ik stapte uit en rende naar het magazijn. Daar heb ik me een hele tijd schuilgehouden. Ik zat onder de modder. Ik was te bang om me te verroeren. Maar toen de soldaten kwamen, begreep ik dat ik ervandoor moest, en ik rende het bos in. Dat was toen u achter me aan kwam en kapitein Samarin werd gedood.'

'Maar hoe wist je wat de veilige route door dat bos was? Was je niet bang voor de vallen?'

'Mijn vader had metalen plaatjes tegen de bomen gespijkerd. Volgens een kleurenschema. Rood, blauw, geel. Zolang je die volgorde aanhoudt, zit je op een veilige route door het bos. Ik ben de enige aan wie hij dat verteld heeft.'

In gedachten was Pekkala al aan het uitwerken wat er precies met Konstantin zou gaan gebeuren. Hij was oud genoeg om als volwassene berecht te worden. Wat de verzachtende omstandigheden ook waren, hij zou vrijwel zeker geëxecuteerd worden voor zijn misdaad. Pekkala dacht weer aan zijn eerste gesprek met Konstantin, toen de jongen hem gesmeekt had de moordenaar van zijn vader op te sporen. 'Pak hem,' had Konstantin gezegd. 'Pak hem en dood hem.' Verscholen in die woorden, die Konstantin uitte tegenover een man van wie hij ongetwijfeld wist dat hij hem op een dag te pakken zou krijgen, was de aanvaarding van de straf die hij zou moeten ondergaan.

'Gelooft u me alstublieft, inspecteur,' smeekte Konstantin. 'Ik wilde u geen kwaad doen. Ik zag Maximovs auto aan komen rijden en ik dacht dat hij het was. Ik snap niet eens waarom u hier bent.'

'Je moeder heeft me gebeld. Ze maakte zich zorgen om jou nadat Maximov vanavond langs was geweest. Zijn auto was de enige die beschikbaar was. Wat ik niet begrijp, Konstantin, is waarom je Maximov zonet wilde doden, terwijl je hem vertrouwde.'

'Omdat ik na alles wat er gebeurd is niet meer weet wie ik kan vertrouwen. Toen hij vanavond bij ons opdook, was hij helemaal gek geworden. We riepen dat hij weg moest gaan en ik dacht dat de kous daarmee af was, maar toen ik zijn auto terug zag rijden, dacht ik dat hij ons ging vermoorden.'

'Voor wat het waard is,' zei Pekkala, 'geloof ik niet dat Maximov je ooit kwaad zou willen doen. Ik denk dat hij op zijn manier echt van je moeder houdt.' Pekkala's blauwe plekken begonnen pijn te doen. 'Waarom ben je het bos in gevlucht nadat hij was vertrokken?'

Hulpeloos haalde Konstantin zijn schouders op. 'Volgens Maximov had mijn moeder een affaire gehad. Ik was bang dat hij de waarheid sprak en ik kon het gewoonweg niet aan om hetzelfde verhaal uit de mond van mijn moeder te horen.'

'Hij sprak de waarheid. Ik weet dat hij die brief niet had mogen schrijven en dat hij ook niets over je moeders affaire had mogen vertellen, maar wanneer mensen verliefd zijn, doen ze rare dingen. Heel rare dingen, Konstantin, neem dat maar van mij aan.'

Konstantins stem sloeg over. 'Dus het lag niet aan mijn vader dat mijn moeder en hij uit elkaar gingen.'

'Als je vader hier was,' zei Pekkala, 'zou hij vast en zeker zeggen dat ze allebei schuld hadden.' Hij legde zijn hand op Konstantins schouder. 'Je moet met me meekomen.' Na één blik op Maximovs auto wist Pekkala dat hij daar niet ver meer mee kwam. 'We zullen moeten lopen.'

'Ik vind het best, inspecteur.' Hij klonk bijna opgelucht.

Pekkala had een dergelijke reactie eerder gezien. Voor sommigen was de spanning van het wachten tot ze gepakt werden veel erger dan wat er daarna met hen zou kunnen gebeuren. Hij had mannen gekend die met kordate pas hun dood tegemoet liepen, die de trappen van de galg op renden, zo graag wilden ze deze aarde verlaten.

Het was een ochtend in januari. IJsschotsen dreven de rivier de Neva af, door Petrograd en vandaar op het tij naar buiten, naar de Oostzee.

Pekkala, de tsaar en zijn zoon, de tsarevitsj Alexej, voeren in een kleine motorsloep naar de onverbiddelijke vestingmuur van het gevangeniseiland Petrus-en-Paulus.

Diep weggedoken in hun jassen stond het drietal bijeen terwijl de roerganger zijn boot om miniatuurijsbergen manoeuvreerde die als dansers op de stroming rondtolden. Alexej had een bontmuts en een militair uniform zonder insignes aan, hetzelfde tenue dat zijn vader droeg.

Ze waren nog voor het aanbreken van de dag uit Tsarskoje Selo vertrokken. Het was inmiddels uren later, de zon was opgekomen en het licht werd bleek en troebel weerkaatst door de gigantische stenen waaruit de buitenmuren van de gevangenis waren opgebouwd.

'Ik wil dat je dit ziet,' had de tsaar tegen Pekkala gezegd nadat hij hem in zijn werkkamer had ontboden.

'Wat is de aard van het bezoek, majesteit?'

'Dat zul je wel merken als we er zijn,' had de tsaar geantwoord.

Toen ze op het eiland aankwamen, torende de vesting boven hen uit, met kantelen die zich als tandenstompjes aftekenen tegen de grauwe winterhemel. Taaie slierten zeewier klampten zich aan de lagere muren vast, en de golven die tegen het steen sloegen, leken dik en zwart als teer.

Alexej werd uit de boot getild, en gedrieën liepen ze over de betonnen helling naar de hoofdpoort van de gevangenis.

Eenmaal binnen daalden ze onder begeleiding van een bewaker in een enkellange overjas een stenen trap af naar een ondergrondse verdieping. De muren waren berijpt en de klamme kou drong door hun kleren. Pekkala was hier eerder geweest, maar nooit in de winter. Het leek onmogelijk dat een mens het in deze omstandigheden lang uithield. Bovendien wist hij dat het in het voorjaar nog erger was in de kerkers, als het water tot kniehoogte reikte.

De enige lichtbron in deze stenen gang was de olielamp in de hand van de bewaker. Het schijnsel ervan verlichtte houten deurtjes die in de muren waren uitgespaard. De schaduw van de bewaker waggelde als een dronkenman voor hem uit.

De man voerde hen mee naar een van de cellen en maakte de deur open. Achter de deur zaten tralies die een tweede deur vormden, zodat je vanbuiten zag wie er was opgesloten zonder dat de gevangene kon ontsnappen.

Toen de bewaker zijn lamp hooghield, zag Pekkala door de tralies een man die merkwaardig ineengedoken op de grond zat. Alleen zijn knieën, zijn ellebogen en de uiteinden van zijn tenen raakten de vloer. Zijn hoofd rustte in zijn handen en hij leek te slapen.

Alexej wendde zich tot de bewaker. 'Waarom zit hij zo?'

'Zo bewaart de gevangene zijn lichaamswarmte, excellentie. Anders vriest hij dood.'

'Zeg eens dat hij moet opstaan,' zei de tsaar.

'Kom overeind!' bulderde de bewaker.

Aanvankelijk verroerde de man zich niet. Pas toen de bewaker met zijn sleutels rammelde ten teken dat hij binnen zou komen om de gevangene overeind te hijsen, stond hij eindelijk op.

Nu herkende Pekkala hem, maar met moeite. Het was de moordenaar Grodek, die twee maanden eerder veroordeeld was omdat hij de aanvoerder was geweest bij een moordaanslag op de tsaar. Het geheime proces had slechts kort geduurd. Na de uitspraak was Grodek, die nauwelijks ouder was dan Alexej, in de catacomben van het Russische gevangenisstelsel verdwenen. Pekkala was ervan uitgegaan dat Grodek simpelweg was geëxecuteerd. Ook al was hij er niet in geslaagd de tsaar te vermoorden, een poging daartoe of alleen al het opperen van de mogelijkheid was een halsmisdaad. Bovendien was

Grodek er wel in geslaagd verscheidene Ochrana-agenten te doden voor Pekkala hem op de Potsulejevbrug te pakken kreeg. Dat alles was meer dan voldoende om de jongeman aan de vergetelheid prijs te geven.

Alleen de vorm van Grodeks gezicht kwam Pekkala nog bekend voor. Hij was kaalgeschoren en zijn grote schedel zat onder de schurftplekken. Zijn haveloze gevangenispak hing in flarden om zijn uitgemergelde lichaam, en zijn huid had de grauwe glans van vuil dat even oud was als de duur van zijn gevangenschap. Zijn ingevallen ogen, die tijdens het proces nog zo levendig waren geweest, staarden groot en hol uit hun blauwige kassen.

Aan één stuk door rillend en met zijn armen voor zijn borst week Grodek terug naar de muur. Pekkala kon maar moeilijk geloven dat dit dezelfde man was die zo uitdagend had geroepen vanuit de beklaagdenbank en de monarchie en alles waarvoor die stond had vervloekt.

Grodek tuurde naar het licht van de olielamp. 'Wie is daar?' vroeg hij. 'Wat willen jullie van me?'

'Je hebt bezoek,' zei de bewaker.

De tsaar keerde zich naar de bewaker toe. 'Laat ons alleen,' beval hij.

'Tot uw dienst, majesteit.' De bewaker zette de lamp op de grond en liep terug door de gang, waarbij hij met zijn handen langs de muren tastte om de weg te vinden.

Nu hij niet langer verblind werd door het lantaarnlicht kon Grodek zijn bezoekers zien. 'Heilige Maria,' fluisterde hij.

De tsaar wachtte tot de voetstappen van de bewaker waren weggestorven voor hij het woord tot Grodek richtte. 'Je weet wie ik ben,' zei hij.

'Ja,' antwoordde Grodek.

'En mijn zoon, Alexej,' zei de tsaar terwijl hij zijn handen op de schouders van de jongen legde.

Grodek knikte, maar zei niets.

'Deze man,' zei de tsaar tegen Alexej, 'is schuldig aan moord en aan poging tot moord. Hij wilde me doden, maar dat is hem niet gelukt.'

'Nee,' zei Grodek, 'het is me niet gelukt, maar ik heb iets in beweging gezet dat zal eindigen met uw dood en de vernietiging van uw levenswijze.'

'Zie je!' Voor het eerst verhief de tsaar zijn stem. 'Zie je dat hij nog steeds opstandig is?'

'Ja, vader,' zei Alexej.

'Wat moet er met hem gebeuren, Alexej? Hij is je bloedverwant; weliswaar in de verte, maar toch is hij familie.'

'Ik weet het niet,' zei de jongen. Zijn stem beefde.

'Op een dag, Alexej,' zei de tsaar, 'zul je moeten oordelen over leven en dood van dit soort lieden.'

Grodek stapte naar het midden van de cel, waar de afdrukken van zijn knieën en ellebogen in de modder stonden. 'Misschien komt het als een verrassing, maar ik heb niets tegen u of uw zoon,' zei hij. 'Mijn strijd is tegen wat u vertegenwoordigt. U bent een symbool van alles wat fout is in deze wereld. Dat is de reden waarom ik me tegen u heb verzet.'

'Je bent zelf ook een symbool geworden,' antwoordde de tsaar, 'en ik vermoed dat dat al die tijd je opzet is geweest. En wat je nobele redenen betreft voor je poging me in de rug te schieten, dat zijn niet meer dan leugens. Maar ik ben hier niet gekomen om me te verlustigen in je huidige toestand. Ik ben hier gekomen opdat mijn zoon zo meteen zal besluiten wat er met je gedaan moet worden.'

Alexej keek zijn vader aan, en zijn blik was al even verward en bang als die van de jongeman achter de tralies.

'Maar ik word geëxecuteerd,' zei Grodek. 'Dat hoor ik dagelijks van de bewakers.'

'En dat kan nog altijd gebeuren,' zei de tsaar, 'als mijn zoon daartoe beveelt.'

'Ik wil die man niet doden,' zei Alexej.

De tsaar klopte zijn zoon op de schouder. 'Je zult niemand doden, Alexej. Dat is niet jouw taak in het leven.'

'Maar ik moet van u zeggen of hij zal sterven!' wierp de jongen tegen.

'Inderdaad,' antwoordde de tsaar.

Grodek liet zich op zijn knieën zakken en legde zijn handen met de palmen naar boven op de vloer. Hij richtte zich tot de tsarevitsj. 'Excellentie,' zei hij, 'u en ik verschillen niet zoveel. In een andere tijd en op een andere plaats zouden we misschien zelfs vrienden zijn geweest. Wat ons van elkaar scheidt zijn alleen deze tralies en de dingen die we hebben gezien op deze wereld.'

'Ben je onschuldig?' vroeg Alexej. 'Heb je geprobeerd mijn vader te doden?'

Grodek zweeg.

Ergens in de schaduwen klonk watergedruppel. Ze hoorden golven stukslaan tegen de vestingmuren, als donder in de verte.

'Ja,' zei Grodek.

'En wat zou je doen,' vroeg de tsarevitsj, 'als ik deze deur openmaakte en je vrijliet?'

'Dan zou ik heel ver weg gaan,' beloofde Grodek. 'U zou nooit meer van me horen.'

Het vocht van de kerker was al tot op Pekkala's huid doorgedrongen. Nu huiverde hij terwijl het zich om zijn botten wond.

Alexej wendde zich tot zijn vader. 'Laat deze man niet executeren. Laat hem voor de rest van zijn leven in deze cel blijven.'

'Alstublieft, excellentie,' smeekte Grodek. 'Ik zie de zon nooit meer. Het eten dat ze me geven is nog te min voor een hond. Laat me gaan! Laat me weggaan. Ik beloof dat ik zal verdwijnen. Ik ga liever dood dan dat ik nog langer in deze cel moet zitten.'

Weer keerde Alexej zich om en hij keek Grodek strak aan. 'Verzin dan maar een manier om jezelf te doden,' zei hij. De angst was uit zijn ogen verdwenen.

Voor ze vertrokken, bracht de tsaar zijn gezicht tot vlak bij de tralies. 'Hoe durf je te zeggen dat je net zo bent als hij? Je lijkt in niets op mijn zoon. Onthoud dit goed: als ik er niet meer ben, zal Alexej over dit land regeren, en als je die dag nog meemaakt, komt het doordat hij genade kent voor beesten zoals jij.'

Toen ze het water weer overstaken, stond Pekkala naast de tsaar. Hij ademde diep in en vulde zijn longen met de koude, zilte lucht om de stank van de gevangenis te verdrijven.

'Vind je me wreed, Pekkala?' vroeg de tsaar. Hij keek voor zich uit en liet zijn blik over de kustlijn gaan.

'Ik weet niet wat ik moet vinden,' antwoordde Pekkala.

'Hij moet de last van het gezag leren dragen.'

'Waarom hebt u me eigenlijk als getuige meegenomen, majesteit?'

'Op een dag zal hij op jou moeten steunen, Pekkala, zoals ík nu op jou steun. Je moet zijn sterke en zwakke kanten beter kennen dan hij die zelf kent. Vooral zijn zwakke kanten.'

'Wat bedoelt u, majesteit?'

De tsaar keek hem vluchtig aan en wendde zijn blik weer af. Waar zijn adem over de revers van zijn jas streek, had zich een laagje rijp gevormd. 'Toen ik jong was, nam mijn vader me ook mee naar dat eiland. Hij bracht me naar de kerker en liet me een man zien die een moordaanslag op hem had beraamd. Ik moest dezelfde keus maken als Alexej.'

'En wat hebt u gedaan, majesteit?'

'Ik heb de man eigenhandig doodgeschoten.' De tsaar zweeg even. 'Mijn zoon is zachtmoedig, Pekkala, en wij weten allebei dat alle zachtmoedigheid in deze wereld uiteindelijk wordt vermorzeld.'

Nog geen vijf jaar later, nadat hij door de Revolutionaire Gardisten uit de gevangenis van Petrus-en-Paulus was bevrijd, zocht Grodek de Romanovs op in de stad Jekaterinenburg in het westen van Siberië. Daar, in de kelder van het huis van een koopman genaamd Ipatjev, schoot Grodek de jonge tsarevitsj dood, en alle andere leden van zijn familie.

Pekkala en Konstantin liepen over de donkere weg in de richting van de testbasis.

Onder het lopen probeerde Pekkala te doorgronden wat er in Konstantin omging op het moment dat hij het wapen pakte en zijn vader doodschoot. Voor sommige misdaden kon Pekkala begrip opbrengen. Zelfs de motieven voor moord klopten soms, vond hij. Ongebreidelde angst, hebzucht of jaloezie kon iemand tot aan de grenzen van de waanzin drijven. Wat er voorbij dat punt gebeurde, wisten zelfs de moordenaars niet.

Pekkala kon zich nog goed de laatste keer herinneren dat hij zijn eigen vader had gezien: die dag in de trein, toen deze het station uit reed. Maar nu leek het beeld merkwaardig genoeg omgedraaid. Hij stond niet in de trein, maar op het perron, en hij keek door de ogen van zijn vader. Hij ving nog net een glimp op van de jongeman die hij ooit geweest was, en die zijn arm ten afscheid had opgestoken terwijl hij uit het raampje van het rijtuig hing, op weg naar Petrograd en naar de gelederen van het Finse Garderegiment van de tsaar.

Toen was de trein verdwenen en bleef hij alleen achter. Met een door verdriet beklemd hart draaide hij zich om en liep het station uit. Op dat moment besefte Pekkala iets wat hij nooit eerder had begrepen: dat zijn vader moest hebben geweten dat ze elkaar nooit meer zouden zien. En als de oude man hem uiteindelijk niet had vergeven dat hij weg was gegaan, kwam dat doordat er niets te vergeven viel.

Terwijl het beeld al haperend in de leegte oploste, als een film die van de spoel loopt, keerde Pekkala in gedachten terug naar het heden. Hij vroeg zich af of Nagorski zijn zoon ook vergeven zou hebben, als hij daarvoor nog de tijd had gehad.

Tegen de tijd dat ze bij de testbasis arriveerden, begon de hemel al lichter te worden.

Pekkala klopte op de deur van het IJzeren Huis en deed een stap terug.

Konstantin stond berustend naast hem, in afwachting van wat komen ging.

De deur werd geopend. Een vlaag bedompte lucht trok langs, stinkend naar wapenolie en oude tabak. Gorenko vulde de hele deuropening. Hij had zijn smoezelige laboratoriumjas aangetrokken en was de zwarte metalen knopen aan het dichtmaken, als een man die gasten bij zich thuis verwelkomt. 'Inspecteur,' zei hij. 'Ik dacht dat u gisteravond naar Moskou was teruggekeerd.' Toen viel zijn blik op Konstantin, en hij glimlachte. 'Hallo, jongeman! Wat brengt jou hier zo vroeg in de ochtend?'

'Dag, professor.' Konstantin beantwoordde Gorenko's glimlach niet. Het was alsof zijn gezicht verschrompelde.

'U moet hem bewaken,' zei Pekkala. 'Ik vrees dat hij geboeid moet worden.'

'Geboeid?' Gorenko zette grote ogen op. 'Hij is de zoon van de kolonel. Dat kan ik niet!'

'Het is geen verzoek,' zei Pekkala.

'Inspecteur,' zei Konstantin. 'Ik geef u mijn woord dat ik niet weg zal lopen.'

'Dat weet ik,' antwoordde Pekkala zachtjes. 'Dat weet ik, echt, Konstantin, maar van nu af aan moeten we de juiste procedures volgen.'

'Ik heb niet eens handboeien!' zei Gorenko verontwaardigd.

Pekkala stak zijn hand in zijn zak en haalde er een paar tevoorschijn. Aan de ketting zat een sleuteltje. Hij gaf ze aan Gorenko. 'Nu wel.'

Gorenko staarde naar de boeien. 'Maar voor hoe lang?'

'Een paar uur, schat ik. De benzine van mijn auto is onderweg opgeraakt. Ik moet er met een voorraadje naartoe en daarna kan ik pas terugkeren naar de basis. Dan pik ik Konstantin op en reizen we samen terug naar Moskou. Zolang ik geen toestemming heb gegeven, mag niemand hem zien of met hem praten. Begrepen?'

Gorenko staarde Konstantin aan. 'Maar mijn beste jongen,' zei hij, 'wat heb je toch gedaan?' De oude professor maakte zo'n verwarde indruk dat het ernaar uitzag dat Konstantin zichzelf in de boeien zou moeten slaan.

'Waar bewaart u de benzine, professor?' vroeg Pekkala.

'Aan de andere kant van het gebouw staat een pallet met vijfliterblikken. Twee daarvan zijn meer dan genoeg voor de terugrit naar Moskou.'

Pekkala legde zijn hand op de schouder van de jongen. 'Ik ben zo snel mogelijk terug,' zei hij, waarna hij zich omdraaide.

'Inspecteur,' riep Gorenko hem na. 'Ik moet u spreken. Het gaat over een zaak van het grootste belang.'

'We hebben het later wel over Oesjinski,' zei Pekkala.

'Het gaat niet over hem,' zei Gorenko met klem. 'Er is iets gebeurd. Iets wat ik niet begrijp.'

Pekkala keek hem even aan, schudde zijn hoofd, liep het gebouw weer in en ketende Konstantin met de handboeien aan een tafel vast. Toen wendde hij zich tot Gorenko. 'Kom mee,' zei hij.

Aan de zijkant van het gebouw pakte Pekkala twee benzineblikken van de pallet. 'Wat is er, professor?' De blikken waren zwaar en de vloeistof klotste erin rond. Hij hoopte dat hij sterk genoeg was om ze het hele eind terug te sjouwen naar de Emka.

'Het gaat over de tank.' Gorenko dempte zijn stem. 'Die naar de fabriek in Stalingrad is gestuurd.'

'Het prototype? Wat is ermee, professor?'

'De tank is niet aangekomen. Ik heb voor de zekerheid gebeld. U weet wel, voor het geval er vragen waren.'

'Hiervandaan is het een heel eind naar Stalingrad. Misschien heeft de vrachtwagen pech gekregen.'

'Nee, inspecteur. Ik ben bang dat dat niet het geval is. Toen ik ze belde, kreeg ik namelijk te horen dat er nooit een verzoek om de tank was ingediend.'

Langzaam zette Pekkala de benzineblikken op de grond. 'Maar

dat kan niet. U hebt het aanvraagformulier toch zelf gezien?'

'Ja. Ik heb het bij me.' Gorenko rommelde in de zak van zijn laboratoriumjas en haalde een verfrommeld geel papier tevoorschijn. 'Dit is mijn kopie. Ik wilde die inlijsten.'

Pekkala hield het document omhoog zodat hij het kon lezen in het licht van de lampen die het terrein beschenen. Hij speurde naar iets afwijkends. Het was een standaardaanvraagformulier van de overheid, correct ingevuld door iemand van de Tractorfabriek in Stalingrad. Hij wist dat de fabriek was omgebouwd voor de productie van tanks. De fabriekscode leek te kloppen – khpz 183/stz. De handtekening was een haastige krabbel en onleesbaar, zoals de meeste handtekeningen op dit soort formulieren. Er was niets ongebruikelijks aan.

'Een dag voor de vrachtwagen arriveerde,' vervolgde Gorenko, 'kreeg ik een telefoontje van iemand van die fabriek in Stalingrad die me van de aanvraag op de hoogte bracht en zei dat ik de tank voor transport in gereedheid moest brengen.'

'Hebt u dat ook aan die mensen in Stalingrad verteld?'

'Ja.'

'En wat zeiden ze?'

'Dat ze me niet gebeld hadden, inspecteur.'

'Waarschijnlijk is het gewoon een communicatiestoornis. Dat soort fouten wordt aan de lopende band gemaakt. Is u iets verdachts opgevallen aan de vrachtwagen of aan de chauffeur?'

'Nee. Het was gewoon een grote vrachtwagen, zoals je die elke dag ziet op de hoofdweg naar Moskou. De chauffeur kende Maximov zelfs.'

'Hij kénde hem?'

Gorenko knikte. 'Ik zag ze samen praten nadat de tank op de wagen was geladen. Het kwam niet vreemd op me over. Ze zijn allebei chauffeur, van het ene soort of het andere. Ik ging ervan uit dat ze elkaar hadden leren kennen op dezelfde manier als professoren elkaar leren kennen, door hun werk, ook al wonen ze ieder aan een andere kant van het land.'

'Die vrachtwagen,' zei Pekkala, 'was dat een dieplader of had hij een laadbak?'

'Ik weet niet wat u bedoelt, inspecteur.'

'Stond de tank achterop op een plateau of in een vrachtgedeelte?'

'O, ik snap het. Ja, het was een laadbak. Een grote metalen laadbak waar de hele tank in paste.'

'Hoe kreeg de chauffeur de tank in de laadbak?'

'Hij reed hem zelf naar binnen. Ik heb de man voorgedaan hoe hij de versnellingen en pedalen van de T-34 moest bedienen. Hij had het binnen een minuut al door. Iedereen die een tractor of een bulldozer kan besturen, is vertrouwd met de principes. Hij reed de tank de laadklep op en zo naar binnen.'

'Was de laadbak afgesloten?'

'Ja, met twee grote metalen deuren.'

'Hoe zag hij eruit?'

'Hij was rood geschilderd, met de letters van de Staats Transport Commissie in het groen op de zijkant.'

Zoals vrijwel elke andere vrachtwagen op de hoofdweg, dacht Pekkala. 'En de chauffeur? Hoe zag die eruit?'

'Klein, zwaargebouwd. Met een snor.' Gorenko haalde zijn schouders op. 'Hij maakte een vriendelijke indruk.'

'Heb je hierover met Maximov gesproken? Misschien weet hij hoe we die man kunnen bereiken.'

'Dat heb ik geprobeerd, maar hij was zo dronken dat er geen zinnig woord uit kwam.'

'Haal eens een emmer water,' gebood Pekkala.

Even leek het alsof de rafelige zilveren boog boven de slapende Maximov bleef hangen. Toen sloeg het water als een breekbare glasplaat kapot op zijn gezicht. Maximov schoot overeind en spuwde een straal water tussen zijn getuite lippen door.

Pekkala smeet de emmer naar de andere kant van het vertrek, waar hij nog even doorrolde voor hij luid kletterend in de hoek belandde.

Mudak! riep Maximov uit. Hoestend klapte hij dubbel, toen veegde hij het water uit zijn ogen en keek Pekkala woedend aan. 'Ik dacht dat u me zou laten slapen!'

'Dat was ook zo,' antwoordde Pekkala, 'maar nu moet je me iets vertellen.'

'Wat dan?'

'Hoe heet de chauffeur die de tank hier op de basis heeft afgehaald?'

'Hoe moet ik dat weten?' kreunde Maximov terwijl hij zijn haar naar achteren streek.

'Je kende de chauffeur. Gorenko zag jullie met elkaar praten.'

'Hij vroeg me de weg. Dat is alles. Hoezo?'

'De tank is niet in Stalingrad aangekomen.'

'Dan is het misschien een erg trage chauffeur.' Maximov veegde zijn mond af. 'Wat is er aan de hand, Pekkala? Hebben uw magische krachten u eindelijk in de steek gelaten?'

'Magische krachten?' Pekkala hurkte voor de man neer. 'Er is nooit sprake geweest van magische krachten, Maximov, maar ik doe dit werk nu lang genoeg om te weten wanneer er tegen me gelogen wordt. Ik zag je je rug rechten toen ik zei dat de tank verdwenen was. Ik zie je blik naar rechts afdwalen nu je met me praat. Ik zie je je hand voor je mond slaan, en al die tekenen kan ik lezen zoals jij naar de wolken kijkt en weet wanneer het gaat regenen. Dus vertel op, Maximov. Wie heeft die tank in bezit en waar is hij naartoe gebracht? Dit wil je niet op je geweten hebben.'

'Geweten!' schamperde Maximov. 'Ik zou zelf maar eens bij mijn geweten te rade gaan als ik u was. U hebt trouw gezworen aan de tsaar, en dat hij dood is, betekent nog niet dat die eed niet langer geldig is.'

'Je hebt gelijk,' beaamde Pekkala. 'Ik heb inderdaad een eed afgelegd, en wat ik toen gezworen heb, doe ik nu.'

'Dan beklaag ik u, Pekkala, want terwijl u uw tijd met mij zit te verdoen, beslist een oude vriend van u over het lot van dit land.'

'Je vergist je,' zei Pekkala. 'Al mijn oude vrienden zijn dood.'

'Deze niet!' zei Maximov lachend. 'Alexander Kropotkin niet.'

Weer zag Pekkala de brede kaak voor zich, de sterke, in een grimlach opeengeklemde tanden en die opgetrokken schouders, als van een beer. 'Nee,' fluisterde hij. 'Dat kan niet. Hij heeft me pas nog om een baan bij de politie gevraagd.'

'Heeft hij u om een baan gevraagd? Nee, Pekkala, hij heeft u een kans geboden om met ons samen te werken. Het Witte Gilde had een man zoals u goed kunnen gebruiken.'

Het duurde even voor Maximovs woorden tot Pekkala doordrongen. 'Het Gilde?'

'Ja, maar hij zei dat de communisten u te pakken hadden. Het ooit zo integere Smaragden Oog had zich uiteindelijk toch laten omkopen!'

Nu Pekkala zich de inhoud van zijn laatste gesprek met Kropotkin weer voor de geest haalde, begon het te malen in zijn brein. Hij had het volkomen verkeerd begrepen. 'Hoe ben je Kropotkin op het spoor gekomen?'

'Ik ben hem niet op het spoor gekomen,' antwoordde Maximov. 'Hij heeft mij gevonden. Kropotkin kwam namelijk tot de conclusie dat het Witte Gilde alleen maar een façade was waarmee Stalins vijanden de dood in werden gelokt. Hij besloot het Witte Gilde tegen de communisten in te zetten.'

'Dus jij hebt die agenten gedood?'

'Ja, en hij had me ook opgedragen u te doden. Het zou me gelukt zijn als Bruno niet in de weg had gestaan.'

'Dat was jij dus, daar bij Café Tilsit... Maar waarom?'

'Kropotkin had besloten u nog één kans te geven zich bij ons aan te sluiten. Elke dag zat hij in het café te wachten, want hij wist dat u uiteindelijk zou komen opdagen. Toen u zijn aanbod afsloeg, belde hij mij. Ik reed op een motor naar het café. Toen ik u op de grond zag liggen, dacht ik dat ik u gedood had. Pas later ontdekte ik dat u nog leefde. Uit de appartementen van de agenten die we gedood hadden, stalen we genoeg wapens en munitie om maandenlang voorzien te zijn. We wisten zelfs de hand te leggen op een splinternieuwe Duitse motor, die een van de agenten midden in zijn woonkamer had geparkeerd! Daar reed ik op toen ik u onder schot nam. Toen kwam Kropotkin met het plan om een T-34 te stelen. Tegen de tijd dat jullie door zouden krijgen wat er aan de hand was, zou het al te laat zijn.'

'Te laat voor wat?'

'Om de oorlog af te wenden die we elk moment kunnen beginnen.'

Pekkala vroeg zich af of het Maximov in zijn bol was geslagen. 'Je hebt dan misschien een paar regeringsagenten vermoord, maar denk je echt dat het Witte Gilde dit bewind omver kan werpen?'

'Nee,' antwoordde Maximov, 'maar Duitsland wel. Dat grijpt elk excuus aan om ons land te kunnen binnenvallen. We hoeven ze alleen maar een aanleiding te geven. En wat is een mooiere aanleiding dan een aanval over de Poolse grens heen met het nieuwste, meest verwoestende wapen dat de Sovjet-Unie bezit? Als we een inval in Polen doen, beschouwen de Duitsers dat als een daad van agressie tegen het Westen. Voor hen is dat aanleiding genoeg.'

'Hoeveel schade denken jullie te kunnen aanrichten met één tank?'

'Kropotkin heeft een plek aan de grens uitgekozen waar de Polen alleen maar cavalerie-eenheden hebben gestationeerd. Eén tank zou een hele brigade kunnen vernietigen.'

'Maar besef je dan niet wat de Duitsers met dit land zullen doen nadat ze hier zijn binnengevallen? We zijn nog niet in staat onszelf te verdedigen.'

'Hoe sneller we worden verslagen, zegt Kropotkin, hoe minder bloed er vergoten zal worden.'

'Dat is een leugen, Maximov! Je mag dan trouw aan de tsaar hebben gezworen, maar denk je echt dat hij dit gewild zou hebben? Dan heb je een monster ontketend waar je geen enkele macht over hebt. De Duitsers brengen niet alleen de communisten ten val. Ze zullen dit hele land in een woestenij veranderen.'

'Ik geloof u niet.'

'Maar Kropotkin wel! Misschien denk je dat jullie voor dezelfde zaak strijden, maar ik ken Kropotkin langer dan vandaag, en ook zijn soort. Zijn enige doel is wraak voor een wereld die niet langer bestaat. Hij wil maar één ding: dit land in vlammen zien opgaan.'

'Dan gaat het maar in vlammen op,' zei Maximov. 'Ik ben niet bang.'

Bij die woorden ontstak Pekkala in razernij. Hij haalde uit naar Maximov, greep hem bij zijn revers en sleurde hem de ruimte door.

Maximov knalde tegen de muur aan de andere kant van de kantine en zakte kreunend in elkaar.

'Heb je erbij stilgestaan dat je niet de enige bent die in dat vuur ten onder zal gaan?' riep Pekkala uit. 'Het maakt Kropotkin niet uit wie er leeft of sterft! Dat is het verschil tussen jullie beiden. Er zijn mensen om wie je geeft die nog erger zullen lijden dan jij. Jelena bijvoorbeeld. En Konstantin. Die staat trouwens al onder arrest.'

'Nu moet u goed luisteren, Pekkala,' gromde Maximov terwijl hij zijn achterhoofd masseerde. 'Hij had niks met het Gilde te maken. U had het recht niet hem te arresteren voor iets waarvan hij helemaal niks wist.'

'Ik heb hem gearresteerd,' zei Pekkala, 'omdat hij zijn vader heeft vermoord.'

Maximov verstijfde. Opeens werd hij lijkbleek. 'Wat?'

'Wie heeft volgens jou kolonel Nagorski vermoord?'

'Dat weet ik niet!' antwoordde Maximov. 'Wij zijn het niet geweest. Dat is het enige wat ik zeker weet. Het had iedereen kunnen zijn. Bijna iedereen die met Nagorski in aanraking kwam, had de pest aan die klootzak. Maar het kan Konstantin niet geweest zijn!'

'Hoe dacht je dat hij zou reageren op die brief die je hem hebt geschreven?'

'Welke brief? Waar hebt u het in godsnaam over?'

'De brief die je hem op zijn verjaardag hebt gestuurd, waarin je hem vertelde dat zijn ouders op het punt stonden uit elkaar te gaan.'

'Bent u gek geworden? Ik heb hem nog nooit een brief geschreven, en ook al had ik dat gedaan, dan zou ik hem iets dergelijks nooit verteld hebben. Die arme jongen was toch al een zenuwinzinking nabij. Waarom zou ik het nog erger voor hem maken, en nog wel op zijn verjaardag?'

'Hoe verklaar je dit dan?' Pekkala vouwde de brief open. Hij stapte op Maximov af, die nog steeds ineengezakt tegen de muur hing, en hield hem het blaadje voor.

Maximov tuurde naar de brief. 'Dat is mijn handschrift niet.'

'Van wie is het dan wel? En waarom heeft hij met jouw naam ondertekend?'

'Ik…' Maximovs gezicht was een en al verbijstering. 'Ik weet het niet.'

'Wie wist er verder van de scheiding, behalve jij en de Nagorski's?'

'Waar zou het zo iemand om te doen zijn geweest…?' Opeens ging er een huivering door Maximov heen. 'Laat me die brief nog eens zien!'

Pekkala reikte hem het blaadje aan.

Maximov staarde ernaar. 'O nee,' fluisterde hij. Langzaam hief hij zijn hoofd. 'Dat is Kropotkins handschrift.'

'Wat heb je hem over de Nagorski's verteld?'

'Alleen dat ik hen er niet bij wilde betrekken. Ik wist dat Nagorski en zijn vrouw uit elkaar gingen. Ze hadden het geheim willen houden. Konstantin balanceerde al op het randje. Ik wist dat zijn hele wereld in elkaar zou storten zodra hij besefte wat er speelde tussen zijn ouders.'

'Was Kropotkin op de hoogte van de affaire met Lev Zalka?'

'Nee,' zei Maximov. 'Hij wist alleen dat Nagorski van zijn vrouw ging scheiden.'

'Na wat je hem verteld had, vermoedde Kropotkin waarschijnlijk dat de jongen iets dergelijks zou kunnen doen. Op die manier kon hij niet alleen de T-34 stelen, maar zich ook ontdoen van de man die hem had uitgevonden.'

'Maar hoe kwam Konstantin aan een wapen?'

'Hij bleek Nagorski's PPK in bezit te hebben. Daarmee heeft hij eerder vanavond op mij geschoten. Hij wilde jou namelijk doodschieten, Maximov.'

'Mij? Maar waarom? Hij weet dat ik hem of zijn moeder nooit iets zou aandoen.'

'Ik weet dat je om ze geeft, Maximov, en als je niet dronken was geweest toen je bij hen langsging, zou je wat overtuigender zijn overgekomen. Maar nu heb je ze alleen de stuipen op het lijf gejaagd.'

'Wat gaan ze met hem doen?' vroeg Maximov, die helemaal beduusd was door wat hij had gehoord.

'Konstantin is schuldig aan moord. Je weet wat ze met hem gaan doen.'

'Kropotkin heeft me bezworen dat hij ze erbuiten zou houden,' fluisterde Maximov.

'Help me dan om hem tegen te houden,' zei Pekkala. 'Kropotkin heeft je verraden, en hoe je ook over me denkt, iets dergelijks zou ik nooit doen.'

Het duurde even voor Maximov antwoordde. 'Als ik u help, Pekkala, moet u ervoor zorgen dat Konstantin niet de gevangenis in gaat. Of erger.'

'Ik zal mijn uiterste best doen voor de jongen, maar jij hebt je schuldig gemaakt aan moord en verraad, nog afgezien van het feit dat je mijn kop van mijn romp wilde schieten...'

'Ik heb uw hulp niet nodig, Pekkala. Doet u nou maar uw best voor Konstantin.'

'Dat beloof ik,' zei Pekkala.

Maximov leek weer iets te willen zeggen, maar hij zweeg, alsof hij het niet over zijn hart kon verkrijgen Kropotkin op te geven, ongeacht wat de man hem had aangedaan.

'Maximov,' zei Pekkala zachtjes.

Bij het horen van zijn naam leek hij in één klap tot bezinning te komen.

'Kropotkin is op weg naar een gebied dat Rusalka heet, aan de Poolse grens. Ergens midden in de bossen. Ik kan het u op de kaart aanwijzen. Hoe wilt u hem tegenhouden?'

'De ene tank kan door de andere worden tegengehouden,' zei Pekkala. 'Zelfs als het een T-34 is, kunnen we er een complete divisie op afsturen.'

'Dat is nou precies wat Kropotkin graag zou willen. Als er opeens troepen verschijnen in een rustig gedeelte van het grensgebied, wordt dat ongetwijfeld verkeerd uitgelegd door de Polen. En als er gevechten uitbreken, ook al is het aan onze kant van de grens, zal Duitsland dat moeiteloos als een daad van agressie opvatten.'

'Dan moeten we er alleen op af,' zei Pekkala.

'Wat? Wij tweeën?' Maximov moest lachen. 'En stel dat we hem opsporen? Wat dan? Klopt u dan op de zijkant van de tank en beveelt u hem naar buiten te komen? Pekkala, ik wil graag helpen, maar ik kan geen wonderen verrichten...'

'Nee,' onderbrak Pekkala hem. 'Maar je bent wel een huurmoordenaar, en dat komt me op dit moment heel goed uit.'

Pekkala liet Maximov onder de hoede van een bewaker achter en ging Gorenko opzoeken in het IJzeren Huis.

Gorenko en Konstantin zaten naast elkaar op een paar munitie-kratten, als twee mannen die op een bus wachtten. De boeien hingen zo los om Konstantins polsen dat de jongen ze moeiteloos van zijn handen had kunnen laten glijden als hij dat gewild had.

'Bestaat er iets waarmee je een T-34 kunt uitschakelen?' vroeg Pekkala.

'Tja,' zei Gorenko, 'dat hangt ervan af...'

'Ik wil antwoord, en wel onmiddellijk, Gorenko.'

'Goed,' antwoordde hij aarzelend. 'We zijn een bepaald wapen aan het ontwikkelen.' Hij nam Pekkala mee naar een hoek van het gebouw en wees naar iets wat schuilging onder een stuk zeildoek. 'Dit hier.' Toen Gorenko het zeildoek wegtrok, kwam er een langwerpige houten krat tevoorschijn met handvatten van touw, dat was beschilderd met een verse laag Russische legerverf, in de kleur van rotte appels. 'Niemand mag dit weten.'

'Doe open,' zei Pekkala.

Gorenko liet zich op één knie zakken, klikte de sloten open en haalde het deksel van het krat. Er lag een smalle ijzeren buis in. Het duurde even voor Pekkala doorhad dat hij naar een soort geweer keek. Een dik, halfrond stootkussentje aan het uiteinde paste in de schouder van de schutter, en aan de zijkant zat een tweede kussentje, vermoedelijk om het gezicht van de schutter te beschermen als het wapen werd afgeschoten. Ervoor zag hij een grote pistoolgreep en een gebogen metalen trekkerbeugel. Halverwege de buis zaten een draaghandvat en een tweepotige steun voor stabiliteit. Aan het uiteinde van de loop was een vierkant stukje metaal bevestigd. Pekkala ging ervan uit dat het een flitsdemper was. Het hele ding zag er grof en onbetrouwbaar uit – een heel verschil met de keurig afgewerkte onderdelen van zijn Webleyrevolver of de complexe montage van Nagorski's ppk.

'Wat is dit?' vroeg Pekkala.

'Dit,' antwoordde Gorenko met onverhulde trots, 'is de ptrd, oftewel de Protivo Tankovoje Ruzjo Degtjarjova.'

'Het Degtjarjov Sovjet Antitank Geweer,' zei Pekkala. 'Wat namen betreft ontbreekt het u aan fantasie.'

'Dat weet ik,' zei Gorenko. 'Ik heb zelfs een kat die Kat heet.'

Pekkala wees naar het wapen. 'En dat moet een tank tegenhouden?'

Gorenko pakte een groen metalen kistje dat in het houten krat paste. 'Om precies te zijn, inspecteur,' antwoordde hij terwijl hij het deksel van het kistje nam en er een van de grootste kogels uit haalde die Pekkala ooit had gezien, 'moet dít een tank tegenhouden.' Hij aarzelde even. 'Tenminste, dat is de bedoeling. Maar het is nog niet klaar. Het kan jaren duren voor we over het eindproduct beschikken. Ondertussen is de hele onderneming topgeheim!'

'Nu niet meer,' zei Pekkala.

Met de telefoon in het kantoor van kapitein Samarin belde Pekkala naar Stalins kantoor in het Kremlin.

Poskrebysjev nam op. Hij nam altijd op, zelfs 's nachts.

Toen Pekkala Poskrebysjevs stem hoorde, vroeg hij zich af of de man het gebouw ooit verliet.

'Verbind me door met kameraad Stalin,' zei Pekkala tegen de secretaris.

'Het is al laat,' antwoordde Poskrebysjev.

'Nee,' zei Pekkala. 'Het is vroeg.'

Poskrebysjevs stem verdween met een klik toen hij Pekkala doorverbond met Stalins residentie.

'Wat is er, Pekkala?' klonk het even later korzelig.

Pekkala legde uit wat er was gebeurd.

'Heeft Konstantin Nagorski bekend dat hij zijn vader heeft vermoord?' vroeg Stalin, alsof hij niet kon bevatten wat hij zojuist had gehoord.

'Dat klopt,' zei Pekkala. 'Hij wordt morgenochtend in alle vroegte naar de Loebjanka overgebracht.'

'Deze bekentenis, is die op dezelfde manier verkregen als die andere?'

'Nee,' zei Pekkala. 'Er kwam geen geweld aan te pas.' Hij keek naar de papierrommel op Samarins bureau. Zo te zien had niemand iets aangeraakt sinds de kapitein was gestorven. In een hoek stond een kleine ingelijste foto van Samarin en een vrouw, waarschijnlijk zijn echtgenote.

'Geloof jij,' vroeg Stalin, 'dat die Oesjinski echt van plan was de T-34 in handen van de Duitsers te spelen?'

'Nee, kameraad Stalin, dat geloof ik niet.'

'Maar toch beweer je dat een van de tanks vermist wordt?'

'Dat klopt ook, maar Oesjinski had er niets mee te maken.' Pekkala hoorde het knisperen van een lucifer toen Stalin een sigaret opstak.

'Dat is al de tweede keer dat majoor Lysenkova me van onjuiste informatie heeft voorzien,' bromde Stalin.

'Kameraad Stalin, ik denk dat ik de vermiste T-34 kan opsporen. Ik heb de zoektocht toegespitst op een dicht bebost gebied langs de Poolse grens. Het heet daar het Rusalkawoud.'

'Is de tank bewapend?'

'Volledig bewapend, kameraad Stalin.'

'Maar er zit maar één man in! Dat zeg je toch? Kan hij hem in z'n eentje bedienen?'

'Het hele proces – rijden, laden, richten en vuren – kan door één enkele persoon verricht worden. Dan duurt alles wel veel langer, maar…'

'Maar de tank is dus even gevaarlijk in handen van één persoon als met een volledige bemanning van… hoeveel was het ook alweer?'

'Vier koppen, kameraad Stalin. En het antwoord is ja. In handen van één man die weet wat hij doet, is de T-34 een uiterst gevaarlijk wapen.'

Het bleef even stil. Toen barstte Stalin in woede uit. 'Ik stuur een volledige infanteriedivisie naar het gebied! Echt iets voor het vijfde regiment jagers. Ook stuur ik er de derde pantserdivisie op af. Ze hebben geen T-34's, maar ze kunnen hem flink dwarszitten tot zijn munitie op is. Kan me niet schelen hoeveel manschappen het kost om hem tegen te houden. Of hoeveel tanks. Als het moet, stuur ik het hele Sovjetleger op die klootzak af!'

'Dan verschaft u de Duitsers precies het excuus waarop ze hebben zitten wachten.'

Weer bleef het even stil.

'Daar zou je weleens gelijk in kunnen hebben,' beaamde Stalin ten slotte. 'Maar wat het ook kost, die verrader mag niet ontsnappen.'

Pekkala hoorde Stalin uitademen. In zijn verbeelding zag hij een grijze rooknevel rond zijn hoofd.

'Er is ook een detachement dat gespecialiseerd is in guerrillaoorlogvoering. Dat wordt geleid door een majoor Derevenko. Het is een kleine groep. Die zouden we ook kunnen sturen.'

'Ik ben blij het te horen, kameraad Stalin.'

Er klonk gekletter toen Stalin de hoorn neerlegde en een tweede telefoon pakte. 'Verbind me door met majoor Derevenko van het detachement guerrillaoorlogvoering in Kiev,' beval hij. 'Waarom niet? Wanneer dan? Weet je het zeker? En dat zou ik gedaan hebben?' Met een klap legde Stalin de hoorn op de haak. Even later had Pekkala hem weer aan de lijn. 'Derevenko is geliquideerd. Het detachement guerrillaoorlogvoering is ontbonden. Ik kan het leger er niet op afsturen?'

'Nee, kameraad Stalin.'

'Dus jij stelt voor dat ik die aanval maar gewoon moet laten gebeuren?'

'Ik stel voor dat u mij toestaat ernaartoe te gaan en hem tegen te houden.'

'Jij, Pekkala?'

'Ik ga niet helemaal in m'n eentje,' legde hij uit. 'Mijn assistent vergezelt me, samen met nog iemand. Een zekere Maximov.'

'Bedoel je de man die Kropotkin heeft geholpen de tank te stelen?'

'Ja. Hij heeft zijn medewerking toegezegd.'

'Heb je die man nodig?'

'Volgens mij biedt hij ons de beste kans om met Kropotkin te onderhandelen.'

'En als Kropotkin niet wil onderhandelen?'

'Dan kunnen we andere maatregelen treffen.'

'Andere maatregelen?' zei Stalin. 'Wat voor toverkunsten heb je in gedachten, Pekkala?'

'Geen toverkunsten. Wolfraamstaal.'

'Een nieuw wapen?'

'Ja,' antwoordde Pekkala. 'Het verkeert nog in de experimentele fase. Voor we vertrekken, gaan we het eerst testen.'

'Waarom weet ik hier niets van?'

'Zoals met de meeste dingen, kameraad Stalin, moest het op bevel van Nagorski geheim blijven.'

'Maar toch niet voor mij?' bulderde Stalin in de telefoon. 'Ik bewaar hier de geheimen! Niets wordt voor míj geheimgehouden! Weet je nog wat ik je verteld heb over de geruchten die de Britse geheime dienst heeft verspreid? Dat we van plan zijn Duitsland aan te vallen via de Poolse grens? De Duitsers geloven die geruchten, Pekkala, en als jij die tank niet tegenhoudt, denken ze dat het al zover is! Ons land is nog niet klaar voor oorlog! Dus zorg dat het lukt, Pekkala! Je krijgt achtenveertig uur om het ding tegen te houden. Daarna stuur ik het leger erop af.'

'Begrepen,' zei Pekkala.

'Wist je dat ik ook een zoon heb die Konstantin heet?' vroeg Stalin.

'Ja, kameraad Stalin.'

Stalin zuchtte in de hoorn, en het klonk als regen in Pekkala's oor. 'Stel je voor,' fluisterde hij, 'dat je vermoord wordt door je eigen vlees en bloed.'

Voor Pekkala kon antwoorden, had Stalin met een klik de verbinding verbroken.

Terwijl de zon boven de bomen uit klom, tuurde Pekkala door een verrekijker naar de overkant van het modderige testterrein. Het enorme gevaarte van een T-34, met een witgeschilderde 5 op de zijkant van de geschutskoepel, zat als een vlieg gevangen in de kruisdraden van de kijker.

'Klaar?' vroeg hij.

'Klaar,' antwoordde Kirov. Hij lag op de grond, met de kolf van de PTRD in zijn schouderholte terwijl de loop op de tweepoot rustte. Hij was pas uit Moskou gearriveerd, nadat Pekkala hem twee uur eerder had ontboden.

'Vuur!' zei Pekkala.

Een oorverdovende knal vulde de ruimte. Twee felrode flitsen spoten uit de zijkant van de geschutskoepel, gevolgd door een rookwolk. Toen de rook was opgetrokken, zag Pekkala een stuk kaal metaal waar de kogel de tank had geraakt. Het witte cijfer was voor de helft uitgewist. Hij liet de verrekijker zakken. 'Wat is er gebeurd?' vroeg hij.

Gorenko gaf antwoord. 'De kogel raakte de tank in een scheve hoek en ketste af.'

Kirov lag nog steeds op de grond, met open mond en wijd opengesperde ogen, verdoofd door de terugslag van het wapen. 'Ik heb mijn kaak geloof ik gebroken,' mompelde hij.

'Je hebt het doel in elk geval geraakt,' zei Pekkala.

'Het maakt niet uit of het doel geraakt wordt,' zei Gorenko. 'Het schot moet perfect zijn om door het omhulsel heen te dringen. Op die plek is de pantsering zeventig millimeter dik.'

'Professor,' zei Kirov, terwijl hij weer een van de kogels pakte die naast het wapen lagen, 'wat gebeurt er met zo'n tank als hij tijdens een gevecht beschoten wordt?'

'Hangt ervan af waarop je schiet,' antwoordde Gorenko op nuchtere toon. 'Kogels ketsen simpelweg af. Ze slaan er hooguit een deukje in, als een vinger in een klomp koude boter. Zelfs sommige artilleriekogels komen er niet doorheen. Die maken een heidens kabaal, maar dat is beter dan wat er gebeurt als zo'n projectiel door het omhulsel dringt.'

'En stel dat een projectiel er inderdaad doorheen komt?'

Gorenko pakte de kogel uit Kirovs hand en tikte met zijn vinger op het uiteinde. 'Als dit projectiel een voertuig raakt,' legde hij uit, 'heeft het een snelheid van 1012 meter per seconde. Als het binnendringt, begint het rond te stuiteren.' Hij draaide de kogel langzaam om zodat hij eerst de ene en toen de andere kant op leek te tollen. 'Hij treft tien keer doel, honderd keer, duizend keer. Iedereen die in de tank zit wordt aan stukken gereten, zo grondig alsof hij met slagersmessen in repen is gesneden. Of hij raakt een van de kanonskogels, en dan explodeert de tank van binnenuit. Neem maar van mij aan, Kirov, dat je niet in een tank wilt zitten als een van deze dingen zich door de zijkant boort. Hij scheurt het metaal van een compartiment aan flarden zodat het net het nest van een reuzenvogel lijkt.'

'Probeer nog eens,' zei Pekkala.

Weer zette Kirov de kolf van het geweer tegen zijn schouder. Hij schoof het staartstuk naar achteren, wierp de lege huls uit en plaatste een nieuwe kogel in de kamer.

'Richt deze keer op de plek waar de geschutskoepel aan het chassis is bevestigd,' zei Gorenko.

'Maar die spleet is maar een paar centimeter breed!' wierp Pekkala tegen.

'De tank is niet ontworpen om wat u nu aan het doen bent gemakkelijk te maken,' zei Gorenko.

Kirov vlijde zijn wang tegen het kussentje. Hij kneep één oog dicht en ontblootte zijn tanden. Met zijn tenen zette hij zich schrap.

'Als je zover bent…' zei Pekkala.

De woorden waren zijn mond nog niet uit of een vuurflits schoot uit de loop van het wapen. De omringende lucht leek te schudden.

Toen de rook rondom de tank was opgetrokken, was er aan de onderkant van de geschutskoepel een zilveren streep bij gekomen.

Gorenko schudde zijn hoofd.

In de verte leek de lompe T-34 de spot met hen te drijven.

'Het is zinloos,' mompelde Pekkala. 'We zullen iets anders moeten bedenken.'

Kirov kwam overeind en sloeg de aarde van zijn borst. 'Misschien wordt het tijd om het leger in te schakelen. We hebben alles gedaan wat we konden.'

'Nog niet alles,' zei Gorenko.

Beide mannen keerden zich naar hem toe.

'Zelfs Achilles had zijn zwakke plek,' zei de professor. Hij stak zijn hand in zijn zak en haalde er een nieuwe kogel voor de PTRD uit. Maar deze verschilde van de andere. De kogel had niet het doffe van wolfraamstaal, maar glansde als kwikzilver. 'Dit is een mengsel van tetrachloride en calcium,' legde Gorenko uit. 'Het is nog maar een paar jaar geleden uitgevonden door een zekere William Kroll, in Luxemburg. Op de hele wereld is er nog geen kilo van. Oesjinski en ik hebben voor onze experimenten de hand weten te leggen op een voorraadje.' Hij wierp Kirov de kogel toe. 'Ik heb geen idee wat er gaat gebeuren. Hij is nog nooit eerder getest.'

'Laad het wapen,' gebood Pekkala.

Bij het volgende schot ontbrak de rode flits. Wel zat er opeens een klein zwart gat in de zijkant van de tank. Er klonk zacht geknetter, maar dat was alles.

'Weer niks,' bromde Kirov.

'Wacht maar,' zei Gorenko.

Even later begon de T-34 merkwaardig blauw op te gloeien. Toen verhief de koepel van de tank zich in de lucht, opgestuwd door een pilaar van vlammen. Een drukgolf verspreidde zich vanuit het voertuig en plette het gras. Toen de muur Pekkala bereikte, had hij het gevoel alsof hij een trap tegen zijn borst kreeg.

Alsof hij niets woog, tolde de koepel door de lucht en toen viel hij neer met een dreun die de grond onder hun voeten deed trillen. Het binnenste van de tank braakte dikke, zwarte rookwolken uit. Toen de munitie in de brandende tank tot ontploffing kwam, klonken er nog meer explosies, sommige scherpe knalletjes en andere zwaar als donderslagen.

Kirov stond op en gaf Pekkala een klap op zijn rug. 'Nu kunt u het niet langer ontkennen!'

'Wat kan ik niet langer ontkennen?' vroeg Pekkala argwanend.

'Dat ik een goede schutter ben! Een eersteklas schutter!'

Pekkala bromde zachtjes.

Kirov wendde zich tot Gorenko om hem te feliciteren met het succes van de titaniumkogel.

Maar Gorenko's gezicht stond somber. Hij staarde naar de brokstukken van de T-34. 'Al dat werk om ze tot leven te wekken,' mompelde hij. 'Het is moeilijk om ze zo vernietigd te zien worden.'

Het lachen verging hun toen ze het verdriet in de stem van de oude professor hoorden.

'Hoeveel van die titaniumkogels hebt u?' vroeg Pekkala.

'Nog een.' Gorenko haalde de andere kogel uit zijn zak en legde die op Pekkala's handpalm.

'Kunt u er meer maken?' wilde Pekkala weten.

'Onmogelijk.' Gorenko schudde zijn hoofd. 'Wat u daar in uw hand houdt, is al het titanium dat er in het land is. Als u daarmee mist, zult u op grovere middelen moeten overgaan.'

'Bedoelt u dat u nog iets anders hebt?' vroeg Pekkala.

'Het is een uiterst middel,' verzuchtte Gorenko. 'En ook niet meer.' Hij verdween weer in de montagehal. Even later kwam hij terug met een soort rieten picknickmand. Die zette hij voor de twee speurders neer en toen haalde hij het deksel eraf. Er zaten drie wijn-flessen in, van elkaar gescheiden door twee houten latten. De fles-sen waren dichtgemaakt met proppen katoen in plaats van met kurken. De stof hing over de flessenhals en werd op zijn plaats ge-houden met zwart loodgieterstape dat verschillende keren om het glas was gewikkeld.

Gorenko pakte een van de flessen en hield die omhoog. 'Dit is een mengsel van paraffine, benzine, suiker en teer. De katoenen plug is gedrenkt in aceton en toen gedroogd. Om dit te gebruiken, steek je het katoen aan en werp je de fles naar de tank. Maar je moet heel nauwkeurig mikken. De fles moet op het rooster van het mo-torcompartiment terechtkomen. Er zitten luchtgaten in dat roos-ter, en daardoor stroomt de brandende vloeistof op de motor. De motor hoort dan in brand te vliegen, maar ook als dat niet gebeurt, smelten de rubberen slangen die met de radiator, de brandstofin-jector en de luchtinlaat zijn verbonden. Zo wordt de tank tot staan gebracht...'

'Maar alleen als ik dicht genoeg in de buurt kan komen om de fles op de motor te gooien,' zei Kirov.

'Precies,' antwoordde Gorenko.

'Dan moet ik al bijna boven op de tank zitten.'

'Ik zei toch dat het een uiterst middel was?' zei Gorenko terwijl hij de fles weer in de rieten mand zette.

Voor ze uiteengingen, nam Gorenko Pekkala nog even apart. 'Zou u een boodschap aan Oesjinski kunnen overbrengen?'

'Afhankelijk van hoe deze missie verloopt, zou dat mogelijk zijn,' zei Pekkala.

'Zeg maar tegen hem dat ik spijt heb van onze ruzies,' zei Goren-ko. 'Ik wou dat hij weer hier was, zeg dat maar.'

Ze hadden inmiddels vierentwintig uur gereden. Kirov en Pekkala wisselden elkaar om de drie uur af op hun tocht naar de Poolse grens. Maximov zat achterin, met zijn handen strak in de boeien.

Kirov had op de boeien aangedrongen.

'Vind je het echt nodig?' vroeg Pekkala.

'Het is standaardprocedure voor het vervoer van gevangenen,' antwoordde Kirov.

'Ik kan het hem niet kwalijk nemen,' zei Maximov. 'Per slot van rekening help ik jullie niet omdat ik vind dat jullie gelijk hebben. Ik ben alleen meegegaan om het leven van Konstantin Nagorski te redden.'

'Of ik je nou vertrouw of niet,' zei Kirov, 'het brengt Kropotkin echt niet op andere gedachten.'

Het voorjaar was aangebroken, een seizoen dat thuis in Moskou alleen tot Pekkala doordrong als hij in Kirovs plantenbakken keek, of in de volgepropte, hoge gegalvaniseerde emmers op de openluchtmarkt op het Bolotniaplein, of als bij Jelisejev de jaarlijkse uitstalling van tulpen in de vorm van een hamer en sikkel weer in gereedheid werd gebracht. Maar hier was het seizoen overal om hem heen, en als een zachte wervelwind beschilderde het de zwarte zijkanten van de Emka met lichtgevend geelgroen stof.

Ze mochten van geluk spreken dat ze de periode die bekendstond als de Raspoetitsa hadden gemist: dan smolt de sneeuw en veranderden wegen in modderrivieren. Maar op sommige plaatsen verdween hun route nog steeds in meertjes, om aan de tegenoverliggende oever weer op te duiken en eigenzinnig verder te kronkelen door het landschap. In het midden van dergelijke plassen wezen scheve borden naar een wereld onder de waterspiegel.

Het omrijden kostte uren. Ze volgden paden die niet op hun kaarten stonden, maar ook de wegen die officieel wel bestonden liepen soms op onverklaarbare wijze dood, terwijl ze volgens de kaart toch verdergingen, als slagaderen in een mensenlichaam.

Onderweg scheurden ze door dorpen en flitsten de witte paaltjes van tuinhekken als in een filmprojectie voorbij.

Om te tanken stopten ze bij overheidsdepots, waar de met olie doordrenkte grond alle kleuren van de regenboog had. Half verscholen achter bergen rubberbanden die naast het depot lagen weg te rotten viel de zachtpaarse seringenbloesem als een waterval over de heggen. De geur vermengde zich met die van gemorste diesel.

De depots op de hoofdweg uit Moskou lagen telkens honderd kilometer uit elkaar. Brandstof was alleen verkrijgbaar met overheidscoupons. Om te voorkomen dat deze coupons op de zwarte markt terechtkwamen, stonden ze op naam van degene aan wie ze waren uitgereikt. Bij elk depot controleerden Kirov en Pekkala of Kropotkin er coupons had ingewisseld. Het leverde niets op.

'Zijn er ook depots die niet aan de hoofdweg liggen?' vroeg Pekkala aan een depothouder, een man met een pluizig stoppelbaardje dat als een schimmellaagje op oud brood zijn wangen bedekte.

'Die zijn er niet,' antwoordde hij. Hij nam zijn gebit uit, poetste het op met zijn zakdoek en stopte het weer in zijn mond. 'Je kunt alleen aan brandstof komen via deze depots of via plaatselijke volkscommissarissen, die het verstrekken voor landbouwwerktuigen. Als de chauffeur van een zware vrachtwagen brandstof zou vragen aan zo'n commissaris, zou die hem geweigerd worden.'

Kirov hield de stapel brandstofcoupons omhoog die hij ter controle van de depothouder had gekregen. 'Zouden deze van de zwarte markt afkomstig kunnen zijn?'

De depothouder schudde zijn hoofd. 'Je hebt een pasje waarmee je brandstof voor overheidsgebruik kunt vorderen, zoals u, of je hebt coupons, zoals de rest van ons. In het geval van coupons moeten ze stuk voor stuk vergeleken worden met de identiteitskaart en het rijbewijs van degene die de brandstof vordert. Ik doe dit werk nu al vijftien jaar, en neem maar van mij aan dat ik heel goed weet wat echt is en wat nep.'

Terwijl de depothouder hun auto bijtankte, maakte Pekkala de kofferbak van de Emka open en keek naar de kortegolfradio die ze van Gorenko hadden meegekregen. Die was van hetzelfde type dat gebruikt zou worden in de T-34 en waarmee gecommuniceerd kon worden met eenheden artillerie en luchtmacht als de tank zich buiten het normale radiobereik aan het front bevond. Als hun missie slaagde, konden ze voor het einde van het achtenveertiguursultimatum een bericht sturen naar een noodkanaal dat beheerd werd door het Kremlin. In het andere geval zouden duizenden gemotoriseerde militairen optrekken naar de Poolse grens, zoals Stalin had verzekerd.

Naast de radio lag de lompe PTRD. Hoe langer Pekkala ernaar keek, hoe minder het ding op een wapen ging lijken, maar eerder op een kruk voor een of andere kreupele reus. Hij bewaarde de titaniumkogel in zijn vestzakje, waaraan hij met een zwarte veiligheidsspeld was bevestigd.

'Laat maar lekker liggen,' zei Kirov, en hij sloeg de klep van de kofferbak dicht. 'Als we hem nodig hebben, weten we hem te vinden.'

'Maar zou dat voldoende zijn?' vroeg Pekkala. De gedachte dat ze misschien al niet meer konden voorkomen dat Kropotkin met zijn tank Polen binnenreed, liet hem niet los.

Op zeker moment, toen ze al bijna achttien uur onderweg waren, viel Kirov achter het stuur in slaap. De Emka schoof van de weg en belandde in een zonnebloemveld. Gelukkig was er geen greppel, want dan zou de auto naar de knoppen zijn geweest.

Tegen de tijd dat de Emka stilstond, waren de zijkanten en de voorruit bedekt met een laag opgespatte modder en piepkleine sprietjes lichtgroen, jong zonnebloemblad. Zonder een woord te zeggen stapte Kirov uit, liep naar het achterportier en opende het. 'Uitstappen,' sommeerde hij Maximov.

Die deed wat hem werd opgedragen.

Kirov maakte de handboeien los. Toen wees hij naar de lege bestuurdersplaats.

Maximov nam achter het stuur plaats en nadat de twee inspecteurs hun schouders tegen de achterkant van de Emka hadden gezet, duwden ze de auto voorzichtig uit de modder en weer de weg op.

Hoog boven hen draaiden gieren lome rondjes op de opstijgende golven warme lucht. Overal om hen heen hing de geur van deze door land ingesloten wereld, en de droogte en stoffigheid filterden door hun bloed, kruidig als nootmuskaatpoeder.

Vanaf dat moment wisselden ze elkaar om de twee uur af achter het stuur. Toen ze het Rusalkawoud bereikten, waren ze alle drie zo uitgeput dat ze met de beste wil van de wereld niet meer hadden kunnen slapen.

Op de kaart leek het woud een puntige, groene glasscherf, omsloten door witte vlakken, die akkers moesten voorstellen. Het strekte zich uit aan weerszijden van de Pools-Russische grens, die slechts aangegeven werd door een golvende stippellijn.

Het Rusalkawoud lag zo'n tweehonderd kilometer ten oosten van Warschau. Aan de Russische kant van het woud lag een handvol dorpjes, maar volgens Pekkala's kaart waren er aan de Poolse kant veel meer.

Pekkala had de kaart zo vaak bestudeerd dat de vorm inmiddels in zijn brein stond gegrift. Alsof hij door de contouren in zijn hoofd te prenten beter voorbereid zou zijn op wat hem binnen de grenzen wachtte.

In de namiddag bereikten ze een gehucht genaamd Zorovka, het laatste Russische plaatsje voor de weg in het woud verdween. Zorovka bestond uit vijf of zes huizen met strodaken, die dicht opeen stonden aan weerszijden van de weg naar het Rusalkawoud. Bozige kippen scharrelden over de weg; ze waren geen verkeer gewend en leken de Emka pas op te merken als ze bijna overreden werden.

Het gehucht maakte een verlaten indruk. Ze zagen alleen een vrouw, die de grond in haar tuin bewerkte. Toen de Emka aan kwam rijden, hief ze niet eens haar hoofd, maar bleef met haar schoffel op de modderige aardklonten inhakken.

Doordat ze niet opkeek, besefte Pekkala dat ze hen al had verwacht. 'Stop eens even,' beval hij.

Kirov stond meteen op de rem.

Pekkala stapte uit en liep op de vrouw af.

Hij stak de straat over naar waar ze aan het werk was, maar ze bleef hem negeren.

Onder de karrensporen en paardenhoeven zag Pekkala de afdruk van zware banden. Nu wist hij dat ze goed zaten. 'Wanneer is die vrachtwagen hier langsgekomen?' vroeg hij aan de vrouw vanaf de andere kant van het tuinhek.

Ze staakte haar gehak en keek op. 'Wie bent u?' vroeg ze.

'Ik ben inspecteur Pekkala, van het Bureau Speciale Operaties in Moskou.'

'Tja, ik weet niks van een vrachtwagen,' zei ze, zo luid dat Pekkala zich afvroeg of ze misschien hardhorend was.

'Ik zie anders de bandensporen in de weg,' zei Pekkala.

De vrouw liep naar de rand van haar hek en keek naar de weg. 'Ja,' zei ze, zo mogelijk nog luider. 'Ik zie ze ook, maar toch weet ik van niks.' Ze keek even naar hem op, en Pekkala zag aan haar gezicht dat ze loog. Bovendien wilde ze hem laten weten dat ze loog.

Pekkala voelde een schok door zich heen gaan. Hij keek naar de grond, alsof hij door iets werd afgeleid. 'Is hij hier?' fluisterde hij.

'Hij is hier geweest,' fluisterde de vrouw terug.

'Hoe lang geleden?'

'Gisteren, in de loop van de middag.'

'Was hij alleen?'

'Ik heb verder niemand gezien.'

'Als hij weg is,' vroeg Pekkala, 'waarom bent u dan nog steeds bang?'

'De anderen hier verschuilen zich in hun huizen. Ze houden ons in de gaten en staan bij de deur te luisteren. Als er iets gebeurt, krijg ik de schuld omdat ik met u gepraat heb, maar als ik niks zeg, neem ik het mezelf kwalijk.'

'Als er iets gebeurt?' vroeg Pekkala.

De vrouw keek hem even aan. 'De chauffeur van de vrachtwagen heeft iemand meegenomen. Iemand uit dit dorp. Hij heet Maklarski, een bosarbeider hier uit het Rusalkawoud.'

'Waarom heeft hij iemand gegijzeld?' vroeg Pekkala.

'Eerst zei de chauffeur dat hij alleen maar wilde tanken. Maar we krijgen maandelijks maar heel weinig brandstof van het plaatselijke commissariaat. We hebben één tractor hier in het dorp en met wat we hebben, kunnen we die niet eens aan het rijden houden. Hij wilde meer brandstof dan wij in een hele maand krijgen. We zeiden dus nee. Toen vroeg hij of iemand hem de weg naar de grens wilde wijzen. De Poolse cavalerie patrouilleert in het Rusalkawoud. Onze eigen soldaten komen hier soms ook langs – ongeveer één keer per maand – maar de Polen rijden praktisch elke dag door dat bos. Er lopen allerlei paden doorheen. Je kunt er makkelijk verdwalen. We zeiden dat hij terug moest rijden naar de hoofdweg uit Moskou en vandaar de grens naar Polen moest oversteken. Toen trok de chauffeur een pistool.'

'Hoe zag hij eruit?' vroeg Pekkala.

'Brede schouders, een groot vierkant gezicht en een snor. Hij had blond haar, maar werd al grijs.'

'Kropotkin, zo heet hij,' zei Pekkala. 'Hij is erg gevaarlijk. Ik móét die man tegenhouden voor hij de grens met Polen oversteekt.'

'Misschien heeft hij dat al gedaan,' opperde de vrouw.

'Als dat zo was,' zei Pekkala, 'zouden we het weten.'

'Die man zei dat er naar hem gezocht werd. Hij zei dat we moesten uitkijken naar een man in een zwarte jas met een insigne in de vorm van een oog op zijn revers.'

Pekkala sloeg de kraag van zijn jas op. 'Hij bedoelde dit.'

'Ja,' zei de vrouw, terwijl ze naar het Smaragden Oog keek. 'Als we onze mond hielden, zei hij, zou hij de gegijzelde vrijlaten. Maar ik geloofde hem niet. Daarom praat ik nu met u. De anderen zijn te bang om met u te praten. Ik heet Zoja Maklarskaja en die man over wie ik u vertelde, is mijn vader. Ik bepaal zelf hoe gevaarlijk het is om met u te praten.'

'We zullen ons uiterste best doen om uw vader terug te brengen,' zei Pekkala.

De vrouw knikte in de richting van de omgewoelde zandweg. 'Als u die sporen volgt, komt u vanzelf bij hem uit. Als u hem wilt vinden, zou ik nu maar gaan, voor het avond wordt. Zodra het donker is in dat bos, verdwalen zelfs de wolven.'

Toen Pekkala zich omdraaide, zag hij achter een vensterruit een gezicht dat wegdook in de schaduw, als een verdronken man die naar de bodem van een meer zinkt.

In het verflauwende licht volgden ze Kropotkins spoor het woud in. Om hen heen sloten de bomen hun gelederen. De ondergaande zon boog zich op scheve schachten tussen de takken door en verlichtte open plekken waar dekens van gras even schitterend glansden als de smaragd in Pekkala's met goud omlijste oog.

Het leek wel of de weg zelf de grens markeerde.

Aan de ene kant passeerden ze houten wegwijzers in het Pools, die aangaven dat ze vlak langs de grens tussen de twee landen reden. Aan de andere kant waren metalen platen aan de bomen vastgespijkerd, met het hamer-en-sikkelsymbool van de Sovjet Unie. Onder de bordjes, op de plek waar de spijkers door de schors waren gedrongen, sijpelden witte sapstroompjes naar beneden.

Na al die uren dat Pekkala de kaart had bestudeerd, had het Rusalkawoud zich in zijn gedachten zo samengebald dat hij zichzelf wijsmaakte dat zo'n monstertank zich daar niet lang zou kunnen verschuilen.

Maar nu ze er middenin zaten en over oneffen wegen voorthobbelden, met ogen die pijn deden van het turen naar Kropotkins kronkelende bandenspoor, besefte Pekkala dat er wel honderd van dat soort tanks in het woud konden verdwijnen zonder een spoor achter te laten.

Overweldigd door de uitgestrektheid van deze bossen leken Pekkala's herinneringen aan de grote steden Leningrad, Moskou en Kiev iets uit een droom. Het was alsof er op aarde niets anders bestond of ooit had bestaan dan het Rusalkawoud.

Toen het laatste zonlicht uiteindelijk verdween, leek de duisternis niet vanboven neer te dalen, zoals in de stad, maar vanaf de grond op te stijgen, als een zwarte vloeistof die de aarde overspoelde.

Ze konden de bandensporen van de vrachtwagen niet langer zien, en het was te gevaarlijk om de koplampen van de Emka te ontsteken, want Kropotkin kon hen achter elke bocht in de weg opwachten.

Ze stuurden de auto van de weg af, schakelden de motor uit en stapten uit op hun stramme benen. Het had gedauwd. De wind blies door de toppen van de bomen.

'Zodra het licht wordt, gaan we weer zoeken,' zei Pekkala. 'In het donker kan Kropotkin ook geen kant op.'

'Zullen we een kampvuur maken?' vroeg Kirov.

'Nee,' antwoordde Pekkala. 'Zelfs als hij de vlammen niet ziet, zou de rookgeur hem rechtstreeks naar ons toe leiden. We houden om beurten de wacht. Ik ga wel als eerste.'

Terwijl Pekkala de wacht hield, gingen Maximov en Kirov in de krappe auto liggen, Maximov voorin en Kirov op de achterbank.

Pekkala zat voor op de Emka en voelde de warmte van de motor, die al zuchtend en klikkend afkoelde, als een onregelmatig tikkende klok.

Na jaren waarin het gerommel van ondergrondse treinen die zich kronkelend een weg baanden onder het plaveisel van Moskou, het gerammel van de waterleiding in zijn appartement en het verre geratel van treinen die het Belorusskistation binnenreden, zijn achtergrondgeluiden waren geweest, werd Pekkala nerveus van de stilte in dit bos. Oude herinneringen aan zijn tijd in Siberië beslopen hem terwijl hij hulpeloos het donker in tuurde, in de wetenschap dat Kropotkin hem tot op een paar passen zou kunnen naderen voor hij hem zag.

Vochtdruppels hechtten zich aan zijn kleren, zodat het doffe zwart van zijn jas veranderde in een cape van parels die zelfs in dit duister nog glans afgaf.

Na een tijdje ging het achterportier van de Emka open en stapte Kirov uit. De ramen van de auto waren inmiddels beslagen van de condens.

'Zijn de twee uur al voorbij?' vroeg Pekkala.

'Nee,' zei Kirov, 'maar ik kan niet slapen.' Hij kwam naast Pekkala staan, en sloeg zijn armen om zich heen tegen de kou. 'Hoeveel tijd hebben we nog?'

Pekkala keek op zijn zakhorloge. 'Veertien uur. Tegen zonsopkomst zijn er nog maar een paar uren over.'

'Zou dit echt reden genoeg zijn om een oorlog te beginnen?' vroeg Kirov. 'Eén tank, bestuurd door een gek? Zelfs als hij erin slaagt een paar onschuldige mensen te doden, komt de wereld vast op tijd weer bij zinnen…'

Pekkala onderbrak hem. 'De laatste oorlog werd begonnen door een gek genaamd Gavrilo Princip. Daarvoor had hij alleen maar een pistool nodig en hoefde hij maar één man te doden, aartshertog Ferdinand.'

'Een aartshertog is anders wel een hoge piet.'

'Hij had dan misschien een gewichtige titel, maar was die Ferdinand belangrijk genoeg om tot de dood van ruim tien miljoen mensen te leiden? Die oorlog werd begonnen, Kirov, omdat een van de partijen dat graag wilde. Het enige wat die partij nodig had, was een leugen die groot genoeg was om het eigen volk ervan te overtuigen dat hun manier van leven werd bedreigd. Vandaag geldt hetzelfde, en het antwoord is dus ja. Er is maar één gek voor nodig.'

Het portier ging open.

Een vlaag kou streek langs Pekkala's gezicht en blies de muffe lucht in de Emka weg. Hij had geslapen, met zijn benen verdraaid neerhangend in de ruimte voor zijn stoel en met zijn hoofd op de passagiersstoel. De pook van de Emka stak in zijn ribben. Zijn nek voelde als de balg van een kapotte accordeon.

Iemand schudde aan zijn voet.

Pekkala had de indruk dat hij nog maar net zijn ogen had dichtgedaan. Hij kon niet geloven dat het nu alweer tijd was voor zijn volgende wacht.

'Opstaan, inspecteur,' fluisterde Kirov. 'Maximov is weg.'

Hij was in één klap wakker en klauterde de auto uit. 'Hoezo, hij is weg?'

'Mijn wacht zat erop,' legde Kirov uit. 'Ik maakte Maximov wakker en zei dat het zijn beurt was. Een paar minuten geleden stond ik op om te pissen. Toen zag ik dat hij weg was.'

'Misschien is hij ergens in de buurt.'

'Ik heb al naar hem gezocht, inspecteur, maar zonder resultaat.'

De mannen tuurden het donker in.

'Hij gaat Kropotkin waarschuwen,' mompelde Kirov.

Aanvankelijk was Pekkala te geschokt om te antwoorden, en hij weigerde te geloven dat Maximov hen in de steek had gelaten.

'Wat moeten we nou?' vroeg Kirov.

'In het donker vinden we hem niet,' zei Pekkala. 'Niet hier. Tot het licht wordt, blijven we hier op hen wachten. Maar zodra we weer iets kunnen zien, gaan we naar ze op zoek.'

Een eindje van de plek waar de Emka stond geparkeerd, in de greppel langs de weg, installeerden ze het PTRD-antitankwapen en camoufleerden het met dennentakken. Bovendien hadden ze elk een fles bij zich met het explosieve mengsel. De vettige vloeistof klotste in de glazen omhulsels.

De rest van de nacht zaten ze ineengedoken in de greppel en hielden de weg in de gaten. In het peilloze donker gingen hun ogen met hen aan de haal. Geesten zweefden tussen de bomen door. Stemmen fluisterden in het geruis van de wind, verdwenen opeens en waren er nooit geweest.

In het eerste aalgroene ochtendlicht zagen ze iets op hen afkomen.

Het leek niet op een mens. Het wezen liep als een wolf, met lange, soepele stappen, en het bleef in de berm.

Voorzichtig stak Pekkala zijn hoofd boven de rand van de greppel uit en haalde zijn pistool uit de holster.

Kirov volgde zijn voorbeeld.

Nu zagen ze dat het een man was, en even later herkenden ze de kale kop van Maximov. Ineengedoken kwam hij met grote, vastberaden passen en zijn armen langs zijn zij op hen af rennen.

Bij de Emka bleef Maximov staan en tuurde behoedzaam tussen de bomen door. 'Kirov,' fluisterde hij. 'Pekkala. Zijn jullie daar?'

Pekkala klom uit de greppel en ging met zijn wapen in de hand op de weg staan. 'Wat wil je, Maximov?' In weerwil van wat zijn intuïtie hem over Maximov influisterde, was Pekkala vastbesloten om de man neer te schieten zodra hij ook maar één onverwachte beweging maakte.

Maximov leek verbaasd omdat Pekkala niet bij de auto was. Maar toen besefte hij wat er in het hoofd van de twee rechercheurs moest zijn omgegaan. 'Ik heb hem gehoord!' zei hij op dringende toon terwijl hij naar Pekkala toe liep. 'Ik hoorde het geluid van metaal op metaal. Daar ben ik op af gegaan. Ik moest snel zijn.' Hij bleef staan. Toen pas zag hij Kirov in de greppel, en de PTRD onder zijn dek van dennentakken. Hij keek de twee mannen beduusd aan. 'Dachten jullie echt dat ik jullie in de steek had gelaten?'

'Wat moesten we anders denken?' snauwde Kirov.

'Na wat die man Konstantin heeft aangedaan, geloofden jullie toch niet dat ik hem nog zou helpen?' was Maximovs reactie.

'Zei je dat je op hem af bent gegaan?' vroeg Pekkala voor Kirov kon antwoorden.

Maximov knikte. Hij wees naar de weg. 'Hij zit hooguit een kwartier verderop. Er is een open plek niet ver van de weg. De tank is al van de vrachtwagen af. Zo te zien maakt hij zich gereed om weg te rijden zodra het licht genoeg is om te kunnen zien.'

'Was hij alleen?' vroeg Pekkala. 'Heb je de man gezien die hij gegijzeld heeft?'

'Ik heb alleen Kropotkin gezien. Als we hem willen pakken, moeten we nu gaan. Zodra die tank zich in beweging heeft gezet, wordt het een stuk moeilijker om hem tegen te houden.'

Zonder nog een woord te zeggen, pakte Kirov de PTRD op. Terwijl hij uit de greppel klom, gaf hij zijn Tokarev aan Maximov. 'Neem deze maar,' zei hij, 'voor het geval je hem er niet uit kunt praten.' Toen keek hij even naar de lucht. 'Kijk daar eens!' riep hij op gedempte toon.

Maximov en Pekkala draaiden zich om. In de verte steeg een dikke rookpluim boven de bomen uit.

'Wat is dat?' vroeg Kirov. 'Is dat de uitlaat van de tank?'

'Het lijkt er eerder op dat hij het bos in de fik probeert te steken,' zei Maximov.

Bij de auto aangekomen pakten Pekkala en Maximov ieder een fles met het explosief en zoveel extra munitie als ze konden dragen. Toen zetten ze het op een lopen, met Maximov aan kop, die in zijn wolvenpas voor de twee rechercheurs uit snelde.

Terwijl ze voortrenden, verspreidde de zwarte rook zich over de hemel.

Even later konden ze het al ruiken, en toen wisten ze dat de rook niet van hout afkomstig was. De dikke nevel stonk naar brandende olie.

Zo snel als ze konden vlogen ze door het doolhof van bomen, over sponzige grond waar modder aan de hakken van hun laarzen zoog en waar vreemde insectenetende planten groeiden die stonken naar rottend vlees en hun bekken opensperden.

Kirov liep vlak achter Pekkala, zachtjes vloekend telkens als zijn schenen over de stammen van gevallen bomen schraapten. Dunne takken zwiepten in hun gezicht en graaiden naar de wapens in hun handen.

Tegen de tijd dat Maximov zijn hand opstak ten teken dat ze moesten stoppen, was Pekkala doordrenkt van het zweet. Hij had zijn jas nog aan, en de fles in zijn hand maakte het lopen er ook niet makkelijker op.

Kirov, die belast was met de lompe PTRD, was eveneens uitgeput.

Alleen Maximov vertoonde geen enkel teken van vermoeidheid, alsof hij zonder onderbreking had kunnen blijven rennen tot de golven van de Atlantische Oceaan om zijn voeten spoelden.

Het werd nu snel licht, en ze zochten dekking tussen de bomen.

In de verte zag Pekkala het brandende skelet van de vrachtwagen.

'Wat bezielt hem om zijn positie op die manier prijs te geven?' fluisterde Kirov. 'De rook is tot halverwege Polen te zien.'

Ze kropen naar voren tot ze tussen de flakkerende vlammen door het silhouet van de tank konden onderscheiden. Ervóór zagen ze Kropotkin. Uit een gebutst benzineblik goot hij brandstof in de tank. Vervolgens keilde hij het blik brullend van woede over de open plek.

'Daarom is hij niet gestopt bij de depots,' fluisterde Maximov. 'Hij heeft telkens brandstof van de T-34 afgetapt. Nu heeft hij waarschijnlijk niet genoeg om de tank helemaal naar Polen te kunnen rijden.'

'Dus heeft hij de vrachtwagen in brand gestoken,' zei Pekkala. 'De vrouw die ik in dat gehuchtje heb gesproken, zei dat de Poolse cavalerie voortdurend patrouilleert in deze bossen. Hij heeft dat vuur aangestoken om te zorgen dat de Polen naar hem toe komen.'

Kropotkin verdween aan de andere kant van de tank. Toen hij weer tevoorschijn kwam, had hij een oude man bij zich. De man was klein en kaal, met smalle schouders. Hij droeg een werkmanskiel zonder boord en een broek van dik corduroy. Dat moest de vader van Zoja Maklarskaja zijn, concludeerde Pekkala. Kropotkin had Maklarski's handen op zijn rug samengebonden. Nu sleepte hij de oude man mee naar het midden van de open plek.

'Je zwoer dat hier brandstof zou zijn!' riep Kropotkin uit.

'Die was er ook!' De oude man wees naar het lege blik. 'Ik zei toch dat ze altijd wat achterlaten voor noodgevallen.'

'Eén blik is niet genoeg!'

'Wel als je op een tractor zit,' wierp Maklarski tegen. 'U hebt niet gezegd hoeveel u nodig had. U vroeg alleen of er brandstof was.'

'Tja, het zal nu wel niet meer uitmaken,' zei Kropotkin, en hij haalde een mes uit zijn zak.

'Wat bent u daarmee van plan?' Maklarski hield zijn blik strak op het lemmet gericht.

'Ik laat je gaan, ouwe,' antwoordde Kropotkin, 'zoals ik beloofd heb.' Hij sneed de touwen door, die als dode slangen op de grond vielen. 'Toe dan,' zei Kropotkin, en hij gaf de man een duw.

Maar Maklarski zette het niet op een lopen. In plaats daarvan draaide hij zich om en keek Kropotkin roerloos aan.

'Toe dan!' bulderde Kropotkin. Hij klikte het mes dicht en stopte het weer in zijn zak. 'Ik heb je niet meer nodig.'

Langzaam liep Maklarski weg van de open plek, het korte pad op dat naar de hoofdweg voerde.

Machteloos keken de drie mannen toe terwijl Kropotkin een pistool van onder zijn jas tevoorschijn haalde. De droge knal van het schot weergalmde tussen de bomen.

Maklarski wankelde naar voren. Hij scheen niet te beseffen wat er gebeurd was en zette nog een paar scheve stappen.

Kropotkin stak de open plek over. Hij plaatste de loop van zijn wapen tegen Maklarski's achterhoofd en haalde de trekker over. Deze keer viel de oude man, zo plotseling dat het leek alsof de aarde hem had verzwolgen.

Kropotkin liep terug naar de tank. Hij klom op de geschutskoepel, waarvan het luik al openstond, en liet zich erin zakken.

Pekkala besefte dat Kropotkin op het punt stond weg te rijden, ongeacht of hij voldoende brandstof had. Hij knikte naar Kirov.

Kirov maakte de driepoot los van de loop van het antitankwapen. Hij installeerde het en ging erachter liggen.

'Heb je hem goed onder schot?' vroeg Pekkala.

'Nee,' antwoordde Kirov nadat hij door het vizier had getuurd. 'Er staan te veel bomen voor.'

'We gaan er aan de zijkant langs en dan houden we hem tegen waar de open plek op de weg uitkomt,' zei Pekkala.

Kirov pakte het wapen op en onder dekking van de bomen liepen de drie mannen de weg af. Ze kwamen bij de plek waar het brede pad de weg kruiste. Daar zagen ze dat het pad vanaf de open plek niet in een rechte lijn op de weg uitkwam. Het boog naar links af, waardoor de tank uit het zicht bleef. Kirov kon alleen goed op hem richten als de tank de weg op reed.

In het besef dat ze nog maar weinig tijd hadden, stoof het drietal de weg over en liet zich in de greppel aan de andere kant zakken. Met bevende handen installeerde Kirov de PTRD zodat hij recht op het pad was gericht dat naar de open plek voerde. Als Kropotkin de T-34 de weg op reed, kreeg Kirov hem recht in het vizier.

'Denk je nog steeds dat je hem eruit kunt praten?' vroeg Pekkala aan Maximov.

'Ik betwijfel het, maar waarschijnlijk kan ik de tijd wel wat rekken.'

'Goed,' zei Pekkala. 'We gaan samen. We maken meer kans als we hem allebei proberen om te praten, maar als hij niet luistert, moet je maken dat je wegkomt. Hij rijdt naar de weg, dat kan niet anders. Hij wil niet vast komen te zitten op die open plek en hij kan alleen maar weg via dat pad.'

'Ik snap niet hoe u zomaar op een tank af kunt stappen met woorden als enig wapen,' zei Kirov.

Pekkala hield de titaniumkogel omhoog. 'Als hij zich niet door woorden laat overtuigen, dan helpt dit misschien. Wat er ook gebeurt, als je kans ziet te schieten, moet je het niet laten. Begrepen?'

'Het is een verdomd groot risico, inspecteur.' Kirov nam de kogel van hem aan. 'Als u door dit ding geraakt wordt, blijft er niks van u over.'

'Daarom ben ik ook zo blij dat je een eersteklas schutter bent.'

'Eindelijk geeft u het toe,' zei Kirov terwijl hij zich achter het wapen liet zakken.

Maximov en Pekkala liepen in de richting van de open plek.

Pekkala ervoer de ruimte om zich heen als een met elektriciteit geladen veld. Aan de rand van de open plek zag hij de tank, ineengedoken als een in het nauw gedreven dier. Bij elke stap die hij in de richting van het ijzeren monster zette, voelde hij zijn benen slapper worden. Hij haalde snel en oppervlakkig adem. Nooit eerder was hij zich zo bewust geweest van de onmogelijke kwetsbaarheid van zijn eigen lichaam.

Hij zag door bosarbeiders gemaakte paden die wegvoerden van de open plek. Ze waren te smal voor een vrachtwagen en slingerden zich het donkere woud in. Op een van die paden zag hij een zilveren glinstering. Naast het pad, met takken gedeeltelijk aan het oog onttrokken, stond een motor tegen een boom. Aan het stuur hing een met leer beklede bril. De motor zag er zo goed als nieuw uit en hij was zo dichtbij dat zelfs de naam van de fabrikant leesbaar was: Zundapp, zoals met opvallende zilveren letters op de traanvormige benzinetank stond. Op dat moment besefte hij dat het dezelfde motor was die hij had gezien op de dag dat Maximov hem bij Café Tilsit had willen neerschieten. De motor was voor Pekkala de eerste aanwijzing dat Kropotkin van plan was deze onderneming te overleven.

Het enige geluid was het geknetter van de vlammen die nog steeds uit het wrak van de vrachtwagen oplaaiden. Rook kringelde op door stralen zonlicht die zich tussen de bomen door een weg naar beneden baanden.

Ze bereikten de open plek, die bezaaid was met repen oude bast van de stammen die de bosarbeiders daar hadden opgestapeld. Tussen hen en de tank lag het lichaam van de oude man voorover in de modder. Op de lichtblauwe stof van zijn hemd zat een rode kring.

De twee mannen bleven staan.

Nu hij nog maar een paar passen van de T-34 verwijderd was, kreeg Pekkala het gevoel dat de strijd niet tussen hem en Kropotkin ging, maar tussen hem en dat ding. Hij probeerde de gedachte van zich af te zetten dat het monster tot leven was gekomen en hen gadesloeg door de van haat toegeknepen ogen van zijn geschutsgaten.

'Kropotkin!' riep Maximov.

Een antwoord bleef uit. In plaats daarvan klonk een vervaarlijk gebrul toen de tankmotor aansloeg. Het lawaai was oorverdovend. Twee rookstralen spoten uit de uitlaatpijpen. Schokkend reed de T-34 naar voren.

Automatisch wankelden de twee mannen terug.

Opeens stopte de tank, als een hond aan het eind van zijn ketting.

'Kropotkin!' riep Pekkala. 'We weten dat je bijna geen brandstof meer hebt. Luister nou eens naar ons!'

Maar ook al drongen zijn woorden door de lagen staal heen, Kropotkin gaf met geen teken te kennen dat hij hen gehoord had.

Met draaiende rupsbanden hotste de T-34 weer op hen af. In zijn kielzog wierp de tank een golf modder en verwrongen stukken boomschors op. Deze keer stopte hij niet.

'Rennen!' riep Pekkala.

Maar Maximov had zich al in beweging gezet.

Terwijl Pekkala zich omdraaide en naar de weg sprintte, viel de fles uit zijn handen, maar hij bleef niet staan om hem op te rapen. Hij voelde de tank vlak achter zich.

Eerst rende Maximov nog naast hem, maar toen dook hij weg tussen de bomen en was verdwenen.

Pekkala bleef rennen. De tank had hem bijna ingehaald.

Zijn zware jas hinderde hem. Zijn voeten gleden uit op de modderige grond. Bij elke ademtocht stroomde de scherpe rook van brandend rubber zijn longen binnen. Vóór zich zag Pekkala de hoofdweg. Hij zag Kirov in het lange gras langs de rand van de greppel, en ook de PTRD die recht op hem was gericht.

Het gebrul werd luider naarmate de tank vaart kreeg. Pekkala besefte dat de T-34 hem zou inhalen nog voor hij de weg had bereikt.

'Schiet dan!' riep hij.

De tank kwam steeds dichterbij en was hem al tot op een paar passen genaderd.

'Schieten!' schreeuwde hij. En toen gleed Pekkala uit. Nog voor hij het goed en wel doorhad, sloeg hij tegen de grond.

Een seconde later reed het gigantische gevaarte over hem heen, en het gruwelijke geratel van de rupsbanden die hem aan weerszijden passeerden, vulde zijn oren. Pekkala was ervan overtuigd dat hij vermorzeld zou worden, als een dier dat door een auto wordt overreden.

Terwijl de onderkant van de tank over hem heen schoof, zag Pekkala een flits uit de mond van de PTRD, gevolgd door een verbijsterende metalen klap toen de titaniumkogel de geschutskoepel raakte.

De rupsbanden van de T-34 blokkeerden. De tank kwam schuivend tot stilstand en de motor schoot rammelend in zijn vrij.

De kogel was niet tot in de romp doorgedrongen, vermoedde Pekkala. Kropotkin leefde nog.

Boven zijn hoofd klonk het oorverdovende geratel van het tankgeschut. Een rij kogels doorreeg de greppel. De bomen waartussen Kirov zich had verscholen, barstten uit elkaar en waar de schors werd losgerukt, verschenen bleke sneden.

Achter zich hoorde Pekkala voetstappen. Toen hij zijn hoofd omdraaide, zag hij Maximov het bos uit rennen terwijl hij een regen van modderkluiten achter zich opwierp. Hij klemde een fles met het explosief in zijn hand. De katoenen stop was al aangestoken en vettige vlammen lekten langs de hals toen hij op de tank af rende.

'Weg daar!' riep Maximov. 'Verdomme, Pekkala, maak dat je wegkomt!' Met een paar passen was hij bij de T-34 en hij klom op het motorrooster.

Pekkala worstelde zich door de modder en al klauwend werkte hij zich onder de tank uit voor Maximov het explosief liet ontploffen. Terwijl Pekkala wegkrabbelde, hoorde hij glas rinkelen toen Maximov de fles kapotsloeg. Met een bulderend geraas spatte de brandende vloeistof via het rooster in het motorcompartiment van de T-34.

Pekkala hoorde Kropotkin schreeuwen binnen in de tank.

Hij keek niet om. Hij was net overeind gekomen en wilde naar de weg rennen toen een muur van samengebalde lucht hem weer tegen de grond sloeg. Met een dreun kwam hij op zijn buik terecht, happend naar lucht. Het volgende moment spoelde een vuurgolf over hem heen waarvan de vlammen zich als vingers over de grond verspreidden om alles in lichterlaaie te zetten.

'Opstaan!' Kirov wenkte hem vanuit de greppel. 'Hij gaat ontploffen, inspecteur!'

Pekkala klauterde overeind en zette het op een rennen. Achter zich hoorde hij het geratel van ontploffende munitie in het binnenste van de tank. Net toen hij zich naast Kirov op de grond wierp, klonk het doffe gedreun van oververhitte kanonskogels.

Terwijl hij de vonken van zijn kleren sloeg, hief Pekkala zijn hoofd en zag hoe het gevaarte zichzelf uiteenreet.

De T-34 was nu één grote vlammenzee. De geschutsgaten gloeiden rood op terwijl het vuur eerst het compartiment van de bestuurder en vervolgens dat van de schutter verzwolg.

Toen een paar tellen later de overgebleven munitie explodeerde, vloog het luik van de koepel eraf met het gesnerp van scheurend staal. Het tuimelde als een brandend wiel het bos in, een spoor van gesmolten verf achterlatend. Vanuit de opengereten romp van de tank verhieven zich feloranje, met zwart doortrokken geisers.

De lucht was vervuld van de stank van brandende diesel en sap van dennentakken die waren afgerukt door het machinegeweervuur van de T-34.

Terwijl rook uit het wrak wolkte, leek de tank in Pekkala's ogen niet langer op een ding. Het was eerder een levend wezen dat sidderde van ondraaglijke pijn.

Toen de laatste explosies waren weggestorven, klommen Pekkala en Kirov behoedzaam uit de greppel, zo gebiologeerd door de doodsstrijd van de T-34 dat ze de rij mannen te paard die om een bocht in de weg verschenen aanvankelijk niet zagen.

De paarden naderden in handgalop, en de mannen hadden hun geweer uit de holster getrokken dat aan het zadel was bevestigd.

'Polen,' fluisterde Pekkala.

De Poolse cavalerie-eenheid reed op hen af. De mannen droegen hun wapen met de loop naar boven gericht terwijl de kolfplaat op hun dijbeen rustte. De officier van de troep zat met een pistool in zijn riem te paard en keek naar de tank, die op het schild leek van een of ander gigantisch roofinsect dat nog steeds vijandigheid uitstraalde, ook al was de ziel eruit gebrand. Toen keek de officier naar zijn mannen, die allen hun blik afwachtend op hem hielden gericht.

Pekkala en Kirov werden van alle kanten door de paarden omsingeld. Ten einde raad staken ze hun handen maar in de lucht.

Dat trok de aandacht van de officier. Hij maakte een handgebaar en bromde wat om aan te geven dat het niet nodig was zich over te geven.

Beduusd lieten Kirov en Pekkala hun armen zakken.

Ergens verscholen tussen de manschappen begon iemand te lachen.

Met een ruk hief de officier zijn hoofd. Eerst keek hij boos, maar toen gleed er een glimlach over zijn gezicht. 'Tank kapot!' zei hij.

Nu begonnen de anderen ook te lachen. 'Tank kapot!' riepen ze door elkaar heen.

Kirov keek Pekkala verbijsterd aan.

Pekkala haalde zijn schouders op.

Pas toen het gelach was verstomd, plaatsten de cavaleristen hun wapen weer in de holster.

De officier knikte naar Pekkala. Hij zei iets in het Pools, wat Pekkala niet verstond. Toen riep hij een bevel en gaf zijn paard de sporen. De cavalerietroep zette zich weer in beweging. De mannen spraken met elkaar, maakten luidkeels grappen en wierpen vluchtige blikken op de twee rechercheurs, maar na een kort commando van hun officier zwegen ze op slag. Alleen het geluid van de paardenhoeven was nog te horen toen ze hun weg vervolgden.

De twee mannen waren weer alleen.

'Wat moest dat voorstellen?' vroeg Kirov.

'Geen idee,' zei Pekkala.

Ze liepen terug naar de tank. Aan het verschroeide metaal was te zien waar verf had gezeten. Het motorrooster hing op de geruïneerde machineonderdelen, en van het rubber van de rupsbanden waren alleen nog wat zwarte plasjes overgebleven.

Van Maximov was geen spoor te bekennen.

'Die zal het wel niet overleefd hebben,' zei Kirov.

Pekkala bereidde zich al voor op de aanblik van Maximovs aan stukken gereten lijk. Hij vroeg zich af hoeveel er overbleef van iemand die zich in het pad van een dergelijk vernietigend geweld had bevonden. Maar nergens zagen ze ook maar een teken van Maximov. Perplex keek Pekkala om zich heen en hij bedacht dat het vuur waarschijnlijk de hele man had verslonden. Op dat moment besefte hij dat de Zundapp weg was. Hij zag het bandenspoor van de motor over een van de bospaden verdwijnen. Geleidelijk aan drong tot hem door dat Maximov helemaal niet dood was. Hij was gevlucht, verscholen achter die muur van vuur en het gedaver van exploderende munitie.

'Ik heb hem onderschat,' zei Kirov. 'Hij is als een held gestorven.'

Pekkala zei niets. Hij keek even naar Kirov en wendde zijn blik toen af.

Ze liepen terug naar de Emka.

'Hoeveel tijd hebben we nog?' vroeg Kirov.

'Ongeveer een uur,' antwoordde Pekkala. 'Hopelijk doet die radio het.' Nu pas merkte hij dat zijn jas nog nasmeulde. Hij sloeg naar de mouwen en rook steeg als stof op van het verschroeide materiaal.

'Goed dat u die nieuwe kleren heeft die ik voor u heb gekocht.'

'Ja,' zei Pekkala. 'Bof ik even.'

Als er aan de rand van het Rusalkawoud al een grenspost was, had Maximov die niet gezien. De eerste aanwijzing dat hij zich in een ander land bevond, kreeg hij toen hij door een dorp tufte en een Pools bakkersuithangbord zag. Sindsdien was hij niet meer gestopt. Bij benzinestations in het oostelijke deel van het land had hij nog benzine kunnen kopen met het Russische geld dat in zijn portefeuille zat, maar toen hij de grens met Tsjechoslowakije naderde, accepteerde de plaatselijke bevolking het Russische betaalmiddel niet meer. Hij was gedwongen zijn horloge te ruilen, en daarna een gouden ring. Uiteindelijk tapte hij de benzine met een rubberen slangetje uit andere voertuigen.

Inmiddels was Maximov al drie dagen onderweg. Toen de Zundapp de top van een heuvel bereikte, flikkerde het licht van de opkomende zon in zijn bril. Hij had de hele nacht gereden, en met zijn jas hoog dichtgeknoopt tegen de kou was hij door het Poolse landschap gescheurd.

Hij zette de motor aan de kant van de weg en keek uit over velden vol pas ontkiemde gerst, tarwe en rogge. Rookpluimpjes stegen op uit de schoorstenen van afgelegen boerderijen.

Maximov zag de kleine grenspost onder aan de heuvel, en hij wist dat al het land aan de overzijde Tsjechoslowakije was.

Enkele minuten later kwam hij bij de grens aan. Zoals de meeste grensovergangen aan dit soort rustige, secundaire wegen bestond de post uit een barak die in tweeën was verdeeld, met een rood-wit gestreepte slagboom over de weg die door de grenswachten opgehaald en neergelaten kon worden.

Een Tsjechoslowaakse grenswacht met een wazige blik in zijn ogen slofte naar buiten. Hij stak zijn hand uit naar Maximovs papieren.

Maximov haalde zijn pas uit de binnenzak van zijn jas.

De Tsjechoslowaak bladerde het boekje door en keek even naar Maximov om zijn gezicht te vergelijken met dat op de foto.

'Die Pool ligt te pitten,' zei hij met een knik naar de andere helft van het gebouwtje, waar beige jaloezieën voor de ramen waren neergelaten. 'Waar ga je naartoe, Rus?'

'Naar Amerika,' zei Maximov.

De grenswacht trok zijn wenkbrauwen op. Even bleef de man roerloos staan, alsof hij niet kon bevatten dat iemand zo ver wilde reizen. Nu richtte hij zijn blik op de motor. 'Zundapp,' zei hij, maar hij sprak het uit als 'Zoendop'. Hij bromde goedkeurend en legde zijn knokkels op de verchroomde tank, alsof dat geluk bracht. Ten slotte overhandigde hij Maximov zijn paspoort en deed de slagboom omhoog. 'Rijd maar door naar Amerika,' zei hij, 'jij en je prachtige Zoendop!'

Maximov deed er een week over om Le Havre te bereiken. Daar verkocht hij de prachtige Zundapp en boekte een ticket naar New York. Toen het schip de haven uit voer, stond hij bij de reling te kijken naar de kust van Frankrijk tot die onderging in de golven.

Pekkala stond met zijn handen op zijn rug in Stalins werkkamer in het Kremlin op de grote man te wachten.

Na een halfuur klikte de geheime deur eindelijk open en kwam Stalin de kamer binnen. 'Pekkala,' zei hij terwijl hij zich op zijn roodleren stoel installeerde. 'Ik heb je advies ter harte genomen en de ingenieur genaamd Zalka de leiding gegeven over de voltooiing van de T-34. Hij verzekert me dat de laatste aanpassingen aan het ontwerp van het prototype binnen enkele weken gereed zullen zijn. Zalka heeft me ook verteld dat hij verscheidene veiligheidsaspecten aan het oorspronkelijke ontwerp zal toevoegen. Blijkbaar noemden de testchauffeurs het ding al de…'

'Weet ik,' zei Pekkala.

'Laat ik het nu met Nagorski eens zijn,' vervolgde Stalin. 'De tank komt op de eerste plaats, maar we kunnen niet toestaan dat de T-34 een doodskist wordt genoemd nog voor hij van de lopende band rolt. Wat jij?'

'Nee, kameraad Stalin.'

'Elke verwijzing naar kolonel Nagorski in verband met het Konstantinproject is verwijderd. Wat de rest van de wereld betreft, heeft hij er niets mee te maken gehad. Ik heb liever niet dat onze vijanden zich verkneukelen in de dood van een van onze meest vooraanstaande uitvinders.'

'En wat gebeurt er met de jongen?' vroeg Pekkala.

'Ik heb er eens over nagedacht.' Stalin pakte zijn pijp. 'Het lijkt me dat alles met de mantel der liefde bedekt kan worden, vind je niet, Pekkala?'

'Inderdaad, kameraad Stalin.'

'In ieder van ons huist een moordenaar,' ging Stalin verder. 'Als dat niet zo was, zou onze soort allang van de aarde zijn weggevaagd. En het zou zonde zijn om ons van een jongeman te ontdoen die op een dag in de voetsporen van zijn vader zou kunnen treden.'

'Hij is niet zonder talent,' zei Pekkala.

'Dat ben ik met je eens, en daarom heb ik de jongen als leerling aan Zalka toegewezen tot het Konstantinproject is voltooid. Daarna wordt hij ingeschreven op het Technisch Instituut te Moskou. Maar ik verwacht wel resultaten. Ik houd hem in de gaten. En jij, Pekkala, houdt je Smaragden Oog op hem gericht.'

'Dat zal ik doen,' zei Pekkala.

Stalin richtte zijn pijp op hem. 'Ik zie dat je een mooi nieuw jasje hebt.'

'Ah,' zei Pekkala. Hij wierp een blik op de kleren die Kirov voor hem gekocht had. 'Dit is maar tijdelijk. Ik laat wat maken bij Linski.'

'Linski?' zei Stalin, terwijl hij in zijn bureau naar lucifers zocht. 'Is dat niet bij het Bolsjojtheater? Weet je wat er gezegd wordt over de spullen die hij maakt? Kleren voor de doden! Wat vind je daarvan, Pekkala?'

'Hoe vaker ik het hoor, hoe grappiger het wordt.'

'Hoe dan ook,' zei Stalin, 'van Linski zul je niets meer nodig hebben.'

'O?'

Stalin had een lucifer gevonden. Hij klemde het stokje tussen zijn duim en zijn voorste twee vingers en streek het af. Een paar tellen lang was alleen het droge geruis van zijn adem te horen terwijl hij de smeulende tabak voorzichtig aanwakkerde. De zachte, zoete geur zweefde Pekkala tegemoet. Ten slotte nam Stalin weer het woord. 'Ik stuur je naar Siberië.'

'Wat?' riep Pekkala uit.

'Je keert terug naar Borodok.'

De deur ging open. Poskrebysjev, Stalins secretaris, stak zijn hoofd om de hoek. 'Alles in orde, kameraad Stalin?'

'Weg jij!' snauwde Stalin.

Poskrebysjev keek Pekkala lang en afkeurend aan en trok de deur toen achter zich dicht.

'Stuurt u me naar de gevangenis?' vroeg Pekkala.

'Ja, maar niet als gevangene. Niet officieel, tenminste. Er is een moord gepleegd in het Borodokkamp.'

'Met alle respect, kameraad Stalin, maar er worden elke dag moorden gepleegd in dat kamp.'

'Deze heeft mijn aandacht getrokken.'

'Wanneer vertrek ik?'

'Over twee dagen. Beschouw de tussenliggende tijd maar als vakantie.'

'En majoor Kirov?'

'O, de majoor heeft het hier in Moskou druk met de afhandeling van het onderzoek. Ik heb hem eerder vandaag al gesproken, hier in mijn kamer. Voor ik het vergeet.' Stalin stak zijn hand in zijn zak en vervolgens opende hij zijn vuist en liet vier kumquats op het bureau vallen. 'Deze heb ik van hem gekregen. Wat moet ik ermee?'

'Heeft Kirov dat niet verteld?'

'Hij zei alleen dat het een geschenk was.'

'U kunt ze eten, kameraad Stalin.'

'Wat?' Hij pakte er een en staarde ernaar. 'In stukjes?'

'Nee,' zei Pekkala. 'In één keer. Alle vier tegelijk. Stop ze maar in uw mond en bijt erop. Het is een echte traktatie.'

'Hm.' Stalin nam de vruchtjes weer in zijn hand. 'Nou, dan moest ik het maar eens proberen.'

'Ik stap op, kameraad Stalin, anders is mijn vakantie al voorbij nog voor ik het gebouw uit ben.'

Stalin had alleen nog aandacht voor de kumquats in zijn hand, 'Goed,' mompelde hij terwijl hij naar de kleine oranje bolletjes keek. 'Tot ziens, Pekkala.'

'Tot ziens, kameraad Stalin.'

Terwijl hij via de wachtkamer naar buiten liep, hoorde Pekkala Stalin brullen toen hij op de kumquats beet en ze vervolgens de hele kamer door spuwde. 'Pekkala!'

Met een glimlach op zijn gezicht liep Pekkala door.